AF398326

Barbara Haid wurde in Wien geboren und lebt heute in Vorarlberg. Schon als Kind entdeckte sie die Leidenschaft für das geschriebene Wort. Sie hat Bücher geradezu verschlungen, konnte sich tagelang in ihrem Zimmer vergraben. Ihre Kreativität zeigte sich zuerst in ihrer künstlerischen Begabung für das Zeichnen. Anfänglich mit Bleistift, heute nur noch mit Kohle und Schwarzkreide. Je dunkler, desto besser. Daher sollte die Graphik ihr Studienziel sein, doch wie das Leben so spielt, kommt es meistens anders. Während eines Praktikums ist sie bei einem österreichischen Dienstleistungsunternehmen hängen geblieben, bei dem sie heute noch arbeitet.

Barbara Haid

New York Nights

Entfesselte Lust

Überarbeitete Neuausgabe Februar 2022

© 2022 Secret Desires, ein Imprint der dp DIGITAL PUBLISHERS GmbH

Made in Stuttgart with ♥
Alle Rechte vorbehalten

New York Nights

ISBN 978-3-98637-589-8
E-Book-ISBN 978-3-98637-579-9

Copyright © 2019, dp Verlag, ein Imprint der dp DIGITAL PUBLISHERS GmbH
Dies ist eine überarbeitete Neuausgabe des bereits 2019 bei dp Verlag, ein Imprint der dp DIGITAL PUBLISHERS GmbH erschienenen Titels New York Passions - Der Weg zu dir (ISBN: 978-3-96087-956-5).

Covergestaltung: Talina Leandro
Umschlaggestaltung: ARTC.ore Design
Unter Verwendung von Abbildungen von
shutterstock.com: © kiuikson, © Michael Fitzsimmons,
© Guschenkova, © Anatoli Priboutko
Lektorat: Janina Klinck
Satz: dp DIGITAL PUBLISHERS GmbH
Druck und Bindung: Books on Demand GmbH, Norderstedt

Prolog

Es war fast Mitternacht, Schneeflocken wehten um den Wolkenkratzer und vom Verkehrslärm der Straße war hier oben nichts mehr zu hören. Der Blick auf die New Yorker Skyline war einfach atemberaubend schön. Man konnte sich in deren Betrachtung immer wieder aufs Neue verlieren. Das Lichtermeer der Stadt, die niemals schläft, erstrahlte in sämtlichen Farben und tauchte das dunkle Wohnzimmer in ein magisches Spiel zwischen Licht und Schatten.

Er ließ die Fingerspitzen federleicht über ihre nackte Haut gleiten, die im Leuchten der Stadt golden glänzte. Mit einem wohligen Laut, der wie das Schnurren einer Katze klang, bog sie sich ihm entgegen. Er umkreiste zärtlich ihre Brustwarzen, die sich unter dieser Berührung sofort verhärteten und sich im verlangend entgegenstreckten. Dann senkte er den Kopf und umschloss eine Spitze mit seinen warmen, weichen Lippen, um daran zu saugen.

Natascha hatte das Gefühl, als würden kleine Stromschläge durch ihren Körper fließen, die sich prickelnd über ihre Haut ausbreiteten. Ein lustvoller Schauer ließ sie erzittern. Sein Saugen wurde heftiger, sodass sie vor Verlangen aufkeuchte und ihre Finger in seine Schultern krallte. Hitze breitete sich in ihr aus, die ihr pulsierend zwischen ihre Schenkel strömte.

Als er seine Lippen von ihr löste, spürte sie die kühle Luft über ihre Brustwarze streichen, und erschauerte erneut.

»Weißt du eigentlich, wie herrlich weich sich deine Haut anfühlt und wie gut du schmeckst?« Seine Stimme klang heiser vor Erregung und sein warmer Atem strich über ihre Haut. »Ich kann nicht genug von dir bekommen.«

Wieder ließ er seine Fingerspitzen an ihr hinabgleiten, über ihren Bauch bis zu ihren Schenkeln, die sich wie von selbst unter seiner Berührung öffneten. Natascha konnte sein leises Lachen hören. »Dein Körper weiß schon vor dir, was er will.«

Federleicht glitt er mit der Fingerspitze über ihre Spalte und ließ sie mit sanftem Druck über den Kitzler reiben.

Sie schloss die Augen und genoss die Empfindungen, die er in ihr auslöste. Sie hörte, wie er nach unten rutschte, und wenig später legte er seine warmen, feuchten Lippen um ihren Lustpunkt, die gleich darauf seiner Zungenspitze Platz machten. Sein genussvolles Aufseufzen löste ein wohliges Glücksgefühl in ihr aus, das jedoch sofort von Schauern der Lust abgelöst wurde.

Er leckte sie mit einer Hingabe, die einen Vulkan in ihr entfachte. Ihr ganzer Unterleib zog sich vor Erregung zusammen, und die pochende Hitze, die sich in ihr ausbreitete, war fast nicht mehr zu ertragen. Als er mit der Zunge in sie eindrang, um dort ihren Tanz fortzuführen, keuchte sie auf. Ihre Finger krallten sich in sein Haar. Mit einem Aufschrei bog sie ihren Rücken durch, und der Orgasmus durchfuhr sie so heftig, dass ihr ganzer Unterleib pulsierend zuckte und bebte. Anschließend breitete sich eine angenehme Trägheit in ihr aus.

Natascha spürte, wie er sich neben sie legte und sie in seine Arme zog. Zärtlich strich er ihr die feuchten Haarsträhnen aus dem Gesicht, dann breitete er eine dünne Decke über sie beide aus.

»Aber was ist mit dir?« Natascha blickte fragend zu ihm auf.

»Heute wollte ich nur dich verwöhnen, Baby.« Er legte ihr den Zeigefinger unters Kinn und drehte es ein wenig in seine Richtung. Sie roch seinen Duft, den sie so sehr liebte, diese Mischung aus Zedernholz und seinem eigenen Körpergeruch. Dann spürte sie seine warmen Lippen weich auf den ihren, die sie zärtlich liebkosten. Er erforschte knabbernd und saugend ihren Mund – es war, als würde er immer wieder aufs Neue von ihr kosten. Als er sich wieder von ihr löste, bettete er ihren Kopf an seine Schulter und zog sie fest an sich, als wollte er sie nie wieder loslassen.

Mit einem Mal stiegen Tränen in ihr auf, die sich in den Augenwinkeln sammelten, um schließlich langsam über ihre Wangen zu laufen. Tränen des Glücks. Sie konnte sich nicht erinnern, jemals so glücklich gewesen zu sein. Sie hatte das Gefühl, vor Glück überzufließen, als sei ihr Körper zu klein und als würde ihr Herz vor Freude zerspringen.

Es war noch gar nicht so lange her, da hatte sie geglaubt, dass sie sich niemals wieder frei und gleichzeitig geborgen fühlen würde. Und doch war sie jetzt hier, in New York, und lag in den Armen des Mannes, der sie so liebte, wie sie war.

Teil I

Neue Pfade

1

Ein Jahr zuvor, Baden bei Wien

Natascha saß heulend am Rand der Badewanne und fuhr sich durch das Haar. Sie zwirbelte sich eine Strähne um den Finger, die von den Tränen bereits tiefschwarz glänzte. Sie hatte sich ins Badezimmer geflüchtet, weil sie den Anblick ihres Mannes nicht mehr hatte ertragen können. Wie er teilnahmslos auf der Ledercouch lag und sie mit glasigen Augen ansah. Umgeben von einem Meer aus leeren Flaschen – Schnaps, Bier, Wein, die gesamte Palette. Von dem penetranten Geruch nach Alkohol, der wie eine Dunstglocke im Wohnzimmer hing, war ihr speiübel geworden. Ging das jetzt schon wieder von vorne los? Hatte das denn nie ein Ende?

Vor zwei Monaten hatte sie ihren dreißigsten Geburtstag gefeiert. Das Fest ergab sich spontan. Sie versuchte Spaß zu haben und war schließlich völlig überdreht gewesen. An diesem Tag hatte sie den Gedanken an ihr ganzes Elend weit von sich geschoben. Es zählten nur die Musik und ihr Tanz, das Gefühl der Verbundenheit, wie ihr Herzschlag im Takt des Beats klopfte. Der Moment des Glücks, das in ihr aufstieg, dieses herrliche Kribbeln, ließ sie immer wilder werden. Völlig ausgelassen hatte sie bis zur Erschöpfung getanzt. Im Verdrängen war sie schließlich Weltmeister.

Natascha lachte bitter auf und verzog entmutigt die Mundwinkel. Sie beugte sich vor, riss ein Stück Klopapier von der Rolle ab und schnäuzte geräuschvoll hinein. Ihr Blick fiel dabei in den Spiegel. Ihr ebenmäßiges schmales Gesicht war von Flecken überzogen, ihre sonst so strahlend grünen Augen waren rot und aufgequollen. Dreißig! Das bedeutete, dass sie seit fast zehn Jahren in diesem Sumpf steckte. Ein neuerliches Aufschluchzen ließ sie erbeben.

Sie konnte nicht mehr. Sie konnte einfach nicht mehr mit ansehen, wie er sich zu Tode soff und all ihre Träume von einem glücklichen Leben dabei mitnahm. Warum war sie nicht schon längst gegangen? Was hielt sie solange bei ihm?

Nagte das Gefühl an ihr, mitschuldig zu sein? Versagt zu haben, da alle ihre Anstrengungen vergebens waren? Oder war es die Angst, das Haus zu verlieren, an dem ihr Herz hing, und auf dem noch jede Menge Schulden lasteten?

Scheißegal was es für Gründe waren, sie hatte das Gefühl, innerlich tot zu sein – und das schon seit Jahren. Das war nicht das Leben, das sie sich gewünscht hatte. Und doch war sie schleichend hineingeraten.

Anfangs waren es ab und zu am Wochenende einige Bier zu viel gewesen. Das hatte sich dann über die Jahre langsam zu dem jetzigen Desaster gesteigert.

Tagelanges Komatrinken. Tage, an denen er Urlaub nehmen musste oder krankgeschrieben war. So hatten sie es bisher geschafft, es vor allen zu verheimlichen. Vor seiner Firma und ihren Freunden, sogar vor ihrer Familie. Ihr Mann hatte keine Familie mehr. Er war ein Einzelkind und seine Eltern waren schon vor Jahren bei einem Autounfall gestorben.

Ihren Bruder und ihre Schwester wollte sie nicht mit diesem Problem belasten. Steven waren momentan nur zwei Sachen wichtig: der Spaß mit seinen Freunden und dass er genug zu essen bekam. Trotzdem hatte er seinen Geschwistern gegenüber einen ausgesprochenen Beschützerinstinkt, obwohl er gerade mal zwanzig war. Vanessa, ihre 19-jährige Schwester, war extrem mitfühlend und würde sich große Sorgen um sie machen. Die Einmischung und Sorge der beiden würde sie momentan nicht auch noch zusätzlich aushalten.

Außerdem schämte sie sich für ihr Versagen. Dafür, dass sie ihn nicht vom Alkohol wegbrachte, ihn sogar noch unterstützte, weil sie ihm half, es zu vertuschen. Sie entsorgte stillschweigend die leeren Flaschen, rief in der Firma an, um ihn zu entschuldigen, und holte vom Arzt die Krankmeldung, wenn er selbst dazu nicht mehr in der Lage war. Niemand sollte wissen, dass er trank. Es war bequemer, den Deckmantel des Schweigens darüber zu halten. Nach außen hin hielten sie beide die Fassade des glücklichen Ehepaares aufrecht. Aber glücklich waren sie schon lange nicht mehr.

In den längeren Perioden, in denen er nicht trank und das Leben normal weiterging, war jedes Mal erneut ein Hoffnungsschimmer in ihr aufgekeimt. Würde er es diesmal endlich schaffen? Doch dann war das Pflänzchen Hoffnung mit dem nächsten Glas Schnaps abermals niedergewalzt worden.

Natascha hielt sich den schmerzenden Kopf. Durch die Heulerei hatte sie das Gefühl, er würde gleich platzen.

Jedes Mal, wenn sie in ihrer Not den Krankenwagen gerufen hatte, um ihn in die Entzugsanstalt einliefern zu lassen, warf er ihr nachträglich vor, ihn im Stich gelassen zu haben. Was bitte schön sollte sie denn sonst tun? Ihn verrecken lassen? Viel fehlte nie. Er hatte keine Ahnung, was sie jedes Mal durchmachte. Welche Sorgen und Ängste sie dabei quälten. Wie hilflos sie sich fühlte, so alleingelassen.

Alles drehte sich stets nur um ihn und seine Probleme. Wie oft sie versucht hatte, mit ihm darüber zu sprechen. Doch er schaffte es jedes Mal, ihr das Gefühl zu geben, Ursache seiner Trinkerei zu sein. Weil sie ihr Leben meisterte, während er Angst vor der Verantwortung für sein Tun hatte, Angst, der Wahrheit ins Gesicht zu sehen, Angst, zu seiner Sucht zu stehen.

Sie hatte das Gefühl, in dieser Beziehung zu ersticken. Als würde sich eine eiskalte Hand um ihre Kehle legen und langsam zudrücken. Das Empfinden der eigenen Wertlosigkeit ließ sie verzweifeln. Sie steckte eingemauert in einer Betonschicht, die keine eigenen Wünsche mehr zuließ. Zum Glück hatten sie keine Kinder. Bei dem Gedanken rann ihr ein eiskalter Schauder über den Rücken.

Niemand ahnte etwas, niemandem vertraute sie sich an. Gott, wie schämte sie sich für ihre Lebenssituation, für ihre private Hilflosigkeit, die in so krassem Gegensatz zu ihrem beruflichen Erfolg als Sozialarbeiterin stand. Während sie in ihrem Beruf erfolgreich war, versagte sie bei ihrem Mann gänzlich. Sie zog sich immer mehr zurück, hatte den Kontakt zu ihren Freunden fast völlig abgebrochen und war daher ganz überrascht gewesen, als so viele zu ihrer Geburtstagsfeier erschienen waren.

Sie schnäuzte sich so heftig, dass ihr die Ohren klingelten.

Wie verliebt waren sie doch im ersten Jahr gewesen … Voller Stolz hatten sie beim Aufbau des Fertigteilhauses zugesehen, Hand in Hand.

Nein, mit Liebe hatte ihre Beziehung nichts mehr zu tun, eher mit Mitleid. Jetzt ertrug sie nicht einmal mehr seine Berührungen. Keine Ahnung, wie lange sie schon keinen Sex mehr gehabt hatte. Drei Jahre? Vier? Mit einem Partner, der immer wieder stank wie eine Schnapsbrennerei? Allein bei dem Gedanken daran stieg erneut ein Brechreiz in ihr hoch, der ihr den kalten Schweiß auf die Stirn trieb. Sie umklammerte so fest den Rand der Badewanne, dass ihre Knöchel weiß hervortraten. Ihre eigenen Bedürfnisse packte sie unter eine zentimeterdicke Betonschicht, Tag für Tag.

Natascha stand auf und schaute aus dem Badezimmerfenster. Nebelschwaden hingen tief zwischen den Häusern am Stadtrand von Baden bei Wien. Der Winter war nicht mehr weit. Die düstere Landschaft vor ihr passte genau zu ihrer Stimmung. Es sah nicht so aus, als würde sich der Nebel bald lichten.

Natascha wandte sich mit hängenden Schultern der Tür zu. Sie konnte sich nicht ewig hier drinnen verstecken.

2

Drei Monate später, Baden bei Wien

Die Sonne brannte mit aller Kraft vom strahlend-blauen Himmel herab. Obwohl es erst Anfang Juli war, kündigte sich bereits einer der heißesten Sommer seit Jahren an. Die Landschaft lag still und verlassen da, die Hitze flimmerte. Ein Specht trommelte laut hörbar in unmittelbarer Nähe. Ab und zu ließ ein warmer Wind die Blätter der Birken leise rascheln. Der Duft des Sommerflieders aus den umliegenden Gärten lag schwer und betörend in der Luft.

Natascha ließ sich von den knapp dreißig Grad nicht abschrecken, ganz im Gegenteil. Sie genoss die Sonnenstrahlen auf der Haut. Die Wärme hüllte sie ein und schenkte ihr Geborgenheit. Wie beinahe jeden Tag war sie auf ihrer Wanderung durch den Kurpark. Heute ging es erneut zur Theresienwarte. Diese lag am Südostrand des Wienerwalds und bot einen guten Blick auf Baden und das südliche Wiener Becken. In der Ferne konnte man sogar den Schneeberg sehen. Während dieser Spaziergänge konnte sie in Ruhe nachdenken, Gedanken zulassen, vor denen sie sich daheim verschloss.

Auf der Aussichtsplattform stützte sie sich mit den Ellbogen auf dem Geländer ab und sah gedankenverloren auf Baden herab.

Im Januar war sie in der Firma zusammengebrochen – die Betonschicht zwischen Kopf und Seele hatte einen Riss bekommen und war explodiert wie ein Druckkochtopf. Zu lange hatte sie darunter ihre Gefühle und Bedürfnisse begraben.

Die Diagnose war mehr als eindeutig: Burnout. Krankschreibung, Verordnung einer wöchentlichen Psychotherapie und Serotonin als Antidepressiva. Seit dem Tag, an dem sie den Befund erhalten hatte, hatte sie sich völlig abgekapselt, nichts interessierte sie mehr, weder ihr Umfeld noch ihr Äußeres. Sie ließ das Handy klingeln, ohne ranzugehen, der Staub blieb liegen, ihr heißgeliebter Garten verwahrloste und sie lief tagelang in den gleichen Klamotten herum, was zuvor ein absolutes No-Go gewesen wäre.

Sie verbrachte Stunden mit ihrem Laptop, spielte Computerspiele und lebte in einer anderen Welt. Hier spielte sie die Hauptrolle, hier baute sie sich ihr kleines Zuhause, in dem nur sie allein wohnte. Hier hatte sie Spaß am Leben und lernte neue Menschen kennen, auch einen Mann, der sie auf Händen trug und sie wertschätzte.

Ganz am Anfang fragte ihre Therapeutin, was ihr guttun würde – sie konnte ihr darauf keine Antwort geben. Zwei Monate danach begann sie wieder Musik zu hören. Seitdem waren Handy und Kopfhörer ihre ständigen Begleiter. Sie holte ihre Gitarre vom Dachboden, um täglich stundenlang zu spielen und zu singen, genauso wie auf dem Klavier. Jahrelang hatte sie diese Talente brach liegen lassen. Es war wie eine Wiedergeburt, als wäre sie von den Toten auferstanden. Musik war für sie Leben, reines pures Leben. Sie ging ganz darin auf.

Natascha starrte auf die Baumwipfel, die unter ihr lagen und sich sacht hin und her bewegten. Die Sicht verschwamm ihr vor den Augen, wie so oft in letzter Zeit. Seit diese Sehnsucht in ihr brannte. Die verzweifelte Sehnsucht nach einem Partner, nach einem *richtigen* Partner, nach Liebe, nach diesem Geben und Nehmen, danach, es wert zu sein, um ihrer selbst willen. Sie wollte dieses Kribbeln des Glücks in ihrem Bauch spüren und sie wollte wieder Sex haben, richtig geilen Sex. Tränen tropften auf ihre Unterarme. Sie zog die Nase hoch. Ob sie das je wieder erleben würde?

Bisher hatte sie vermieden, über ihre Ehe nachzudenken, wohl wissend, dass sie schon vor langer Zeit einen Schlussstrich hätte ziehen sollen. Sie hatte so viele Jahre vergeudet. Das Leben war an ihr vorbeigezogen.

»Ist alles in Ordnung mit Ihnen, junge Frau?«

Erschrocken blickte sie auf, ihr Herz schlug heftig in ihrer Brust. Eine ältere Dame sah sie mit gerunzelter Stirn besorgt an. Natascha hatte nicht bemerkt, dass sie nicht allein war. Sie scheute derzeit den Kontakt zu anderen Menschen, allein deren Anwesenheit löste Unruhe in ihr aus.

»Ja, danke, es geht schon wieder.« Sie quälte sich ein Lächeln ab und nickte ihr noch grüßend zu, bevor sie die Aussichtsplattform fluchtartig verließ.

Auf dem Weg die Treppen hinunter fragte sie sich, wie es mit ihrer Ehe weitergehen sollte. Sie musste endlich eine Entscheidung treffen. Natascha wanderte ein Stück durch den Park und atmete tief die warme Sommerluft ein. Sogar hier oben war noch der Flieder zu riechen. Sie ließ sich schließlich mit einem Seufzer auf eine Bank am Rande des Waldweges fallen.

Ihre Beine, die in weißen Shorts steckten, streckte sie weit von sich. Das Einzige, das sie in den letzten Monaten von ihrem alten Leben beibehalten hatte, waren ihre regelmäßigen Besuche im Fitnessstudio. Das Training und die viele Bewegung im Freien waren wie eine Befreiung, als würden dabei eiserne Ketten gesprengt, die sie sonst fest umklammerten. Durch die täglichen Spaziergänge an der frischen Luft hatte ihre Haut einen schönen Braunton angenommen.

Der Wind war mittlerweile etwas aufgefrischt und wehte ihr immer wieder die langen Haare ins Gesicht. Sie strich sie sich abwesend hinter die Ohren. Obwohl sie in letzter Zeit wieder Appetit bekommen hatte, war sie schmal geworden. Zu schmal für ihre eins achtzig. Nachdenklich runzelte sie die Stirn. Sie hatte in einem Monat Geburtstag, im August, und spätestens da wollte sie neu durchstarten. Die Frage war nur wie.

Ihre Psychiaterin hatte für sie einen sechswöchigen Reha-Aufenthalt in Wangen beantragt. Das war eine Klinik im Allgäu, in Deutschland. Hoffentlich klappte es noch in diesem Jahr.

Das Problem mit ihrer Ehe wollte sie jedoch schon vorher lösen, so konnte es schließlich nicht weitergehen. Sie lebte nur noch neben ihm her, ging jeder Unterhaltung aus dem Weg und sprach nur das Notwendigste mit ihm.

Seit dem Tag ihres Zusammenbruchs hatte ihr Mann allerdings keinen Tropfen mehr getrunken und sich sogar in Therapie begeben. Er saugte regelmäßig Staub, kochte und kümmerte sich sogar um den verwilderten

Garten. Zuerst hatte sie es gar nicht bemerkt, da sie so mit sich selbst beschäftigt gewesen war und ihre Außenwelt gar nicht mehr wahrgenommen hatte. Erst als sie aus ihrer Computerwelt aufgetaucht war, hatte sie bemerkt, wie sauber das Haus war, obwohl sie seit einer Ewigkeit nichts getan hatte. Ihr erster Besuch seit langem im Garten ließ sie vor Überraschung tief Luft holen. Anstatt der erwarteten Wildnis war alles perfekt gejätet und geschnitten. Es sah so aus, als würde er es diesmal wirklich ernst meinen.

Immerhin wusste sie, was sie nicht wollte: Sie würde nie mehr dabei zusehen, wie er sich besinnungslos besoff, nie mehr seinen Gestank nach Alkohol ertragen, sich nie mehr wegen seiner Sauferei schuldig fühlen. Vor allem nie, nie mehr so unglücklich sein.

Die Frage war, wollte sie mit ihm einen Neuanfang?

Ihr Herz begann zu rasen und sie schnappte panisch nach Luft. Nein … nein … nein! Niemals! Sie konzentrierte sich auf ihre Atmung, ein … und aus … bis sich ihr Pulsschlag wieder beruhigte.

Da war es, das Eingeständnis. Sie war aus den falschen Gründen so lange bei ihm geblieben, aus Mitleid, Verantwortungsgefühl und Schuld. Jahrelang war sie für ihn stark gewesen, jetzt wollte sie es für sich sein, nur für sich. Sie musste sich von ihm trennen, um wieder leben zu können, um wieder zu sich zu finden.

Ein Felsbrocken fiel ihr vom Herzen. Ein Glücksgefühl durchfloss sie wie ein warmer Energiestrom. Wie lange hatte sie so etwas schon nicht mehr gespürt? Voller Kraft sprang sie auf. Sie würde noch heute mit ihm sprechen. Egal, wie schwer es werden würde, sie würde es durchziehen.

3

Natascha

Wien im Oktober

Draußen war es nebelig und eisig. Es war noch nicht einmal achtzehn Uhr und bereits dunkel. Durch die grauen Straßen liefen vermummte Menschen. Um vorwärtszukommen, mussten sie sich gegen den in Böen blasenden Wind stemmen. Trotz zwei Grad plus hatte es gefühlte Minusgrade. Es begann leicht zu nieseln. Die schönen alten Gebäude der Wiener Innenstadt, die sonst in ihrem ganzen Prunk protzten, sahen an einem Tag wie diesem farblos und unscheinbar aus. Trotzdem waren vereinzelt Touristengruppen zu sehen, die sich dem Wetter standhaft zu widersetzen schienen.

In einer Seitengasse der Rotenturmstraße stieg Natascha aus einem knallroten Mini Cooper. Fröstelnd zog sie den Kopf ein, um der eisigen Kälte zu entkommen. Sie sah Andi zu, wie er seine dunkelblaue Daunenjacke vom Rücksitz holte und das Auto abschloss. Dann beugte er sich zum Seitenspiegel und fuhr sich durch das grau melierte Haar. Er war fast zwanzig Jahre älter und ein wenig eitel, wie sie innerlich grinsend feststellte. Als ihren Partner konnte sie ihn sich nicht vorstellen, und zum Glück hatte er auch keine

Absichten in diese Richtung. Das hier war kein Date, sondern ein rein freundschaftliches Treffen. Sie verstanden sich einfach gut.

Mit raschen Schritten gingen sie zum *Hard Rock Café*.

Sie schloss schnell die Tür des Lokals hinter sich und schüttelte sich vor Kälte. Es spielte Rockmusik im Hintergrund, »Hells Bells« von *AC/DC*. Natascha sang leise den Refrain mit. Sie sah sich interessiert um. Es war eine Weile her, dass sie hier gewesen war. An den Wänden hingen Erinnerungen an diverse Stars, wie die Dobro-Resonator-Gitarre von Bon Jovi, ein Mantel von Mick Jagger im Military Style und Katy Perrys pinkfarbenes Kleid. Kellner liefen mit voll beladenen Tabletts die Stufen zum Essbereich hinauf, geschickt den entgegenkommenden Gästen ausweichend. Lachen und das Klappern von Geschirr drangen von oben herab. Natascha umwehte der Geruch von gegrilltem Fleisch und panierten Zwiebelringen. Ihr lief das Wasser im Mund zusammen.

Auf der rechten Seite, gegenüber der langen Bar, standen einige Tische. Sie deutete auf einen in der Nähe des Tresens.

»Komm, Andi, lass uns etwas essen.«

Sie hängten ihre Jacken an die Garderobe und setzten sich. Der Kellner brachte die Speisekarten.

»Bestellen wir heute jeder die kleine Auswahl, Nats?«

Natascha lachte auf. »Jeder die kleine Auswahl? Ist das dein Ernst? Die schaffen wir doch nur zu zweit!« Sie schüttelte den Kopf. Sie konnte sich nur zu gut an die großen Portionen beim letzten Mal erinnern.

»Klar schaffen wir das. Ich freue mich schon den ganzen Tag darauf.«

Andi bestellte ihnen zweimal die kleine Auswahl, und während sie auf ihr Essen warteten, quatschten sie über dies und jenes, denn sie hatten sich eine Weile nicht gesehen und es gab viel zu erzählen.

4

Joe

Die Schwingtür schlug hinter Joe zu, der mit seinem Freund Mike das Lokal betrat. Das Wasser lief ihm von der Lederjacke, da der Nieselregen mittlerweile in eine Art Eisregen übergegangen war. Er blieb stehen und pustete sich eine feuchte Haarsträhne seiner schulterlangen braunen Haare aus dem Gesicht. Der Dreitagebart fühlte sich unangenehm feucht an. Sein Blick fiel in den Spiegel. Trotz der dreiundvierzig Jahre konnte er ganz zufrieden mit sich sein. Die Jeans saß gut und betonte seine große durchtrainierte Statur. Sein Blick wanderte weiter zu Mike, seinem drei Jahre jüngeren Kollegen, der einen Kopf kleiner war als er. Mit den schwarzen, kurz geschnittenen Haaren, den strahlend blauen Augen und dem glatt rasierten, ebenmäßigen Gesicht war er beinahe zu perfekt. Er sah wie ein Schönling aus, und es fehlte ihm an männlicher Ausstrahlung. Keine gute Voraussetzung für einen Cop in New York City.

Joe runzelte die Stirn. Der Vortrag, den sie heute bei der Wiener Polizei gehalten hatten, war wie immer nach dem gleichen Schema abgelaufen. Durch sein Äußeres hatte Mike auch bei seinen österreichischen Kollegen einen schweren Start und war zu Beginn nicht ernstgenommen worden. Doch seine offene Art und sein solides und umfassendes Wissen hatten die anfänglichen Zweifel schnell in Bewunderung umgeschlagen lassen. Das zu beobachten, faszinierte Joe immer wieder.

Mike bedeutete Joe, ihm zu folgen. Während sie auf die Bar zugingen, musterte Joe interessiert eine Frau, die an einem der Tische saß. Sie hatte die langen schlanken Beine weit von sich gestreckt, die hüftlangen schwarzen Haare umschmeichelten ihr attraktives Gesicht. Sie bemerkte ihn nicht, da sie gerade genüsslich in einen panierten Zwiebelring biss.

Er nahm mit seinem Freund an der Bar Platz, den Blick unverwandt auf die Schönheit gerichtet.

»Hey, Joe, die hat es dir wohl angetan, was?« Mike sah ihn grinsend an, und Joe erwachte seufzend aus seiner Trance.

»Das kannst du laut sagen. Jedoch nicht nur optisch. Sieh nur, mit welchem Appetit sie isst.«

Er sah ihr dabei zu, wie sie die Hand zum Mund führte, abbiss, langsam kaute und genussvoll die Augen schloss. Fasziniert beobachtete er sie, und ein Gedanke schoss ihm durch den Kopf. *Ob sie alles mit solchem Genuss ...?*

Abrupt wandte er sich wieder seinem Freund zu. »Wie es aussieht, sind die zwei ein Paar.«

Als er sie lachen hörte, drehte er sich erneut zu ihr um. Sie war vom Tisch aufgestanden und posierte wie ein Model. Joes Deutsch war nicht gut, aber er verstand, was sie zu ihrem Freund sagte.

»Ich weiß, dass du Hosen nicht magst, bei denen der Schritt fast bis zu den Knien hängt, doch ich liebe sie.

Ich musste sie einfach anziehen.« Lachend drehte sie sich im Kreis. »Andi, wenn Blicke töten könnten!«, scherzte sie, setzte sich und widmete sich erneut ihren Zwiebelringen.

Joes Augen waren bewundernd ihren Drehbewegungen gefolgt, seine Gedanken verselbstständigten sich, und im nächsten Moment war ihre Kleidung verschwunden, sie stand in Spitzenunterwäsche vor ihm und ...

Ihm wurde heiß.

5

Natascha

Während sie genussvoll kaute, musste Natascha an den Rat eines Freundes denken, den sie vor zwei Monaten in einem Hotel in Tirol kennengelernt hatte. Philipp hieß er.

»Du bist ja selbst so eine Verrückte, da brauchst du einen außergewöhnlichen Kerl. Und so wie du auf Harleys stehst, am besten einen Harley-Fahrer!«

Ihre Antwort war darauf gewesen: »Einen mit Bierbauch brauche ich nicht, der muss schon einen Sixpack haben.«

Nach der Aussprache mit ihrem Mann war sie ganz spontan allein zu einem Wanderurlaub nach Tirol aufgebrochen. Dort war sie mit Philipp und mit einigen anderen zusammen unterwegs gewesen. Andi, mit dem sie heute hier war, war ebenfalls dabei gewesen.

Bei ihrer letzten gemeinsamen Wanderung waren sie an mehreren gutgebauten jungen Männern vorbeigekommen, die gerade vom Wildwasserrafting kamen. Philipp hatte die Burschen sofort gefragt, ob sie Harley fahren würden. Bei der Erinnerung daran musste sie laut auflachen. Sie mochte diesen verrückten Kerl. Es war eine schöne Zeit gewesen, die sie genossen hatte.

Einige Zeit später hatte sie Andi wiedergesehen. Bei einem Besuch in ihrer Heimatstadt hatten sie sich spontan verabredet. Am Samstag waren sie gemeinsam auf dem Oktoberfest im Prater gewesen. Da war es zugegangen! Testosteron geschwängerte Luft – im wahrsten Sinne des Wortes. Massen über Massen schoben sich in die kleine Hütte. Trotz des kalten Wetters waren es drinnen an die dreißig Grad. Für die Kellnerin gab es kein Durchkommen mehr. Die Stimmung war gewaltig gewesen.

Mittlerweile war Natascha schon bei ihrem dritten Gin-Tonic angelangt. Andi hatte einfach nachbestellt, kaum dass ihr Glas leer war. Durch den Alkoholismus ihres Mannes hatte sie lange nichts mehr getrunken, und sie war den Alkohol nicht mehr gewohnt. Sie hatte bereits einen richtigen Schwips und fühlte sich zu allen Schandtaten bereit.

Noch immer kauend schwenkte Natascha in Gedanken zurück zu ihrem Harley-Fahrer. Nachdenklich runzelte sie die Stirn. In ihrer Fantasie hatte er bereits Gestalt angenommen: groß, durchtrainiert, mit Sixpack, schulterlange dunkle Haare, Dreitagebart – und er hieß Joe. Genüsslich strich sie in Gedanken über seine Haut, von der glattrasierten Brust weiter zum Bauchnabel ...

Natascha schüttelte energisch den Kopf, nicht hier und nicht jetzt!

Auf besagtem Oktoberfest war sie mit einem Steirer ins Gespräch gekommen. Ein lustiger Kerl Anfang zwanzig, der ihr gerade mal bis zu den Schultern gegangen war. Und das, obwohl sie flache Schuhe getragen hatte. Irgendwie waren sie auch auf das Thema Biker und Sixpack gekommen. Er hatte ihr dann erklärt, dass sie Abstriche machen müsste. Es gäbe keine Harley-Fahrer mit Sixpack, denn die mit Sixpack würden keine Harley fahren.

Sie hörte, wie Andi irgendetwas erzählte, doch sie dachte noch immer darüber nach, was ihr der kleine Steirer erklärt hatte. So leicht würde sie sich nicht von ihren Wunschträumen abbringen lassen, und sie musste kichern, als sie an das Gespräch zurückdachte. Immer noch in Gedanken versunken, ließ sie den Blick über die Bar schweifen. Die Plätze an der dunkelbraunen Holztheke hatten sich mittlerweile gefüllt. Natascha saß eigentlich viel lieber am Tresen, da konnte man so richtig schön lümmeln, aber schließlich waren sie ja zum Essen hier. Ihr schwindelte etwas, trotzdem nahm sie einen großen Schluck von ihrem Gin-Tonic. Er schmeckte einfach hervorragend.

Als sie das Glas wieder absetzte, blieb ihr fast das Herz stehen. Sie sog scharf die Luft ein. Da saß er! Groß, dunkelhaarig und sexy, *sehr* sexy, den Barstuhl in ihre Richtung gedreht, einen Ellbogen auf der Theke abgestützt.

Er sah ihr direkt in die Augen, mit einem Blick, der ihr einen Schauer über den Körper jagte. Sie konnte sich nicht bewegen, starrte gebannt zurück. Die Sehnsucht nach Berührung überrollte sie mit aller Gewalt. Ihre Brustwarzen drückten schmerzhaft gegen ihren BH.

»Sag mal, Natascha, hörst du mir überhaupt zu?«

Andis Worte rauschten an ihr vorbei. Ohne nachzudenken, stand sie langsam auf und ging wie magisch angezogen auf den Mann an der Bar zu. Sie rechnete jeden Moment damit, dass er immer durchsichtiger würde, um sich schlussendlich wie eine Fata Morgana in Luft aufzulösen, doch dann stand sie direkt vor ihm. Grüne Augen mit gelben Sprenkeln rund um die schwarzen Pupillen musterten sie.

»Can I help you, sweetie?«

Englisch! Mist. Das hatte sie lange nicht mehr gesprochen.

»Darf ich dich etwas fragen?« Der Klang ihrer belegten Stimme riss sie zurück in die Wirklichkeit, die Nervosität überfiel sie mit aller Gewalt. Was tat sie hier eigentlich?

Jedes Härchen richtete sich auf. Krampfhaft umklammerte sie ihre Hände, um ein Zittern zu unterdrücken.

Zustimmend nickte er leicht mit dem Kopf.

In ihrem Kopf überschlugen sich die Gedanken.

»Das mag eigenartig klingen, aber ... fährst du eine Harley?«

Ihre Finger waren bereits taub, so fest war ihr Griff.

»Ja, das tue ich!«

Ihr wurde flau im Magen. »Hast du ... einen Sixpack?«

Seine Augenbrauen schnellten in die Höhe. »Ja!«

»Sag jetzt nicht, dass du Joe heißt!«

»Sorry, Süße, doch so heiße ich nun einmal.« Er wirkte jetzt sichtlich amüsiert.

Natascha wurde schwarz vor Augen, ihre Knie schlotterten. Sie hatte das Gefühl, im falschen Film zu sein. Jetzt musste sie nur noch eines wissen, doch das war heikel. Sie zögerte. Am liebsten hätte sie sich umgedreht und wäre aus dem Lokal gelaufen. Aber nein, das würde sie jetzt durchziehen.

Sie beugte sich vor, legte ihre Arme um Joes Hals und küsste ihn. Zuerst nur mit den Lippen, dann drängte sich ihre Zunge zwischen seine Zähne. Als er ihren Kuss erwiderte, stöhnte sie auf. Gott, wie lange hatte sie schon nicht mehr geküsst. Es war einfach nur herrlich.

Sie schloss die Augen. Seine sinnlichen weichen Lippen lösten eine heftige Sehnsucht in ihr aus. Eine Sehnsucht nach so viel mehr, nach Berührung und Leidenschaft. Joes Hände, die über ihren nackten Körper strichen, von ihren Brüsten langsam tiefer glitten, ... Nataschas ganzes Gefühlsleben spielte Karussell. Sie verlor jegliches Zeitgefühl und gab sich ganz ihren Empfindungen hin.

Nach einer gefühlten Ewigkeit löste sie sich von ihm. Ihr Atem ging schwer und sie hatte Mühe, sich wieder unter Kontrolle zu bringen. Schweigend musterte er sie mit unergründlichem Blick durch halb geschlossene Augenlider. Seine Finger strichen seitlich seinen Bart entlang und verharrten auf dem Kinn.

Natascha schluckte. Was hatte sie sich dabei nur gedacht? Panik überkam sie, und sie hatte das Gefühl, mit einem Schlag wieder nüchtern zu sein. Hatte sie das wirklich gerade getan? Sie konnte spüren, wie ihr die Farbe aus dem Gesicht wich. Ihre Knie waren wie Pudding und sie schwankte ein wenig. Als sie einen Schritt zurücktrat, packte er sie blitzschnell am Handgelenk, die Augenbrauen fragend hochgezogen.

Da brach es regelrecht aus ihr heraus. Sie erzählte ihm von Philipps Scherz mit dem Harley-Fahrer und ihren anschließenden Kommentar mit dem Sixpack. Wie er sich in ihre Fantasie geschlichen, sie ihm ein Aussehen und einen Namen gegeben hatte, und über ihre Fassungslosigkeit, ihn hier leibhaftig an der Bar sitzen zu sehen.

Joe sah sie mit großen Augen ungläubig an und fuhr sich mit der Hand durch die dichte Haarmähne. »Ist das dein Ernst?«

Um Worte verlegen zupfte Natascha nervös am Kragen ihrer weißen Bluse. Sie wandte sich dem Barkeeper zu, der sie beide interessiert beobachtete, und ließ sich von ihm Zettel und Kugelschreiber geben. Beim Notieren ihrer Telefonnummer konnte sie das Zittern nicht länger unterdrücken. »Hier, meine Nummer. Wenn du mich wiedersehen willst, ruf an. Ich heiße Natascha, Natascha Maurer!« Hitze stieg ihr ins Gesicht. Joes Miene war ausdruckslos, als sie ihm das Stück Papier reichte.

Natascha drehte sich abrupt um und ging zurück zu Andi. »Du liebe Güte, jetzt dreh ich komplett durch«, murmelte sie vor sich hin. Links, rechts, links, rechts, sagte sie sich in Gedanken, einen Schritt vor den anderen setzend.

Andi sah sie entgeistert an. »Ich habe ja schon einiges mit dir erlebt, aber das ...«

»Andi, bitte, ich bin völlig durcheinander, lass uns gehen, jetzt gleich!« Ihre Stimme wurde leiser. Sie vermied jeden Blick zurück zur Bar. Das Gefühl, sich komplett zum Idioten gemacht zu haben, wurde immer stärker.

Andi winkte dem Kellner. »Zahlen, bitte!«

Als dieser die Rechnung brachte, wandte er sich grinsend an Natascha. »Hut ab, das sehe ich hier nicht alle Tage.«

»Freut mich, dass du deinen Spaß hattest«, antwortete sie sarkastisch. Ihr war schlecht, sie musste hier so

schnell wie möglich raus. Auf dem Weg zur Tür konnte
sie Joes Blick auf sich spüren.

6

Joe

Joe saß wie versteinert an der Bar. Er spürte noch ihre weichen Lippen, die tastende Zunge, hatte den Geruch ihres Parfums in der Nase. Seine Hose spannte im Schritt.

Mike grinste. »Genial. Ich habe meinen Augen nicht getraut. Mut hat sie. Und so nervös, wie sie war, hat sie nicht auf mich gewirkt, als sei das ihre übliche Masche.«

Joe wandte sich ihm zu, brachte jedoch kein Wort heraus.

»Sie scheint dir richtig unter die Haut zu gehen.«

Als Joe sich wieder umdrehte, fiel sein Blick auf den verlassenen Tisch, auf dem die Reste der panierten Zwiebelringe zu sehen waren.

Mike schupste ihn an. »Sie ist gerade erst aus der Tür hinaus. Na los, auf was wartest du?«

Joe sah ihn entgeistert an. »Ich kann doch nicht ... Was ist mit Linda?«

Mike schüttelte den Kopf. »Sorry, Joe, aber ausgerechnet jetzt fängst du mit deiner Frau an? Ihr habt euch doch schon lange auseinandergelebt. Diese Natascha gefällt dir doch, oder nicht? Du willst sie, sie will dich. Wenn du ihr jetzt nicht nachgehst, bereust du es.« Mike sah ihn auffordernd an. »Nun geh schon, ich erledige das mit der Rechnung.«

Joe zögerte kurz, dann sprang er auf, schnappte sich seine schwarze Lederjacke und lief aus dem Lokal.

7

Natascha

Mittlerweile war es draußen dunkel geworden. Die Regentropfen klatschten leise und rhythmisch auf die Dächer der parkenden Autos. Dieses Geräusch hatte etwas Beruhigendes an sich. Das Licht der Straßenlaternen ließ den nassen Asphalt glänzen. Ein muffiger Geruch drang von der nassen Erde herüber, die einen Ahorn umgab. Ein paar Meter vom Eingang entfernt lehnte Natascha mit der Stirn an der Hauswand. Sie hatte Andi heimgeschickt, da sie jetzt für sich sein wollte und sie nicht in der Verfassung für Gespräche war.

Sie hatte ihre Fassung noch immer nicht ganz wiedergefunden. Joe war der Mann ihrer Träume – und wahrscheinlich hatte sie ihn komplett vor den Kopf gestoßen. Was hatte sie sich bei dieser Aktion nur gedacht? Es war so peinlich! Ihr wurde wieder übel. Joe würde sich sicher nicht melden. Er musste sie für eine betrunkene Verrückte halten.

Um auf andere Gedanken zu kommen, versuchte sie sich auf die Wand zu konzentrieren, darauf, wie sich der schmutziggraue Verputz an ihrer Stirn anfühlte: rau und kratzig. Eine Träne rollte über ihre regenfeuchte Wange. Obwohl Natascha die Kälte nicht wirklich wahrnahm, zitterte sie. Sie stieß einen Seufzer aus, der tief aus ihrer Seele kam, und drückte sich noch fester gegen die Wand.

Als sich plötzlich eine Hand auf ihre Schulter legte, erstarrte sie, und im nächsten Moment wurde sie herumgedreht. Natascha blickte in Joes grüne Augen, sein Blick senkte sich tief in ihren. Regentropfen lösten sich aus ihrem Haar und liefen ihr das Gesicht herab. Ein Tropfen blieb an ihrer Oberlippe hängen. Joe fing ihn mit der Zunge auf, fuhr sanft über ihre bebenden Lippen. Diese Berührung durchfuhr sie wie ein Stromschlag. Wie erstarrt stand sie da, unfähig, einen klaren Gedanken zu fassen. Er umfasste ihr Gesicht mit beiden Händen und küsste sie mit einer Leidenschaft, die Hitzewellen durch ihren Körper jagte. Schwer atmend ließ sie sich gegen ihn fallen.

Er hob ihr Kinn und sah sie fragend an.

Sie kaute nervös an ihrer Unterlippe, dann nickte sie ihm fast unmerklich zu. Er nahm ihre Hand, zog sie mit sich, und sie lief wortlos und wie in Trance neben ihm her.

Joes Hotel war keine zehn Minuten entfernt. Bevor er den Knopf im Aufzug drückte, sah er sie nochmals forschend an. In der Kabine war es stickig, und Natascha stieg der Geruch der feuchten Kleidung in die Nase. Auf dem Boden bildeten sich bereits kleine Wasserlacken von ihren Schuhen. Auf der Fahrt in den achten Stock öffnete er den Reißverschluss ihrer Jacke. Er strich ihr sanft über die Wange, glitt tiefer, federleicht ihren Ausschnitt entlang und verharrte knapp oberhalb ihrer linken Brustwarze.

Ein erregendes Keuchen löste sich von ihren Lippen. Es war wie in ihrem Traum, den sie immer und immer wieder geträumt hatte. Sie war wie benommen und fühlte sich, als würde sie sich selbst von außen beobachten. Natascha ließ ihren Kopf in den Nacken fallen, lehnte sich zurück und bog sich Joe entgegen. Er öffnete den Knopf ihrer Bluse und schob den Ausschnitt zur Seite. Ihr runder voller Busen wurde nur noch von dem schwarzen Spitzen-BH bedeckt. Unter seinem begehrlichen Blick verhärteten sich ihre Brustwarzen und drückten sich rosafarben durch den fast durchsichtigen Stoff. Erregende Wärme breitete sich in ihrem Körper aus und sammelte sich zwischen ihren Schenkeln. Joe glitt mit dem Finger über die pralle Rundung, den Rand der Spitze entlang. Sein leicht geöffneter Mund senkte sich herab. Sie konnte noch das Bier riechen, dass er zuvor getrunken hatte. Natascha atmete stoßartig, die Augen waren halb geschlossen, ihre Lippen öffneten sich.

Der Aufzug hielt, sie zuckte zusammen.

Joe nahm ihre Hand und ging mit ihr den Gang entlang. Ihr Blick fiel auf ihre noch immer entblößte Brust und der Anblick ließ sie aus ihrer Trance erwachen. Panik überkam sie. Ihn ihrem Kopf überschlugen sich die Gedanken.

Wann hatte sie das letzte Mal Sex gehabt? Sie konnte sich nicht erinnern. Ihr Kopf war wie vernebelt von der Lust, die im Fahrstuhl in ihr aufgestiegen war ... ein Gefühl, das sie seit Ewigkeiten nicht mehr gespürt hatte. Kein Wunder, wie auch, bei dem Partner. Und dennoch hatte sie Bedürfnisse, hatte sie immer gehabt, und die waren schließlich nicht so leicht abzuschalten. Doch kaum, dass das Gefühl, sie würde sich hiermit etwas Gutes tun, in ihr aufgestiegen war, schlichen die nächsten Zweifel heran: Was wenn sie ihn enttäuschte? Konnte sie seine Erwartungen erfüllen?

Sie wollte sich gerade umdrehen und den Rückzug antreten, aber der Aufzug war schon wieder weg. Mist. Was hatte sie sich bei der Aktion nur gedacht? Natascha hatte das Gefühl, keine Luft mehr zu bekommen und presste ihre Hände gegen ihren Brustkorb.

Joe schloss die Tür auf und sah sie dabei an. »Hey, alles okay? Bist du nervös?«

Sie nickte.

»Möchtest du etwas trinken? Ich habe Wodka hier.«

Wieder konnte sie nur nicken. Ja, das wäre gerade genau das Richtige.

Joe hängte ihre Jacken an einen Haken neben der Tür, dann ging er zur Bar und goss Eristoff Vodka in zwei Gläser. Nach kurzem Zögern schenkte er ihnen beiden nochmals nach. Er lachte leise, als er mit beiden Drinks auf sie zukam.

»Hier, ich weiß nicht, wie es mit dir ist, aber ich kann jetzt definitiv einen Drink vertragen.«

Natascha trank das Glas in einem Zug aus. Sofort breitete sich Wärme in ihr aus und die Panik war wie weggeblasen. Mit einem Mal fühlte sie sich so richtig hemmungslos, so sexy und begehrenswert wie schon lange nicht mehr, und war sich ihres Körpers mit allen Sinnen bewusst. Ein wollüstiger Schauer überlief sie. Natascha atmete tief ein und ließ die Finger aufreizend über ihre vollen Rundungen unter der hauchdünnen Spitze gleiten. Sie spürte, wie sich ihre rosafarbenen Nippel verhärteten und sich Joe entgegenstreckten. Sie hatte das Gefühl, nicht mehr sie selbst zu sein, als steckte eine andere Frau in ihrem Körper, eine betörende Sirene, die die Männer um den Verstand brachte. Sie sah Joe unter halb geschlossenen Lidern an und biss sich erwartungsvoll auf ihre Unterlippe. Die Hitze wurde immer stärker, und sie ließ ihren Blick verlangend über seinen Körper wandern.

Joes Brustkorb hob und senkte sich heftig, seine Atmung ging schneller. »Wenn du mich weiter so ansiehst, kann ich für nichts mehr garantieren.«

Sie öffnete ihren Mund und fuhr mit der Zunge über die Lippen, dann trat sie vor ihn, so nah, dass sie seinen heißen Atem auf ihrem Gesicht spüren konnte. Ihre Hand legte sich wie von selbst auf die deutlich sichtbare Ausbuchtung in seinem Schritt. Sie konnte das heiße Pulsieren durch den Stoff seiner Jeans fühlen. Natascha hob ihm das Gesicht entgegen, bis ihr Mund seinen fast berührte.

Joe, der bisher wie erstarrt dagestanden hatte, riss sie mit einem Stöhnen an sich, sein Kuss war wild und leidenschaftlich. Er schob ihr Oberteil samt BH in die Höhe, drückte ihre Brüste gegeneinander, löste sich von ihrem Mund und leckte über die prallen Wölbungen. Sie spürte seine Zunge über ihre Brustwarzen kreisen, die sich sofort noch mehr verhärteten, sodass sie beinahe schmerzten. Das Saugen seiner Lippen ließ sie fast den Verstand verlieren. Sie keuchte auf, schloss die Augen und genoss dieses intensive Ziehen, dass ihr bis zwischen die Schenkel fuhr, um dort ein erregendes Pochen auszulösen. Es war das Verlangen, das so lange unterdrückt worden war und jetzt mit aller Gewalt nach Erfüllung schrie.

Sie konnte an nichts anderes mehr denken, wie eine rollige Katze rieb sie ihren Unterleib an ihm, während der Druck in ihr immer stärker wurde. Gott, sie brauchte ihn so dringend. Sie wollte ihn in sich spüren, seine Finger, seinen Schwanz, ganz egal. Sie wollte, dass er über ihren G-Punkt rieb, immer und immer wieder, bis sie es vor Verlangen nicht mehr aushielt und schließlich alles in ihr explodierte wie ein Vulkan. Alles, was sich jahrelang in ihr angestaut hatte.

Sie zog ihm das T-Shirt über den Kopf, riss am Gürtel seiner Hose, der nicht aufgehen wollte, dann endlich: Sein steifer Schwanz sprang ihr entgegen und ein glitzernder Tropfen trat aus dessen Spitze hervor. Der Anblick ließ sie erneut vor Erregung aufkeuchen.

»Fass ihn an!«, stieß Joe heiser hervor.

Sie führte ihren Zeigefinger zum Mund, um ihn anzufeuchten, und ließ ihn langsam um die samtig weiche Eichel kreisen. Sie musste ihn schmecken, unbedingt. Natascha sank vor Joe auf die Knie. Ihre Zungenspitze folgte der Spur des Fingers, umfasste ihn mit ihren Lippen und saugte daran, nahm ihn schließlich ganz in sich auf.

Joes Finger krallten sich in ihre Schultern, und er zog sie stöhnend zu sich hoch. »Stopp, Kleines, sonst ist das hier schneller vorbei, als mir lieb ist.« Er riss ihr mit einem solchen Ruck die Stoffhose hinunter, dass der Hosenknopf abriss und mit einem *Ping* an der Wodkaflasche abprallte. Sein Blick verharrte begehrlich auf ihren Schamlippen, die vom Stoff ihres Höschens kaum bedeckt wurden. Jetzt sank er vor ihr auf die Knie, drückte sein Gesicht auf ihren Spalt und atmete genussvoll ihren Duft ein. »Verdammt, riechst du geil.«

Natascha entwich ein lustvoller Seufzer, als sie seinen heißen Atem an ihrer Klitoris spürte und die weichen feuchten Lippen sich saugend darumlegten. Die Knie drohten unter ihr nachzugeben und ihre Feuchtigkeit benetzte den String zwischen ihren Schenkeln. Joe strich mit einem Finger federleicht den Rand des Höschens entlang, schob es auf die Seite und leckte von oben bis unten über ihre nasse Spalte. Dann drang er mit den Fingern in sie ein. Sie schrie auf und hielt sich an ihm fest. Jahrelang hatte sie niemand mehr an dieser Stelle berührt, nicht einmal sie selbst.

Ihr Denken verabschiedete sich völlig und sie fühlte nur noch. Das Reiben der Finger an ihrem Lustpunkt, die Spannung, die immer stärker und stärker wurde. Sie konnte das schmatzende Geräusch hören, jedesmal, wenn er ihre Feuchtigkeit verließ, um sofort darauf wieder hineinzugleiten. Wenn er so weiter machte, würde sie gleich kommen, doch sie wollte seinen Penis in sich spüren, tief und fest sollte er zustoßen.

»Fick mich.« Ihre eigenen Worte klangen fremd in ihren Ohren.

Natascha löste sich von ihm, bückte sich, um ihn verlangend zu küssen, öffnete anschließend ihre Stiefel und schleuderte sie mit einer raschen Bewegung von sich. Hose und String folgten, dann ließ sie sich mit dem Rücken auf die Tischplatte hinter sich fallen und hob ihm auffordernd das Becken entgegen.

Joes Blick war dunkel vor Verlangen auf ihre Spalte gerichtet, die sie einladend für ihn öffnete. Viel zu lange hatte sie ihre Sehnsüchte unterdrückt, aber der Alkohol nahm ihr nun sämtliche Hemmungen und erlaubte ihr, sich ihren heimlichen Wünschen hinzugeben. Sie ließ ihre Finger aufreizend zu ihren frisch rasierten Schamlippen gleiten und genoss deren samtweiche

Glätte. Ein genussvoller Seufzer entwich ihr, als sie kreisend über ihre Klitoris strich, dabei ließ sie Joe nicht aus den Augen.

»Falls du vorhast, mich um den Verstand zu bringen, dann bist du auf dem besten Weg dazu.« Seine Stimme klang heiser vor Erregung. Noch immer kniend drückte er ihre Schenkel noch weiter auseinander und strich mit den Daumen über ihre Schamlippen. »So herrlich weich.« Dann stand er auf, packte ihre gespreizten Beine, legte sie auf seine Schultern und drang mit einem heftigen Stoß in sie ein. Sie zog scharf die Luft ein. Dieses Gefühl, ganz ausgefüllt zu sein, war unbeschreiblich erregend. Natascha passte sich den immer schneller werdenden Bewegungen an, bis sich ihre Bauchmuskeln verkrampften und sie vor Anspannung zitterte. Sie krallte ihre Finger in Joes Schultern, schloss die Augen und ließ sich in ihre Empfindungen fallen. Es war wie ein Vibrieren in ihr, das stärker und stärker wurde, während sich in ihrem Unterleib alles immer mehr zusammenzog. Dieses herrliche Gefühl des Loslassens, das alles noch verstärkte, es nicht mehr ertragen und doch nicht aufhören zu können. Das Warten auf die pulsierende Erlösung, die ihren ganzen Körper in zuckenden Wellen durchlief. Ihr eigenes Stöhnen am Höhepunkt der Lust drang wie durch Watte an ihre Ohren, und sie hatte das Gefühl abzuheben, während sich ihre Muskeln rhythmisch um Joe zusammenzogen.

Beinahe zeitglich entlud er sich mit einem Aufschrei in ihr, die Finger krallte er schmerzhaft in ihre Oberschenkel. Die Spannung ließ langsam nach, und zurück blieb ein erfüllendes Pochen, während eine angenehme

Schwere sich in ihrem Körper ausbreitete. Joe stand heftig atmend vor ihr, sein muskulöser Oberkörper glänzte vor Schweiß, die Jeans hing ihm um die Knie. Natascha lag völlig entspannt auf der Tischplatte und konnte den Blick nicht von ihm wenden.

»Du bist wirklich ein schöner Mann!«

»Und das von der Schönheit in Person.« Er lächelte sie an. »Du bist der Wahnsinn, weißt du das?« Joe sah ihr dabei direkt in die Augen. »Du bist so sinnlich.« Zärtlich strich er ihr mit den Fingerspitzen über die Haut, vom Hals abwärts, seitlich die Brust entlang bis zum Bauch.

Eine Gänsehaut lief ihr über den Körper und sie hätte am liebsten vor Behaglichkeit geschnurrt.

»Komm, lass uns ins Bett gehen.« Mit diesen Worten entledigte er sich seiner restlichen Sachen, dann hob er sie hoch, um sie auf das Bett zu legen. Er sah sie bewundernd an. »Wunderschön!«

Joe ließ den Kopf zu ihr herabsinken, Natascha schloss in freudiger Erwartung die Augen. War sie gerade noch tiefenentspannt gewesen, erwachte nun erneut das Verlangen in ihr. Das sanfte Streicheln und Knabbern seiner Lippen hinterließ eine feuchte Spur auf ihrer Haut. Ihre Brustwarzen versteiften sich erneut und warteten sehnsuchtsvoll auf seine Berührung. Das sanfte Zubeißen der Zähne jagte ihr elektrische Schauer durch den Körper. Ihre Beine öffneten sich wie von selbst, eine deutliche Aufforderung, die Erkundungstour dort fortzusetzen. Die Augen noch immer geschlossen wartete sie auf die nächste Berührung. Als er federleicht ihre Klitoris berührte, entfuhr ein lustvolles Keuchen ihrer Kehle. Diese unerwarteten Berührungen ließen ihre Schenkel vor Verlangen zittern.

Während Joe mit sanftem Druck ihre Lustperle leckte und an ihr saugte, drang er mit den Fingern erneut in sie ein, um über den noch immer geschwollenen G-Punkt zu reiben.

Nach Jahren unterdrückter Lust war diese Reizflut mehr, als sie ertragen konnte. Sie bäumte sich mit zuckendem Unterkörper auf. Eine Woge um die andere durchflutete ihren Körper. Zitternd vergrub sie ihre Finger in seinem Haar. Joe ließ sich neben sie fallen und zog sie in seine Arme. Natascha kuschelte sich erschöpft an ihn und genoss die Berührung seiner erhitzten Haut. Er strich ihr zärtlich das lange Haar aus dem Gesicht, sein Mund verzog sich dabei zu einem Lächeln.

»Hätte nicht gedacht, dass der Abend heute so enden würde.«

»Enden? Sind wir denn schon fertig?«

Lachend stützte er sich auf den Ellbogen, seine Augen funkelten belustigt. »Hast du noch nicht genug?«

Natascha schürzte die Lippen und klimperte mit den Wimpern. »Lass dich überraschen.« Sie stand auf, um sich nochmals einen doppelten Wodka einzuschenken. Auf keinen Fall wollte sie das herrliche Gefühl der Leichtigkeit verlieren, das sie Dinge tun ließ, von denen sie in den letzten Jahren nur geträumt hatte. Der Alkohol brannte ihr die Kehle hinab, und erneut breitete sich eine angenehme Wärme in ihr aus. Sie ging mit schwingenden Hüften zurück zum Bett.

Joe hatte noch immer den Kopf auf den Ellbogen gestützt und sah ihr mit lüsternem Blick entgegen. Sie schwang sich über ihn, rollte ihn auf den Rücken und beugte sich vor. Er betrachtete begehrlich ihre Brüste, die knapp vor seiner Nase baumelten.

»Das verspricht interessant zu werden.« Joes Stimme klang heiser vor Erregung. Sein warmer Atem streifte dabei über ihre nackte Haut.

Natascha leckte mit der Zunge über seine Ohrmuschel. Er stöhnte auf, packte ihre Hüften und presste sie an sich, sein erneut steifer Penis drückte gegen ihren Unterleib. Sie hatte das Gefühl, zwischen den Schenkeln in Flammen zu stehen, doch jetzt ging es nicht um die Befriedigung ihrer Lust, diesmal wollte sie mit ihm spielen, ihn um den Verstand bringen. Natascha streifte mit ihren hart aufgerichteten Brustwarzen über Joes glatten Oberkörper. Sie war wie elektrisiert von dem Prickeln, das diese sanfte Reibung an seiner Haut in ihr auslöste. Mit leicht geöffnetem Mund verfolgte er jede ihrer Bewegungen. Spielerisch wich sie seiner Hand aus, die nach ihren Brüsten greifen wollte. Sie richtete sich auf, hob T-Shirt samt Pants vom Boden auf und band Joes Arme locker am Kopfteil des Betts fest. Seine Atmung beschleunigte sich.

Natascha senkte eine rosafarbene Spitze verführerisch seinem Mund entgegen, entzog sie ihm jedoch, bevor er sie zu fassen bekam, wiederholte das neckische Spiel mehrmals. Dann wurde sie gefangen. Sie schrie auf vor Lust. Die heftig saugenden Bewegungen von Joes Lippen fuhren ihr wie Stromschläge durch den Körper. Natascha richtete sich keuchend auf, ließ ihre Hand über seine Bauchmuskeln gleiten, tiefer, immer tiefer und umfasste Joes steinharten Schwanz. Dann kniete sie sich direkt über ihn und nahm ihn ein Stückchen in sich auf, gerade so viel, dass sie die Eichel fest mit ihren Muskeln umschließen konnte, lockerte sie wieder und zog sie wieder zusammen. Joes Atem ging stoßartig, die Augen wirkten schwarz, als hätte er nur Pupillen, den Blick unverwandt auf sie gerichtet. Sie genoss die Macht, die sie in diesem Augenblick über ihn hatte, dass er ihr völlig ausgeliefert war und sich vor Erregung unter ihr wand.

Als sich sein Körper anspannte und er kurz vor dem Höhepunkt war, ließ sie seinen Penis herausgleiten. Ein enttäuschtes Stöhnen entwich seinen Lippen. Sie umkreiste mit ihren Fingern die Eichel, auf der sich bereits Lusttropfen bildeten, gleichzeitig strich sie mit der anderen Hand über seine Hoden, zuerst zärtlich und sanft, um sie anschließen mit festem Griff zu umfassen. Dieses Spiel wiederholte sie einige Male. Joe hatte mit beiden Händen die Stange des Kopfteils umfasst, seine Knöchel traten weiß hervor und seine Armmuskeln zitterten vor Anspannung. Er war schweißgebadet. Die Fesseln waren bereits vor einiger Zeit aufgegangen und zur Seite gerutscht.

Er verkrampfte sich unter ihr und sein Stöhnen wurde immer lauter, dann bäumte er sich mit einem Schrei auf. Sein Penis entlud sich mit voller Wucht zuckend auf seinem Oberkörper, immer und immer wieder, spritzte über seinen Bauch bis hinauf zum Brustkorb. Sie ließ sich zufrieden und erschöpft neben ihn fallen. Joe schnappte sich einen Zipfel der Bettdecke und wischte sich das Sperma ab, dann zog er sie in seine Arme und bettete ihren Kopf an seine Schulter.

»Bleibst du heute Nacht bei mir?«, flüsterte er ihn ihr Haar.

Sie nickte.

Ein Gedanke schoss ihr durch den Kopf. Sie fühlte sich so ... Nachdenklich hielt sie inne. Glücklich und zufrieden, das war es! Sie fühlte sich so glücklich und zufrieden wie schon sehr lange nicht mehr.

Sie kuschelte sich enger an Joe und schloss die Augen. Ihr Kopf hob und senkte sich im Rhythmus seiner Atmung, zuerst schnell, dann immer langsamer, bis sie in einen tiefen Schlaf fiel.

8

Joe

Die Sonne schien ins Zimmer, warf ihre Strahlen auf einen Teil des Bettes, auf nackte Beine und zerknüllte Bettlaken, Staub tanzte im Sonnenlicht. Auf dem Tisch lag ein umgeworfenes Glas, der ausgelaufene Wodka war bereits eingetrocknet. Auf dem Boden war Kleidung verstreut, ein Stringtanga baumelte von der Stuhllehne, Schuhe lagen bei der Hotelzimmertür und unter dem Fenster.

Joe, der gerade munter geworden war, stützte den Kopf auf den Arm und sah Natascha beim Schlafen zu. Er strich ihr zärtlich das Haar aus der Stirn.

Sie schlug die Augen auf und lächelte ihn noch ganz verschlafen an. »Guten Morgen!«

Er beugte sich zu ihr, um sie auf die Stirn zu küssen. »Komm, lass uns gemeinsam duschen und dann frühstücken. Oder vielmehr Mittagessen, wenn man es genau nimmt, es ist bereits zwölf Uhr vorbei.«

»Hmmm, ich kann mir vorstellen, was du unter gemeinsam duschen verstehst.«

Als Antwort grinste er nur und sah sie mit anzüglichem Blick an. Natascha rekelte sich unter der Bettdecke, worauf das Laken verrutschte und sich ihm die sanften Rundungen ihrer Brüste unbedeckt darboten.

Dabei leckte sie sich aufreizend über die Oberlippe, ohne ihn aus den Augen zu lassen. Hitze strömte ihm zwischen die Lenden und er bekam einen Ständer.

»Na dann: Wer als Erster unter der Dusche ist!«, rief sie lachend. Wie der Blitz sprang sie auf und sauste ins Bad. Polster und Decken flogen kreuz und quer durch die Luft.

Joe wollte ihr nach, blieb jedoch mit dem Fuß in einer der Bettdecken hängen, sodass er wieder rücklings auf das Bett fiel. Er fluchte lauthals. Bis er sich endlich befreit und das Bad erreicht hatte, stand Natascha bereits unter der Dusche. Wassertropfen liefen ihr den Rücken hinab, und ihre Haut schimmerte golden im Licht des Badezimmers. Dieser Anblick törnte ihn noch mehr an und sein Schwanz machte sich pochend bemerkbar.

Joe stellte sich ganz dicht hinter sie. »Seife?«

Sie führte seine Hand an sich vorbei zum Flüssigseifenspender und pumpte ein wenig davon hinein. Er verteilte die cremige Flüssigkeit auf ihren Brüsten, die sich rund und fest in seine Handflächen schmiegten, bis sie schäumte. Ihre rosafarbenen Nippel verhärteten sich, und er konnte nicht widerstehen und kniff hinein. Ihr lautes Stöhnen mischte sich mit dem Rauschen des herabprasselnden Wassers. Er glitt weiter über ihren straffen Bauch bis zu den herrlich weichen Schamlippen, es war wie das Gefühl, über Samt zu streichen. Vor Erregung aufstöhnend drückte er sich gegen ihren knackigen Po. Sein Penis war mittlerweile steinhart und schmerzte vor Verlangen. Joe ließ seine Finger ihre Spalte entlanggleiten und drang in sie ein, in diese feuchte Lustgrotte. Natascha rieb sich auffordernd an ihm, woraufhin er nicht mehr länger warten konnte, alles in ihm drängte danach, seinen Schwanz in ihr zu versenken, ihre Enge zu spüren, die sich fest um ihn schloss. Allein der Gedanke daran ließ ihn beinahe abspritzen. Dieses erotische, verführerische Wesen vor ihm brachte ihn noch um den Verstand.

Joe drückte sie nach vorne, packte sie an den Hüften und drang mit einem Stoß in sie ein. Ihre Muskeln zogen sich so fest um ihn zusammen, dass er kurz innehalten musste. Verdammt, er kam sich vor wie ein pubertierender Teenager. Dann zog er sich zurück, um erneut zuzustoßen, schnell und heftig. Natascha stützte sich mit beiden Händen an der Steinwand der Dusche ab und bewegt rhythmisch ihr Becken, dann schob sie eine Hand zwischen ihre Schenkel. Gott, sie masturbierte!

Erregung durchströmte ihn, so heftig, dass er sich fast nicht mehr beherrschen konnte. Er biss so fest die Zähne zusammen, dass er die pulsierenden Adern an seinen Schläfen spüren konnte. Alles in ihm schrie nach Erlösung. Ihre zuckenden Muskeln und das laute Stöhnen sagten ihm, dass sie kam. Jetzt war es um seine mühsam aufrechterhaltene Beherrschung geschehen und er entlud sich aufstöhnend in ihr, seine Finger krallten sich in ihre zitternden Hüften. Schweratmend ließ er sich zu Boden sinken und zog sie auf sich. So blieben sie eine Weile sitzen, Haut an Haut, während das Wasser auf sie herabprasselte.

»Lass uns noch etwas essen, bevor ich zum Flughafen fahren muss.« Seine eigenen Worte machten ihm bewusst, wie begrenzt ihre gemeinsame Zeit war. Ein unerwartetes Gefühl von Verlustangst befiel ihn, und fast fluchtartig verließ er vor ihr das Badezimmer.

Das Mittagessen im Hotel verlief in gedrückter Stimmung.

»Erzähl doch mal, Joe, bist du verheiratet, hast du Kinder?«

Er sah von seinem Teller hoch und kaute länger als nötig auf seinem Rührei herum, um sich noch ein wenig Zeit zu verschaffen.

»Ja, bin ich. Ich habe zwei erwachsene Kinder, Jayden ist dreiundzwanzig und Melody einundzwanzig.«

Er hörte sie scharf einatmen.

»Mit meiner Ehe, also, da stimmt es schon lange nicht mehr. Na ja, wie es so oft ist, will man das nicht wahrhaben und bleibt aus Gewohnheit zusammen.«

Eine Weile schwiegen sie. Nataschas Blick war starr auf den Parkettboden gerichtet, als wollte sie sich das Muster auf ewig einprägen.

»Was ist mit dir?«

Sie erwachte mit einem Ruck aus ihrer Trance und sah ihn blinzelnd an. »Ich bin ebenfalls verheiratet, habe jedoch keine Kinder. Mein Mann und ich haben uns vor Kurzem getrennt. Diese Entscheidung ist mir nicht leichtgefallen, aber ich liebe ihn schon lange nicht mehr und hätte bereits vor Jahren gehen sollen. Doch wie du schon gesagt hast, die Gewohnheit lässt einen zusammenbleiben. Wir wohnen noch zusammen, ich muss mir erst eine eigene Wohnung suchen.«

Er betrachtete sie aufmerksam. Sein Blick glitt über das glatte schwarze Haar, das ihr weit über den Rücken reichte, über ihre grünen Augen mit den gelben Sprenkeln, die schmale Nase bis hin zu den vollen sinnlichen Lippen. Sie war wunderschön. Am meisten faszinierte ihn ihre Ausstrahlung, die ihn anzog wie einen Magnet.

Ihre offene Art und das Lächeln, das ihr ganzes Gesicht erstrahlen ließ, als würde die Sonne aufgehen.

Ihr war seine Musterung nicht entgangen und sie blickte ihn unsicher an. War das dieselbe Frau, die gerade noch vor ihm masturbiert und die ihn gestern Nacht mit ihrer atemberaubenden Sinnlichkeit fast um den Verstand gebracht hatte? Sie war ein Widerspruch in sich, und gerade das faszinierte ihn so an ihr, das machte sie so begehrenswert.

»Begleite mich zum Flughafen.« Dieser Satz kam von ganz allein über seine Lippen.

Sie sah in überrascht an. »Klar komme ich mit, ich ...« Sie blinzelte, ihre Augen glänzten verdächtig.

Joe musste schwer schlucken. Er fand keine Worte. So wie es aussah, ging auch er ihr unter die Haut. Es wirkte auf ihn, als käme sie mit der Situation nicht wirklich klar. Er übrigens auch nicht, überhaupt nicht. Er hatte keine Ahnung, wie das hier weitergehen sollte. Das war definitiv kein One-Night-Stand für ihn, ganz im Gegenteil. Allein der Gedanke, dass er sich bald von ihr würde trennen müssen, ließ ihn eine gähnende Leere in sich fühlen.

Im Foyer des Hotels trafen sie auf Mike, der es sich auf einem der gemütlichen dunkelgrauen Sofas bequem gemacht hatte. Riesige runde Holzübertöpfe standen im ganzen Raum verteilt, aus denen gewaltige Philodendren wucherten, dem Licht entgegen, das aus dem großen runden Glasfenster in der Decke fiel. Als er sie beide bemerkte, sprang er auf, kam über das ganze Gesicht grinsend auf sie zu und reichte Natascha die Hand.

»Hallo, irgendwie hatten wir gestern nicht die Gelegenheit, uns einander vorzustellen. Ich bin Mike Cooper, Joe Bennetts Arbeitskollege und Freund.«

»Nicht die Gelegenheit ist gut. Außer Joe habe ich gestern niemanden gesehen. Du warst also ebenfalls da, ja? Freut mich, dich kennenzulernen!«

Mike lachte schallend.

Während der Fahrt im Cat, dem Flughafenzubringer nach Schwechat, unterhielten sich Mike und Natascha die ganze Zeit über; sie verstanden sich auf Anhieb. Man merkte zwar, dass sie teilweise Probleme mit dem Englisch hatte und oft nach Vokabeln suchen musste, doch das störte den Redefluss der beiden in keiner Weise. Joe hörte ihnen schweigend zu, seine Gedanken schweiften dabei immer wieder ab.

Am Airport Wien-Schwechat herrschte Hochbetrieb. Der gewaltige Lärmpegel wurde zusätzlich durch Lautsprecherdurchsagen verstärkt. Joe betrat mit den beiden gerade den Check-in-Bereich von United Airlines, da brach es aus ihm heraus. »Flieg mit mir nach New York.«

Dieser Satz hing geradezu in der Luft.

Natascha schaute ihn entgeistert an.

Joe war von sich selbst überrascht, so spontan war er sonst nämlich nicht.

»Wie stellst du dir das vor? Ich habe kein Flugticket, keine Einreisegenehmigung für die USA, Gepäck habe ich auch keines, wo soll ich in New York übernachten? Den Pass habe ich mit, ja, aber ...« Natascha brach ab.

»Wohnen kannst du bei mir«, meinte Mike.

»Das Ticket organisiere ich gleich hier. Um diese Jahreszeit ist der Flieger sicher nicht voll«, meinte Joe. Er bekam auf einmal Angst vor seiner eigenen Courage, über die Folgen hatte er überhaupt nicht nachgedacht. Doch er wusste ebenfalls, wenn er sie jetzt hier zurückließ, würde er sie nicht mehr wiedersehen, und das wollte er auf keinen Fall.

»Und um die Einreisegenehmigung mach dir keine Gedanken. Wir können über meinen Laptop das Visum bei ESTA beantragen. Ich kenne jemanden beim Ministerium für Innere Sicherheit, den kann ich anrufen, damit er es sofort bewilligt. Und pfeif auf das Gepäck, das Notwendigste kaufe ich dir.« Er sah sie erwartungsvoll an.

Nataschas Stirn lag in Falten, ihre Augen schweiften zwischen ihm und Mike hin und her. »Na gut, ich komme mit.« Auf einmal strahlte sie über das ganze Gesicht. »Ich fliege nach New York!«

9

Natascha

Dienstag, vierzehn Tage später, Soho

Mikes Appartement war atemberaubend. Das große Loft lag in einem ehemaligen Fabrikgebäude, Ess- und Wohnraum waren in einem Bereich, zusätzlich gab es noch ein Schlafzimmer, zwei Gästezimmer und ein Bad. Die Einrichtung war modern und geschmackvoll. Mitten im Wohnbereich stand eine gemütliche Wohnlandschaft aus hellgrauem Stoff. Die Küche bestand aus einer Wandzeile mit weißen Fronten und einer parallel verlaufenden Kochinsel, der Esstisch war aus heller Eiche mit Platz für zehn Personen und die Stühle aus schwarzem Leder im Vintage-Look.

Von der riesigen Glasfront aus hatte man einen atemberaubenden Blick auf den Hudson River. Die gerade untergehende Sonne tauchte die Wohnung in ein rotgoldenes Licht.

Natascha, die mit Mike beim Abendessen saß, hatte für diese Schönheit heute jedoch keinen Blick. Sie hatte den Kopf in die Hand gestützt und stocherte geistesabwesend in ihrem Essen, das sie bisher kaum angerührt hatte.

Mike war ihr in der Zwischenzeit richtig ans Herz gewachsen und ein guter Freund geworden. Sie hatte es sich angewöhnt, für ihn am Abend zu kochen, um sich damit ein wenig für die Gastfreundschaft zu revanchieren. Erst gestern hatte er ihr gestanden, dass er seit Ewigkeiten nicht mehr so gut gegessen hatte wie in den letzten beiden Wochen. Da Kochen nicht so seins war, hatte er die Küche fast nie benutzt und sich meistens etwas vom Chinesen oder Italiener liefern lassen.

Natascha hatte Scheiterhaufen gemacht. Eine österreichische Mehlspeise aus trockenen, dünn geschnittenen Semmeln, die mit einer Flüssigkeit aus Milch, Eiern und Zucker beträufelt wurde. Eine Masse aus geriebenen Äpfeln, zerlassener Butter, Zucker, Zimt und Rosinen wurde abwechselnd mit den Semmeln in eine Auflaufform geschichtet und das Ganze im Backofen bei etwa hundertachtzig Grad gebacken. Kurz vor dem Servieren wurde der süße Auflauf mit einer Schicht aus Eischnee, vermischt mit Zucker und geriebenen Nüssen, überbacken. Normalerweise war es ein Gedicht, doch heute konnte Natascha sich nicht einmal dafür begeistern.

Mike, der ihre schlechte Stimmung nicht zu bemerken schien, schaufelte seine Portion Scheiterhaufen mit einem zufriedenen Grinsen in sich hinein, bis sie ihrer Wut schließlich Luft machte.

»Was bildet sich dieser Kerl eigentlich ein?«, fauchte sie, und Mike hätte beinahe seine Gabel fallen lassen. Kopfschüttelnd sah er sie an. »Sag mal, was ist denn mit dir los? Gibt es irgendeinen Grund, mich so zu erschrecken? Wenn du auf Joe wütend bist, dann lass es bitte an ihm aus.«

»Sorry, Mike, aber ich bin stinksauer! Jetzt bin ich seit genau zwei Wochen hier und er hat sich kein einziges Mal blicken lassen, seit dem Tag, als er mich bei dir abgeladen hat. Auf meine WhatsApp-Nachrichten kommt nur die Antwort, ich solle etwas Geduld haben. Mike, ich habe endgültig die Nase voll! *Er* wollte, dass ich mitkomme. Warum das Versteckspiel? Wenn er bei seiner Frau bleiben möchte, dann soll er mir das sagen. Nicht dass es mir nichts ausmachen würde, aber den jetzigen Zustand ertrage ich keinen Augenblick länger. Ich komme mir vor wie auf dem Abstellgleis!« Tränen traten ihr in die Augen.

Mike schien überfordert von ihrem Redefluss. Sichtlich unbehaglich strich er sich über sein Kinn.

Sie sah ihn wütend an, Tränen des Zorns und der Enttäuschung liefen ihr über die Wangen. Am liebsten hätte sie mit den Fäusten auf den Tisch getrommelt, um sich abzureagieren. »Ich weiß, ich weiß, Joe ist dein Freund. Du musst nichts dazu sagen.« Sie stützte seufzend die Arme auf dem Tisch ab und vergrub ihr Gesicht in den Händen. Sie war auf Wolke sieben geschwebt, doch jetzt waren all ihre Träume und Hoffnungen im Nichts verpufft. Von Joe so enttäuscht zu werden, tat verdammt weh. Wenn es ihm nur um den Sex gegangen war, warum war sie dann überhaupt hier?

Frustriert blickte sie wieder hoch. »Ich brauche dringend Ablenkung, sonst drehe ich durch. Dieses Lokal im Stadtteil Hell's Kitchen, von dem du erzählt hast, in dem viele Österreicher verkehren, dort spielt heute Livemusik. Ich will mal wieder Deutsch sprechen, nicht über die Vokabeln nachdenken müssen, reden, wie mir der Schnabel gewachsen ist. Vielleicht bringt mich das auf andere Gedanken. Und was Joe angeht … ich möchte ihn momentan nicht sehen. Sein Verhalten verletzt mich. Ich fühle mich so … so wertlos.« Genau das war es, dieses Gefühl der Wertlosigkeit. Sie kannte es aus der Zeit ihrer Ehe, verbunden mit der Hilflosigkeit, etwas nicht ändern zu können. Festzustecken und weder vor noch zurück zu können. Sie hatte sich geschworen, nie wieder so fühlen zu wollen. Sie wollte nicht zurück in dieses Loch, in dem sie damals gesteckt hatte. Natascha sprang so abrupt auf, dass ihr Sessel nach hinten zu kippen drohte. »Ich geh mich umziehen!«

Natascha sah in den Garderobenspiegel. Sie hatte für heute Abend alle Register gezogen. Sie war ganz in Schwarz gekleidet, trug knallenge Jeans, ein ärmelloses Top, darüber eine Lederjacke und Stiefel bis über die Knie. Mit ihrem Make-up hatte sie sich besonders Mühe gegeben, keine Spur mehr von den kurz zuvor vergossenen Tränen. Sie hatte mit Kajal und Lidschatten ihre grünen Augen betont, auf den Lippen glänzte lachsfarbener Lippenstift. Das schwarze Haar war frisch gewaschen und glänzte wie schwarze Seide.

»Da wirst du heute Abend Mühe haben, dir die Männer vom Leib zu halten!«, sagte Mike.

»Was, wenn ich das gar nicht will.« Natascha grinste Mike schelmisch an. Auf einmal war sie in Feierlaune, konnte es kaum erwarten, so richtig Gas zu geben. Joe hatte sie in ihrem Kopf ganz weit nach hinten geschoben. In den letzten Tagen hatte sich gedanklich alles nur um ihn gedreht, das musste ein Ende haben. Jetzt wollte sie nur noch eins: Spaß haben.

»Ich kann es dir nicht verdenken«, antwortete Mike. »Joe benimmt sich wirklich wie ein Idiot!«

»Fein, dass du meine Meinung diesbezüglich endlich teilst«, kam es trocken von ihr zurück, und sofort spürte sie ein schlechtes Gewissen an ihr nagen. Mike konnte schließlich nichts für das Verhalten seines Freundes. »Sorry, Mike, das war unfair von mir.« Natascha umarmte ihn.

»Pass auf dich auf. Du hast meine Handynummer. Wenn was ist, ruf an! New York zählt mittlerweile zwar zu den sichersten Großstädten der Welt, aber es ist nicht Wien und schon gar nicht Baden bei Wien, also … vergiss das nicht.«

Sie war bereits bei der Tür, da rief er sie noch einmal zurück. »Wie hast du vor, hinzukommen?«

»Ich nehme die U-Bahn, dachte ich.«

Mike grinste sie an. »Was würdest du sagen, wenn ich dich frage, ob du nicht Lust hättest, mit meiner Harley zu fahren? So warm, wie es momentan ist.«

In New York herrschte zur Zeit Föhnwetter. Für Ende Oktober war es daher ungewöhnlich mild, an die zwanzig Grad. Für Natascha, die Kälte nicht mochte, das reinste Traumwetter.

Sie sah ihn entgeistert an. »Ist das dein Ernst, du lässt mich wirklich fahren?«

Sein Grinsen wurde breiter. »Na klar, ich habe kein Problem damit. Komm, ich zeig dir alles. Wir drehen eine kleine Proberunde und dann ab mit dir.«

»Mike, du bist ein Schatz.« Sie fiel ihm um den Hals. Ihr Herz klopfte vor Aufregung und sie konnte die Hitze in ihren Wangen spüren. »Du weißt ja nicht, wie lange ich mir das schon wünsche. Ich muss dich jedoch vorwarnen, ich bin jahrelang nicht mehr gefahren.«

»Keine Sorge«, entgegnete Mike. »Das verlernt man nicht.«

Es war ein herrliches Gefühl. Die Häuserblocks rauschten nur so an ihr vorbei und der Fahrtwind blies ihr warm ins Gesicht, am liebsten hätte sie die Augen geschlossen. Die Straße, durch die sie gerade fuhr, war übersät mit Restaurants und Bars. Der Duft von verschiedenen Küchen mischte sich unter den Geruch der Abgase. Hier waren alle Nationalitäten vertreten und man konnte essen, was das Herz begehrte. Aufgrund der milden Temperaturen waren viele Biergärten geöffnet, in denen sich die New Yorker nach der Arbeit auf ein paar Drinks oder einen Happen zu essen trafen. Natascha genoss die Fahrt auf der Harley in vollen Zügen. Genüsslich ließ sie den Motor aufheulen.

Wie leicht ihr das Fahren fiel! Sie war aufgestiegen und los war es gegangen, sie hatte wirklich nichts verlernt. So ein Gefährt musste sie sich unbedingt selbst zulegen. Zuerst war jedoch das Tattoo dran, ein Drache unterhalb der linken Brust bis über den Bauch. Endlich hatte sie das passende Motiv gefunden. Wie lange sie darüber nachgegrübelt hatte! Aber jetzt stand es klar und deutlich vor ihren Augen. Was so eine Motorradfahrt alles bewirkte!

Vielleicht würde sie heute ja auch auf Hubsi treffen. Vor ein paar Tagen hatte sie erst mit Philipp telefoniert, der ihr erzählt hatte, dass sich sein Bruder ebenfalls zurzeit in New York aufhielt und des Öfteren in dieser Bar abhing.

Sie bog in eine Seitenstraße ein und da sah sie es schon, das »*Bikers*«.

Vor der Tür standen bereits jede Menge Harleys und einige andere Motorräder. Natascha stellte schwungvoll Mikes Maschine daneben ab.

Am Türsteher vorbei, der sie bewundernd musterte, betrat sie das Lokal. Sie blieb im Eingangsbereich kurz stehen, um sich umzusehen. Es herrschte eine schummrige Atmosphäre, alles war in dunklem Holz gehalten. Massive Tische und Bänke waren seitlich im Raum verteilt, in einer Ecke standen mehrere bequeme orangefarbene Lehnsessel, an der Wand eine Jukebox. In einem separaten Bereich konnte sie zwei Billardtische ausmachen. Die langgezogene Theke am anderen Ende des Gastraums lud zum Verweilen ein, davor standen etliche bequeme Barhocker aus schwarzem Leder. Hinter dem Tresen herrschte geschäftiges Treiben, da der Raum zum Bersten voll war. Im rückwärtigen Bereich des Lokals befand sich eine Bühne, auf der bereits für das Livekonzert aufgebaut wurde. An den Wänden hingen Bilder von diversen Rockbands, von alten Gruppen wie *Black Sabbath*, *Dio*, *AC/DC*, *Led Zeppelin* sowie von neueren Bands wie *Disturbed*, *Five Finger Death Punch* und der argentinischen Band *Triddana*. Deren Stil, eine Mischung aus schottischer und irischer Volksmusik in Kombination mit Power-Metal mochte Natascha besonders.

Oberhalb der Bar hingen zwei Gitarren und einige Wimpel verschiedener deutscher Fußballmannschaften, wie dem VfB Stuttgart. Ihr Gesicht verzog sich zu einem Grinsen, hier war wohl jemand Deutschlandfan. Sie arbeitete sich bis zum Tresen vor, um einen Jagertee zu bestellen, hielt dort jedoch abrupt inne. Sie hatte keine Ahnung, was das englische Wort dafür war.

»Mist!«, sagte sie laut auf Deutsch. »Was heißt jetzt Jagertee auf Englisch?«

Der Barkellner, der am Zapfhahn gerade Bier ausschenkte, lachte hell auf. Er war in etwa so groß wie Natascha, untersetzt, glatt rasiert und hatte die dunkelbraunen Haare zu einem Pferdeschwanz zusammengebunden. An beiden Oberarmen prangten Tattoos, links eine Meerjungfrau, rechts ein Anker mit einem Herz. Old-School-Tattoos. Nicht ihr Fall, da sie mehr auf Realistic-Tattoos stand, doch zu ihm passten sie. Sie schätzte ihn auf Mitte fünfzig.

»Du kannst Deutsch mit mir reden, ich komme ursprünglich aus Friedrichshafen. Er heißt übrigens genauso: Jagertee.«

Sie sah ihm lachend in die grauen Augen.

»Ich bin Matt.«

»Freut mich, Matt. Ich heiße Natascha. Trinkst du einen Jagertee mit mir?«

»Sorry, vielleicht später. Was meinst du, was los ist, wenn ich jetzt schon zu trinken anfange? Im Gegensatz zu dir muss ich arbeiten.« Er grinste über das ganze Gesicht.

»Wenn er keinen mit dir trinkt, dann mach ich das. Dafür bin ich immer zu haben.«

Natascha drehte sich zur Seite. »Na, ich glaub's ja nicht, ein Tiroler.«

Der Mann neben ihr war Ende dreißig, einen halben Kopf kleiner als sie und trug Standardklamotten, Jeans und T-Shirt. An seinem schlaksigen Körper wirkten sie eine Nummer zu groß. Die halblangen schwarzen

Haare fielen ihm immer wieder über die hellgrauen Augen. Nach mehreren Versuchen, sie hinter die Ohren zu streichen, gab er schließlich seufzend auf.

»Ich bin der Hubsi.«

Na, das war jetzt aber schnell gegangen. »Du hast einen Bruder, der Philipp Bauer heißt und bist schwul!«, brach es da aus ihr heraus. Gleich darauf schlug sie die Hand vor den Mund, Röte stieg ihr vom Hals herauf. Sie und ihre große Klappe! Warum konnte sie nicht einmal vor dem Reden denken? Ja, Philipp hatte ihr erzählt, dass sein Bruder schwul war, aber das musste ja nicht gleich jeder wissen.

Hubsi sah sie überrascht an, wedelte dann jedoch beschwichtigend mit den Händen.

Erleichtert fiel sie ihm um den Hals.

»Ich habe deinen Bruder vor drei Monaten in Tirol kennengelernt und war öfters mit diesem Spinner wandern. Vor ein paar Tagen hat er mir erzählt, dass du zurzeit ebenfalls hier in New York bist und ich dich wahrscheinlich hier in dieser Bar finden würde.«

»Dann bis du also die Verrückte! Ich habe so einiges über dich gehört, von wegen Hüttengaudi und so. Philipp hat erzählt, er hätte schon lange nicht mehr so viel gelacht wie mit dir.«

Matt stellte die beiden Jagertee vor ihnen ab, die Natascha gleich bezahlte.

»Da treffen sich zwei Österreicher im *Bikers* in New York und stellen fest, dass sie einen gemeinsamen Bekannten haben. Ich sag's ja immer, die Welt ist ein Dorf.« Hubsi gluckste vor sich hin.

»Du weißt schon, dass ich mit deinem Bruder ausgemacht habe, dass wenn ich mal in seiner Nähe bin, wir auf der Rübezahlalm einen Jagertee trinken gehen? Genauer gesagt vier, und dass du unbedingt mit dabei sein musst!«

»Dazu brauche ich jetzt definitiv eine Erklärung.«

»Dein Bruder hat behauptet, dass sich die Frauen auf dieser Hütte bereits nach dem dritten Jagertee ausziehen, weil er so stark ist. Da kann er bei mir jedoch ewig warten, unabhängig, wie viel ich intus habe. Na, und das will ich ihm beweisen.«

Hinter der Bar lachte Matt laut auf.

»Und was habe ich damit zu tun?«

»Ganz einfach, ich wollte schon immer einen schwulen Freund. Ich hoffe, ich bin dir jetzt nicht zu nahegetreten. Weißt du, mit Männern bin ich stets besser ausgekommen als mit Frauen, bereits als Jugendliche. Reine Freundschaft mit einer Frau kann von der Männerseite her jedoch etwas kompliziert sein, meistens wollen sie dann doch mehr. Tja, und mit einem Schwulen hätte ich das Problem nicht.« Natascha konnte ihren Redefluss kaum noch stoppen. Endlich konnte sie wieder sprechen, wie ihr der Schnabel gewachsen war, und sie redete ohne Punkt und Komma. Sie hielt abrupt inne und grinste Hubsi entschuldigend an.

Dieser schüttelte lachend den Kopf. »Mädel, du bist wirklich verrückt, aber ganz nach meinem Geschmack. Lass uns darauf anstoßen, Prost!« Er schlug knallend sein Glas gegen ihres und nahm einen ordentlichen Schluck. »Wow, der Jagertee hat es echt in sich, Matt.« Hubsi schüttelte sich, das Gesicht zu einer Grimasse verzogen. »Und du verrückte Henne setzt dich jetzt zu uns, gleich dort neben der Bar. Wir sind zu sechst hier, alles Männer aus Tirol.« Ohne ihre Antwort abzuwarten, schnappte er sie beim Handgelenk und zog sie hinter sich her – sie hatte noch nicht einmal von ihrem Tee probieren können.

Auf dem Tisch standen bereits jede Menge leere Schnapsgläser, dementsprechend war auch die Stimmung. Sie wurde mit großem Hallo begrüßt. Einer der Tiroler zog sie sofort neben sich auf die Bank.

»So, und jetzt wollen wir die Geschichten von euren Wandertouren hören. Kannst gleich loslegen, Natascha!« Hubsi sah sie auffordernd an.

Sie nahm einen großen Schluck von ihrem Jagertee. Du liebe Güte, was hatte Matt da nur alles hineingetan? Ihr Magen krampfte sich zusammen, als ihr der Rum die Kehle hinunterbrannte. Von der Mischung würde sie nicht viel vertragen, das wusste sie jetzt schon. Sie musste ja noch fahren. »Wir wollten an einem Samstag zur Breslauer Hütte«, erinnerte sie sich. »Aber du kennst ja Philipp, der geht nicht, der rennt. Ich bin wirklich schnell, gegen deinen Bruder aber die reinste Schnecke.« Natascha konnte bei dieser Erinnerung nur den Kopf schütteln.

»Jaja, mir musst du nichts erzählen, der ist diesbezüglich ein Spinner!« Hubsi verdrehte die Augen zur Decke.

»Wo war ich stehengeblieben? Genau, Breslauer Hütte. Er war am Vortag schon dort wohlgemerkt. Ich habe mich natürlich darauf verlassen, dass er den Weg kennt. Er ist vorangegangen, ich gleich hinter ihm her, dann Hilde und zum Schluss Andi und Christoph. Wir hatten uns alle im Hotel kennengelernt. Mit der Zeit ist es immer steiler geworden. Hilde war schon ziemlich weit zurückgefallen, von Christoph und Andi war gar nichts mehr zu sehen. Ich habe bereits aus dem letzten Loch gepfiffen, als Philipp bemerkte, dass er den falschen Weg genommen hatte, nicht Richtung Hütte, sondern den zur Wildspitze.«

»Ich werd narrisch, mein Herr Bruder hat sich verlaufen?« Hubsi starrte sie entgeistert an.

»Ja, Hubsi, du hast richtig gehört, er war den Weg am Vortag bereits gegangen und hat sich trotzdem verlaufen. Nach einer halben Stunde hat er es erst bemerkt. Bei dem Tempo, das wir drauf gehabt haben, waren das an die zweihundert Höhenmeter. Ich hätte ihn am liebsten umgebracht.«

Die Tiroler konnten sich vor Lachen kaum noch beherrschen.

»Na, das wird er von uns aber zu hören bekommen, gell, Hubsi!«, dröhnte einer der Tiroler lautstark.

»Aber so was von. Das geb ich dir schriftlich, Peter«, lachte der.

»Wir beide sind dann die ganze Strecke wieder zurückgelaufen, wo wir auf halbem Weg auf Hilde gestoßen sind. An der Weggabelung wollten wir noch auf Christoph und Andi warten, damit ihnen nicht das Gleiche passiert. Darauf hatte die gute Hilde jedoch keine Lust und ist einfach weitergegangen. Das war nicht die feine Art, das sag ich euch. Philipp und ich haben gewartet und gewartet, aber von den beiden war weit und breit nichts zu sehen. Ich habe mir bereits ein bisschen Sorgen gemacht. Da uns eiskalt war, sind wir schlussendlich zur Hütte weitergelaufen. Tja, und dort mussten wir zu unserem Leidwesen feststellen, dass wir die Letzten waren.«

»Philipp war Letzter? Das ist nicht dein Ernst«, prustete Hubsi los. »Na, jetzt wundert mich nicht mehr, dass er von diesem Tag fast nichts erzählt hat. Das muss ich ihm daheim gleich brühwarm unter die Nase reiben.«

Natascha lachte aus vollem Hals, sie konnte sich noch zu gut an Philipps Gesichtsausdruck erinnern. Er und Letzter. »Im Gegensatz zu uns anderen hatten Christoph und Andi den richtigen Weg genommen und waren als Erste auf der Hütte eingetroffen, dann Hilde und zum Schluss Philipp und ich. Philipp als Schlusslicht, eine Katastrophe, wie du dir sicher vorstellen kannst, Hubsi.« Sie sah ihn grinsend an. »Hilde, diese unmögliche Person, hat uns das natürlich gleich unter die Nase reiben müssen und ist die ganze Zeit darauf herumgeritten.«

Hubsi rannen vor Lachen die Tränen über die Wangen. »Natascha!«, stöhnte er. »Hör auf, ich kann nicht mehr.«

»Anschließend hat sie Philipp noch blöd angemacht, dass er nicht einmal eine richtige Wanderhose anhätte. Du weißt schon, die Cordhose, die er hat. Das ist eine richtige Wanderhose. Diese Frau hat mich nur noch genervt, das kann ich euch sagen!« Bei der Erinnerung daran stieg Ärger in ihr hoch. Hilde hatte sie mit ihrer Art echt zur Weißglut gebracht und das kam selten bei ihr vor.

»Sie hat sich dann noch bei Philipp beschwert, dass ich sie nicht leiden könne. Ich habe keine Ahnung, wie sie darauf gekommen ist, wo ich doch wirklich umgänglich bin.« Natascha schnaubte nochmals empört.

Hubsi lag mittlerweile halb unter dem Tisch und presste seine Hände gegen das Zwerchfell. Er atmete tief ein und aus.

»Hubsi, alles in Ordnung bei dir?«

Den restlichen Tirolern schien es nicht besser zu gehen. Matt, der sich zu ihnen gesellt hatte, um die leeren Gläser abzuräumen, hielt sich mit einer Hand an der Tischkante fest, die andere hatte er gegen den bebenden Bauch gepresst.

»Was ist jetzt, Burschen, habt ihr euch beruhigt? Ihr haltet ja gar nichts aus!«

Hubsi kroch mühsam unter dem Tisch hervor. »Ja, ja, geht schon wieder!« Sein hochroter Kopf widersprach dem jedoch entschieden.

Nachdem sich die Runde einigermaßen gefasst hatte, fragte Hubsi: »Wie war das auf der Hütte beim Wasserfall? Philipp hat nur gemeint, ihr hättet die Gäste vergrault.«

»Na ja«, meinte Natascha, »leise waren wir wirklich nicht. Leise Lachen geht bei mir gar nicht! Im Gegenteil, ich glaub, da bin ich oft meilenweit zu hören. Das verträgt nicht jeder.« Sie nahm wieder einen Schluck vom Jagertee und verzog das Gesicht. Unverändert stark, mittlerweile jedoch nur noch lauwarm. »Also, der Christoph, der ist dort oben total aufgeblüht. Er war eher einer von der ruhigen Sorte. Im Hotel hat er beim Essen mit Philipp und Hilde an einem Tisch gesessen. Die Männer konnten einem richtig leidtun. Jetzt lacht nicht gleich, ich hab ja erst angefangen.«

»Sorry, Natascha, aber die Hilde macht mich noch fertig.«

»Sag ich ja, die macht einen wirklich fertig.«

Hubsis Stöhnen ging im Gelächter der anderen unter. »Jetzt hab ich glatt den Faden verloren. Wo war ich? Ah ja, die Hilde am Tisch von Philipp.«

Hubsi stöhnte abermals. Matt hatte sich bei ihnen in der Nähe an die Wand gelehnt und beobachtete Natascha grinsend, das brachte sie etwas aus dem Konzept. Räuspernd wandte sie sich wieder der Tischrunde zu. »Der Christoph, der hat schon von Anfang an zu jedem großen Bier einen Schnaps getrunken. Ich habe natürlich gleich mit dem Jagertee angefangen, weil ich Philipp beweisen wollte, dass ich mich ganz sicher nicht nach dem Dritten nackig mache, Rübezahlalm hin oder her.« Sie lachte aus vollem Hals. »Allein bei dem Gedanken, dass ich mich dort oben vor meiner Verwandtschaft splitternackt ausgezogen hätte, überläuft mich das Schaudern. Mein Ruf wäre für ewig ruiniert gewesen.«

Hubsi sah sie mit großen Augen an, seine Stimme überschlug sich fast. »Verwandtschaft?«

»Ja, die Hütte gehört meiner Großkusine. Ich habe sie an dem Abend zum ersten Mal getroffen, die wird mich nicht so schnell wieder vergessen!«

»Hmmm, das kann ich jetzt gar nicht nachvollziehen.«

Natascha boxte Hubsi entrüstet in den Oberarm. »Werd ja nicht frech!«

»He, das hat wehgetan!« Mit schmerzverzogenem Gesicht rieb er sich über die Stelle.

»Sei nicht so wehleidig.« Natascha konnte sich ein Grinsen nicht verkneifen. »So, um zu Christoph zurückzukehren,: Der hat fröhlich von Bier mit Schnaps zum Jagertee gewechselt und war nicht wiederzuerkennen.

Der hat Blödsinn von sich gegeben, ich sag es euch, das war echt zum Schreien. Ich war danach fix und fertig und hatte Bauchweh vor lauter Lachen. Ein paar andere Gäste haben sich anfänglich getraut, sich zu uns in die Gaststube zu setzen, um nach einigen Minuten wieder die Flucht zu ergreifen. Die haben es nicht ausgehalten, wir waren viel zu laut.«

»Na, da hätte ich auch die Flucht ergriffen. Bei euch hätte man ja meinen können, ihr seid ein paar Verrückte, die aus der Klapse ausgebüxt sind.« Peter schlug sich lachend auf die Schenkel.

Natascha hob drohend den Zeigefinger und funkelte ihn gespielt wütend an. »Nach dem vierten Jagertee und den Schnäpsen war ich schon echt gut drauf, ich hatte jedoch noch alles an. Womit ich Philipp bewiesen hatte, dass sich nicht gleich jede Frau nach dem dritten Jagertee entblättert.« Grinsend blickte sie in die Runde. »Als wir dann aufgebrochen sind, meinte mein Großneffe ganz frech, dass die Verrückten jetzt endlich gehen würden. Bin mir nicht sicher, ob die mich in guter Erinnerung behalten haben. Egal, Hauptsache wir hatten Spaß.«

»Sagte ich doch, ein paar Verrückte!«, Peter wieherte vor Vergnügen und schlug sich erneut auf die Oberschenkel. Bei diesem Anblick brachen alle in lautes Gelächter aus.

Es dauerte eine Weile, bis Natascha weitererzählen konnte. »Der Heimweg war nicht ganz ungefährlich, weil es leicht nieselte und neblig war. Man hat kaum die Hand vor Augen gesehen. Andi hat sich daher Sorgen gemacht, dass ich abstürzen könnte. Der wollte mir vorher doch wirklich den vierten Jagertee verbieten.

Doch nicht mit mir. Mir hat bisher kein Mann gesagt, wie viel ich trinken darf, das wäre ja noch schöner.«

Aus der näheren Umgebung waren erstickende Geräusche zu hören. Hubsi war schon wieder auf dem Weg unter den Tisch und Matt sank langsam Richtung Boden, beide mit hochrotem Kopf.

»Tja und prompt habe ich wegen des Nebels eine der hölzernen Abflussrinnen übersehen und bin ausgerutscht – durch den Regen waren die extrem glatt –, woraufhin ich einen Salto geschlagen habe. Super, jetzt hatte ich nicht nur zwischen den Beinen ein Loch in der Hose, keine Ahnung woher ich das hatte, sondern am Knie ebenfalls.«

Matt saß mittlerweile am Boden und hatte den Kopf in den Händen vergraben, die Schultern zuckten. Von Hubsi war nur noch der Haarschopf zu sehen, der Rest von ihm lag unter dem Tisch.

»Andi hat sich darüber natürlich diebisch gefreut, weil er diese Schlabberhose eh nicht leiden konnte. Zu seinem Pech habe ich mir am nächsten Tag sofort eine Neue gekauft. Abgestürzt bin ich definitiv nicht, sonst säße ich nicht hier. Bei jeder weiteren Rinne haben jedoch alle im Chor ›Achtung, Rinne‹ gerufen, damit ich ja keine mehr übersehe. Wir sind fünf Minuten, bevor die Hotelbar geschlossen hat, im Hotel angekommen und mussten natürlich noch eine letzte Runde bestellen. Als wenn wir nicht genug gehabt hätten. Beim Reinkommen war die Bar rammelvoll und ich hatte blöderweise nichts Besseres zu tun, als jedem zu erklären, wie blau ich nicht bin, und die Löcher in der Hose herumzuzeigen. Darüber darf ich gar nicht nachdenken, denn das ist nüchtern betrachtet ziemlich peinlich. Aber was soll's. Nach dem ersten Schnaps habe ich mich auf Christophs Schoß gesetzt und ihm meine Liebe erklärt. Den zweiten Schnaps habe ich nicht mehr trinken können, sondern wieder zurück ins Glas gespuckt, der ist dann irgendwie in Christophs Bier gelandet. Wie ich in mein Zimmer gekommen bin, weiß ich wirklich nicht mehr. Mir ging es am nächsten Tag trotzdem einmalig, im Gegensatz zu Christoph, der hatte einen extremen Kater. Das Erste, was er in der Früh auf dem Nachtschrank gesehen hat, war das Glas Bier mit dem Schnaps darin. Darauf ist ihm gleich so schlecht geworden, dass er kotzen musste. Ganz ehrlich, ich glaube, Männer sollten lieber die Finger vom Jagertee lassen.« Etwas erschöpft von ihrem Redefluss schaute sie kurz unter den Tisch. »Sag mal, Hubsi, lebst du noch?«

Dieser zog sich stöhnend an der Bank hoch. »Natascha, wir müssen das Gesprächsthema wechseln, ich kann nicht mehr!«

Matt erhob sich schwerfällig. »Mädel, mir fehlen echt die Worte!« Kopfschüttelnd schnappte er sein Tablett mit den leeren Gläsern und verschwand hinter der Bar.

»Komm, lass uns für Philipp ein Foto machen und per WhatsApp schicken. Was meinst du, wie blöd der schauen wird!«

Nachdem Hubsi das Bild erfolgreich gesendet hatte, wandte er sich ihr wieder zu. »Bist du heute extra wegen mir hergekommen oder wolltest du sowieso her?«

»Ich war so wütend auf einen Freund von mir, dass ich kurzfristig beschlossen habe, allein einen draufzumachen. Ein anderer Freund hat mir von diesem Lokal erzählt und dass hier oft Österreicher verkehren. Das war meine Chance, endlich wieder einmal Deutsch zu sprechen. Mein Englisch ist zwar schon um einiges besser geworden, aber irgendwie hemmt es mich doch noch. Ich kann noch nicht so ›Schmäh führen‹, wie man bei uns sagt. Scherze machen fällt mir im Englischen noch ziemlich schwer.«

»Es hemmt also deinen Redefluss, so, so. Na, da haben die New Yorker ja noch mal Glück gehabt, so eine Art Schonzeit würde ich mal sagen.« Die Ellbogen auf dem Tisch, das Kinn aufgestützt grinste er sie mit hochgezogenen Augenbrauen an. Die Haare, die ihm schon wieder über die Augen hingen, pustete er mit vorgeschobener Unterlippe weg.

Natascha sah ihn empört an. »Na, du willst mir doch jetzt nicht ernsthaft erklären, dass du zu wenig redest?« Er grinste so verschmitzt über das ganze Gesicht, dass sie laut auflachen musste. Dann sprang er so abrupt auf, dass Natascha erschrocken zusammenzuckte. Er packte sie an der Hand und zog sie Richtung Tanzfläche.

»Komm, lass uns tanzen. Später tritt noch eine Band auf, die werden die Bude hoffentlich richtig rocken.«

Vor der Bühne tanzten bereits mehrere Lokalbesucher, Zuschauer am Rand wippten im Takt mit. Es spielte »Sensation« aus der Rockoper *Steel*, einer von Nataschas Lieblingssongs. Sie schloss die Augen, ihr Körper bewegte sich wie von selbst zum Rhythmus der Musik. Wann hatte sie das letzte Mal getanzt? Auf ihrem Dreißigsten, das schien schon ewig her. Sie merkte erst jetzt, wie sehr sie es vermisst hatte. Beim Tanzen konnte sie völlig abschalten, alles um sich herum ausblenden, es existierten nur sie und die Musik.

Leise sang sie mit, wurde immer lauter. Musik lag ihr im Blut, war für sie wie die Luft zum Atmen. Vor ein paar Wochen in Österreich hatte sie durch einen Freund Zugang zu einem Musikstudio erhalten. Hier hatte sie sich nach Lust und Laune am Keyboard und der E-Gitarre austoben können. Ihr Herz klopfte jetzt noch vor Freude, wenn sie daran zurückdachte.

Am Ende des Songs öffnete sie die Augen und hielt unsicher inne, die Blicke mehrerer Lokalbesucher waren auf sie gerichtet, darunter Hubsi.

»Sag mal, singst du professionell?«

Sie schüttelte entgeistert den Kopf. »Nein, dafür bin ich nicht gut genug.«

»Nicht gut genug? Ist das dein Ernst?« Er sah sie fassungslos an. »Deine rauchige Stimme ist einfach faszinierend, erinnert mich an die von Janis Joplin, und Volumen hast du ebenfalls, wenn man dich sogar trotz der Anlage hören kann. Wie du siehst, bin ich mit dieser Meinung nicht allein.« Er deutete mit einer Handbewegung auf ihre Zuhörer, die mittlerweile einen Halbkreis um sie gebildet hatten. Sogar die Jungs von der Band, die sie vorher kurz beim Bühnenaufbau gesehen hatte, hatten sich dazugesellt.

Natascha spürte, wie sie rot wurde, und wusste nicht, wie sie mit diesem Kompliment umgehen, was sie darauf erwidern sollte. Verlegen wandte sie sich ab und ging zurück zur Bar. Sie brauchte etwas zu trinken, auf den eiskalten Jagertee am Tisch hatte sie keine Lust, außerdem war der viel zu stark, um anschließend noch zu fahren. Aufseufzend ließ sie sich auf einen Barhocker fallen. »Matt, hast du eine Cola für mich?«

»Na klar, und für die tolle Unterhaltung, die du mir vorher geboten hast, geht sie aufs Haus!«

Neben ihr fragte jemand mit tiefer, rauer Stimme ebenfalls auf Deutsch: »Seit wann geht bei dir gleich etwas aufs Haus, Matt? Das habe ich ja noch nie erlebt.«

»Tja, Ryan Johnson, nicht jeder hat die Qualitäten dieses Mädels.«

Natascha wandte sich Ryan zu. Er war mit seinen eins neunzig ungefähr so groß wie Joe, wenn nicht größer, und etwa in ihrem Alter. Abschätzend ließ sie den Blick über seinen Körper wandern und ihr gefiel, was sie sah. Enge Jeans, das ärmellose schwarze Band-Shirt betonte die breite Brust und die muskulösen Oberarme. Am linken war ein Tattoo zu sehen, ein Drache. Fasziniert betrachtete sie es genauer. Es war in Schwarz gehalten, mit einer Spur von Rot, genau wie sie es wollte. Die dunkelblonden schulterlangen Haare hatte er im Nacken mit einem Band zusammengefasst. Ihr Blick wanderte weiter zu dem kantigen Gesicht mit dem markanten Kinn, das durch den Goatee, eine Art Rund-um-den-Mund-Bart, zusätzlich unterstrichen wurde. Der sinnliche Mund mit den vollen Lippen war leicht geöffnet. Ein erregender Schauer lief über ihren Körper und ihr Herz klopfte schneller. Dieser Mann löste verwirrende Gefühle in ihr aus. Unter dunklen Wimpern sahen sie strahlend blaue Augen wissend an.

Errötend sah sie kurz zur Seite. »Noch ein langhaariger Mann mit Tattoo. So etwas hat mir gerade gefehlt!«, platzte es da aus ihr heraus. Sie musste dabei an Joes Tribaltattoo am rechten Oberarm denken.

Ryans Augenbrauen schnellten in die Höhe. Sie hörte Matt glucksend lachen.

Stirnrunzelnd sah sie ihn an. »Es freut mich wirklich ungemein, dass du dich so königlich unterhältst, Matt!« Sie konnte spüren, wie sich ihre Röte noch vertiefte.

Jetzt lachte er aus vollem Hals. »Mädel, ich könnte dich küssen! Du bist so frisch von der Leber weg.«

»Irgendwie habe ich das Gefühl, dass du dich auf meine Kosten amüsierst.« Sie starrte ihn böse an, aber er zuckte nur lachend die Schultern. Natascha seufzte ergeben und nahm ein paar Schlucke von ihrer Cola. Dann wandte sie sich wieder Ryan zu. »Woher kannst du so gut Deutsch?«

Um Ryans Mundwinkel zuckte es. »Mein Vater ist Deutscher, ein Schwabe.«

Sie strahlte ihn an. »Wirklich?« Sie wollte noch etwas sagen, da rief Hubsi nach ihr.

»Natascha, beweg deinen Hintern hierher, die Musik ist genial.«

Hell auflachend wandte sie sich an Ryan. »Das klang nach einem Befehl, dem ich gehorchen sollte.« Sie stand auf und folgte Hubsi auf die Tanzfläche.

10

Ryan

Ryan sah Natascha nach. Sein Blick verweilte auf ihrem knackigen Po.

»Tolles Mädel, nicht? Die wäre doch was für dich. Ich müsste schon völlig falsch liegen, wenn ich mich da irre!«

»Hmmm ...«

»Jetzt tu nicht so, ich hab dich vorhin beobachtet, als sie den ganzen Tisch unterhalten hat, und anschließend beim Singen hast du ja kaum den Blick von ihr wenden können. Sie hat alles, was man sich wünschen kann, sieht toll aus, lacht gern und geht auf die Menschen zu. Ich glaube, sie merkt gar nicht, wie sie auf andere wirkt. Jetzt sag nicht, sie lässt dich völlig kalt.«

»Komm, Matt, beruhige dich. Es stimmt, sie fasziniert mich«, lenkte Ryan ein, erstaunt über Matts Lobeshymne.

»Von wem redet ihr gerade?« Joe hatte sich zu ihnen gesellt.

»Schon da? Wird langsam Zeit.« Ryan sah stirnrunzelnd auf die Uhr.

»Von dem Mädel da drüben.« Matt deutete mit dem Kopf Richtung Tanzfläche. »Du hättest sie sehen müssen, wie sie die Geschichten erzählt hat.« Er schüttelte lachend den Kopf. »Der Wahnsinn.«

»Ich habe es mitbekommen«, antwortete Joe. »War ja nicht zu überhören.«

»Dann musst du bereits länger hier sein«, stellte Ryan fest. »Warum hast du dich bis jetzt nicht blicken lassen?« Joe war nicht nur sein Arbeitskollege, sondern auch ein guter Freund, so wie Mike. Was war nur mit ihm los? Es war eigenartig, wie er sich in letzter Zeit benahm. So kannte er ihn gar nicht. Er musterte ihn kopfschüttelnd.

»Wann fangen wir mit der Ausweiskontrolle an?«, fragte Joe, ohne auf Ryans Frage einzugehen.

»Am besten warten wir, bis die Band Pause macht. Sorry, Matt, aber wir müssen auch bei dir ab und zu kontrollieren.«

»Passt schon, ist Gott sei Dank ja nicht jede Woche.«

In den Bars und Clubs in New York wurden von dem NYPD regelmäßig Kontrollen durchgeführt, da der Alkoholausschank an unter Einundzwanzigjährige verboten war. Lokale konnten schnell durch Nichtachtsamkeit die Lizenz verlieren. Das war Matt durchaus bewusst, daher hatte er einen Türsteher engagiert.

Ryan hasste diese Kontrollen. Normalerweise fielen sie nicht in seinen Aufgabenbereich, doch bei dem derzeitigen akuten Personalmangel in dieser Abteilung hatten sich Joe und er bereiterklärt, gelegentlich für die überlasteten Kollegen einzuspringen.

Die Liveband hatte gerade zu spielen begonnen, Hardrock, passend zu einem Bikerclub. Die Stimmung war gewaltig. Ryan kannte die Band, sie traten regelmäßig im *Bikers* auf. Was ihnen am Stimmlichen fehlte, machten sie musikalisch mehr als wett. Nach dem dritten Lied sprang Axel, der Sänger und Gitarrist der Gruppe, ins Publikum, packte Natascha am Arm und zog sie auf die Bühne. Dann drückte er ihr seine E-Gitarre in die Hand – offensichtlich ging er davon aus, dass sie auch spielen konnte.

»Ist das euer Ernst?« Nataschas entgeisterte Stimme war über das Mikrofon laut und deutlich zu hören.

Die Band begann »Sensation« zu spielen, dasselbe Lied wie zuvor aus der Musikanlage. Zuerst zögerte Natascha, dann zuckte sie ergeben mit den Schultern, schloss die Augen und legte los. Ihre rauchige Stimme erfüllte den Raum, den Körper bewegte sie rhythmisch zum Takt der Musik, während ihre Finger wie von selbst über die Seiten der E-Gitarre glitten.

Ryan konnte den Blick nicht von ihr losreißen, war völlig gefangen. Fasziniert beobachtete er, wie sie sich dem Song ganz hingab. Ihr Gesicht spiegelte eine solche Leidenschaft wider, die ihm einen Schauer über die Haut jagte. Sie hatte die natürliche Gabe, das Publikum mitzureißen. Die Menge tobte, als sie abschließend ein Gitarrensolo hinlegte.

Als der letzte Ton verhallte, öffnete sie die Augen. Verwirrt sah sie sich um, als wüsste sie einen Moment lang nicht, wo sie war. Dann wandte sie sich der Band zu und fiel Axel freudestrahlend um den Hals.

Anschließend folgte ein Lied dem anderen. Ryan vergaß alles um sich herum, er sah und hört nur sie: Natascha.

»Ich liebe dieses Mädel!« Matts Aufschrei direkt in sein Ohr ließ ihn zusammenzucken. Er drehte sich zu ihm um, dabei fiel sein Blick auf Joe, der so abrupt vom

Barhocker aufsprang, dass dieser nach hinten kippte. Ryan konnte ihn gerade noch auffangen.

»Lass uns jetzt endlich anfangen.«

Ohne auf Antwort zu warten, gab Joe einem Kollegen in Uniform, der neben der Eingangstür Stellung bezogen hatte, ein Zeichen, damit niemand das Lokal verlassen konnte, und ging zur Bühne. Er sprang hinauf und schnappte sich ein Mikrofon. »Sorry, Leute, wir müssen eine Ausweiskontrolle durchführen.«

Er wandte sich Natascha zu und bedeutete ihr mit dem Zeigefinger, die Bühne zu verlassen. Kopfschüttelnd verschränkte sie die Arme vor der Brust und sah ihn mit zusammengezogenen Augenbrauen finster an.

»Joe, wenn du dir einbildest, dass ich nach deiner Pfeife tanze, dann hast du dich gewaltig geschnitten. Zuerst lässt du dich zwei Wochen nicht blicken und jetzt soll ich tun, was du sagst? Weißt du was, du kannst dich zum Teufel scheren.« Jedes ihrer Worte war laut und deutlich im Lokal zu hören und löste lautes Gelächter unter den Zuschauern aus.

»Sie an, sieh an, da scheint was zwischen den beiden zu laufen«, war da Matts tiefe Stimme zu hören.

Ryan drehte sich erstaunt zu Matt um. War das sein Ernst?

Er wandte sich gleich wieder der Bühne zu, um ja nichts von dem Wortgefecht zwischen den beiden zu verpassen. Das konnte ja noch interessant werden. Ryans Mundwinkel verzogen sich zu einem erwartungsvollen Grinsen.

»Mach jetzt bitte kein Theater, komm einfach mit«, zischte Joe.

»Du kannst mich mal. Dann verhafte mich eben, wenn dir danach ist.«

Sie hatte die Hände in die Hüften gestemmt und sah Joe wütend an. Ohne auf diese Provokation einzugehen, hob dieser sie hoch, warf sie sich über die Schulter und sprang mit ihr von der Bühne. Mit dem Kopf nach unten baumelnd trommelte Natascha mit beiden Fäusten auf Joes Kehrseite. Das Publikum johlte vor Vergnügen. Unmittelbar vor Ryan stellte er sie wieder auf die Beine.

»Warte hier, wir reden später miteinander.« Dann verschwand er in der Menge.

»Verflixt, Joe –« Sie starrte ihm nach und wandte sich dann Ryan zu. »Bist du ein Freund von Joe?«

Ryan nickte.

Nataschas Augen glänzten feucht. »Sag ihm bitte, dass man nur ein Leben hat, und das ist definitiv zu kurz, um vor Entscheidungen davonzulaufen. Diese hier kann nur er treffen und er sollte es bald tun, unabhängig von mir. Ich habe meine viel zu spät getroffen. Er soll nicht den gleichen Fehler machen. Ich weiß nur, dass ich so nicht länger weitermachen will. Das ist definitiv der Schlussstrich von etwas, das nie richtig begonnen hat. So weh es mir tut, aber ich möchte vorwärtsgehen und Joe zieht mich zurück. Und das lass ich nie mehr in meinem Leben zu, ich habe Besseres verdient. Und jetzt muss ich hier raus, ich brauche dringend frische Luft.«

Er konnte ihr Parfum riechen – ein frischer, sinnlicher Duft –, als sie sich abrupt abwandte, ihr Handy vom Tisch holte und das Lokal verließ.

Die Kontrolle war bald erledigt. Joe sah sich suchend um und kam mit frustriertem Gesichtsausdruck auf ihn zu. »Mist! Ich habe sie doch gebeten, zu warten.«

»Sie ist vor einiger Zeit hinausgegangen, meinte, sie bräuchte frische Luft. Ich soll dir von ihr etwas ausrichten.«

Joe funkelte ihn mit zusammengekniffenen Augen an. »Was?«

Ryan berichtete kurz, um was sie ihn gebeten hatte, woraufhin sich Joe das braune Haar raufte. »Verdammt, das habe ich befürchtet. Aber ich will sie nicht verlieren.«

»Ich glaube, du kannst nichts verlieren, was du nie hattest. Schau mal, es ist doch für uns alle offensichtlich, dass du mit Linda schon lange nicht mehr glücklich bist. Dann triffst du diese tolle Frau und schaffst es nicht, dich für sie zu entscheiden, sondern lässt sie in der Luft hängen. Damit liege ich doch richtig? Übrigens hätte ich ihr fast meine Karte gegeben, da du ja aus dem Rennen bist, aber dafür war vielleicht nicht der richtige Zeitpunkt.« Ryan konnte sich ein ironisches Grinsen nicht verkneifen.

Joe sah ihn finster an. Zwischen seinen Augenbrauen hatte sich eine steile Falte gebildet, sein Unterkiefer war nach vorne geschoben und beide Hände zu Fäusten geballt. Dann atmete er tief durch und entspannte sich wieder. »Wir müssen sie suchen. Ich möchte nicht, dass sie in der Nacht allein zu Fuß in der Stadt unterwegs ist.«

»Weit kann sie nicht sein. Sie hat nur ihr Handy mitgenommen und alles andere dagelassen. Wie ist sie überhaupt hergekommen?«

»Mit Mikes Harley.«

»Sie fährt Motorrad? Das ist ja interessant.«

»Wenn du wüsstest, wie ich sie kennengelernt habe, dann wärst du nicht so erstaunt.«

Mittlerweile hatte sich Matt zu ihnen gesellt. »Dann erzähl mal, Joe. Was läuft da mit Natascha? Das interessiert mich brennend.«

Fasziniert lauschte Ryan Joes Erzählung über den Abend im *Hard Rock Café.* Wie sie ihn angesprochen und geküsst hatte, und von der Geschichte, die sie ihm erzählt hatte.

Matt sah ihn fassungslos an. »Das hat sie getan? Hut ab. Ich kann mir vorstellen, dass ihr das nicht leichtgefallen ist. Doch wer nicht wagt, der nicht gewinnt.«

Joe lachte. »Genau das waren ihre Worte, als wir uns später darüber unterhalten haben.«

Gedankenverloren runzelte Ryan die Stirn. »Ich glaube, dass da noch mehr dahintersteckt. Ich würde gern die ganze Geschichte hören.«

Matt antwortete nachdenklich. »Ja, da könntest du recht haben.«

Eine Weile herrschte Schweigen.

»Komm jetzt«, rief Joe. »Lass sie uns suchen. Ich habe sonst keine Ruhe.«

11

Natascha

Natascha saß hinter dem Lokal auf dem Boden, in einer Art Hinterhof, den Kopf gegen eine Mauer gelehnt. Sie hatte sich einen großen Karton auf den Asphalt gelegt, den sie zuvor in einer Ecke entdeckt hatte. Von der Straße aus war ihr Platz nicht einsehbar. Die Nacht war herrlich warm und über ihr funkelten New Yorks Sterne.

Sie hatte die In-Ear-Kopfhörer auf und hörte Musik. Die und ihr Handy hatte sie immer dabei. Wenn sie da an die Walkmans und die Kassettenrekorder von früher dachte, wie kompliziert das damals gewesen war. Oder die riesigen Ghettoblaster, die so viele mit sich herumgeschleppt hatten.

Ihre Gedanken schweiften weiter zu Joe. Alles war ganz anders gekommen und hatte dabei so gut angefangen. Trotzdem, die Zeit mit ihm wollte sie nicht missen, dafür war sie zu schön gewesen. Kurz, aber schön. Eigenartig, es tat zwar weh, aber lange nicht so wie erwartet.

Ryan! Beim Gedanken an ihn musste sie lächeln. Der Blick, den er ihr zum Schluss zugeworfen hatte und der voller Begierde gewesen war, ging ihr nicht aus dem Kopf.

Natascha hörte Jorn Lande, für sie einer der besten Sänger. Sie sang mit geschlossenen Augen mit leiser Stimme mit. Kurz vor Ende des Lieds spürte sie einen zarten Kuss auf den Lippen und schlug die Augenlider auf.

Joe!

Mit einem Seufzer entfernte sie die Stöpsel aus den Ohren und schaltete das Handy ab.

Er kniete vor ihr auf dem Karton und sah sie schweigend an. In seinem Gesicht arbeitete es.

»Ich will dich nicht verlieren!«

Da kam er ja früh drauf.

»Sieh mal, Joe, wie es aussieht, kannst du dich momentan nicht entscheiden. Das ist dein gutes Recht. Aber ich möchte nicht das dritte Rad am Wagen sein. Du bist mit deiner Frau nicht glücklich, das weiß ich, aber nur du kannst das ändern. Und seien wir ehrlich, wenn ich die Richtige wäre, hättest du dich sofort für mich entschieden. Glaub nicht, dass mir das leichtfällt, aber lass uns versuchen, einfach nur Freunde zu sein, in Ordnung?« Tränen sammelten sich in ihren Augenwinkeln, die sie krampfhaft zurückhielt. Jetzt zu weinen würde es nicht leichter machen, ganz im Gegenteil.

Joe beugte sich zu ihr nach vorne, umfasste ihr Gesicht mit beiden Händen und sah ihr forschend in die Augen. Dann ließ er sie abrupt los, stand auf und stieß heftig hervor: »Ich weiß nicht, ob reine Freundschaft für mich infrage kommt.« Mit diesen Worten wandte er sich ab und ging.

Natascha schloss die Augen, steckte sich wieder die Stöpsel in die Ohren und hörte weiter »Bitter Sweet« von Russel Allen & Jorn Lande. Ihre Stimme zitterte beim Singen. Für die Tränen gab es kein Halten mehr, sie rannen und rannen. Sie war sich nicht sicher, ob es nur wegen des Verlustes ihres Traumes war, ihres Harley-Fahrers mit Sixpack, oder auch wegen ihrer Selbstzweifel, dem Gefühl, es nicht wert zu sein. Wie oberflächlich war sie eigentlich gewesen? Natürlich musste ihr der Mann auch optisch gefallen, aber viel wichtiger war doch, was und wie er sie fühlen ließ. Nicht nur körperliches Begehren und das gegenseitige Sich-riechen-Können, sondern auch das Gefühl von Geborgenheit, Wertschätzung, tiefe Verbundenheit, einfach etwas Besonderes für sein Gegenüber zu sein. Aber gab es so jemanden überhaupt? Am Anfang ihrer Ehe hatte sie geglaubt, diesen Mann gefunden zu haben, aber dann hatte sie bald bemerkt, dass ihm der Alkohol wichtiger gewesen war.

Auf einmal strich ihr jemand zart über die Wange. Sie öffnete die Augen. Vor ihr kniete jetzt Ryan.

»Du singst wunderschön«, sagte er und nahm ihr einen Stöpsel aus dem Ohr, um mitzuhören. »Was hörst du da?«

»›Bitter Sweet‹ von Jorn Lande-& Russel Allen. Ich liebe Jorns Stimme, sie ist unvergleichlich.«

»Ich habe deine Unterhaltung mit Joe mitangehört. Das zu sagen ist dir sicher nicht leichtgefallen.«

»Nein, das ist es nicht, aber es hat keinen Sinn, die Augen vor der Wahrheit zu verschließen. Joe war in meiner Fantasie und dort hätte er bleiben sollen.« Sie verbesserte sich. »Nein, das stimmt nicht. Die kurze Zeit mit ihm war wunderschön, ich möchte sie nicht vermissen.«

Er sah sie forschend an, seine Lippen kamen immer näher, Natascha war wie hypnotisiert. »Ryan, ich –«

»Pst!«

Sie schloss die Augen. Zuerst spürte sie nur seine Zunge, die federleicht über ihre Unterlippe fuhr, dann, wie er sie umfasste, um daran zu saugen und zu knabbern. Die Kühle der Luft auf ihren feuchten Lippen, als er sie losließ, dann wieder das Streicheln der Zungenspitze.

Natascha saß regungslos da, ihr Atem ging stoßartig. Das Verlangen nach mehr war so heftig, dass sie zitterte. In ihrem Kopf spielten die Gedanken verrückt. Was machte sie hier? Zuerst heulte sie wegen Joe, Minuten später küsste sie einen anderen Mann! Und sie wollte mehr. Sie wollte leben, all das erleben, auf das sie so lange verzichtet hatte ... das sie nicht zugelassen hatte. Sie wollte von ihm berührt werden ... wollte ihn spüren.

Diese Gedanken waren wie ein Lichtblitz der Erkenntnis, eine Befreiung. Jahrelang hatte sie keinen körperlichen Kontakt, keine Berührung, keinen Kuss mehr zugelassen. Alles in ihr schrie jetzt danach. Ja, sie war normal, eine ganz normale Frau, die endlich wieder lebte, die das Leben in vollen Zügen genießen wollte.

Sie erwachte mit einem Aufseufzer aus ihrer Starre und erwiderte den Kuss. Gott, konnte dieser Mann küssen! Seine Lippen waren so weich und fühlten sich einfach wundervoll an. Ryan saugte sanft an ihrer Unterlippe und drängte sie, den Mund für ihn zu öffnen. Sie stöhnte lustvoll auf, als seine Zunge mit ihrer spielte, die nach Pfefferminz schmeckte und ein leichtes

Prickeln ihn ihrem Mund hinterließ. Natascha hatte das Gefühl, von einem Blitz getroffen zu werden. Ihr Herz raste wie verrückt und in ihrem Magen kribbelte es. Was passierte hier mit ihr? Kurz zuckte dieser Gedanke in ihr auf, wurde jedoch von ihrem brennenden Verlangen nach mehr verdrängt.

Ihre Hände fanden wie von selbst den Weg unter Ryans T-Shirt, streichelten die weiche Haut, unter der sie seine harten Muskeln spüren konnte. Er streifte ihr das Oberteil samt BH ab, seines folgte.

Ryan umfasste ihren vollen Busen, sein Blick war dunkel und vor Lust verschleiert. Er strich mit den Daumen über die Nippel, die sofort reagierten, und eine Gänsehaut überzog ihren Körper. Seine Zunge glänzte feucht im Licht der Straßenlaterne, als er sich vorbeugte, um ihre Haut zu erforschen. Dabei hinterließ er eine heiße, feuchte Spur vom Hals abwärts bis zu ihren Brustwarzen, die er federleicht umkreiste. Er umschloss sanft die harten Spitzen, um daran zu saugen, zuerst leicht, dann immer fester. Sie bog sich ihm entgegen und vergrub die Finger in seinem Haar.

Sie zog seinen Kopf zu sich und fuhr mit der Zungenspitze sein Ohr entlang, spürte, wie er unter ihrem heißen Atem erschauderte. Ryan packte sie am Hinterkopf und küsste sie so heftig, dass ihr die Luft wegblieb, während seine Hände erneut über ihre Brüste glitten. Die Finger spielten mit ihren Nippeln und kniffen sie fest zusammen. Ein Aufschrei entfuhr ihren Lippen und sie bäumte sich auf. Dieser erregende Schmerz fuhr ihr durch den ganzen Körper, als würden lauter kleine elektrische Ladungen durch sie hindurchfahren. Sie spürte, wie die Feuchtigkeit zwischen ihre Schenkel ran.

»Hey, du gehst ja richtig ab, wenn ich das mache.« Sein heißer Atem streifte ihre Wange, dann öffnete er ihre Jeans und zog sie ihr bis zu den Knien hinab. Er drückte mit beiden Händen ihre Schenkel auseinander und ließ seinen Blick verlangend über ihre kaum verhüllten Schamlippen gleiten.

Ihr Atem beschleunigte sich, als er vom Bauch abwärts aufreizend langsam mit einem Finger den Rand ihres Tangas entlangglitt. Sie öffnete die Beine noch ein Stück weiter, alles in ihr wollte ihn genau dort haben, wo er kurz innehielt, nur tiefer, tiefer in ihr. Als hätte er ihre Gedanken erraten, schob er den Stoff zur Seite und ließ den Finger in ihre Nässe hineingleiten.

»Himmel, du bist ja klatschnass, Baby!« Ryans Stimme klang heißer vor Erregung.

Natascha ließ sich aufseufzend auf den Karton zurückfallen und gab sich ganz den Gefühlen hin, die er in ihr auslöste. Die Anspannung in ihr wurde immer stärker, bis sie fast unerträglich wurde, um schließlich in ihr zu explodieren. Eine Lustwelle nach der anderen durchströmte sie, zog bis in ihre Zehenspitzen, gefolgt von einer Wärme, die ihren ganzen Körper erfüllte. Erschöpft lag sie da, die Augen geschlossen und spürte dem Beben in ihrem Körper nach, wie es langsam abklang.

Ryan beugte sich zu ihr hinab und küsste sie zärtlich. »Baby, du bist die erotischste Frau, der ich je begegnet bin. Allein dir zuzusehen ...«

Mit einem zufriedenen Seufzer zog sie ihn zu sich und vergrub ihr Gesicht in seiner Halsbeuge. Noch etwas benommen richtete sie sich nach einer Weile auf, drückte ihn auf den Rücken und kniete sich zwischen seine Beine. Sie leckte genüsslich über Ryans Brust und nahm seinen männlichen Duft tief in sich auf. Es war eine Mischung aus Zedernholz und seinem eigenen Körpergeruch, ein Duft, der sie scharf machte. Sie umkreiste eine der Brustwarzen und zupfte mit den Zähnen daran, um schließlich leicht zuzubeißen. Er umfasste stöhnend ihren Kopf und vergrub seine Finger in ihrem Haar. Natascha streifte mit federleichten Küssen abwärts, bis zu der deutlich sichtbaren Ausbuchtung unter der engen Jeans. Sie umschloss diese mit ihren Lippen und verstärkte den Druck. Sie konnte die Hitze durch den Stoff spüren, wie sich seine Muskeln anspannten und sein Penis an ihrem Mund pulsierte.

Erneut durchflutete sie Erregung, und sie öffnete provozierend langsam seine Hose, wobei sie mit den Nägeln immer wieder über die steinharte Wölbung strich. Ryan hob das Becken und sie zog ihm die Jeans samt den Pants bis zu den Knien hinab. Sein Schwanz reckte sich ihr auffordernd entgegen, genüsslich umfasste sie den harten Schaft und leckte kreisend die pralle Spitze. Ein Lustschauer ließ sie erzittern, als sie die Eichel mit ihren feuchten Lippen umschloss, um daran zu saugen. Die Kombination aus Härte und Zartheit raubte ihr beinahe den Verstand, und sie konnte gerade noch dem inneren Zwang widerstehen, nicht zuzubeißen. Sie rieb langsam den Schaft, während sie ihn weiter mit der Zunge erforschte.

Ryan stöhnte auf, sein Penis zuckte in ihrem Mund. »Ja, mach weiter so, Baby!«, keuchte er.

Sie beschleunigte ihr Tempo, strich mit der anderen Hand über die Hoden und umklammerte sie mit festem Griff. Ryan einen zu blasen machte sie so scharf, dass ihr geschwollener Lustpunkt zwischen ihren Schenkel wie wild klopfte. Gott, sie bräuchte jetzt eine dritte Hand. Vor Erregung nahm sie seinen Penis so tief in sich auf, dass sie würgen musste. Natascha atmete langsam durch die Nase ein und aus und ließ ihn noch tiefer eindringen, gleichzeitig massierte sie dabei seinen Damm. Ryans anhaltendes Stöhnen und der schmerzhafte Druck seiner Finger an ihren Schultern waren ihr Belohnung genug. Natascha griff nach unten, zog sich mit einer Hand den Stiefel und die Hose vom rechten Bein und änderte ihre Stellung, sodass sie Ryan ihren Po entgegenstrecken konnte.

»Nicht aufhören, Baby!«, stöhnte Ryan, während er mit einer Hand ihren Oberschenkel umklammerte und mit der anderen tief in sie hineinstieß, immer wieder. Dieses Gefühl der Macht, ihn mit ihrem Mund um den Verstand bringen zu können, und gleichzeitig Ryans Finger tief in sich zu spüren, machte sie dermaßen geil, dass sie abspritzte. Himmel, das war ihr noch nie zuvor passiert! Sie konnte die Flüssigkeit spüren, die an ihren Schenkeln herabbrann. Ihr Unterleib zuckte bei jedem erneuten Stoß, bis sie kam. Sie umklammerte krampfhaft Ryans Penis, in diesem Moment spannte sich sein Unterleib zu einem Bogen und er explodierte in ihrem Mund. Während ihr Körper noch unter ihrem eigenen Orgasmus zuckte, schluckte sie angestrengt die Ladung, sie wollte keinen Tropfen vergeuden.

Eine angenehme Erschöpfung machte sich in ihr breit, sie drehte sich um und ließ sich mit einem

Seufzer auf Ryan fallen. Natascha drückte einen Kuss auf seinen Brustkorb, die Haut war feucht und schmeckte leicht salzig. Er umschlang sie mit beiden Armen und hielt sie fest. So lagen sie eine Weile da, schweigend, einfach nur die Nähe des anderen genießend.

Die Nacht war so warm wie im Frühsommer und es ging ein leichter, lauer Wind. Von der Straße war der Verkehr zu hören, ab und zu die Stimmen von vorbeigehenden Passanten. Trotz der späten Stunde war es in New York nicht still, in der Stadt, die niemals schlief.

Nataschas Gedanken schweiften zu dem eben Erlebten. Sie hatte immer schon gerne Sex gehabt, zuletzt jedoch jegliche Lust daran verloren. Das letzte Mal mit ihrem Mann lag bereits sehr lange zurück und sie hatte sich regelrecht dazu zwingen müssen. Alles in ihr hatte sich dagegen gewehrt, da sie die Bilder seiner Alkoholexzesse nicht aus dem Kopf bekommen hatte. Sie hatte schon befürchtet, frigide zu sein, daher auch ihre Unsicherheit beim Sex mit Joe, als sie Alkohol gebraucht hatte, um ihre Nerven zu beruhigen und loslassen zu können. Davon war heute nichts zu spüren gewesen, ganz im Gegenteil. Natascha konnte fühlen, wie sich ihr Gesicht zu einem glücklichen Grinsen verzog.

»Hast du Lust und Zeit, mit mir am Samstagabend Essen zu gehen?«

Sie legte den Kopf in den Nacken, um ihn anzusehen. »Ich habe beides.«

Er lachte leise auf. »Ich nehme an, du wohnst bei Mike?«

Sie nickte.

»In Ordnung, ich hole dich um acht Uhr abends ab.«

Wieder schwiegen sie eine Weile.

»Ryan?«

»Hmmm?«

»Kannst du mir ein Fitnesscenter empfehlen? Ich trainiere jetzt seit zwei Wochen nicht mehr, und das bin ich nicht gewöhnt.«

Ryan stützte sich auf einem Ellbogen auf, sodass sie mit dem Rücken auf den Karton rutschte. »Trainiere doch bei uns. Wenn du möchtest, kann ich dich morgen Vormittag um zehn abholen. Ich bin fast täglich dort, das gehört mit zum Job.«

Die Finger ihrer rechten Hand spielten mit einer seiner Haarsträhnen, die sich gelöst hatte. »Super, vielen Dank. Mittlerweile ist das Paket mit meiner Kleidung aus Österreich angekommen, meine Schwester hat es mir geschickt. Jetzt habe ich endlich wieder etwas anzuziehen. Ich musste bereits in Mikes Trainingsklamotten herumlaufen.«

Er sah sie mit hochgezogenen Augenbrauen an. »Bist du denn ohne Kleidung hergekommen?«

Natascha blickte lachend zu ihm auf. »Joe hat mich doch erst am Flughafen gefragt, ob ich mitkommen möchte, und da hatte ich nur meinen Pass dabei, sonst nichts. Und ich habe nicht das Geld, mir hier eine komplett neue Garderobe zu kaufen. Ich geh zwar gern shoppen, doch das wäre zu viel des Guten.«

Ryan schüttelte den Kopf. »Na, das nenne ich spontan. Warum hat sich Joe nicht um Kleidung für dich gekümmert?«

»Das hatte er zuerst vor. Er hat mich bei Mike abgeliefert und wollte mit seiner Frau reden. Seit dem Zeitpunkt habe ich ihn nicht mehr gesehen, erst heute wieder. Deswegen war ich ja so sauer.« Mit dem Handrücken strich sie über Ryans Wange. »Mike ist ein Schatz, wir kommen gut miteinander klar. Zwar habe ich ein schlechtes Gewissen, weil ich ihm für die Unterkunft nichts bezahlen kann, aber wenn er mich noch länger ertragen kann, dann muss Österreich warten. Der Tapetenwechsel tut mir gut und war höchste Zeit. Zu Hause sind noch einige Entscheidungen zu treffen, vor allem was meinen Job betrifft. Tatsächlich bin ich momentan ja im ...« Sie brach ab. »Das ist eine längere Geschichte, die erzähle ich dir ein anderes Mal.«

»Spätestens am Samstag möchte ich sie hören, egal wie lang sie ist.« Ryan sah ihr dabei so tief in die Augen, dass ihr ganz warm ums Herz wurde, dann nahm er sie bei der Hand, um sie mit sich hochzuziehen. »Bevor wir hineingehen, sollten wir uns besser wieder anziehen.« Er musterte ihre nackte Brust mit anzüglichem Blick und ließ ihn bis zur Jeans gleiten, die noch immer um ihr linkes Knie hing, dabei hielt er ihr den BH und das Oberteil vor die Nase.

Kaum im *Bikers* kam ihr Hubsi entgegen. »Natascha, wo warst du denn so lange? Ich habe mir langsam Sorgen gemacht!«

Ryan sah sie schmunzelnd an. »Wenn du mich suchst, ich bin bei Matt an der Bar.« Und weg war er.

Hubsi beugte sich stirnrunzelnd vor, um sie eingehend zu mustern, sein Blick blieb auf ihrem Mund hängen. Anschließend grinste er sie wissend an. »War er wenigstens zufrieden?«

Natascha spürte, wie ihr die Hitze in den Kopf stieg, musste dann jedoch lachen. »In diesem Fall entschuldige mich bitte kurz, ich muss meinen Mund spülen gehen.« Mit den Worten ließ sie in stehen, um in Richtung Toiletten zu verschwinden, sein Gelächter verfolgte sie bis in den unteren Stock. Die Tür schloss sich hinter ihr und es herrschte Stille, vom Lärm des Lokals war hier nichts mehr zu hören. Langsam ging sie auf die große Spiegelfront zu. Ihr glänzendes schwarzes Haar war zerzaust, die Wangen gerötet, ihre Lippen vom Küssen geschwollen, sodass vom Lippenstift nichts mehr zu sehen war, und ihre grünen Augen leuchteten. Der volle Busen wurde durch das enganliegende Oberteil zusätzlich betont und die hüfthohe Jeans saß wie angegossen über ihrem runden, festen Po. Natascha nahm das Top und zog es in die Höhe. Trotz Trainingspause war ihr Bauch straff, kein Gramm Fett. Sie fühlte sich so richtig sexy und begehrenswert und ließ die Situation im Freien mit Ryan nochmals Revue passieren, worauf sich ihre Wangen noch mehr röteten. Abrupt zog sie ihr Top wieder zurecht und beugte sich zum Wasserhahn, um den Mund auszuspülen.

»Mädel, ich habe einen Job für dich!«

Natascha wollte sich gerade auf den Barhocker rechts neben Ryan setzen, Joe saß auf seiner linken Seite, hielt bei Matts Worten jedoch inne.

»Bist du der Besitzer?«

»Ja, das *Bikers* gehört mir. Und nein, ich meine nicht als Kellnerin.«

Sie schaute ihn fragend an. »Kannst du Gedankenlesen, oder wie? Als was dann?«

»Ich möchte, dass du jeden zweiten Freitag hier mit der Band als Sängerin auftrittst. Was sagst du dazu? Ich glaube nicht, dass du dafür eine Arbeitserlaubnis bauchst, doch das können ja Joe und Ryan klären. Und sonst wäre es mir auch egal. Das habt ihr beiden jetzt aber nicht gehört!«

Natascha starrte ihn entgeistert an. »Du meinst das ernst?«

»Na klar, über so etwas scherze ich nicht, das kannst du mir glauben.«

Sie ließ sich fassungslos auf den Barhocker fallen. »Ich bezweifle, dass ich gut genug dafür bin. Außerdem muss die Band damit einverstanden sein, sonst kommt das ja gar nicht infrage. Auf der anderen Seite könnte ich Mike endlich Geld für die Unterkunft zahlen.«

Sie blickte sinnierend vor sich hin, und dann kam ihr ein Gedanke. »Bin gleich wieder da.« Mit diesen Worten sprang sie auf und lief Richtung Bühne, wo die Band gerade am Einpacken war. Dort blieb sie abrupt stehen, ihr Puls schlug auf einmal schneller. Die Jungs sahen sie abwartend an. Sie wischte sich mit den Handflächen seitlich über die Jeans und räusperte sich mehrmals. »Matt hat gefragt, ob ich mit euch jeden zweiten Freitag auftreten möchte. Ich bin mir zwar nicht sicher, ob ich dafür gut genug bin, doch wichtiger ist mir, ob ihr damit einverstanden seid. Ich will mich nicht aufdrängen, ich –« Sie brach ab.

Axel grinste sie an. »Natürlich hat er mit uns bereits gesprochen, und wir würden uns sehr darüber freuen, da du gesanglich eine echte Bereicherung für unsere Truppe wärst. Und mach dir keine Sorgen, du bist gut genug, auf jeden Fall um vieles besser als ich.«

Natascha atmete auf. Ihr fiel ein Stein vom Herzen, war sie sich doch nicht wirklich sicher gewesen, eine positive Antwort zu erhalten. Sie tauschten rasch

Telefonnummern aus und vereinbarten für die kommende Woche Probentermine. Axel borgte ihr eine von seinen Gitarren, damit sie daheim zusätzlich üben konnte.

Anschließend lief sie zu Matt zurück an die Bar und ließ sich auf den Hocker fallen. Er stellte ihr wortlos einen Schnaps vor die Nase, den sie in einem Zug leerte, dann sah sie ihn an und atmete tief durch.

»Ok, ich mach's, vielen Dank!«

»Wusste ich es doch. Start ist dann Freitag in zwei Wochen.« Matt hatte ein zufriedenes Grinsen im Gesicht.

Ryan zwinkerte ihr zu. »Das war die richtige Entscheidung, du wirst sehen. Und mach dir keine Gedanken, du singst super, spielst echt gut Gitarre und das Publikum liebt dich.«

»Ich hoffe, du behältst recht. Mich hat ja schon gewundert, dass ich überhaupt auf die Bühne gegangen bin. Das ging wahrscheinlich nur, weil ich hier oben völlig abgeschaltet habe.« Sie tippte sich dabei mit dem Zeigefinger gegen den Kopf und verzog das Gesicht. »Gerade ich, die sich fast in die Hose macht, wenn sie vor anderen Leuten sprechen muss. Ich musste mit Anfang zwanzig einen Vortrag halten, das hat mir für mein restliches Leben gereicht, so nervös war ich. Ich stand da vorne und wusste mit einem Mal nicht mehr, was ich sagen wollte. Seit dieser Erfahrung weigere ich mich strikt, Vorträge zu halten.«

Matt schaute sie fassungslos an. »Du willst mir jetzt ernsthaft erzählen, dass du ohne Probleme eine ganze Truppe mit deinen Geschichten unterhalten kannst, dass sie vor lauter Lachen unter dem Tisch liegen, es

jedoch nicht schaffst, einen Vortrag zu halten?! Streite
es nicht ab, ich hab es selbst gesehen, ja sogar am eigenen Leib erlebt.«

Verunsichert sah sie ihn an. »Äh, das ist doch nicht
das Gleiche. Ich weiß, ich bestehe ab und zu aus lauter
Widersprüchen, das ist mir bewusst, aber das bin nun
mal ich und ja ...« Natascha brach ab.

Matt schüttelte den Kopf, seine Augenbrauen berühr-
ten fast den Haaransatz. »Was war das damals für ein
Vortrag?«

»Ich war kurze Zeit in Wien bei einem Kursveranstal-
ter im Büro tätig, bevor ich nach Baden umgezogen bin,
und musste spontan für einen Arbeitskollegen einspringen. Jetzt arbeite ich als Sozialarbeiterin.«

Ryan schaute sie an. »Ernsthaft?«

»Ja, ernsthaft.«

»Wie lange machst du das schon?«.

»Sozialarbeit? Seit ungefähr neun Jahren. Zuerst
wollte ich nach dem Abitur Grafik studieren, doch es
kommt oft anders als geplant, und sobald man einmal
Geld verdient, rückt das Studium in weite Ferne.« Sie
starrte vor sich hin und spielte gedankenverloren mit
ihrem Schnapsglas. »Warum hab ich das alles nur zugelassen, so viel aufgegeben? Verdammt, das passiert
mir nie mehr, für niemanden!«, brach es da aus ihr heraus.

Die Vergangenheit holte sie mit einem Schlag ein. Ein
dunkler Schatten legte sich schwer auf ihr Gemüt, umklammerte mit eisiger Faust ihr Herz. Panik flackerte
in ihr auf. Sie hatte das Gefühl, keine Luft mehr zu bekommen, und versuchte bewusst zu atmen. Ein und
aus, ein und aus. Natascha wischte sich mit der

zitternden Hand über die feuchte Stirn, um die Erinnerungen zu vertreiben. Doch es war sinnlos. Sie steckte richtiggehend in diesem Gedankenwirbel fest und schaffte es nicht, sich abzulenken. Da bemerkte sie die besorgten Blicke der anderen, was ihr sofort die Tränen in die Augen trieb.

Was war heute nur mit ihr los? Joe, Ryan, das Singen – das musste ja zu viel sein. Sie musste sofort hier raus, nur raus!

Etwas wackelig stand sie auf. »Ich glaube, es ist besser, wenn ich jetzt nach Hause fahre, ich ... wir sehen uns!« Abrupt ließ sie die drei stehen, sie konnte die Tränen fast nicht mehr zurückhalten. Sie schaffte es gerade noch, die Jacke und den Helm zu holen, sich die Gitarre über die Schulter zu werfen, dann war sie endlich raus aus dem Lokal.

12

Joe

Von Natascha unbemerkt trat Joe auf die Straße. Sie saß auf Mikes Motorrad, ihre Schultern bebten. Als er sie so völlig aufgelöst auf dem Motorrad sah, machte er einen Schritt zurück in den Schatten des Eingangsbereichs.

Nach einer Weile setzte sie sich abrupt den Helm auf und brauste davon. Joe schaute ihr hinterher, drehte sich um und betrat wieder das Lokal. Ryan und Matt schauten ihm entgegen.

»Hast du noch mit ihr gesprochen?«, wollte Ryan wissen.

Joe schüttelte den Kopf und setzte sich wortlos neben ihn auf den Barhocker. Das eben Gesehene hatte ihn ziemlich erschüttert.

»Jetzt rede endlich und lass dir nicht alles aus der Nase ziehen.« Matt trommelte mit den Fingern ungeduldig auf den Tresen.

»Sie hat es gerade noch aus dem Lokal geschafft und ist über dem Motorrad zusammengebrochen, hat dort einen Weinkrampf bekommen. Es war schrecklich mit anzusehen. Ich hätte sie gern in den Arm genommen, aber ich hatte das Gefühl, dass sie in diesem Zustand von niemandem gesehen werden will.«

Matt starrte vor sich hin. »Das hat mit meiner Frage nach ihrem Job begonnen, das sage ich euch. Besser, ich hätte gar nicht erst gefragt. Ich habe es ja gesagt, da ist noch mehr. Aber es ist ihre Entscheidung, uns das zu erzählen oder nicht. Ich hoffe nur, dem Mädel geht es bald wieder gut. Obwohl ich sie erst heute kennengelernt habe, ist sie mir bereits ans Herz gewachsen.«

13

Natascha

Trotz der späten Stunde war der Verkehr noch dicht auf den Straßen. Die riesigen grellen Leuchtreklamen flackerten bunt an allen Seiten, und das Blaulicht eines Einsatzfahrzeuges tauchte die Gaffer, die sich an einem Unfallort versammelt hatten, in ein gespenstisches Licht. In dieser ruhelosen Stadt ging es immer hektisch zu, nicht einmal das Rot der Fußgängerampel konnte die gestressten Menschen am Überqueren der Straße hindern. Hier war man immer in Eile.

Natascha war ziellos durch die Stadt gefahren, daher hatte sie keine Ahnung mehr, wo sie sich befand. Als sie vor sich einen großen Park erblickte, blieb sie am Straßenrand stehen und sperrte die Maschine ab. Das musste der Central Park sein. Wenn sie sich richtig erinnerte, dann hatte Mike sie noch davor gewarnt, nachts in einen Park zu gehen, aber sie schob den Gedanken beiseite.

Beim See angekommen, setzte sie sich auf eine Bank. Der Mond spiegelte sich wie eine glänzende Scheibe im Wasser, das völlig ruhig vor ihr lag. Sie holte ihr Handy samt Kopfhörer aus der Jackentasche, um Musik zu hören.

Sie dachte an Ryan. Was wusste sie von ihm? Nur, dass er ein Freund und Arbeitskollege von Joe und Mike war. Und, dass er küssen konnte – und nicht nur das. Bei der Erinnerung daran schloss Natascha genussvoll die Augen.

Joe schlich sich in ihre Gedanken. Was empfand sie für ihn? War ihre Faszination für ihn nur eine Wunschvorstellung gewesen?

In ihr herrschte das reinste Gefühlschaos. Konnte bei ihr nicht einmal etwas normal ablaufen? Reichte nicht ein Mann? Nein, es mussten ja gleich zwei sein.

Auf ihrem Handy lief gerade »Heartstrings« von Jim Stapley. Sie liebte diesen Song und hatte Lust, ihn selbst zu singen. Natascha holte die Gitarre aus der Hülle, setzte sich bequem hin, schloss die Augen und begann gefühlvoll zu spielen.

Nach »Heartstrings« folgte »Lady Of Winter« von Jorn Lande. So saß sie mitten in der Nacht im Central Park auf einer Bank, spielte Gitarre und sang mit ihrer rauchigen Stimme ein Lied ums andere. Sie merkte gar nicht, wie die Zeit verging.

Nach einer Weile hatte sie das Gefühl, nicht mehr allein zu sein. Sie hob ihren Blick und sah vor sich eine Gruppe Teenager sitzen, alles Jungs. Die flippige Kleidung fiel ihr sofort auf. Löchrige oder abgeschnittene Jeans, teilweise über Leggins, dazu knöchelhohe Boots, manche mit Turnschuhen, die schon bessere Tage gesehen hatten, zerrissene T-Shirts, darüber Jeansjacken mit aufgebügelten Patches oder abgewetzte Lederjacken.

Sie legte die Gitarre und das Handy zur Seite, blickte in die Runde und wartete schweigend ab.

»Entweder bist du lebensmüde oder verrückt, dass du nachts allein im Central Park auf einer Bank sitzt und Gitarre spielst! Wir sind bereits seit einer Weile hier und du hast uns bis jetzt nicht bemerkt. Singen kannst du allerdings, das muss ich dir lassen.«

Natascha lachte auf. »Ich glaube, ich bin wohl von beidem etwas.«

Ihr Gegenüber stutzte und sah sie mit großen Augen an. »Vorher habe ich nichts bemerkt, aber jetzt, wo du sprichst ... Du bist eindeutig nicht von hier. Wie kannst du beim Singen eine perfekte Aussprache haben und beim Reden so ...« Es schüttelte ihn.

Natascha lachte jetzt aus vollem Hals. »Nimm nur kein Blatt vor den Mund. Ich weiß, dass mein Englisch die pure Katastrophe ist. Meine Schwester wäre völlig entsetzt, wenn sie mich hören könnte. Du kannst mich gern korrigieren, wann immer du möchtest, dann lerne ich wenigstens etwas dazu.«

Den anderen Jugendlichen schien mittlerweile langweilig geworden zu sein, da sie aufgestanden waren. Grüßend winkten sie Natascha zu und verschwanden Richtung Ausgang.

»Ich bin Ben«, stellte sich ihr Gegenüber vor und setzte sich neben sie auf die Bank.

Sie lächelte ihn an. »Freut mich, Ben, ich heiße Natascha.«

»Jetzt sag, warum bist du mitten in der Nacht ganz allein im Central Park?«

»Du doch ebenfalls, oder nicht?«

»Falls du es noch nicht bemerkt hast, ich arbeite hier. Ich bin ein Street Hustler.«

Von denen hatte Natascha schon gehört, so hießen in New York die Stricher. Viele von ihnen waren schwul.

Ben schaute sie fragend an. »Bist du nicht schockiert? Kommt jetzt kein Kommentar wie: ›Du kannst doch mehr aus deinem Leben machen‹, ›das hat keine Zukunft‹ und so weiter?!«

Sie betrachtete ihn nachdenklich. Er war ein attraktiver Kerl, groß und schlaksig. Die schwarzen Haare trug er seitlich kurz und am Oberkopf länger. Er hatte etwas Südländisches an sich und sie schätzte ihn auf siebzehn oder achtzehn, älter nicht. Er trug zerrissene Jeans, T-Shirt und Lederjacke, dazu ausgelatschte knöchelhohe Turnschuhe. »Es ist dein Leben. Schrecklich finde ich es trotzdem, da dir vermutlich keine andere Wahl bleibt. Mein Bruder ist ein oder zwei Jahre älter als du. Du bist achtzehn, nehme ich an?«

Ben nickte.

»Und wenn ich mir vorstelle, dass er an deiner Stelle wäre, wird mir ganz anders. Ab und zu bin ich mir nicht so sicher, ob ihm bewusst ist, was für ein Glück er hat, dort zu leben, wo er lebt, und eine Familie zu haben, die ihn liebt. Dieses Glück hattest du sichtlich nicht, denn sonst wärst du nicht hier.«

Schweigend saßen beide eine Weile nebeneinander. Ein leichter Wind war aufgekommen, der ihnen durch das Haar fuhr. In den Bäumen raschelte das trockene Laub und wehte zu Boden. Ein Stück Papier wirbelte vorbei. Aus weiter Ferne war das Hupen eines Autos zu hören.

»Ben, bist du schwul?«

Er musterte sie überrascht. »Ja. Ist das ein Problem für dich?«

Sie lachte auf und strich sich eine Strähne aus dem Gesicht. Ihr langes Haar war durch den Fahrtwind völlig zerzaust. »Nein, ganz im Gegenteil. Du bist jetzt der zweite Schwule, den ich heute kennengelernt habe. Da wünsche ich mir seit einer Ewigkeit, dass mir endlich mal ein Schwuler über den Weg läuft, und es passiert nichts, und dann gleich zwei am selben Tag!«

Ben sah sie grinsend an. »Du bist etwas eigenartig, weißt du das? Ich trau mich fast nicht, zu fragen, warum du unbedingt Schwule kennenlernen willst.«

»Mit Männern hab ich mich immer besser verstanden – bis auf wenige weibliche Ausnahmen. Das Problem ist nur, dass eine platonische Freundschaft mit Männern oft schwierig ist. Bei einem Schwulen stellt sich das Problem erst gar nicht. Ich wollte daher immer einen schwulen Freund, hatte jedoch nie das Glück, einen kennenzulernen.« Sie hob fragend die Augenbrauen. »Zufrieden mit der Antwort?«

»Ja, klingt gut. Du hast aber meine Frage noch nicht beantwortet, was dich um diese Uhrzeit hierher verschlägt.«

Sie musterte ihn kurz. »Der Tag hatte heute so viele Höhen und Tiefen, dass ich überfordert war. Vor allem, weil er alte Erinnerungen in mir geweckt hat. Als ich mich mit der Harley auf den Heimweg gemacht habe, war ich so in Gedanken, dass ich einfach drauflosgefahren bin und nicht auf den Weg geachtet habe. Um es kurz zu sagen, ich habe mich total verfahren. Als ich dann den Park gesehen habe, hat es mich wie magisch hierher gezogen. Tja und da ich eine Gitarre dabeihabe, hat eins zum anderen geführt. Und ja, ich weiß, dass man in New York nachts die Parks meiden sollte.«

»Und jetzt sitzt du hier und unterhältst dich mit einem schwulen Hustler.«

Wieder saßen sie schweigend nebeneinander. Für Natascha war es diese Art von angenehmer Stille, in der man sich wohlfühlt und nicht das Gefühl hat, das Schweigen mit irgendwelchen Belanglosigkeiten unterbrechen zu müssen.

Nach einer Weile sagte sie nachdenklich: »Weißt du, Ben, ich habe schon mehrmals darüber nachgedacht, dass ein Schwuler am besten weiß, was einem Mann beim Sex gefällt. Da könnte ich als Frau einiges lernen.«

»Du meinst doch nicht, dass ich dir ...?« Entgeistert sah er sie an.

Beim Anblick seines entsetzten Gesichtsausdrucks lachte sie schallend los. Sie lachte und lachte und lachte, so heftig, dass sie keinen Ton mehr herausbekam. Am ganzen Körper bebend rang sie nach Luft, Tränen liefen ihr über die Wangen. Ein Blick auf Ben zeigte ihr, dass es ihm nicht anders ging. Er lag schräg auf der Bank, beide Hände auf den zitternden Bauch gepresst. Ein New Yorker und eine Wienerin saßen nebeneinander auf einer Parkbank und starben fast vor Lachen.

Als sie sich ein wenig beruhigt hatte, brachte Natascha stöhnend hervor: »Nein, nicht von dir, Ben, ganz so verrückt bin ich nicht. Aber bei jemand Älteren wäre es schon eine Überlegung wert.«

Dann war es wieder um sie geschehen. Ben musste so lachen, dass es ihn fast von der Bank warf. Er konnte sich gerade noch an der Rücklehne festhalten.

»Ist hier alles in Ordnung?«

Erst jetzt bemerkte Natascha die zwei Cops unmittelbar vor ihnen. Unterschiedlicher hätten die beiden nicht aussehen können: Der eine war groß, von hagerer Statur, das Gesicht von Wind und Wetter gegerbt, der Bart von einzelnen grauen Strähnen durchzogen und die schwarzen Haare lockten sich unter der Polizeikappe bis zum Kinn hervor. Der zweite Polizist war das genaue Gegenteil. Mindestens zwanzig Zentimeter kleiner, rosige glatte Haut, die Uniformjacke über seinem dicken Bauch war zum Zerreißen gespannt. Die Kappe unterm Arm, glänzte der kahlrasierte Kopf im Schein der Straßenlaterne wie eine Bowlingkugel. Beide sahen sie abwartend an.

Natascha konnte nur mit den Händen wedeln, da sie noch immer kein Wort herausbrachte. »Ja, ja …«, stieß sie schließlich hervor.

Der Hagere schlug sich gegen die Stirn. »Du, Jack, das ist das Mädchen, das im *Bikers* gesungen und die Joe die Leviten gelesen hat. Und die dann anschließend auf seiner Schulter gelandet ist, Kopf nach unten. Endlich war im Dienst mal was los.« Er grinste über das ganze Gesicht. Der Faltenkranz um die hellgrauen Augen zeigte, dass er gerne lachte. »Ich heiße Burt«, stellte er sich vor.

»Natascha! Und das ist Ben. Es freut mich, dass du dich im *Bikers* so gut amüsiert hast«, meinte sie trocken. »Ich hätte Joe am liebsten umgebracht!«

Burt lachte auf. Er sah Ben mit zusammengekniffenen Augen forschend an. »Du weißt, dass er ein Hustler ist?«

»Ja, das weiß ich. Ich habe damit absolut kein Problem.«

Da wandte sich Jack an sie. »Sag mal, was war denn da vorhin so lustig?«

Natascha hörte ein unterdrücktes Stöhnen von der Seite und warf Ben einen belustigten Blick zu. »Ich habe nur festgestellt, dass Schwule am besten wissen müssten, was Männern beim Sex gefällt – sie sind ja selbst Männer –, und dass ich als Frau da sicher einiges lernen könnte.«

Burt sah sie entgeistert an. »Du meinst von ihm?« Mit weit aufgerissenen Augen deutete er auf Ben.

Natascha prustete wieder los. »Nein, natürlich nicht. Aber von jemandem, der etwas älter ist, eventuell schon.« Dann konnte sie nicht mehr weitersprechen, da sie erneut von einem Lachkrampf gebeutelt wurde.

Burt wandte sich mit hochgezogenen Augenbrauen an seinen Kollegen. »Du, da hat sie recht.«

Jack sah ihn zuerst verständnislos an. Auf einmal riss er die Augen auf, eine immer dunkler werdende Röte überzog seine Glatze. Er ließ den Kopf nach hinten fallen und lachte los. Mit beiden Händen umfasste er den wackelnden Bauch. Dieser zusätzlichen Belastung nicht mehr standhaltend, verabschiedete sich der mittlere Knopf der Uniformjacke und prallte an der Parkbank ab. Burt hatte sich vorgebeugt und hielt sich mit überkreuzten Armen beide Seiten. Natascha ließ sich rücklings neben Ben auf die Bank fallen und japste nach Luft, das war einfach zu viel. Es dauerte eine Ewigkeit, bis sich alle wieder beruhigt hatten.

Burt sah sie grinsend an. »Also, langweilig wird einem mit dir nicht. Joe ist zu beneiden.«

»Was du immer mit Joe hast. Erstens ist er verheiratet und zweitens sind wir nur gute Freunde.«

»Ich bin mir nicht sicher, ob Joe das ebenfalls so sieht«, meinte Burt trocken.

»Und was seine Ehe angeht, da haben beide ein Brett vor dem Kopf. Das ganze Department weiß es, nur die zwei spielen Vogelstrauß.«

Jack sah erschrocken auf die Uhr. »Komm, wir müssen los. Es ist gleich Schichtwechsel.«

Burt drückte Natascha seine Visitenkarte in die Hand. »Falls du einmal Hilfe brauchst, du kannst mich jederzeit anrufen, okay? Und bitte, meide zukünftig die Parks bei Nacht, das kann gefährlich sein.«

»Das habe ich bereits versucht, ihr klarzumachen«, warf Ben ein.

Burt wandte sich an ihn und gab ihm ebenfalls eine Karte. »Das Gleiche gilt für dich, Junge! Falls du mal in Schwierigkeiten steckst, ruf mich an.« Er klopfte ihm auf die Schulter.

Beide Cops wandten sich zum Gehen. Burt drehte sich nach einigen Metern nochmal um. »Hat mich wirklich gefreut, Natascha, wir sehen uns sicher wieder.« Grüßend hob er die Hand und sie winkte ihm lachend nach.

Ben sah sie grinsend an. »Ist das bei dir immer so?«

»Wie meinst du das?«

»Na, dass du mit jedem so leicht ins Gespräch kommst?«

Sie überlegte eine Weile. »Es kommt darauf an, wie man auf Menschen zugeht. Meistens bekommt man das wieder zurück. Leider kann ich jedoch auf Englisch nicht so reden, wie in meiner Muttersprache, da brauche ich definitiv noch Übung.«

»Davon hat man jetzt nicht viel gemerkt«, meinte Ben grinsend.

Natascha sah aufs Handy. »Es ist ja schon sieben vorbei! Mist! Ich muss heute um zehn ins Fitnessstudio. Na, da kann ich schlafen vergessen.« Sie kramte in ihrer Geldtasche. »Wir gehen jetzt frühstücken. So viel hab ich noch. Vorausgesetzt du hast Lust dazu?« Sie sah ihn fragend an.

»Na klar hab ich Lust! Und ich weiß auch schon, wo wir hingehen. Es ist ein richtiges Schwulenlokal, das dürfte für dich ja kein Problem sein.«

Sie drückte ihm lachend den Helm in die Hand. »Hier, den setzt du auf, ich hab nur den einen.«

Ben wollte protestieren, sie ließ ihn aber erst gar nicht zu Wort kommen.

»Keine Widerrede!«

Dann machten sie sich auf den Weg zum Parkplatz.

Wieder schien es ein warmer Tag zu werden. Der Himmel war wolkenlos und von einer wunderschönen Morgenröte überzogen. Die zwei barocken Türme des San Remo, des Luxusapartmenthauses direkt am Central Park, schimmerten in einem dunklen Rot. Der Geruch von modriger Erde gemischt mit dem Duft von frischem Brot wehte von irgendwoher.

»Ist das deine?« Bewundernd strich Ben über den Ledersitz der Harley. Das Chrom blitzte im Licht der aufgehenden Sonne. In der Mitte des rabenschwarzen Tanks war ein Totenkopf abgebildet, der von rot-gelben Flammen umhüllt wurde.

»Schön wäre's. Ein Freund hat sie mir geliehen. Dem sollte ich besser schreiben, dass alles in Ordnung ist, sonst macht er sich Sorgen.«

Sie schrieb rasch eine Nachricht an Mike, dann stiegen sie auf und Ben lotste sie zu dem Lokal, das keine fünf Minuten entfernt war.

Es war brechend voll. Ben ergatterte gerade noch einen Tisch. Natascha sah sich interessiert um. Eine originelle Bude, die sie ein bisschen an das Restaurant in der Serie »Queer As Folk«, einer amerikanischen Schwulenserie, die sie während ihrer Erkrankung verschlungen hatte, erinnerte – auch von den Gästen her. Es war ein kleines Lokal mit einer großen Theke gegenüber dem Eingangsbereich, am Rand standen Vierertische, alles erstrahlte im Retro-Look. Es summte wie in einem Bienenstock, Gelächter erfüllte den Gastraum und es roch nach Kaffee und Pancakes. Natascha lief das Wasser im Mund zusammen. Sie merkte erst jetzt, wie hungrig sie war. Kaum hatten die beiden Platz genommen, stand die Kellnerin vor ihnen, eine kleine ältere Dame mit einem freundlichen Lächeln im Gesicht, grauen Großmutterlocken und einer riesigen weißen Schürze um die dralle Mitte.

»Schätzchen, was darf ich euch bringen?«

Beide bestellten Pancakes mit Ahornsirup.

Stirnrunzelnd betrachtete die Bedienung ihre neuen Gäste. »Ihr zwei seid ja richtige Hungerhaken. Wird Zeit, dass euch wer aufpäppelt.« Mit Schwung machte sie kehrt und steuerte resolut auf die Küche zu. Natascha sah ihr mit offenem Mund hinterher. Ben presste eine Hand vor das Gesicht und gluckste vergnügt vor sich hin.

Ein paar Minuten später kehrte die Kellnerin voll beladen zurück. Natascha fielen die Augen aus dem Kopf, so riesige Mengen hatte sie noch nie gesehen: Auf jedem Teller stapelten sich an die zehn Pancakes, großzügig mit Ahornsirup übergossen. Sie war eine gute Esserin, doch das hier würde sie niemals schaffen.

Ben machte sich sofort mit Heißhunger über die Portion her. Insgeheim fragte sie sich, wann er das letzte Mal etwas Ordentliches gegessen hatte. Wortlos schaufelte sie die Hälfte ihrer Pancakes auf seinen Teller. Fragend sah er sie an.

»Das ist mir viel zu viel«, sagte sie und zwinkerte ihm gutmütig zu.

Nachdem Ben alles bis auf den letzten Krümel aufgegessen hatte, lehnte er sich zufrieden im Sessel zurück. Natascha lächelte ihn an. »Satt? Oder möchtest du noch eine Portion?«

Als er nicht gleich antwortete, wusste sie Bescheid. Sie winkte der Kellnerin und bestellt eine zweite Portion Pancakes für Ben.

Er sah sie grinsend an. »War das jetzt so offensichtlich?«

»Ich kenne den Gesichtsausdruck von meinem Bruder.«

Sie sah ihm zu, wie er die zweite Portion in sich hinein schaufelte. »Kannst du mir erklären, wie ich heimkomme? Ich habe einen Stadtplan dabei, falls es damit einfacher geht.«

»Ich komme mit dir und zeige dir, wie du fahren musst«, nuschelte Ben mit vollem Mund. Kaum runtergeschluckt schob er erneut eine vollgehäufte Gabel hinein. Der Ahornsirup rann ihm dabei über das Kinn und tropfte auf den Teller.

»Und wie kommst du wieder heim?«

»Lass das nur meine Sorge sein, mit der U-Bahn ist das kein Problem.« Seufzend lehnte sich Ben zurück. Der volle Bauch trat dabei deutlich hervor. Es entkam ihm ein lauter Rülpser, worauf er errötend die Hand vor den Mund schlug. »Ups, sorry.« Er zog eine Grimasse und sah sie entschuldigend an.

Lachend schüttelte sie den Kopf. Dieser Kerl erinnerte sie immer mehr an ihren Bruder Steve. Die zwei würden sich sicher bestens verstehen.

Während der Heimfahrt dirigierte Ben sie mittels Schulterklopfen in die jeweiligen Straßen, links, rechts, dann wieder links. Das funktionierte einwandfrei. Es war kurz nach halb zehn, als sie vor Mikes Apartment ankamen. Natascha war noch ein kurzes Stück auf der Interstate gefahren, um die Maschine voll aufzudrehen, auf knapp über hundertvierundzwanzig Meilen pro Stunde. Ben hatte hinter ihr regelrecht gejauchzt vor Vergnügen. Nur … was würde Mike sagen, wenn er das erfuhr? Am besten sie erzählte es ihm gar nicht erst. Es waren in New York auf der Interstate schließlich nur 65 Meilen pro Stunde erlaubt. Sie konnte nur hoffen, dass sie kein Radar erwischt hatte, weil er ihr sonst den Kopf abreißen würde. An ihren Führerschein wollte sie gar nicht denken. Zusätzlich war sie noch dazu ohne Sturzhelm gefahren. Allein beim Gedanken daran, wurde ihr flau im Magen.

Als sie abgestiegen waren, riss sich Ben den Helm herunter und fiel ihr um den Hals. »War das super auf der Autobahn! Ich bin noch nie so schnell gefahren.«

»In Deutschland gibt es auf den meisten Autobahnen keine Geschwindigkeitsbeschränkung. Falls dein Gefährt also hundertfünfundfünzig Meilen die Stunde fahren kann, dann darfst du so schnell fahren, sofern der Verkehr es zulässt.«

Ben war fasziniert. »Eines Tages werde ich selbst in Deutschland mit dem Motorrad oder dem Auto unterwegs sein, das ist so was von sicher.«

»Ben, gib mir bitte mal kurz dein Handy.« Er reichte es ihr mit fragendem Blick. Ihre Finger huschten über den Touchscreen. »Du kannst jederzeit anrufen. Die Nummer ist unter Natascha gespeichert. Egal ob du Probleme hast, mich sehen oder nur quatschen willst, in Ordnung?«

Er nickte, beugte sich vor und küsste sie auf die Wange. »Ich hatte lange keine so tolle Nacht mehr, vielen Dank!« Er winkte ihr zum Abschied zu, und sie sah ihm nach, bis er um die Ecke verschwunden war.

Natascha wollte gerade auf den Eingang zugehen, da bemerkte sie Ryan, der lässig auf der Motorhaube seines Autos lehnte und sie beobachtete, die Stirn in Falten gelegt. Verdammt, war es schon so spät? Sein Blick machte sie unruhig, ließ sie kurz innehalten. Hatte er mitbekommen, dass sie erst jetzt nach Hause kam, mit einem jungen Mann auf dem Rücksitz? Was musste er von ihr halten?

Sie schüttelte leicht den Kopf, um ihre aufkommenden Zweifel zu vertreiben. Bevor sie es sich anders überlegen konnte, ging sie auf ihn zu und legte ihm die Arme um den Hals. Wortlos sah sie ihm in die Augen, in dieses strahlende Blau, in dem sie regelrecht zu versinken drohte. Jegliche Unsicherheit war verflogen, als sich seine weichen Lippen auf ihre legten. Die Schmetterlinge in ihrem Bauch schlugen Saltos.

Ein dumpfer Ton ließ beide hochschrecken. Ryans Hand war gegen die Gitarre geschlagen, die auf ihrem Rücken hing.

»Sag mal, kommst du erst jetzt nach Hause? Noch dazu bist du ohne Helm gefahren.« Er zog beide Augenbrauen vorwurfsvoll hoch. Wie hieß es so schön? Einmal Polizist immer Polizist.

Sie sah ihn schuldbewusst an. »Ich weiß, ich hatte nur den einen, und da hat für mich der Beifahrer immer Vorrang.« Mit wenigen Worten erzählte sie ihm, was passiert war, ließ den Central Park jedoch bewusst weg.

Ryan schüttelte lachend den Kopf. »Bei dir wundert mich nichts mehr. Und jetzt weiß ich auch, warum du nach Ahornsirup schmeckst.« Genüsslich fuhr er sich mit der Zunge über die Lippen.

»Gibst du mir zehn Minuten? Ich spring noch schnell unter die Dusche und packe meine Sachen.«

Mikes Abwesenheit ließ Natascha erleichtert aufatmen, da sie mittlerweile ein ziemlich schlechtes Gewissen wegen ihrer Raserei auf der Interstate hatte und befürchtete, er würde es ihr ansehen. Innerhalb von zehn Minuten war sie geduscht, umgezogen, hatte die Augen geschminkt und die Tasche für das Fitnesscenter gepackt. Ryan lachte, als sie fertig vor ihm stand.

»Normalerweise muss man sich bei Frauen, wenn sie zehn Minuten sagen, mindestens auf eine halbe Stunde einstellen. Du überraschst mich immer wieder.« Er zog sie an sich und küsste sie heftig. »Am liebsten wäre ich dir unter die Dusche gefolgt, doch dann hätten wir das Training vergessen können.«

Seine Zunge spielte mit ihrem Ohr, anschließend knabberte er seitlich an ihrem Hals.

Natascha bekam weiche Knie und musste sich an ihm festhalten.

Aufstöhnend löste er sich von ihr. »Komm, lass uns fahren.«

Die Fahrt verlief schweigend, jeder war in seine eigenen Gedanken versunken.

»Dir ist schon klar, dass ich mir gestern Sorgen um dich gemacht habe? Es war mehr als nur offensichtlich, dass es dir nicht gutging.« Ryans besorgter Tonfall ließ Natascha hochschrecken.

»Es tut mir leid. Gestern ist so viel passiert. Es war in letzter Zeit nicht leicht für mich und ...« Sie brach ab.

Er betrachtete sie nachdenklich, dann legte er seine Hand auf ihre. »Du hast versprochen, mir spätestens am Samstag alles zu erzählen.«

»Das habe ich nicht vergessen.«

»Das sind noch drei Tage, das werde ich wohl aushalten müssen.«

Sie lächelte ihn an. »Von dir weiß ich ebenfalls noch nichts.« Ihr wurde warm im Gesicht, war ihr doch bewusst, dass dies so nicht ganz richtig war. Als hätte er ihre Gedanken erraten, sah er sie genau in diesem Moment an. Sein Blick wanderte abwärts und blieb verlangend am Ausschnitt ihres Wickelshirts hängen, der ihren Brustansatz sehen ließ. Sie konnte spüren, wie sich die Röte vertiefte und ihr Dekolletee überzog. Er nahm die Hand vom Lenkrad und strich seitlich über die Wölbung ihres Busens.

»Ryan!« Sie stöhnte auf.

Seufzend nahm er die Hand weg.

Natascha sah aus dem Fenster und versuchte sich auf etwas anderes zu konzentrieren. Sie betrachtete die

Häuser, an denen sie vorbeifuhren. Die alten stuckverzierten Gebäude erinnerten sie an Wien, nur dass sie hier um ein paar Stockwerke höher waren.

»Was erwartest du dir von einem Mann?«, fragte Ryan unvermittelt.

Sie sah ihn überrascht an und dachte eine Weile nach. »Er muss gut küssen können, das ist mir wirklich wichtig. Er soll Rückgrat haben, sportlich sein, er soll mit mir etwas unternehmen, aber genauso mal faul auf der Couch liegen. Er muss mir Kontra geben, darf sich von mir also nicht alles gefallen lassen.« Sie schwieg und richtete den Blick wieder auf die vorbeihuschenden Häuser. Nach einer Weile fuhr sie fort. »Humor soll er haben, mich so akzeptieren, wie ich bin, und nicht versuchen, mich zu verändern.« Ja, das war es, worauf es ihr ankam. Worauf sie bei einem Mann Wert legte. Und das war eigentlich schon immer so gewesen. Es schien nur, als hätte sie ihren eigenen Wert in den vergangenen Jahren vergessen und als hätte Ryan ihn in ihr zu neuem Leben erweckt.

14

Natascha

Das Fitnessstudio war wie jedes andere, das sie bisher kennengelernt hatte. Es war in einer ehemaligen Fabrikhalle untergebracht, mit hohen Decken und großen Räumen, vollgestellt mit verschiedenen Geräten. Es lief laute Musik und der Geruch nach Schweiß lag in der Luft. Der Unterschied hier war jedoch, dass außer ihr wahrscheinlich alle Cops waren. Es herrschte Hochbetrieb und es summte wie in einem Bienenstock. Natascha hatte Joe entdeckt, der sich gerade mit einem kahlgeschorenen Schwarzen unterhielt, einem Hünen von einem Mann, der Arnold Schwarzenegger in seinen besten Zeiten Konkurrenz gemacht hätte. Ryan ging mit ihr auf die beiden zu. Natascha war angespannt, sie hätte das Wiedersehen mit Joe gerne noch etwas hinausgezögert.

Sie waren noch keine fünf Schritte weit gekommen, da hörte sie eine Stimme durch den ganzen Raum dröhnen. »Na, wen haben wir denn da? Natascha! Hast du deinen schwulen Sexlehrer schon gefunden?«

Burt! Das hätte sie sich denken können. Erleichtert, noch eine Schonfrist erhalten zu haben, wandte sie sich ihm zu und meinte trocken: »Leider nicht, aber du bist der Erste, der es erfährt, versprochen!«

Ryan sah verwirrt aus und ließ den Blick zwischen ihnen beiden hin- und herschweifen.

Da fuhr Burt bereits lauthals fort. »Wisst ihr, ich hab sie gestern mitten in der Nacht im Central Park getroffen. Sie hat mit einem schwulen Street Hustler beim See auf einer Bank gesessen und hat gemeint, dass ein Schwuler die Sexvorlieben eines Mannes wohl am besten kennen müsste. Der arme Junge hat geglaubt, er müsse ihr jetzt Unterricht geben.«

Im Studio brach lautes Gelächter aus.

Natascha konnte sämtliche Blicke auf sich spüren, ein Umstand, der ihr gar nicht behagte. »Vielen Dank, Burt, wirklich, das hast du ganz toll hinbekommen. Und da heißt es immer, Frauen seien die größten Klatschbasen.« Sie war ein wenig sauer auf Burts vorlaute Klappe, wollte sie doch den Umstand, dass sie mitten in der Nacht im Central Park gewesen war, nicht an die große Glocke hängen. Natascha befürchtete eine Standpauke von Ryan, Joe oder Mike.

Ryan beugte sich zu ihrem Ohr. »Mach dir keine Sorgen, du brauchst keinen Unterricht.«

Das gab Natascha den Rest. Sie spürte, wie ihr die Röte ins Gesicht stieg, und konnte ihn nicht mehr ansehen. »Meine Herren, ich geh mich jetzt umziehen, das wird mir hier zu intim.«

Unter Gelächter flüchtete sie in die Damengarderobe. Dort ließ sie sich auf eine Bank sinken. Super, das hätte sie sich denken können, dass Burt ebenfalls hier trainierte. Und was Ryan da zu ihr gesagt hatte ... Sie hatte

Probleme mit diesem Kompliment umzugehen, doch insgeheim freute sie sich darüber.

Gerade als sie sich die Schuhe zuband, kam eine Frau herein und lachte sie an. »Mach dir nichts draus«, sagte sie. »So sind Cops nun mal.«

»Normalerweise stört mich so etwas überhaupt nicht«, antwortete Natascha. »Doch dieses Thema wollte ich nicht vor allen diskutieren.«

Die andere lachte. »Ich bin übrigens Linda Bennett.«

»Linda? Bist du Joes –?« Sie brach ab.

»Joes Frau, ja!«

»Natascha«, brachte sie gerade noch heraus.

Joes Ehefrau! Natascha fühlte sich unwohl in ihrer Haut, geradezu beschämt. Sie hatte Joe immer solo sehen wollen. Als sie erfahren hatte, dass er verheiratet war, war es schon zu spät gewesen. Trotzdem kam sie sich jetzt wie eine Ehebrecherin vor. Noch dazu schien Linda echt nett zu sein.

»Auf in die Höhle des Löwen«, sagte diese gerade zu ihr und zwinkerte ihr zu. »Das schaffst du schon. Ich geh jetzt duschen, mein Dienst beginnt gleich. Es hat mich gefreut, dich kennenzulernen.« Sie hob noch kurz die Hand und war schon auf dem Weg in Richtung der Duschen.

Als Natascha die Garderobentür öffnete, stieß sie fast mit Ryan zusammen, der draußen auf sie gewartet hatte. Er lachte, als er ihren Gesichtsausdruck sah.

»Na wieder alles in Ordnung?«

Sie seufzte. »Gar nichts ist okay. Ich habe gerade Joes Frau kennengelernt.« Abrupt wechselte sie das Thema. »Muss ich mich bei irgendjemandem anmelden oder darf ich gleich starten?«

»Ich will dir nur schnell den Trainer vorstellen. Den kannst du fragen, falls du dich irgendwo nicht auskennst.« Nach den ersten Schritten hielt Ryan sie an der Schulter zurück, die Stirn gerunzelt. »Das Thema Central Park und Hustler ist noch nicht vom Tisch, okay? Da reden wir nachher darüber.«

»Ich wüsste nicht, was es da zu bereden gibt«, meinte sie schnippisch, bekam jedoch gleich ein schlechtes Gewissen wegen ihres Tonfalls. Belehrungen mochte sie gar nicht.

Ryan sah sie mit hochgezogenen Augenbrauen an. »Jetzt weiß ich, was du mit Kontrageben gemeint hast.« Er drehte sich um und ging auf den Hünen zu, sie folgte ihm. »Das ist Jim, er wird dir alles erklären. Wir sehen uns später, Natascha.«

Ohne sie noch eines Blickes zu würdigen, steuerte er auf den Trainingsraum zu. Da schien jemand sauer zu sein.

Sie sah Jim mit gerunzelter Stirn an. »Kannst du mir das Boxen beibringen, Jim?«, schoss es da aus ihr hervor, ohne ihn begrüßt zu haben.

Der lachte laut auf. »Dem Gesichtsdruck nach zu schließen, muss sich da wohl jemand abreagieren.«

»Du hast es erfasst.«

»Na dann komm mit.« Er ging mit ihr zu einem Laufband. »Hier kannst du dich zehn Minuten aufwärmen und dann kommst du wieder zu mir.«

Natascha steckte sich ihre Stöpsel in die Ohren, drehte laut Musik auf – schneller Hardrock – und ab ging es. Sie rannte los. Mittlerweile war sie richtig wütend. Sie hatte keine Lust, sich Vorschriften machen zu lassen, selbst wenn Ryan recht hatte. Das ärgerte sie sogar noch mehr. Sie fühlte sich persönlich angegriffen und wie ein Kleinkind behandelt. Es war doch ihre Entscheidung, was sie tat, auch wenn es noch so blödsinnig war.

Sie wurde immer schneller. Nach den zehn Minuten sprang sie vom Laufband und schaltete das Handy ab.

»Sag mal, trainierst du für einen Marathon oder rennst du immer so schnell?«

Sie funkelte Burt wütend an. »Wegen dir kann ich mir jetzt anschließend eine Standpauke von Ryan anhören. So was kann ich überhaupt nicht leiden.« Sie schnaubte.

Burt lachte und sah das scheinbar völlig emotionslos. »Da wirst du nicht drum herumkommen. Du kannst froh sein, dass nichts passiert und Ben wirklich ein netter Kerl ist.«

»Wahrscheinlich bin ich deswegen so sauer, weil ihr alle recht habt. Das macht es nicht leichter.«

Als sie sich Richtung Jim aufmachte, rief ihr Burt noch lachend hinterher: »Mädchen, du bist echt ein Original!«

Jim grinste ihr entgegen. »Jetzt kannst du gleich Vollgas geben.« Er ging mit ihr in einen Nebenraum, der durch Glasscheiben vom Hauptraum getrennt war und in dem mehrere Boxsäcke von der Decke hingen. Aus einer Kiste nahm er Boxhandschuhe und reichte sie ihr, um gleich mit den Grundschlägen zu beginnen. Am Anfang musste er sie noch mehrmals korrigieren, nach zehn Minuten funktionierte es schon recht gut, und sie schlug immer schneller und fester zu. Eine halbe Stunde später war sie völlig erschöpft.

»Verdammt, hat das gutgetan.«

Jim sah sie kopfschüttelnd an. »Ich hätte zuerst nicht gedacht, dass du dreißig Minuten durchhältst, vor allem bei dem Tempo. Kraft hast du, das muss ich dir wirklich lassen. Wenn du Lust hast, trainiere ich mehrmals die Woche mit dir.« Er deutete mit dem Kopf grinsend zur Glasscheibe. »Du hast seit fünfzehn Minuten jede Menge Zuschauer.«

Sie folgte seinem Blick. Pikfein aufgereiht stand dort die gesamte Mannschaft und presste sich an der Scheibe die Nasen platt. Ryan und Joe, Mike war in der Zwischenzeit ebenfalls gekommen, Burt natürlich, der über das ganze Gesicht grinste, und einige andere, die sie noch nicht kannte. Sie konnte nur den Kopf schütteln.

»Männer!«, brummte sie vor sich hin.

»Was hast du denn erwartet? So jemanden wie dich haben wir hier nicht alle Tage.«

»Wie soll ich das jetzt wieder verstehen?«

Jim schüttelte nur den Kopf und verließ grinsend den Raum. Sie folgte ihm nach draußen, blieb vor ihren Zuschauern stehen und stemmte die Hände in die Hüfte. »Sagt mal, habt ihr nichts Besseres zu tun?«

»Nein!«, ertönte es lautstark im Chor.

»Das nächste Mal kann Jim Vorhänge aufhängen, das sag ich euch. Ist ja wie im Zoo.«

»Kleine, damit musst du dich hier bei uns wohl abfinden.«

»Kleine?« Sie schaute Burt empört an. »Ich glaub, ich spinne!«

Burt brach in lautes Gelächter aus, in das die anderen einstimmten.

»Pah, ich geh jetzt duschen.« Natascha drehte sich um.

»Sollen wir mitkommen?«

Sie schaute nicht zurück, sondern zeigte ihnen nur den Mittelfinger. Mit einem Ruck schlug sie die Tür der Umkleide hinter sich zu. Herrliche Ruhe empfing sie. Na, das konnte ja noch heiter werden. Die Meute da draußen amüsierte sich königlich auf ihre Kosten, da musste sie sich durchsetzen, sonst ging sie hier unter. Die halbe Stunde Boxtraining war wirklich mehr als genug gewesen, ihr tat alles weh. Das Fitnesstraining konnte sie heute jedenfalls vergessen.

Nachdem Natascha fertig geduscht und umgezogen war, ging sie zurück in den Trainingsraum. Hinter der Glasscheibe sah sie Ryan, der auf einen der Boxsäcke eindrosch. Der Schweiß auf seinem muskulösen Oberkörper glänzte im Sonnenlicht, das durch die deckenhohen Fenster hereinfiel. Sie konnte den Blick nicht von ihm wenden und war beeindruckt vom Spiel seiner Muskeln. Natascha betrachtete bewundernd den Drachen, der sich über seine Brust bis zum Oberarm schlängelte. Den hatte sie gestern gar nicht so richtig wahrgenommen. Na gut, da waren sie ja auch mit anderen Dingen beschäftigt gewesen. Bei diesem Gedanken wurde ihr heiß. Am liebsten wäre sie jetzt nochmal unter die Dusche gegangen, diesmal jedoch nicht allein.

Sie wandte sich ab und ging auf Jim zu, der am Tresen im Eingangsbereich beschäftigt war. »Falls Ryan mich sucht, ich gehe frische Luft schnappen.«

Das Fitnesscenter hatte einen sonnendurchfluteten Hinterhof, der von einer drei Meter hohen Backsteinmauer umgeben war. Bis auf ein paar Holztische mit diversen Sitzgelegenheiten auf der hinteren Seite, war der Hof leer. Natascha ließ sich auf eine der Bänke fallen und hielt zufrieden ihr Gesicht in die Sonne. Wärme tat ihr immer wieder gut, vor allem die Sonnenstrahlen waren wie Balsam für ihre Seele. Gerade um diese Jahreszeit, in der sie sich normalerweise selten zeigte – herrschte im Oktober doch gerne Nebel.

Schon beim Rausgehen hatte sie sich wieder die Kopfhörer aufgesetzt, um Musik zu hören. Ihre Gedanken schweiften zu Joe. Bisher hatte sie sich davor gedrückt, mit ihm zu sprechen. Sie hatte keine Ahnung, wie sie sich ihm gegenüber verhalten sollte seit dem Erlebnis mit Ryan. Sie hoffte, dass dieser ihm noch nichts erzählt hatte. Obwohl Joe sie mit seinem Handeln, oder besser Nichthandeln, verletzt hatte, wollte sie ihn nicht vor den Kopf stoßen. Außerdem ging ihr alles viel zu schnell. Der rasche Wechsel von Joe zu Ryan verwirrte sie gefühlsmäßig.

Natascha hatte ein mulmiges Gefühl im Bauch. Sie stand auf und wanderte im Hof umher. Nach einer Weile begann sie laut mitzusingen, in der Hoffnung, dass sie das beruhigte. Sie bemerkte Joe erst, als dieser sie heftig in die Arme riss und verlangend küsste. Zuerst war sie zu überrascht, um zu reagieren, dann erwiderte sie den Kuss. Sie wollte wissen, was sie dabei empfand. Joe küsste toll und er konnte noch immer Verlangen in ihr entfachen, doch es fehlte etwas. Sie hatte keine Schmetterlinge im Bauch, es war nicht das Gleiche wie mit Ryan, nicht annähernd.

15

Ryan

Erschöpft ließ Ryan die Fäuste sinken. Er hatte genug für heute. Jetzt noch schnell unter die Dusche.

Das warme Wasser prasselte auf ihn herab. Müde strich er sich über das Gesicht. Er hatte in der letzten Nacht nicht viel geschlafen. Die schwarzhaarige Österreicherin war ihm nicht aus dem Kopf gegangen. Sie war die erste Frau seit langem, die ihn wirklich interessierte, die es geschafft hatte, seinen Schutzpanzer zu durchbrechen, die ihn wieder verletzlich gemacht hatte. Nicht nur ein One-Night-Stand wie all die anderen, nachdem Karen ihn von heute auf morgen verlassen hatte.

Schon ihr Anblick ließ sein Herz schneller schlagen. Er konnte es kaum erwarten, bis es Samstag war. Er wollte alles von ihr wissen, bis ins kleinste Detail. Und er wollte sie in seinem Bett, die ganze Nacht. Doch genug der Träumerei, Natascha würde sicher schon warten. Außerdem wollte er mit ihr noch über ihren nächtlichen Ausflug in den Central Park sprechen. Anscheinend hatte sie keine Ahnung, wie gefährlich das sein konnte.

Er schlüpfte gerade in die Lederjacke, da steckte Jim den Kopf zur Tür herein. »Natascha ist draußen. Sie wollte noch ein bisschen frische Luft schnappen.«

Die Sonne blendete ihn, als er den Hinterhof betrat, sodass er die Augenlider zusammenkneifen musste. Er blieb abrupt stehen und betrachtete mit versteinerter Miene die Szene vor sich, die sich wie ein Messer in sein Herz bohrte. Der Schmerz und die Trauer darüber, etwas verloren zu haben, waren fast unerträglich, schnürten ihm regelrecht die Luft ab. Er schloss die Augen. Von den beiden unbemerkt wandte er sich um und ging wieder zurück ins Studio.

16

Natascha

Vorsichtig schob Natascha Joe von sich und nahm die Kopfhörer ab. »Joe, das war keine gute Idee und das weißt du.«

»Du hast den Kuss erwidert!«

Natascha seufzte. »Das war ein Fehler. Ich wollte nur wissen, ob sich etwas verändert hat.« Sie sah ihn bedauernd an. »Schau mal, Joe, ich glaube, ich hab mich damals in meine Fantasie verliebt, und dann kamst du und hast genauso ausgesehen.« Sie strich ihm leicht über die Wange. »Es war so wunderschön mit dir, ich möchte diese Stunden nicht vermissen. Aber du weißt ja selbst nicht, was du willst, sonst hättest du schon lange mit deiner Frau gesprochen.«

»Ich habe keine Ahnung, warum ich mit Linda nicht reden kann. Wahrscheinlich habe ich Angst, sie zu verletzen.«

Seine Frau konnte er nicht verletzen, sie jedoch schon. »Du hast mich bei Mike abgeladen und dich danach vor mir versteckt.« Ohne es zu beabsichtigen, klang ihre Stimme bitter.

Joe wich ihrem Blick aus.

»Ich habe deine Frau heute kennengelernt, sie ist sehr nett. Ich bin mir echt mies vorgekommen.«

»Hast du ihr von uns erzählt?« Er sah sie entsetzt an, in seinem Gesicht zuckte es.

»Sag mal, für was hältst du mich?« Natascha ballte die Hände zu Fäusten. Sie glaubte, sich verhört zu haben. Traute er ihr das wirklich zu? »Joe, ich kann und möchte nicht der Grund für eure Trennung sein. Punkt! Du musst für dich selbst entscheiden, was du willst, unabhängig von mir.«

»Verdammt, ich kann nicht so tun, als wäre zwischen uns nichts gewesen. Ich muss die ganze Zeit an unsere gemeinsame Nacht in Wien denken. Ich hatte mit dir den besten Sex meines Lebens! Meinst du, das kann ich so einfach vergessen?« Er raufte sich die Haare.

Sie starrte ihn an. Was hatte er da gesagt? War das sein Ernst? Ihr Blick wurde unscharf. Nein, nicht jetzt, doch es war bereits zu spät. Schluchzend vergrub sie ihr Gesicht in den Händen.

»Natascha, was ist los?« Joes Stimme klang belegt. Er zog sie in die Arme und hielt sie fest, streichelte ihr zärtlich über den Kopf. Als sie sich wieder beruhigt hatte, schaute er sie fragend an. Sie war ihm wohl eine Erklärung schuldig.

»Deine Worte haben mich völlig aus der Fassung gebracht. Du kannst dir nicht vorstellen, was sie mir bedeuten. Ich hatte davor seit mindestens vier Jahren keinen Sex mehr, keine Ahnung, wohin meine Bedürfnisse verschwunden waren. Ich wusste nicht einmal, ob sie überhaupt noch existierten. Deshalb war ich so nervös und brauchte etwas zu trinken. Ich hatte einfach Angst, dass ich deine Erwartungen nicht erfüllen kann.«

»Du bist doch verheiratet, wie ...?«, stammelte Joe.

Natascha ging zur Bank und ließ sich darauf nieder, stützte die Ellbogen auf ihre Knie und starrte vor sich hin. In ihr arbeitete es. Dann hob sie den Kopf und sah Joe mit gerunzelter Stirn an. Ein Seufzer entwich ihrer Kehle und sie fasste einen Entschluss. »Mein Mann ist trockener Alkoholiker. Zu Beginn hat er am Wochenende gerne mal zu viel getrunken, was dann in eine Art Regelmäßigkeit übergegangen ist. Das war alles noch im Rahmen. Ich war zwar nicht glücklich darüber, habe es jedoch akzeptiert.«

»Oh mein Gott, wie ging es weiter?« Joe sah sie entsetzt an. »Das hat sich über Jahre hingezogen und wurde immer schlimmer. Phasen, in denen er so betrunken war, dass er richtig neben sich stand, häuften sich immer mehr. Wenn ich ihn darauf angesprochen habe, hat er immer abgestritten, überhaupt getrunken zu haben. Er hat es vor sich selbst verleugnet, wollte das Problem einfach nicht wahrhaben.

Ich habe ziemlich schnell begonnen, den Alkohol im Haus zu suchen und auszuleeren. Er war jedoch findig im Verstecken der Flaschen.«

»Du hast dich damit mitabhängig gemacht.« Sein mitleidiger Blick war fast mehr, als sie ertragen konnte.

»Ja, wenn ich jetzt so darüber nachdenke, kann ich es selbst nicht mehr verstehen, dass ich mich zur Co-Abhängigen entwickelt habe. Durch die trockenen Phasen dazwischen hatte ich jedes Mal gehofft, dass er es endlich geschafft hätte, nur um wieder enttäuscht zu werden.« Ihre Stimme zitterte.

Joe, der sich in der Zwischenzeit neben sie gesetzt hatte, zog sie mit dem Rücken an sich und umschlang sie mit beiden Armen. Natascha lehnte sich mit dem Kopf gegen seine Brust und schwieg eine Weile.

»Diese furchtbaren Tiefs, in denen er Selbstmordgedanken hatte.« Ihr versagte die Stimme und sie versuchte krampfhaft, nicht zu weinen. Dieses Erzählen ließ sie alles nochmal durchleben und setzte ihr mehr zu als gedacht.

Joe strich ihr zärtlich über den Haarschopf.

»Ich konnte mit niemandem reden, habe alles in mich hineingefressen, fühlte mich verantwortlich, mitschuldig an seinem Alkoholproblem. Heute weiß ich, dass ich das niemals war, die Verantwortung lag nur bei ihm. Als es so schlimm wurde, dass er von selbst gar nicht mehr aufhören konnte, ja fast bis zum Koma getrunken hat, habe ich mich an seine Ärztin gewandt. Die hat ihn ein paar Tage in eine Entzugsanstalt zwangseinweisen lassen, da er freiwillig nicht gehen wollte.«

»Du meine Güte, so schlimm?« Joe schüttelte entsetzt den Kopf.

Natascha nickte. »Ich war so erleichtert, das nicht mehr mitansehen zu müssen, ihn selbst nicht mehr sehen zu müssen und vor allem endlich allein zu sein. Im Anschluss an den Entzug hat er eine mehrwöchige Therapie in einer auf Sucht spezialisierten Klinik gemacht. Jedoch in einem anderen Bundesland, damit bei uns zu Hause ja keiner etwas davon erfuhr. Für die Firma war er auf Kur. Jetzt würde endlich alles gut werden, dachte ich, ich war so erleichtert. Diese Hoffnung hat sich jedoch schnell zerschlagen. Es hat nicht lange gedauert und er ist rückfällig geworden. Er war wieder in einem Zustand, in dem er sich um nichts mehr gekümmert hat – nicht mehr kümmern konnte –, in dem nichts anderes mehr zählte, außer seine Sucht zu befriedigen.«

»Dass du das so lange mitgemacht hast!« Sie konnte die Fassungslosigkeit in Joes Worten heraushören.

Natascha schluckte schwer. »Das ging immer so weiter, jahrelang. Längere trockene Phasen, in denen ich neue Hoffnung schöpfte, dann der Rückfall bis zum Koma. Dann erneut der Entzug, nie wirklich freiwillig, und wieder alles von vorne. War er nüchtern, war er ein guter Ehemann, ich konnte ihn nur nicht mehr als solchen sehen. Dazu hatte ich ihn schon zu oft in diesem Zustand der Besinnungslosigkeit und der Verwahrlosung gesehen. In dem Zustand, in dem dir Körperhygiene völlig egal ist, weil du nicht mehr du selbst bist. Ich konnte nicht mehr. Ich fragte mich, warum mir niemand half. Doch wie sollte mir auch jemand helfen, es wusste ja niemand davon. Ich stand kurz vor einem Zusammenbruch, den ich mir jedoch nicht leisten konnte, aus Angst, dass er dann völlig abstürzen würde. Ich war so verzweifelt, fühlte mich so verlassen, so einsam und hilflos. Ich habe mir geschworen, dass ich mich in meinem ganzen Leben niemals mehr so fühlen möchte. Niemals mehr! In all den Jahren habe ich eine Schutzwand um mich herum aufgebaut, habe nichts und niemanden mehr an mich herangelassen. Ich hätte das sonst alles nicht ertragen. In dieser Zeit ist etwas in mir zerbrochen.«

Sie spürte, wie Joe sie noch fester an sich drückte.

»Ich war mittlerweile völlig abgestumpft, habe alle meine Gefühle und Emotionen tief in mir begraben. Ich wollte ihn nicht mehr, ich brauchte ihn nicht mehr, doch ich wollte nicht der Anlass für einen neuerlichen

Rückfall sein. Seine Berührungen konnte ich nicht mehr ertragen. Ich hatte kein Bedürfnis nach irgendeinem Mann. Ich hatte genug, so genug! Und schließlich bin ich doch zusammengebrochen: Burnout. Seele und Körper haben nicht mehr mitgemacht.

Ich hatte mich völlig vernachlässigt, mich nur auf ihn konzentriert und diese Lüge gelebt. So viele Jahre habe ich vergeudet, was habe ich nicht alles aufgegeben, verpasst. Mein Leben ist an mir vorbeigelaufen und ich konnte nichts mehr rückgängig machen. Warum nur habe ich so lange gewartet?« Sie blickte kurz zu Joe auf, der sie mit traurigem Blick ansah. »Zu diesem Zeitpunkt habe ich mir dann endlich eingestanden, dass ich mich von ihm trennen musste, um wieder leben zu können, obwohl er seit meinem Zusammenbruch keinen Tropfen mehr angerührt hat. Da ich meine Gefühle jahrelang unterdrückt hatte, war ich mir meiner selbst so unsicher, dass ich schon befürchtete, gar nichts mehr empfinden zu können. Wir wohnen noch zusammen, da es aus finanziellen Gründen momentan leider nicht anders möglich ist, doch ich bin aus dem gemeinsamen Schlafzimmer ausgezogen. Es funktioniert ganz gut. Jeder weiß, woran er ist, und wir haben beide die Chance auf ein neues Leben und eine neue Partnerschaft.« Natascha schwieg erschöpft.

Joe zog sie auf seine Knie, streichelte ihr immer wieder in einem beruhigenden Rhythmus über Kopf und Rücken. So saßen sie eine Weile, jeder in seinen Gedanken. Durch dieses Teilen eines Stücks ihrer Vergangenheit hatte sich das Verhältnis zwischen ihnen verändert, sie waren sich nähergekommen.

Er hob ihr Gesicht und küsste sie auf die Stirn. »Ich muss das erst verarbeiten, ich ...« Er verstummte.

Sie lächelte ihn an. »Du musst nichts sagen, ich wollte nur, dass du verstehst, warum mich deine Worte so aus der Fassung gebracht haben.« Sie stand auf und zog ihn hoch. »Komm, lass uns wieder hineingehen. Ryan müsste schon lange fertig sein.«

Joe nahm sie nochmals in den Arm und drückte sie ganz fest an sich. »Nachdem ich deine Geschichte gehört habe, muss ich mich endlich zusammennehmen und mit Linda reinen Tisch machen. Noch heute! Das bin ich ihr und mir schuldig, und es ist mehr als nur überfällig. Ich will keine weitere Zeit verlieren.« Er nahm sie an der Hand und ging mit ihr zurück ins Fitnesscenter.

Ryan saß bei Jim am Tresen. Sie stellte sich neben ihn und wandte sich fragend an ihren Boxtrainer. »Hier einen Schnaps zu bekommen, ist wahrscheinlich Wunschdenken von mir?«

Jim sah sie mit gerunzelter Stirn an. »Du siehst völlig erledigt aus, als ob du ...« Er brach ab, als er ihren verschlossenen Gesichtsausdruck bemerkte. Für Erklärungen war sie momentan wirklich nicht zu haben. Wortlos holte er eine Flasche Schnaps und ein Glas unter dem Tresen hervor und schenkte ihr nach einem weiteren Blick auf sie gleich einen Doppelten ein.

Joe, der noch kurz mit einem Kollegen gesprochen hatte, war mittlerweile dazu getreten. »Jim, ich nehme auch einen.«

Jim zog die Augenbrauen hoch. Er ließ den Blick forschend zwischen ihr und Joe hin- und hergleiten. Noch immer wortlos schenkte er Joe ebenfalls einen

Doppelten ein. Der stieß mit ihr an und beide tranken das Glas in einem Zug leer.

»Ich werde jetzt heimfahren und später mit Linda reden, wenn ihr Dienst fertig ist.«

Als sie etwas erwidern wollte, sagte er schnell: »Unabhängig von dir, glaube mir.« Er seufzte leise. »Ich frage mich, wie du das so lange ausgehalten hast«, sagte er schließlich ganz leise und schüttelte den Kopf. »Du meldest dich, wenn es dir nicht gut gehen sollte, versprochen?«

Sie lächelte ihn an. »Versprochen.«

Er winkte ihnen noch zum Abschied zu.

Ryan hatte die ganze Zeit wortlos dagesessen und vor sich hingestarrt.

Natascha war mittlerweile hundemüde, da die schlaflose Nacht sich bemerkbar machte, und wandte sich an ihn. »Es tut mir leid, dass du so lange warten musstest, Ryan, doch das Gespräch mit Joe war nicht geplant.« Sie lächelte ihn an.

Er sah sie ausdruckslos an, erhob sich wortlos und ging Richtung Ausgang.

Natascha winkte Jim dankend zu und folgt ihm verwirrt. Sie war jedoch zu müde, um sich über sein eigenartiges Verhalten Gedanken zu machen.

Die Autofahrt verlief schweigend. War er sauer? Wegen dem Central Park und Ben? Für eine Auseinandersetzung war sie viel zu erschöpft. Da sie dieses lange Schweigen jedoch verunsicherte, fragte sie ihn leise:

»Wolltest du mit mir nicht noch wegen des Central Parks und Ben sprechen?«

»Das hat sich erledigt«, meinte er kurz angebunden.

Das hatte sich vorher aber anders angehört. Ryan schien völlig verändert. Was war im Fitnesscenter passiert? Hatte sie irgendetwas gesagt oder getan, das ihn so verärgert haben könnte? Ihr fiel beim besten Willen nichts ein. Der verbale Austausch mit den Kollegen nach ihrem Boxtraining konnte es ja wohl nicht gewesen sein.

Sie hielt inne.

Was machte sie da eigentlich? Sie suchte die Schuld schon wieder bei sich, stellte Vermutungen auf, anstatt ihn nach dem Grund seines Verhaltens zu fragen. Warum nur rutschte sie schon wieder in diese Falle? Hatte sie nichts aus ihrer Vergangenheit gelernt?

Ryan schaltete den Motor ab. Ganz in Gedanken versunken hatte sie gar nicht bemerkt, dass sie schon bei Mikes Apartment angekommen waren. So wollte sie ihn jedoch nicht gehen lassen. »Ryan, was ist los? Bist du wegen irgendetwas sauer?«

Er wandte sich ihr zu. Sein Gesichtsausdruck glich einer steinernen Maske. Natascha musste schlucken.

»Du, was gestern Nacht zwischen uns passiert ist, war ein Fehler. Lass es uns einfach vergessen, in Ordnung?« Er drehte sich wieder nach vorn und startete den Motor, mit den Fingern klopfte er ungeduldig auf das Lenkrad.

Die Worte dröhnten durch ihren Kopf. Es dauerte eine Weile, bis sie deren Bedeutung erfasst hatte. War das sein Ernst?

Wie in Trance nahm sie ihre Tasche und stieg aus. Was passierte hier? Kaum hatte sie die Tür geschlossen, fuhr er los. Sie stand da und sah ihm nach. Der Druck auf ihrem Herzen war unerträglich. Es tat so weh, so verdammt weh. Warum wollte er plötzlich nichts mehr von ihr wissen?

Mit schweren Schritten schleppte sie sich zum Aufzug. In Mikes Apartment warf sie sich auf ihr Bett, vergrub ihr Gesicht im Kissen und heulte sich die Seele aus dem Leib. Jetzt erst wurde ihr klar, was sie für Ryan empfand. Das Herzrasen, das Flattern im Bauch bei ihrem ersten Kuss. Das war kein vorübergehendes Abenteuer gewesen, nein, sie hatte sich verliebt. So verliebt, dass sie das Gefühl hatte, ihre Welt ginge unter, die ohne ihn nie wieder so sein würde, wie sie war.

17

Natascha

Die Fenster im Fitnesscenter waren weit aufgerissen, warme Luft wehte von draußen herein. Der Föhn hielt noch immer an, seit fast zwei Wochen. Auf den Straßen saßen die Menschen im Freien, auf den Caféterrassen, auf Parkbänken – jede Sitzgelegenheit wurde ausgenutzt, um die letzten warmen Tage noch so richtig zu genießen. Denn es sollte bald kälter werden, das war sicher.

Natascha drosch mit aller Gewalt auf den Boxsack ein. Die Muskeln bis zum Zerreißen angespannt, ihr ganzer Körper war vor Anstrengung schweißgebadet. Sie trug nur eine kurze Shorts und ein Bustier. Sie trainierte jetzt täglich, meistens mit Jim. Aus der anfänglichen halben Stunde waren bereits zwei geworden.

Sie suchte Ablenkung von ihren Gedanken, die wie eine Lawine jeden Tag über sie hereinbrachen. Am schlimmsten war es, wenn sie nichts zu tun hatte. Diese Grübelei machte sie fertig, ließ sie rastlos werden. Fragen über Fragen, auf die sie keine Antwort fand. Hier im Fitnesscenter konnte sie sich so verausgaben, dass sie in dieser Zeit nicht mehr zum Nachdenken kam.

Mittlerweile sah auch nicht mehr das halbe Studio zu, wenn sie trainierte.

Ryan war ebenfalls fast täglich hier. Seit dem Tag, als er sie bei Mike abgesetzt hatte, hatten sie kein einziges Wort mehr gewechselt, vermieden jeglichen Blickkontakt.

Manchmal konnte Natascha nicht anders und schaute ihm heimlich beim Training zu, dann überrollte sie die Sehnsucht wie eine Flutwelle. In Gedanken berührte sie seinen Oberkörper, ließ die Finger seine Muskeln entlanggleiten ...

Jeden Tag nahm sie sich vor, mit ihm zu sprechen, ihn zu fragen, was passiert war. Dieses Warum zu klären, das so dick und fett in ihrem Kopf festklebte. Und jeden Tag fuhr sie wieder unverrichteter Dinge nach Hause zu Mike. Sie schaffte es nicht. Sie hatte solche Angst vor der Antwort, davor dass Ryan einfach das Interesse an ihr verloren haben könnte. So konnte sie hoffen, dass alles ein Irrtum war, der sich aufklären würde, und litt weiter, Tag für Tag.

Joe hatte sie seit diesem Tag nicht mehr gesehen, Linda genauso wenig. Sie vermutete, dass sich beide einige Zeit freigenommen hatten, um sich auszusprechen und alles zu regeln.

Als sie ihr Training für heute beendete, sprach Jim sie kopfschüttelnd an. »Natascha, du weißt, dass du so nicht weitermachen kannst. Du trainierst täglich bis zur Erschöpfung und isst eindeutig zu wenig. Du hast ja kein Gramm Fett mehr am Körper.«

Sie verdrehte die Augen, sie wollte nicht darüber reden.

»Was ist los mit dir? Du bist zurzeit die Extremste hier.« Sein Blick wanderte nach rechts. »Obwohl, da gibt es noch jemanden«, murmelte er vor sich hin.

Natascha wollte gar nicht wissen, von wem er sprach, und beugte sich vor, um ihre Sachen zusammenzusuchen. »Ich muss jetzt los, wir haben heute Generalprobe. Morgen ist mein erster richtiger Auftritt.«

»Das habe ich nicht vergessen, und wir alle hier lassen uns das sicher nicht entgehen.«

»Hoffentlich kann ich eure Erwartungen erfüllen, langsam werde ich nervös«, stöhnte sie.

»Wird schon schiefgehen. Du probst ja wie eine Wahnsinnige, ähnlich wie beim Boxen.«

»Na hör mal, das muss ich doch, ich bin ja komplette Amateurin.« Sie umarmte Jim zum Abschied und war schon auf dem Weg zur Tür. Dort hielt sie inne und schaute zurück, um noch einen kurzen Blick auf Ryan zu werfen. Adrenalin durchfuhr ihren Körper, das Herz klopfte ihr bis zum Hals. Er sah sie direkt an. Sie konnte die Augen nicht abwenden. Natascha machte einen Schritt in seine Richtung, hielt inne. Wieder zwei Schritte, fühlte sich wie magisch von ihm angezogen.

Da sprach ihn ein Arbeitskollege an und Ryan wandte sich diesem zu. Der Bann war gebrochen. Natascha seufzte, drehte sich um und ging.

Es war bereits sieben Uhr abends, das *Bikers* machte in einer Stunde auf. Die Probe war super gelaufen, die ganze Band war in Hochstimmung und freute sich auf den morgigen Auftritt. Natascha hoffte, dass ihr nicht die Stimme vor Nervosität versagte. Es war etwas völlig anderes, eine komplette Live-Veranstaltung zu spielen oder für ein bis zwei Lieder auf der Bühne zu stehen.

Kaum war die Probe vorbei, ging es ihr wieder total beschissen. Es gab nichts mehr, das sie ablenkte. Ihre Gedanken drehten sich erneut um Ryan. Es war zum Verrücktwerden.

Am liebsten würde sie sich betrinken, so einen netten kleinen Vollrausch. Sie ging mit energischen Schritten zur Bar. »Matt, kann ich mir von dir eine Flasche Schnaps nehmen? Ich bringe dir morgen dafür einen echten Zirbenschnaps mit. Eine Freundin aus Tirol hat mir drei von ihren Selbstgemachten geschickt.«

»Na klar kannst du eine mitnehmen.« Er stellte sie vor sie hin. »Du brauchst mir keine Ganze mitzubringen. Doch so ein, zwei Gläschen vom Zirbenschnaps würde ich schon mit dir trinken.« Dann deutete er auf die Flasche. »Was willst du denn damit?«

»Mir einen ansaufen«, gab sie trocken zurück.

Matt sah sie entgeistert an. »Meinst du das jetzt im Ernst?«

»Ja das tu ich.« Sie schnappte die Flasche, drehte sich um und ging zum Ausgang.

»He, so warte doch!«

Aber Natascha ignorierte ihn und ließ die Tür hinter sich ins Schloss fallen.

18

Joe

Joe betrat das *Bikers*.

»Hey!«, sagte Matt. »Dich hab ich ja seit einer Ewigkeit nicht mehr gesehen.«

»Ich hatte ein paar Tage frei. Ich habe endlich mit Linda über unsere Beziehung gesprochen. Ihr geht es genauso wie mir, hat jedoch aus Rücksicht auf mich nichts gesagt. Kaum zu glauben, nicht? Natascha hatte recht, ich hätte das schon viel früher machen sollen. Ich werde vorübergehend bei Mike Unterschlupf suchen, er hat ja Platz genug. Mann, ich fühle mich richtig befreit!« Er lachte erleichtert auf.

»Warum wohnst du denn nicht bei Ryan? Der hat ebenfalls mehr als genug Platz, und bei Mike wohnt ja schon Natascha.«

»Ist mein erster Gedanke gewesen, aber ich habe das Gefühl, dass er momentan lieber seine Ruhe hat.« Er schwieg eine Weile. »Ist Natascha nicht mehr hier? Ich wollte ihr erzählen, dass ich mit Linda gesprochen habe.«

Ryan hatte soeben das Bikers betreten und setzte sich grüßend auf den Barhocker neben Joe. Matt nickte ihm zu. »Die ist vor etwa einer halben Stunde mit einer Flasche Schnaps verschwunden.«

»Bitte?«, fragte Joe. »Was will sie denn damit?«

»Sich einen ansaufen. Das waren ihre genauen Worte.«

»Und warum?«

»Das fragst du mich? Ich konnte meine Frage an sie gar nicht mehr beenden, so schnell war sie aus der Tür.«

Ryan hörte ihnen wortlos zu.

»Ich ruf sie mal an.« Joe nahm sein Handy, wählte ihre Nummer und schaltete auf Lautsprecher.

»Hallo, Natascha, gerade habe ich Matt von meinem Besuch bei meiner Ex erzählt.« Er schilderte ihr, wie sein Gespräch mit Linda gelaufen war, dann lachte er auf. »Ich hoffe, es stört dich nicht, wenn ich ebenfalls vorrübergehend bei Mike einziehe?«

»Nein, überhaupt nicht, warum sollte es?«, antwortete Natascha. »Außerdem ist das doch Mikes Entscheidung. Auf jeden Fall freue ich mich für dich.«

»Du, was soll das mit dem Ansaufen und der Schnapsflasche?«

»Mir ist heute einfach danach. Und?«

Ihre Stimme gefiel ihm gar nicht. Sie klang, als wäre ihr alles egal.

»Wo bist du denn? Ich komme zu dir und dann können wir gemeinsam etwas trinken.«

»Nichts für ungut, Joe, aber ich möchte mich alleine besaufen. Und wenn es die ganze Flasche ist, dann soll es so sein. Und ich sage dir nicht, wo ich bin, sonst tauchst du unter Garantie hier auf.«

»Sag mal, was ist los mit dir? Du müsstest doch am besten wissen, dass Alkohol keine Probleme löst.«

»Joe, du störst mich beim Trinken. Außerdem mag ich es nicht, wenn man mir erklärt, was ich zu tun oder zu lassen habe. Ich lege jetzt auf.«

»Sei doch nicht so stur!«, rief er ins Handy, aber sie war schon weg. Fassungslos schüttelte er den Kopf. »Ich glaube ich träume. Sie hat einfach aufgelegt.«

Matt lachte auf. »Na, das war ja mal eine Ansage.«

Joe wandte sich an Ryan. »Weißt du, was mit ihr los ist?«

Der zuckte nur mit den Schultern.

»Also dir muss man zurzeit auch jedes Wort aus der Nase kitzeln«, fauchte er ihn an. »Welche Laus ist dir eigentlich über die Leber gelaufen?« Langsam nervte ihn Ryans eigenartiges Verhalten der letzten Tage. Er wandte sich wieder Matt zu. »Sie weiß schon, dass sie morgen ihren ersten Auftritt hat?«

»Sorry, Joe, sie probt seit zwei Wochen jeden Tag von zwölf bis um vier, zuerst Gitarre, dann Klavier. Am Vormittag trainiert sie, wie ich von Jim weiß, in eurem Fitnesscenter wie eine Wahnsinnige, ebenfalls täglich. Jim befürchtet schon, dass sie bald zusammenbricht. Er meint, sie hätte kein Gramm Fett mehr am Körper und würde nicht genug essen. Ja, und nach ihrer eigenen Probe probt sie zwei Stunden mit der Band, bis um sechs. Anschließend fährt sie zu Mike, um für ihn zu kochen. Meistens kommt sie hinterher wieder ins *Bikers* und hilft mir beim Kellnern. Ich bin ihr sehr dankbar, da mir eine Kellnerin ausgefallen ist und ich so schnell keinen Ersatz bekomme. Aber sie weigert sich strikt, Geld dafür zu nehmen. Obwohl ich weiß, dass sie wirklich nicht gerade flüssig ist und Mike unbedingt etwas geben möchte, weil sie bei ihm wohnen kann. Ich würde daher sagen, sie arbeitet wie eine Irre.«

»Das gefällt mir gar nicht.« Nachdenklich runzelte Joe die Stirn. Was war nur mit Natascha los? »Nach unserem letzten Gespräch hatte sie mir versprochen, sich zu melden, falls es ihr nicht gutgehen sollte.«

»Warum hätte es ihr nicht gut gehen sollen?«, fragte Ryan trocken. »Als ich kurz rausgeschaut habe, hat sie dich gerade innigst geküsst!«

»Wenn du länger geblieben wärst, hättest du mitbekommen, dass sie mir daraufhin eine Abfuhr erteilt hat.« Ryans Tonfall nervte ihn. Der ganze Kerl nervte ihn zurzeit. Er war verschlossen wie eine Auster. »Ja, ich hab sie überrumpelt und sie hat den Kuss kurz erwidert, aber nur, weil sie wissen wollte, ob er noch Gefühle in ihr auslöst. Dem dürfte leider nicht so gewesen sein. Das habe ich wohl ziemlich verbockt«, schloss er mit einem Seufzer. »Und anschließend habe ich noch etwas gesagt, das sie so aus der Fassung gebracht hat, dass sie geweint hat.«

Ryan war bei Joes Antwort bleich geworden. »Wie aus der Fassung gebracht?«, hakte er nach.

Joe druckste herum. Verflixt, warum hatte er nicht seine vorlaute Klappe halten können?

»Mach den Mund auf, das kannst du jetzt nicht so stehen lassen.« Matt sah Joe ebenfalls auffordernd an.

»Eigentlich war es ja ein Kompliment«, seufzte er. »Ich hab ihr gesagt, dass ich mit ihr den besten Sex meines Lebens hatte, und da ist sie in Tränen ausgebrochen. Sie hat mir erzählt, dass die Nacht mit mir die erste mit einem Mann seit vier Jahren gewesen sei.« Er bemerkte die ungläubigen Blicke der beiden und sagte

selbstironisch: »Ja, so habe ich sie ebenfalls angesehen.«
Er schwieg eine Weile. »Sie hat mir ihre Geschichte erzählt, damit ich verstehe, warum. Ich war erschüttert.
Verdammt hat diese Frau etwas mitgemacht.« Er
wandte sich Ryan zu. »Und mehr sage ich nicht, war eh
schon viel zu viel. Wenn sie will, wird sie es euch selbst
erzählen, sonst eben nicht.«

Ryan murmelte irgendetwas vor sich hin.

Joe verstand nur Samstag, Essen und Idiot. Er sah ihm
kopfschüttelnd nach, als Ryan vom Barhocker aufsprang und das Lokal verließ. Ryan hatte weder sein
Bier angerührt noch sich von ihnen verabschiedet. Warum verhielt er sich in letzter Zeit so eigenartig?

19

Natascha

Irgendwie hatte der Central Park heute seinen Reiz für Natascha verloren. Er wirkte düster und trostlos und passte daher perfekt zu ihrer Stimmung. Sie saß auf der gleichen Bank wie das letzte Mal mit Ben. Wie es dem wohl ging? Was machte sie überhaupt hier? Sich allein zu besaufen war eine Schnapsidee. Aber gut, es gab für alles ein erstes Mal.

Sie hob die Flasche zum Mund, ein Drittel hatte sie schon geschafft und sie war bereits betrunken – und wie. Auf Ryan war sie sowas von sauer. Was hatte er gleich nochmal gesagt? Für sie könnte er sich sofort entscheiden und er könnte hartnäckig sein. Pah, das waren doch alles nur Sprüche. Er hatte sie abserviert, in Nullkommanichts. Wütend nahm sie noch einen Schluck, da läutete ihr Handy.

Das war jetzt sicher wieder Joe mit einer Moralpredigt. Sie sah beim Abheben gar nicht auf die Nummer, sondern fauchte gleich ins Telefon. »Joe, lass mich endlich in Ruhe saufen, du nervst.«

Zuerst Stille, als Nächstes hörte sie leises Lachen. »Ich bin es, Ben! Bist du betrunken?«

»Bin ich, ja.« Natascha tat sich bereits schwer mit der Aussprache. »Ich habe mir geschworen, diese Flasche Schnaps zu vernichten, und das werde ich.«

»Sag mal, wo bist du überhaupt? Doch nicht –?«

»Ja, genau dort, auf unserer Bank.«

Jetzt klang Ben besorgt. »Rühr dich nicht vom Fleck! Ich bin sofort bei dir!«

»Komme in diesem Zustand eh nicht weit«, lallte sie ins Telefon und legte auf.

Natascha hatte sich zurückgelehnt und den Kopf nach hinten auf die Rückenlehne der Parkbank gekippt. Sie schloss die Augen, alles drehte sich und ihr wurde übel. Sofort riss sie die Augen wieder auf und setzte sich mühsam aufrecht hin.

Es dauerte nicht lange und Ben stand vor ihr. Er ließ sich neben sie auf die Bank fallen. Er trug die gleichen Klamotten wie letztes Mal.

»Warum tust du das?«, fragte er sie.

»Na, warum wohl? Aus dem ältesten Grund der Welt: Liebeskummer. Dieser Idiot kann mich mal. Männer sind allesamt zu vergessen. Mist, mir dreht sich schon wieder alles.«

»So, du gibst mir sofort die Flasche. Und du sagst mir, wen ich anrufen soll, damit du abgeholt wirst.«

»Gar niemanden«, fauchte sie. Dabei drehte sie sich so abrupt zu Ben um, dass sie fast von der Bank fiel.

»Na, du hast ja schon einiges intus«, sagte er kopfschüttelnd. Er musste ihr die Flasche mit Gewalt aus der Hand reißen, so fest hielt sie diese umklammert. Dabei kippte sie fast wieder von der Parkbank. »Joe anzurufen ist keine gute Idee, das dürfte ja der sein, auf den du sauer bist, so wie du dich gemeldet hast. In diesem Fall versuche ich es bei Ryan«, sagte er mit einem Blick auf ihr Handy.

»Der wird sicher kommen, der Mistkerl.« Ihre Stimme triefte vor Sarkasmus. Sie wollte Ben das Handy aus der Hand nehmen. Er stand jedoch rasch auf, sodass sie ins Leere griff und vornüberfiel. »Verdammt, mir ist so schwindlig.« Sie sah Ben beim Wählen zu. Warum hatte er auf einmal zwei Handys in der Hand?

»Ryan? Hier ist Ben. Natascha sitzt im Central Park auf der Bank bei dem Bootsverleih und hat fast eine halbe Flasche Schnaps geleert. In dem Zustand schaffe ich es unmöglich, sie mit der U-Bahn nach Hause zu bringen. Kannst du sie abholen?«

Natascha hörte Ryan durchs Telefon fluchen. Na super!

»Er hat gesagt, wir sollen uns nicht von der Stelle bewegen, er ist in zehn Minuten hier.«

»Ich warte ganz sicher nicht auf diesen Mistkerl«, fauchte sie und wollte aufstehen. Sofort drehte sich wieder alles um sie. Ben konnte sie gerade noch festhalten, sonst wäre sie der Länge nach hingeschlagen.

»Hey, langsam.« Er drückte sie zurück auf die Bank. »Also ist er der Typ, wegen dem du Liebeskummer hast? Nicht Joe?«

Sie nickte und schwieg.

»Immerhin kommt er, so gleichgültig kannst du ihm nicht sein.«

»Pah, er ist ein Cop, dein Freund und Helfer«, brachte sie mit schwerer Zunge ironisch heraus. Eine Weile saßen sie schweigend da. »Ben, ich warte hier ganz sicher nicht auf ihn.« Sie wollte wieder aufstehen.

Ben stöhnte auf. »Verflucht, bist du stur.« Bevor er reagieren konnte, hatte bereits eine andere Hand sie zurück auf die Bank gedrückt. Ryan stand vor ihnen. Ben atmete sichtlich erleichtert auf.

»Dich habe ich doch vor Mikes Apartment gesehen, du bist zusammen mit Natascha auf der Harley gekommen. Bist du der Street Hustler?«

Ben nickte.

»Vielen Dank, dass du ihr letztes Mal den Heimweg gezeigt hast. Soll ich dich wohin mitnehmen?«

Ben schüttelte den Kopf. »Nein, ich hab es nicht weit.« Er deutete auf Natascha. »Du passt auf sie auf?«

»Keine Angst«, antwortete ihm Ryan.

Ben ging vor ihr in die Hocke.

»Warum hast du mich angerufen, Ben, ist alles in Ordnung bei dir?« Natascha sah ihn fragend an und hatte Schwierigkeiten, sein Gesicht klar zu erfassen.

»Mach dir wegen mir keine Sorgen. Ich wollte, dass wir uns treffen, doch andere Umstände wären mir lieber gewesen.« Ben grinste sie an. »Ich melde mich morgen bei dir, okay?« Dann küsste er sie auf die Wange, winkte Ryan zu und ging.

»Mir ist so schwindlig«, jammerte Natascha.

»Wen wundert's«, meinte Ryan trocken und blickte auf die Schnapsflasche.

»Ich habe dich echt nicht hergebeten«, fauchte sie ihn an. »Du kannst also gerne wieder abhauen.«

»Keine Chance!«, sagt er. »Und du kommst jetzt mit mir.«

»Ich geh nirgends mit dir hin!«

»Musst du nicht. Da du sowieso nicht mehr gerade stehen kannst, werde ich dich tragen.« Schon hatte er sie auf die Arme genommen und ging mit ihr Richtung Parkausgang.

»Verdammt, lass mich runter, Ryan, ich bin viel zu schwer.«

»Wohl kaum. Jim hat recht, du bist ziemlich dünn geworden.«

»Ich bin nicht zu dünn«, schnaubte sie und fuhr hoch. Aufstöhnend ließ sie sich zurückfallen, diese schnellen Bewegungen taten ihr gar nicht gut. Sie legte den Kopf auf Ryans Schulter und spürte seinen warmen Atem an ihrer Wange. »Mist!«, fluchte sie leise. Ihr Gefühlsleben machte sich gerade selbstständig.

»Ist alles in Ordnung?«

»Nein, gar nichts ist in Ordnung.« Natascha presste ihr Gesicht an seinen Hals. Sie atmete durch die Nase ein, roch den herben Duft nach Rasierwasser. Seine Halsschlagader pochte gleich neben ihrem Mund, und sie drückte ihre Lippen darauf.

Durchs Tragen hatten sich bei Ryan zwei Knöpfe des Hemds geöffnet und eine seiner Brustwarzen entblößt. Sie strich mit dem Zeigefinger darüber, sofort wurde sie hart. Natascha hörte ihn aufstöhnen und er drückte sie noch fester an sich. Da waren sie schon beim Auto angekommen. Er ließ sie vorsichtig heruntergleiten. Ihr Kopf lag noch immer an seinem Hals. Natascha konnte nicht widerstehen, sie schob das Hemd beiseite, um an seiner Brustwarze zu saugen. Ryans Finger gruben sich in ihre Schultern. Fluchend öffnete er die Zentralverriegelung.

»Komm, setz dich rein.« Auffordernd hielt er ihr die Tür auf.

Sie ließ nur widerstrebend von ihm ab, um sich auf den Sitz plumpsen zu lassen. Ryan stieg ebenfalls ein und fuhr los. Natascha schloss die Augen, nur um sie sofort wieder aufzureißen. Das war ja die reinste Karussellfahrt – alles drehte sich. Sie stöhnte, beugte sich vor und stützte sich mit der Stirn am Armaturenbrett ab. Wenn er sie in diesem Zustand bei Mike ablud, konnte sie mit einer Standpauke rechnen. Der nahm sowieso kein Blatt vor den Mund, wie sie in den letzten Wochen festgestellt hatte. Sie hatte das Gefühl, dass er in ihr gar keine Frau sah. Auf jeden Fall nicht so, wie sie es sonst von Männern gewohnt war, fast so als ob er ...

Sie lachte auf. »Na, das wäre ja der Hit!«, murmelte sie vor sich hin.

»Sag mal, führst du bereits Selbstgespräche?«

»Sieht fast so aus«, konterte sie in das Armaturenbrett.

Als Ryan anhielt, richtete sie sich auf. »Wo sind wir hier?«

»Bei mir. Ich bringe dich in diesem Zustand sicher nicht zu Mike.«

Sie seufzte erleichtert auf. Das ersparte ihr vorläufig die Standpauke. Ob die Alternative, die Nacht bei Ryan zu verbringen, besser war? Sie erschauerte vor Erregung. Er öffnete die Beifahrertür und zog sie aus dem Auto. Sofort war der Schwindel wieder da und sie kippte gegen ihn.

»Dich hat es echt voll erwischt«, brummte er und hob sie hoch. »Das gibt morgen einen ordentlichen Kater.«

»Keine Sorge, war ja nur Schnaps, da bekomme ich keinen Kater«, murmelte sie an seiner Schulter.

»Du dürftest damit ja bereits deine Erfahrung haben.«

»Werd nicht frech«, brummte sie. »Du weißt gar nichts von mir.«

Ryan schwieg. Im Aufzug ließ er sie langsam zu Boden gleiten, hielt sie jedoch weiter an sich gedrückt. Natascha lehnte sich an ihn, und wieder strömte sein Geruch in ihre Nase, sie konnte gar nicht genug davon bekommen.

Als Ryan ihr zärtlich über die Haare strich, seufzte sie zufrieden auf. Am liebsten hätte sie geschnurrt wie eine Katze.

Der Aufzug hielt. Erneut hob er sie hoch, trug sie in seine Wohnung und schlug die Tür mit einem Fußtritt hinter sich zu. Auf der Couch setzte er sie ab.

Das Apartment war sehr groß. Es bestand aus zwei Etagen. Von ihrem Platz aus konnte sie die Galerie sehen, von der mehrere Türen abgingen, wahrscheinlich die Schlafräume und das Bad. Die gesamte Außenwand war aus Glas mit einem herrlichen Blick auf die Skyline von New York, ähnlich wie bei Mike. Natascha saß auf einer dunkelgrauen Wohnlandschaft aus Alcantara, die mitten im Raum stand, davor ein etwa Achtzig-Zoll-Fernseher. Die Wand unter der Galerie war komplett mit Bücherregalen und Schränken bedeckt. Links davon befand sich die offene Küche in U-Form, alles in weiß. Der Esstisch war aus Glas, die Stühle aus dunkelgrauem Leder. Im Gegensatz zu Mikes Küche merkte man jedoch, dass sie benutzt wurde. Auf der Herdplatte standen diverse Töpfe und ein Schneidbrett lag noch auf der Arbeitsplatte. An der Wand rechts von der Galerie hingen verschiedene Bilder, Bleistift- und Kohlezeichnungen sowie Acrylmalerei.

Natascha hätte sie sich gerne angesehen, befürchtete jedoch, nicht so weit zu kommen. Allein das Betrachten des Appartements hatte sie schon wieder schwindlig werden lassen. »Deine Wohnung gefällt mir.«

»Danke!« Ryan ging vor ihr in die Hocke und sah sie an.

Sehnsuchtsvoll blieb ihr Blick an seinen Lippen hängen. Wenn ihr nur nicht so schwindlig wäre. Was sie brauchte, war eine eiskalte Dusche, um wieder klar denken zu können. Ihr graute davor, denn sie hasst Kälte in jeder Form.

»Ryan«, murmelte sie.

»Hm?« Er streichelte versunken ihr rechtes Knie.

»Kann ich bei dir duschen?«

»Klar.« Er hob sie hoch und trug sie die Treppe hinauf ins Bad.

Bad war untertrieben, eher eine Wellnessoase mit Regendusche und riesiger Badewanne für zwei Personen. Die Wohnung musste ein Vermögen gekostet haben.

Er reichte ihr ein dickes flauschiges Badetuch. »Kommst du allein klar?«

Sie nickte. Ryan blickte sie stirnrunzelnd an, verließ jedoch den Raum und schloss die Tür hinter sich. Natascha musste sich auf den Boden setzen, sonst hatte sie keine Chance, sich auszuziehen. Sie entledigte sich ihrer Kleidung, die Jeans war die schlimmste Herausforderung. Endlich nackt, krabbelte sie auf allen vieren zur Dusche. Dort zog sie sich hoch und lehnte sich mit dem Körper gegen die Steinwand, damit sie nicht umfiel. Zuerst duschte sie heiß, schrubbte sich das Makeup vom Gesicht und genoss eine Weile den warmen

Strahl. Eins, zwei, drei ... Abrupt drehte sie den Hahn auf kalt.

Wie kleine Nadeln stach ihr das eiskalte Wasser in die Haut und sie sank mit einem erschrockenen Aufschrei zu Boden. Sie umschlang ihre Knie und ließ das eisige Nass auf sich herabprasseln. Am ganzen Körper zitternd merkte sie, wie sie langsam nüchterner wurde. Dann wurde das Wasser abgedreht, Ryan knien vor ihr.

»Sag mal, spinnst du?«

»Musste sein.« Ihre Zähne klapperten heftig gegeneinander. »Immerhin kann ich jetzt wieder klar denken und der Schwindel ist weg.«

»Dafür bist du jetzt völlig unterkühlt.« Er nahm das Badetuch, frottierte ihr Haar, wickelte sie darin ein und hob sie hoch, um sie wieder ins Wohnzimmer zu tragen. Warum trug er sie überhaupt? Sie konnte doch wieder selbst gehen. Das Gefühl, ihn so nah bei sich zu spüren, war jedoch viel zu schön, als dass sie protestiert hätte.

Sie bemerkte, dass er nur Pants trug, seine Haut war leicht gerötet und stellenweise noch feucht. Er hatte ebenfalls geduscht. Sie ließ ihre Hand über seine Brust Richtung Bauch gleiten. Wie Joe war er völlig enthaart. Seine Haut war aufgeheizt und fühlte sich weich an. Sie liebte dieses Gefühl.

»Ryan, schlaf mit mir!« Wie von selbst kam der Satz über ihre Lippen.

Er blieb abrupt stehen. »Ich glaube, du weißt nicht, was du sagst.« Seine Stimme klang heiser.

Das Handtuch störte sie fürchterlich, sie wollte ihn spüren, seine Haut an ihrer. Von einem jähen, verzweifelten Verlangen getrieben, wand sie sich in Ryans

Armen, bis er sie absetzte, dabei glitt das Badetuch zu Boden. Sie rieb sich aufreizend an seiner Brust und stöhnte wollüstig auf, ihre Brustwarzen verhärteten sich. Natascha ließ genüsslich ihre Zunge über seine Haut gleiten, atmete den herben Duft seines Duschgels ein. Dann ging sie langsam vor ihm auf die Knie und zog ihm die Pants herunter, leckte Ryans harten Penis, der sich ihr vorwitzig entgegenreckte.

Er stand regungslos mit geschlossenen Augen vor ihr, sein Brustkorb hob und senkte sich heftig. Schließlich ging ein Ruck durch seinen Körper, er beugte sich vor, umfasste ihre Taille und hob sie hoch. Sie stieß einen heiseren Laut aus, als sie ihm ihre Beine um die Hüften schlang. Ihr Blick glitt tiefer, verweilte auf Ryans sinnlichen Lippen. Sie verspürte eine wundervolle, prickelnde Erwartung. Wie sehr hatte sie sich in den letzten Tagen nach deren Berührung gesehnt.

Sie senkte langsam den Kopf, sein leicht geöffneter Mund war jetzt ganz nah, sie konnte seinen warmen Atem spüren. Ihr Herz hämmerte in ihrer Brust. Vor Aufregung verkrampfte sich ihr Magen und sie fühlte sich wie ein Teenager vor dem ersten Mal.

Natascha schloss die Augen und berührte Ryans Lippen, sie waren so warm und weich. Ein Zittern durchlief ihren Körper, als er ihren Kuss erwiderte, und die Zeit blieb stehen.

Wie oft hatte sie sich in den letzten Nächten vorgestellt, ihn so zu küssen. Immer und immer wieder. Ihre Träume jetzt in Erfüllung gehen zu sehen, war unbeschreiblich.

Ihre Lippen lösten sich vorsichtig voneinander und sie sah ihm in die strahlendblauen Augen, die sie zärtlich und gleichzeitig verlangend ansahen. Sie wurde sich seiner starken Arme bewusst, die sie festhielten, seines harten Schwanzes, der ihr Gesäß streifte, und sie merkte, wie feucht und bereit sie für ihn war.

Als hätte er ihre Gedanken erraten, hob Ryan mit beiden Händen ihren Po an. Sie konnte seinen Penis spüren, wie er über ihre Spalte glitt, um langsam in sie einzudringen, bis er sie ganz ausfüllte. Natascha schnappte nach Luft, es fühlte sich so unglaublich gut an. Sie murmelte aufstöhnend seinen Namen und klammerte sich an Ryans Schultern fest, spürte die Kühle der glatten Wand in ihrem Rücken, gegen die er sie drückte. Das langsame Auf und Ab reizte sie bis aufs Äußerste, machte sie verrückt vor Lust, und ihr ganzer Unterkörper zog sich vor Anspannung zusammen. Immer wieder drang er tief in sie ein, den Blick dabei unverwandt auf sie gerichtet. Sie vergrub ihre Fingernägel in Ryans Schultern, seine Haut war feucht vom Schweiß, die Muskeln der Oberarme hart von der Anstrengung, sie immer wieder hochzustemmen. Er hielt inne, um aus ihr herauszugleiten. Alles in ihr protestiert dagegen, und sie seufzte enttäuscht auf.

»Szenenwechsel, Baby. Ich möchte deinen wundervollen Körper berühren können.« Seine Stimme war heiser vor Verlangen.

Ihre Beine noch immer um seine Hüften geschlungen trug er sie ins Schlafzimmer im oberen Stock. Er legte sie aufs Bett und zog sie mit dem Rücken zu sich heran. Seine Hände glitten nach vorne und umfassten ihre Brüste, wobei er die Daumen um ihre Brustwarzen kreisen ließ. Natascha keuchte auf.

»Fühlt sich das gut an?« Sein Atem kitzelte an ihrem Ohr.

»Ja!«, hauchte sie.

Er zwirbelte die empfindlichen Spitzen zwischen Daumen und Zeigefinger, und erneut durchfuhr sie ein Stromschlag, der ihr bis in die Zehenspitzen fuhr. Sie stöhnte laut auf und bog ihren Rücken durch, unfähig, länger ruhig liegen zu bleiben.

»So geil, wie du abgehst, wenn ich das mache.«

Sie presste ihr Becken an ihn und ließ es leicht kreisen. Er drehte sie mit einer raschen Bewegung auf den Bauch und zog sie hoch, sodass sie auf allen vieren mit gespreizten Schenkeln vor ihm kniete, den Po ihm entgegengestreckt und die Unterarme in die Kissen gedrückt.

»Ich liebe deinen Hintern, allein der Anblick macht mich verrückt.« Gleich darauf spürte sie seine Finger sanft zwischen ihren Schenkeln aufwärts streichen, wie sie behutsam über ihre Spalte rieben. »Du fühlst dich so unglaublich gut an, so weich, so feucht, so bereit für mich.« Er ließ seine Finger federleicht um ihre Öffnung kreisen, worauf sie die Oberschenkel noch etwas weiter spreizte und auffordernd ihre Hüften bewegte. »Möchtest du mehr?«

Sie konnte nur nicken. Sie hatte das Gefühl, vor unerfüllter Lust zu explodieren, während zwischen ihren Beinen die Hitze pochte. Ein Wimmern entfuhr ihrer Kehle.

Gleich darauf drang er in sie ein, jedoch nur so weit, dass sie seine Eichel in sich spüren konnte. Sie drückte ihm ihr Becken entgegen, sie wollte ihn tief in sich hineinschieben, doch Ryan zog sich ganz aus ihr zurück.

Wieder spürte sie seine Hand, diesmal sanft auf ihrer Klitoris. Natascha krallte ihre Finger in die Kissen vor ihr. Zitternd vor Verlangen versuchte sie ruhig zu bleiben.

»Möchtest du mehr? Ich will es hören.«

»Ryan, bitte!« Ihre eigene Stimme klang fremd in ihren Ohren, die kreisende Bewegung seiner Finger brachte sie fast um den Verstand. Er umfasste mit beiden Händen ihre Hüften und drang mit einem kräftigen Stoß tief in sie ein.

Sie kam sofort. Ihre Scheidenmuskeln pulsierten und zogen sich immer wieder fest zusammen. Sie hörte ihn hinter sich aufstöhnen, während er weiter so hart zustieß, dass ihre Brüste klatschend aneinanderschlugen. Nataschas Beine zitterten, der Orgasmus war so heftig, dass sie laut aufschluchzte. Seine Stöße wurden immer schneller, bis er sich verkrampfte und mit einem Aufschrei ihre Hüften umklammerte. Ein Beben ging durch seinen ganzen Körper und er entlud sich zuckend in ihr.

Schwer atmend ließ er sich neben sie aufs Bett fallen. Noch immer auf allen vieren drehte sie den Kopf, um ihn anzusehen.

»Komm zu mir Baby.« Ryan klopfte mit der Hand auf die Matratze.

Sie streckte sich seufzend neben ihm aus, ihre Glieder fühlten sich angenehm schwer an. Er zog sie zu sich heran und umschlang sie mit beiden Armen, seine Wimpern streiften dabei kitzelnd ihre Stirn.

Das aufgestaute Verlangen der letzten Tage war vorläufig befriedigt. Doch es war mehr als ein körperliches Bedürfnis. Diese Sicherheit, die sie jetzt bei ihm verspürte, das Gefühl der Geborgenheit, in seinen Armen alles vergessen zu können, loszulassen, einfach nur sie selbst zu sein. Hier gehörte sie hin, hier war sie zu Hause.

Ihr wurde warm ums Herz und in ihrem Bauch kribbelte es. Sie verzog das Gesicht zu einem Lächeln. Die leisen Zweifel, die in ihr aufstiegen, die sie daran zu erinnern versuchten, dass er sie vor kurzem erst zurückgewiesen hatte, dass es Selbsttäuschung war, zu glauben, dass er für sie mehr empfand, drängte sie sofort zurück. Sie lag neben ihm, in seinen Armen, und nur das zählte.

Sie kuschelte sich enger an ihn. Mittlerweile hatte Ryan sie beide in eine Decke gehüllt. Mit den Fingern erkundete er zärtlich ihr Gesicht, strich von der Stirn ihre Nase entlang, um kurz auf ihren vollen Lippen zu verweilen, wanderte weiter über ihren Hals bis zu ihren Brüsten. Dieses Streicheln jagte ihr wohlige Schauer durch den Körper, und ihre Brustwarzen reagierten erneut, streckten sich hart seinen Fingern entgegen.

Jetzt machte sich jedoch der Restalkohol mit aller Gewalt bemerkbar. Eine bleierne Müdigkeit breitete sich in ihr aus. Sie versuchte verzweifelt, dagegen anzukämpfen, wünschte sich noch so viel mehr von ihm. Auf einmal hatte sie Angst vor dem morgigen Tag, an dem alles wieder anders sein konnte. Sie wollte am Heute festhalten, mit ganzer Kraft.

Ein vergeblicher Kampf.

Ihre Augenlider wurden immer schwerer und schwerer und fielen schließlich zu.

20

Natascha

Als Natascha erwachte, wurde es bereits langsam hell. In der Nacht war das Wetter umgeschlagen, es war nebelig und kalt geworden, Regen prasselte an die Fensterscheiben und von der Skyline war nichts mehr zu sehen. Bei diesem Anblick mochte sie gar nicht aufstehen, dazu war es im Bett viel zu gemütlich.

Ryan lag hinter ihr, einen Arm über ihrer Hüfte. Er schlief noch tief und fest. Natascha schob vorsichtig seine Hand von sich und richtete sich auf. Im Schlaf sah er so jung aus, völlig entspannt. Eine Woge von Gefühlen schwemmte über sie hinweg und ihr schmerzte jäh das Herz. Himmel, sie hatte sich verliebt. Sie hatte viel im Sinn gehabt, jedoch nicht das, nicht so schnell. Vor allem hatte sie noch mit sich selbst genug zu kämpfen. Zuerst das Theater mit Joe und jetzt das Hin und Her mit Ryan, das setzte ihr viel zu sehr zu. In ihrem Kopf rotierte es. Natascha kniff die Augen zusammen und strich sich mehrmals über die Stirn.

Auf einmal kam ihr wieder in den Sinn, was er letztens im Auto zu ihr gesagt hatte. *Du, was gestern Nacht zwischen uns passiert ist, war ein Fehler.*

Dieser Satz bohrte sich geradezu in ihr Hirn. Ihre ewigen Selbstzweifel, es nicht wert zu sein, nicht gut genug zu sein, flammten mit aller Heftigkeit auf, und ihre Vergangenheit holte sie wieder ein. Sie wusste, sie machte es sich selbst schwer. Auf andere wirkte sie selbstsicher und taff. Das war sie auch, jedoch nicht, sobald es um Gefühle und die Liebe ging. Das Geben war nicht das Problem, das Nehmen war es, das Fallenlassen, das Zulassen. Warum war das so? Hatte sie das jemals gekonnt? Nein, nicht ohne das Gefühl vermittelt zu bekommen, schwach zu sein. Wenn sie nur einen Schalter für ihren Kopf hätte … Klick!

Am vereinbarten Samstag hatte sie auf Ryan gewartet und gehofft, dass er sie doch zum Essen abholen würde, zum Reden und um sich besser kennenzulernen. Doch er war nicht gekommen, er, der vorher noch alles von ihr wissen wollte.

Das würde sie nicht nochmals ertragen, nein, auf keinen Fall. So weit würde sie es gar nicht kommen lassen. Er hatte ihr Liebesspiel letztes Mal schon bereut, warum sollte es diesmal anders sein? Was konnte sie ihm schon bieten? Sie, die gerade versuchte, ihr Leben in den Griff zu bekommen, die sich wieder spüren wollte. Jahrelang hatte sie sich nicht um ihre Bedürfnisse gekümmert. Bedürfnisse, die jetzt mit aller Gewalt durchbrachen. Sexualität, Liebe, Kreativität, Träume und Fantasien, die gelebt werden wollten. Das reinste Gefühlschaos. Schmetterlinge im Bauch, Herzklopfen, Sehnsucht. Zwei Männer innerhalb kürzester Zeit, zuerst Joe, dann Ryan. Was sagte das über sie aus? Konnte sie ihn für sein Verhalten überhaupt verurteilen? Panik ergriff Natascha, sie musste hier weg.

Sie stand vorsichtig auf und eilte ins Bad, um sich anzuziehen. Bevor sie ging, blieb sie im Türrahmen des

Schlafzimmers stehen, ihr Blick glitt über Ryans Gesicht und den nackten Körper, der nur zum Teil von der Decke bedeckt war. Ihr Herz drohte dabei vor Sehnsucht zu zerspringen, alles verschwamm vor ihren Augen. Sie ging langsam auf das Bett zu, beugte sich über ihn, streichelte sein Gesicht und küsste ihn mit bebenden Lippen zärtlich auf den Mund. Eine Träne löste sich aus einem Augenwinkel und tropfte auf seine Wange. Natascha sprang erschrocken zurück und huschte aus dem Raum. Ihr Herz klopfte noch wie verrückt, als sie leise die Tür hinter sich schloss und die Treppe hinunterlief.

Auf dem Küchentisch entdeckte sie Ryans Laptop und ging wie magisch angezogen auf ihn zu. Ein Lämpchen leuchtete, er war also eingeschaltet. Sie setzte sich und bewegte die Maus kurz hin und her, da erschien sofort der Desktop, keine Aufforderung zur Passworteingabe. Sie öffnete ein Word-Dokument, starrte die leere Seite an, während die Minuten vergingen.

Sie gab sich einen Ruck und begann zu schreiben.

Ryan,
ich habe dir eine halbe Ewigkeit beim Schlafen zugesehen, konnte mich nicht sattsehen. Du hast so entspannt dagelegen. Ich wollte dich am ganzen Körper berühren, nur um mich zu vergewissern, dass ich nicht träume, um deine weiche Haut zu spüren, deine Muskeln. Ich kann nie genug von dir bekommen. Am liebsten hätte ich mich wieder an dich gekuschelt, um weiter zu schlafen und später gemeinsam mit dir aufzuwachen. Ich habe mich in dich verliebt, mit Leib und Seele. Nie hätte ich geglaubt, dass mir so etwas noch einmal

passieren würde. Den letzten und bisher einzigen Liebesbrief habe ich meinem Mann geschrieben, als ich Anfang zwanzig war. In der Zwischenzeit ist so viel passiert, Schönes und Trauriges, und so wie damals habe ich mich nie mehr gefühlt. Ich hatte schon die Hoffnung aufgegeben, solch ein Glück jemals wieder zu erleben. Diese Schmetterlinge im Bauch, wenn du mich küsst. Dieses überwältigende Gefühl, wenn ich bei dir bin und du mich berührst. Diese überwältigende Sehnsucht, mit dir zusammen zu sein.

Meine Wünsche und Gefühle habe ich so lange unterdrückt, sie unter einer dicken Betonplatte weggesperrt. Dann kamst du. Unsere gemeinsame Nacht im Freien hinter dem Bikers war so wunderschön. Es hat mich wie ein Blitz getroffen. Ich bin so verunsichert gewesen, ich habe mir meine Gefühle für dich nicht erklären können, war ich doch wegen Joe nach New York gekommen. Wie konnte ich zuerst in Joe verliebt sein und Tage später in dich? Jetzt weiß ich, dass Joe nur das Abbild meiner Fantasie war. Er sah genauso aus wie der Mann, den ich zu finden gehofft hatte. Doch er kann und wird nie der Richtige für mich sein, nicht nachdem ich dich kennengelernt habe. Ich weiß gar nichts von dir und trotzdem liebe ich dich. Ich hatte nie die Chance, dich besser kennenzulernen, herauszufinden, welche Musik du magst, was du gerne isst, welche Bücher du liest ...

Als du mir vor zwei Wochen gesagt hast, dass alles ein großer Fehler gewesen sei, ist für mich eine Welt zusammengebrochen. Am Samstag habe ich noch auf dich gewartet, weil ich gehofft hatte, dass du mich trotzdem besser kennenlernen möchtest. Doch du bist nicht gekommen. Ich war so traurig und gleichzeitig wütend auf dich. Bin ich es denn nicht wert?

Ich habe das Gefühl, nie meinen Platz zu finden, nie den Menschen zu finden, der mich so liebt, wie ich bin. Der mir nicht das Gefühl vermittelt, mich ändern zu müssen, bei dem ich meine Stärken und Schwächen leben kann.

Wie oft habe ich dich im Fitnesscenter beobachtet und mir gewünscht, du würdest das Gespräch mit mir suchen, mir erklären, was passiert war, warum du kein Interesse mehr an mir hattest. Es ist kein Tag vergangen, an dem ich nicht an dich denken musste. In den Nächten habe ich von dir geträumt. Mir vorgestellt, dass ich dich ansprechen würde. Aber ich habe es nicht geschafft! Ich war zu feige. Ich habe Angst vor der Wahrheit. So kann ich davon träumen, dass es ein Missverständnis ist, das sich eines Tages aufklären wird.

Ich weiß nicht, was du in mir siehst und warum du gestern mit mir geschlafen hast, doch für mich war es so wunderschön, dich bei mir und in mir zu spüren. Meinem Rausch habe ich zu verdanken, dass ich mich getraut habe, das zu tun, was ich getan habe. Jetzt lässt mich allein der Gedanke daran rot werden.

Meine Angst ist der Grund, warum ich nicht bleiben kann. Ich könnte nicht ertragen, dich sagen zu hören, dass auch diese Nacht ein Fehler gewesen ist, dafür hat sie mir viel zu viel bedeutet. Du bedeutest mir viel zu viel.

Natascha

Natascha speicherte den Brief unter dem Dokumentennamen Ryan ab und starrte minutenlang auf den Desktop. Nein, sie schaffte das nicht, ihre Angst vor Zurückweisung war zu groß. Natascha verschob mit einem raschen Klick die Datei in den Papierkorb – dann Rechtsklick auf das Symbol, um ihn zu leeren. Sie hielt inne, unfähig den Zeigefinger zu bewegen. Egal, die Wahrscheinlichkeit, dass er den Brief jemals im Papierkorb finden und lesen würde, war sowieso gleich null.

Sie stand auf, hinterließ alles, wie sie es vorgefunden hatte, und verließ das Apartment.

21

Ryan

Ryan wurde munter, und sofort ließen Erinnerungen an die letzte Nacht sein Herz schneller schlagen. Er tastete mit geschlossenen Augen neben sich, in sehnsuchtsvoller Erwartung, Nataschas Rundungen zu spüren. Als er ins Leere griff, setzte er sich auf und blickte sich suchend um.

»Natascha?«

Keine Antwort. Sein Magen krampfte sich zusammen. Er stand auf und zog sich rasch seine Pants über.

Das Bad war leer, Nataschas Sachen waren verschwunden.

Wieder zurück im Schlafzimmer ließ er sich fluchend auf den Sessel neben dem Bett fallen und vergrub sein Gesicht in beiden Händen. Wenn da nicht der Abdruck auf dem Kissen und das zerknüllte Laken gewesen wären, er hätte geglaubt, sie sei nie da gewesen.

Sie war gegangen, einfach so. Als sie die Augen nicht mehr hatte offenhalten können und dicht an ihn gekuschelt eingeschlafen war, da war ihm regelrecht das Herz aufgegangen. Dieses unbeschreibliche Gefühl, dass sie genau an dem Platz war, wo sie hingehörte: in seine Armen, in sein Bett, in sein Leben.

Hatte sie nicht genauso empfunden wie er? Hatte sie nüchtern alles bereut? War er der Notnagel gewesen für Joe? Erneut? War der Kuss im Fitnesscenter doch nicht so unbedeutend gewesen, wie Joe ihn geschildert hatte? Verdammt!

Ryan ergriff die Glasschale, die auf dem Tischchen bei dem Sessel stand und pfefferte sie quer durch den Raum. Sie zersprang beim Aufprall an der Wand neben der Schlafzimmertür in tausend Scherben.

Er kniff die Augen zusammen, das Gefühl, ein Messer stecke in seiner Brust, wurde immer stärker. Was dachte sie sich bloß dabei? Was sollte er von einer Frau halten, die zwischen zwei Männern so rasch hin- und hersprang? War er von Karen nicht bereits genug verletzt worden?

Nein, diese Gefühlsduselei brachte ihm nichts als Probleme. Und darauf konnte er verzichten, definitiv. Lieber wieder One-Night-Stands oder kurze Affären, das war einfacher und problemloser.

Ryan stand auf, um die Scherben einzusammeln. Warum hatte er dabei nur das Gefühl, es war sein Herz, das zersprungen vor ihm lag?

22

Ryan

Das *Bikers* war brechend voll, Cops, wohin man sah. Anscheinend wollte sich keiner den Auftritt entgehen lassen. Kellnerinnen liefen geschäftig durch den Raum, um die Bestellungen aufzunehmen. Auch hinter der Bar tummelte sich mehr Personal als sonst. Matt strahlte über das ganze Gesicht.

»Jungs, das ist gut für den Umsatz.«

Ryan, Joe und Mike lehnten bei ihm an der Bar. Ryan war doch gekommen. Joe hatte zwei Stunden zuvor an seiner Wohnungstür Sturm geläutet, um ihn abzuholen, und auf die Schnelle hatte er keine Ausrede gefunden, warum er nicht mitgehen wollte – dementsprechend war seine Laune. Von der Affäre mit Natascha wusste bis jetzt niemand etwas und so sollte es auch bleiben.

»Ich bin ja gespannt, wie euch die Musik gefallen wird. Sie hat mit den Jungs eine halbe Ewigkeit den Gesang geprobt, mehrstimmig! Sie hat sie ganz schön hart rangenommen, und sie sind richtig über sich hinausgewachsen. Ich habe die Typen noch nie so singen gehört.« Zufrieden grinsend blickte Matt in die Runde. »Die hatten teilweise nichts zu lachen, das könnt ihr mir glauben. Sie haben jedoch alle widerspruchslos mitgemacht.«

»So kenne ich sie ja gar nicht«, lachte Joe.

»Na, warte nur, bis du eine Weile bei mir und Nats gewohnt hast, dann wirst du wissen, was Matt meint.« Mike zwinkerte Joe zu. »Ich darf mich nicht beschweren, so gut wie in den letzten Wochen ist es mir schon ewig nicht mehr gegangen. Obwohl sie manchmal verdammt stur sein kann. Und streiten kann sie – Mamma mia! – wie eine Italienerin.« Mike wischte sich mit dem Handrücken den nicht vorhandenen Schweiß von der Stirn. »Allerdings weiß man immer, woran man bei ihr ist. Sie sagt einem alles direkt ins Gesicht, das mag ich so an ihr. Außerdem kocht sie einmalig.« Er seufzte, die Augen genießerisch zur Decke verdreht. »Wenn sie wieder zurück nach Österreich geht, wird sie mir verdammt fehlen.« Er sah Joe fragend an. »Besteht da keine Hoffnung mehr mit euch beiden, damit sie bleibt?«

»Ich weiß es nicht, Mike. Vielleicht gibt es noch eine Chance, jetzt, da ich bei dir wohne und wir uns täglich sehen. Ich habe noch nicht ganz aufgegeben.« Joe grinste. »Lassen wir uns überraschen!«

Ryan war der Unterhaltung wortlos gefolgt. Bei Joes letztem Kommentar zog er die Augenbrauen zusammen und ballte die Hände zu Fäusten. Brodelnde Eifersucht stieg in ihm hoch. Am liebsten würde er Joe eine reinhauen. Warum war Ryan überhaupt hier? Nur um sich dieses Geschwätz anzuhören? Ja, vielleicht wäre es besser, wenn Natascha nach Österreich zurückkehrte, damit er seinen Seelenfrieden wiederfand.

Es wurde dunkel im Lokal. Die Band wurde mit Scheinwerfern von hinten angestrahlt, sodass nur die schwarzen Silhouetten zu sehen waren. Leise begann sie zu spielen. Zuerst sang Axel, dann richtete sich der Scheinwerfer frontal auf Natascha und sie legte los.

Wow, sah sie sexy aus! Ryan konnte den Blick nicht von ihr wenden. Sie war wieder ganz in Schwarz gekleidet: kurzer Lederminirock, der nur knapp ihren Po bedeckte, dazu ein ärmelloses, bauchfreies Oberteil mit einer Weste darüber, und ihre Overknees, die ihm schon beim ersten Mal so gut gefallen hatten. Sein Herz schlug wie verrückt, Sehnsucht packte ihn. Hatte er sie nicht noch vor fünf Minuten zurück nach Österreich schicken wollen?

Der Song hatte es in sich. Axel und Natascha spielten Gitarre, die Musik wurde immer lauter und schneller. Das Publikum sang aus vollem Hals mit und rockte sich weg. Als die Band das Lied beendet hatte, tobte der Saal. Die neue Zusammenstellung der Band war ein voller Erfolg. Dann folgte ein Song nach dem anderen; Natascha brachte die Stimmung im Lokal zum Kochen.

»Na, hab ich euch zu viel versprochen?«, schrie Matt.

Joe streckte beide Daumen in die Höhe, er und Mike tanzten seit einer ganzen Weile, nur Ryan saß wie festgeklebt auf seinem Barhocker. Er konnte den Blick einfach nicht von Natascha abwenden.

23

Natascha

Als sie auf die Bühne traten, ging ein Raunen durch die Menge. Da sie von hinten angestrahlt wurden, konnte Natascha alles genau sehen – zu genau. Sie starb fast vor Nervosität, als sie in all diese erwartungsvollen Gesichter blickte. Vor lauter Aufregung hatte sie den ganzen Tag keinen Bissen hinuntergebracht. Von einem Kater war sie glücklicherweise verschont geblieben, doch für die nächste Zeit hatte sie genug vom Schnaps. Das Lampenfieber hatte sie zeitweise sogar Ryan vergessen lassen. Als sie ihn jetzt jedoch an der Bar stehen sah, kämpfte sie mit ihrer Fassung, und nur mit Mühe konnte sie ein Zittern unterdrücken.

Als das Licht sie voll von vorne anstrahlte und Axel zu singen begann, war ihre Nervosität wie weggeblasen. Mit sicherer Stimme übernahm sie ihren Part. Sie beendeten gerade den ersten Song, da hörte sie jemanden aus dem Publikum auf Deutsch schreien.

»Hey, Natascha, Philipp ist über WhatsApp live dabei!«

Hubsi! Sie lachte auf.

Es folgte Song auf Song und sie genoss jede Sekunde ihres Auftritts. Immer wieder schwenkte ihr Blick zur Bar. Da diese beleuchtet war, konnte sie Ryan gut sehen. Er klebte wie angewachsen auf seinem Barhocker und sah mit ausdrucksloser Miene herüber. Warum war er hier? Wegen ihr oder aus Gefälligkeit für Matt? Sie wurde aus dem Mann nicht schlau. Dieses Auf und Ab machte sie fertig und sie war sauer. Auf sich selbst, weil sie nicht den Mut hatte, zu ihren Gefühlen zu stehen, und auf ihn, weil sie keine Ahnung hatte, woran sie mit ihm war.

Zum Schluss sangen sie noch ein paar Songs aus der Rockoper *Steel*. Bei dem Lied »Sensation« sprang ein Mann auf die Bühne. Er war um die vierzig, gutaussehend, hatte braune kinnlange Haare, war etwa gleich groß wie sie und trug Jeans und T-Shirt. Er trat neben sie ans Mikrofon und sang einfach mit. Sie bekam eine Gänsehaut, so schön klang das. Seine Stimme hatte ein einmaliges Timbre, warm und weich. Hatte sie selbst eher einen Alt, übernahm er mühelos den höheren Part. Natascha musterte ihn mit zusammengezogenen Augenbrauen. Diese Stimme, die kannte sie doch?

Nach dem Schlussakkord beugte sie sich zu ihm hinüber. »Bist du Tobias?«

Er nickte grinsend und legte dabei den Zeigefinger auf die Lippen.

Über das ganze Gesicht strahlend fiel sie ihm um den Hals. »Sorry, ich wusste nicht genau, wie du aussiehst, und habe dich nur an deiner Stimme erkannt.«

Der Sänger von *Bloodsteel*, ein Deutscher, der die Rockoper *Steel* geschrieben hatte. Was machte er hier?

»Singen wir ›I Will Survive‹?« Sie sah ihn fragend an.

Er nickte. Natascha rief der Band den Songtitel zu. Es war eine langsame und gefühlvolle Nummer und perfekt für den Abschluss. Als sie geendet hatten, trampelte das Publikum mit den Füßen, es wurde gepfiffen und geschrien und sie bekamen tosenden Applaus.

Nach zwei Zugaben bedeutete Tobias fragend, ob sie irgendwo miteinander reden könnten. Im Lokal war es noch so laut, dass man kein Wort verstand. Sie umarmte alle Bandmitglieder und winkte dem Publikum zum Abschied zu, dann verschwand sie mit ihm in den Raum hinter der Bühne.

Dort ließ sie sich stöhnend auf den nächstbesten Sessel fallen. »Mann, bin ich erledigt. Ich hätte nicht gedacht, dass ein Auftritt so anstrengend ist.«

»Jetzt sag bloß, das war dein erster?«

»Kann man so sagen, ja. Ich war den ganzen Tag so nervös, dass ich nichts essen konnte. Ich hoffe, das legt sich mit der Zeit.«

»Ein gewisses Lampenfieber bleibt immer, bei mir jedenfalls.«

»Was machst du denn hier?«

»Ich habe eine Wohnung in New York und bin ab und zu im *Bikers*. Es ist ein tolles Lokal und ich kann mich hier relativ anonym bewegen.«

»Na, um den Trubel, immer auf der Straße angequatscht zu werden, beneide ich dich eh nicht.« Im Gegenteil. Es schüttelte sie bei diesem Gedanken.

»Wollen wir noch an der Bar etwas trinken?«, fragte Tobias.

»Gern, lass mir aber bitte noch einen Moment Zeit, ich muss mich erst wappnen.«

Er schaute sie irritiert an.

»Sorry, Tobias, ich ...« Sie druckste herum. »Da draußen sitzt jemand, der mir sehr viel bedeutet.« Sie erzählte ihm kurz von ihrer komplizierten Beziehung zu Ryan.

»Um es vereinfacht auszurücken: Du liebst ihn, weißt jedoch nicht, woran du mit ihm bist, und bist zu feige, ihn darauf anzusprechen?«

»Du hast es auf den Punkt gebracht.« Sie spürte, wie ihr die Röte ins Gesicht stieg. »Warum erzähle ich dir das alles, ich kenne dich doch gar nicht?«

Er grinste sie an. »Es ist zur Abwechslung ganz angenehm, dass nicht ich es bin, der ausgefragt wird.« Er nahm sie an der Hand. »So, jetzt machen wir den Burschen dort draußen ein bisschen eifersüchtig.«

»Sorry, Tobias, aber ich bin kein Groupie, also … ich bin nicht der Typ dazu. Nicht, dass du mich falsch verstehst, aber ich weiß nicht genau, was du von mir erwartest.« Errötend brach sie ab, bevor sie noch weiter ins Fettnäpfchen trat.

Er lachte laut auf. »Natascha, so heißt du doch? Du bist echt erfrischend. Sei unbesorgt, ich bin schwul, du musst dir daher keine Sorgen machen, dass ich dir an die Wäsche will.«

Schwul? Sie sah ihn entgeistert an. Na, das wurde ja immer besser. Der dritte Schwule innerhalb kürzester Zeit. »Damit kann ich leben, sehr gut sogar!« Auf ihrem Gesicht breitete sich ein zufriedenes Grinsen aus.

Tobias legte ihr den Arm um die Schultern und marschierte mit ihr hinaus direkt auf die Bar zu. »Ist es der Blonde dort, mit dem Tattoo am Arm? Also da hast du dir ein heißes Eisen ausgesucht. Allein der Körper lässt mich schon schwach werden!«

»Tobias«, fauchte sie ihn an.

»Keine Sorge«, lachte er auf und küsste sie auf die Wange. »Ich behalte meine Hände bei mir.«

»Das will ich dir geraten haben.« Sie funkelte ihn an. Ryan sah heute echt heiß aus. Er hatte ein schwarzes, ärmelloses Hemd an, das bis zur Brust aufgeknöpft war, und gleichfarbige Jeans. Sein Anblick ließ sie ganz kribbelig werden. »Er kann Deutsch«, raunte sie Tobias noch zu, dann standen sie schon direkt neben ihm an der Bar. Matt, Mike und Joe umarmten sie so heftig, dass ihr die Luft wegblieb, und gratulierten ihr zu ihrem Auftritt. Von überall her wurden ihr Komplimente zugerufen. Ryan nickte ihr nur zu, sagte aber kein Wort.

Vor Enttäuschung schossen ihr die Tränen in die Augen, die sie verstohlen wegblinzelte. Was hatte sie erwartet? Der Zorn auf sich selbst und auf dieses undurchschaubare, männliche Exemplar vor sich ließ sie die Hände zu Fäusten ballen und sie kniff die Augen zusammen.

Tobias zog sie zu sich heran und flüsterte ihr ins Ohr: »Stay cool.« Mit einem kurzen Blick auf Joe murmelte er an ihrem Ohr: »Da dürfte noch jemand anderes mit deiner neuen Bekanntschaft nicht ganz glücklich sein.«

Natascha stöhnte auf. »Das ist eine längere Geschichte, die muss ich dir ein andermal erzählen.« Dann sagte sie laut: »Darf ich euch Tobias vorstellen?«

Der nickte grüßend in die Runde.

Natascha bemerkte, wie Mikes Blick, langsam und abschätzend, über dessen Körper glitt. Also doch! Sie freute sich diebisch. Sie hatte schon länger vermutet, dass er schwul war, und sah es jetzt bestätigt. Beide unterhielten sich lebhaft mit ihr, warfen sich jedoch immer wieder interessierte Blicke zu. Mit Joe und Ryan war nichts anzufangen, die schauten finster vor sich hin.

Als die zwei kurz mit Matt verschwanden, war für Natascha der geeignete Zeitpunkt gekommen. »Los, Jungs, lasst uns in den *XL Nightclub* gehen, ich wollte schon immer in eine richtige Schwulendisco.«

Mike sah sie fassungslos an und stammelte: »Woher weißt du ... ich ...«

Tobias grinste vor sich hin.

»Ich habe es schon länger vermutet. Du hast mich nicht wirklich wie eine Frau behandelt, also nicht so, wie ein Hetero es tun würde. Deswegen komme ich mit dir so gut klar. Sicher bin ich mir erst seit der letzten halben Stunde mit euch beiden. Du hast nichts zu befürchten, Mike, den anderen ist es nicht aufgefallen. Ich verstehe jedoch nicht, warum du es ihnen verschweigst? New York ist doch das Mekka der Schwulen und Lesben.«

»Vergiss nicht, ich bin Cop, da ist es nicht so einfach.«

»Verstehe, aber auf Dauer lässt sich das sicher nicht verheimlichen, oder? Allerdings ist das natürlich deine Entscheidung, von mir erfährt niemand etwas.« Sie küsste ihn auf die Wange. »Und jetzt lasst uns gehen, diese beiden Trauerweiden ertrage ich nicht länger.« Sie deutete mit dem Kopf in die Richtung von Joe und Ryan, die sich in einiger Entfernung mit Matt unterhielten. »Außerdem möchte ich endlich mal wieder tanzen.«

»Sag mal«, fragte Mike, »du und Joe, wird das jetzt etwas?«

»Nein«, antwortete sie kurz angebunden.

»Ich bin mir nicht sicher, ob er das ebenfalls so sieht«, antwortete Mike.

»Etwas kompliziert, deine Beziehungen«, meinte Tobias trocken.

Sie funkelte ihn an.

»Beziehungen?«, fragte Mike. »Wieso Beziehungen?«

»Vielen Dank, Tobias!« Sie sah ihn ärgerlich an.

Der zuckte nur grinsend mit den Schultern.

»Gehen wir endlich oder wollt ihr Joe und Ryan erklären, wo wir hinwollen?«

Mike erhob sich von seinem Barhocker.

»Mich würde jetzt schon interessieren, wer diese zweite Beziehung ist. Doch so wie es aussieht, werdet ihr beide mich im Dunkeln lassen.«

Fragend ließ er den Blick zwischen ihr und Tobias hin- und hergleiten. Natascha wandte sich wortlos ab und ging zum Ausgang. Ob es in diesen Schwulenclubs wirklich so zuging, wie sie gehört hatte?

24

Natascha

Der *XL Nightclub* war New Yorks neueste und größte Schwulendisco. Sie kamen gerade rechtzeitig dort an, als wieder ein Schwung vom Türsteher hineingelassen wurde. Als Natascha sich kurz umdrehte, sah sie, dass sich bereits erneut einige auf der Straße Richtung Disco bewegten. Die würden allerdings warten müssen, bis wieder jemand das Lokal verließ.

Im Lokal sah sie sich interessiert um. Auf der linken Seite befand sich eine große Bar mit einem kleineren Tanzbereich davor, entlang der Wände befanden sich überall Sitzecken. Ganz anders als im *Bikers* war hier alles modern und nüchtern eingerichtet: Stahl, Glas und Marmor. Ihr fehlte es hier etwas an Atmosphäre.

Tobias und Mike zog es gleich auf den großen Dancefloor, der am Ende eines breiten, nur schwach beleuchteten Gangs auf der rechten Seite lag. Es spielte Musik aus den 80ern. Das Publikum bestand vorwiegend aus Männern, dazwischen vereinzelt ein paar Frauen. Natascha musste auf jeden Fall keine Angst haben, beim Tanzen dauernd blöd angequatscht zu werden. Bei ihrem letzten Discobesuch in Wien hatte sie ein Typ richtiggehend verfolgt. Zwar hatte sie ihn gleich abblitzen lassen, da er absolut nicht ihr Typ war, doch das hatte ihn nicht gestört – ganz im Gegenteil. Wie ein Jäger war er ihr von einer Tanzfläche auf die nächste gefolgt, um sie dort jedes Mal von Neuem anzumachen. Zum Schluss hatte sie die Augen geschlossen und ihn komplett ignoriert. Das hatte zu guter Letzt geholfen. Sie lachte in sich hinein, das würde ihr hier nicht passieren. Die meisten Kerle tanzten mit nacktem Oberkörper. Eines musste sie den schwulen Männern lassen: Sie hielten ihre Körper in Topform. Bewundernd sah sie sich um. Fast nirgends ein Gramm Fett zu viel, doch mit Ryan konnten sie alle nicht mithalten. Schon wieder Ryan. Dieser Kerl ging ihr nicht aus dem Kopf.

Mittlerweile hatten Mike und Tobias ebenfalls ihre T-Shirts ausgezogen, sie klebten geradezu aneinander.

Natascha beugte sich zu den beiden hinüber und rief: »Was macht ihr noch hier? Hier gibt es sicher so etwas wie einen Darkroom. Um mich müsst ihr euch keine Gedanken machen, ich komm schon allein klar.«

Bei dem Wort »Darkroom« fielen Mike fast die Augen aus dem Kopf. Tobias nahm es lockerer, er zwinkerte Natascha schelmisch zu, schnappte ihn am Oberarm und zog ihn hinter sich her. Sie schaute den beiden lachend nach, dann schloss sie die Augen und gab sich dem Rhythmus der Musik hin. Mittlerweile spielte Rockmusik und der Bass hämmerte so heftig durch ihren ganzen Körper, dass sie das Gefühl hatte, ihr Herz würde im gleichen Takt schlagen. Aufjauchzend ließ Natascha sich davon mitreißen. Ihre Füße flogen nur so über das Parkett. Laute Stimmen hinter ihr ließen sie abrupt innehalten und sich umdrehen. Eine junge Frau mit fast hüftlangen gelockten blonden Haaren, hatte anscheinend einem sehr attraktiven Schwulen mit nacktem Oberkörper zu viel Aufmerksamkeit gewidmet. Sein um einiges älterer Begleiter war aufgebracht und brüllte auf das Mädchen ein. Ganz verdattert stand dieses da und starrte auf den geifernden Alten, der ihr wüste Schimpfwörter um die Ohren knallte. Die Musik war jedoch so laut, dass Natascha nur die Hälfte davon verstand. Als der junge Schwule seinen Begleiter zu beruhigen versuchte, wurde dieser handgreiflich und verpasste ihm eine dermaßen heftige Ohrfeige, dass sein Kopf zur Seite flog. Gleich darauf wandte er sich mit erhobener Hand wieder dem Mädchen zu. Da packte ihn von hinten die muskelbepackte Hand eines Security-Mitarbeiters und schob ihn Richtung Ausgang. Sein junger Freund folgte den beiden mit gesenktem Kopf. Das Aufsehen, dass sie erregt hatten, war ihm sichtlich peinlich. Der Kreis, der sich um die drei gebildet hatte, löste sich langsam wieder auf und es wurde weitergetanzt. Natascha beobachtete die junge Frau, die noch wie erstarrt dastand. Sobald diese sie bemerkte, schlug sie verlegen den Blick nieder und verließ fluchtartig die Tanzfläche. Als sie ihr nachblickte, sah sie Mike und Tobias wieder zurückkommen. Die beiden sahen glücklich aus. Natascha fasste für den restlichen Abend einen Entschluss. Sie würde sich heute keine Gedanken mehr um Männer machen, die was von ihr wollten oder auch nicht. Sie würde sich nur auf sich selbst konzentrieren und auf das, was ihr guttat. Sie schloss die Augen und gab sich ganz der Musik hin.

25

Ryan

Ryan sah die drei gerade noch zur Tür rausgehen.

»Wo wollen die denn hin?«, fragte er Joe.

»Keine Ahnung, ich denke, die hauen einfach ohne uns ab.«

»Ohne etwas zu sagen?«

»Scheint so. Sag mal, Ryan, hat sie den Typen gekannt, der vorher mit ihr gesungen hat, diesen Tobias?«

»Keine Ahnung, ich glaube nicht.«

»Dafür hat er ja ganz schön an ihr geklebt«, mokierte sich Joe. »Und sie schien nichts dagegen gehabt zu haben.«

Ryan schwieg. Gar nichts hatte sie dagegen gehabt, überhaupt nichts. Zuerst schlief sie mit ihm, haute anschließend einfach ab, benahm sich, als wenn nichts gewesen wäre, und warf sich einen Tag später schon dem nächsten Kerl um den Hals. Und trotzdem bekam er sie nicht aus dem Kopf. Das war zum Verrücktwerden.

Sein Kiefer machte sich schmerzhaft bemerkbar und er fuhr sich irritiert übers Gesicht. Seine Kiefermuskeln traten steinhart hervor, und er musste den Mund ein wenig öffnen, um die Anspannung zu lösen. Er hatte gar nicht bemerkt, wie sehr er die Zähne zusammengepresst hatte.

Ihm reichte es für heute. Er stand auf, schnappte sein fast volles Bierglas und trank es in einem Zug leer. Er wollte gerade Joe sagen, dass er abhauen würde, als dessen Handy läutete. Stirnrunzelnd hörte er dem Telefonat zu. Anscheinend waren zwei Kollegen ausgefallen und er und Joe sollten für sie einspringen: Ausweiskontrolle im *XL Nightclub*. Das hatte ihm heute gerade noch gefehlt. Frustriert knallte er das Bierglas zurück auf die Theke.

»Also dann, auf zum *XL Nightclub*«, sagte Joe. »Wir treffen die anderen Kollegen vor Ort.«

Als sie das Lokal betraten, dröhnte ihnen laute Musik entgegen. Sie drängten sich gerade Richtung Tanzfläche, als Joe ihm gegen den Oberarm schlug. »Ryan, schau mal, dort!« Seine Stimme überschlug sich fast.

Sein Blick folgt Joes Arm, und da sah er sie. Natascha, die ekstatisch zum Rhythmus der Musik tanzte, daneben Mike und Tobias eng umschlungen mit nackten Oberkörpern. »Mike ist schwul?« Er wandte sich entgeistert an Joe.

Der sah wie erstarrt auf seinen Freund und schüttelte heftig den Kopf. Einer der anderen Kollegen hatte sich mittlerweile zum DJ durchgekämpft. Die Musik wurde abgeschaltet und die Ausweiskontrolle durchgegeben.

Mike hatte sie beide entdeckt und starrte mit aufgerissenen Augen herüber, sein Blick wanderte panisch zwischen Joe und ihm hin und her. Natascha schaute auf, sah sie beide kurz an, wandte sich dann Mike zu und legte ihm beruhigend die Hand auf den Arm. Anschließend drehte sie sich abrupt wieder um und kam auf sie zu, resolut drängte sie sich durch die Menschenmenge. Die Hände in die Hüften gestützt baute sie sich vor ihnen auf und fauchte los. »Wenn ihr zwei nur ein einziges abfälliges Wort zu Mike sagt, dann lernt ihr mich kennen, haben wir uns verstanden?« Ihre Augen sprühten Funken. Dann machte sie kehrt und ging wieder zu Mike zurück.

Er und Joe sahen sich wortlos an. Nataschas Auftritt hatte ihnen die Sprache verschlagen.

»Verdammt!«, sagt Joe schließlich.

Sie begannen mit der Ausweiskontrolle. Als sie zum Ende hin bei Mike ankamen, hatte dieser die Hände vor der Brust verschränkt und schaute ihnen mit zusammengekniffenen Augen entgegen, er wirkte kampfbereit.

Tobias hatte beschützend den Arm um ihn gelegt. Natascha beobachtete sie beide mit Argusaugen, wie eine Wolfsmutter, jederzeit bereit, ihr Junges zu verteidigen. Ryan sah Joe hilfesuchend an, doch so, wie es aussah, war von ihm keine Unterstützung zu erwarten. Der dürfte eher eine Faszination für seine Stiefel entdeckt haben, so eingehend wie er diese betrachtete.

Ryan gab sich einen Ruck. »Mike, warum ... warum hast du uns nichts gesagt? Du solltest doch wissen, dass es für uns keinen Unterschied macht.«

Er sah Mike erleichtert aufatmen, sah, wie die ganze Anspannung von ihm abfiel. »Nein, das habe ich eben nicht gewusst. Ich hatte einfach Angst, euch als Freunde zu verlieren. Ich weiß, das war feige.« Er zuckte mit den Schultern und deutete mit dem Kopf auf Natascha. »Sie hat es von allein bemerkt und mich im *Bikers* noch gewarnt, dass man so etwas nicht ewig verheimlichen kann. Sie hatte offensichtlich recht.« Er seufzte. »Auf der anderen Seite bin ich erleichtert, dass die Katze endlich aus dem Sack ist. Dieses Versteckspiel war ziemlich anstrengend.«

Ryan umarmte ihn.

Joe, aus seiner Verlegenheit erwacht, legte die Arme um sie beide. »Mensch, Mike!«, sagte Joe, dann wandte er sich an Tobias. »Und ich dachte schon, dass du hinter Natascha her bist.«

»Nein, das war nur, weil ...« Tobias brach ab, als Natascha ihn fest gegen den Oberarm boxte und wütend anfunkelte. »Au!«, schrie er auf.

Joe sah Ryan fragend an, aber er konnte nur hilflos mit den Schultern zucken, da er keine Ahnung hatte, um was es hier sonst noch ging. Mit Tobias hatte sie definitiv nichts, so viel stand schon mal fest. Was sollte dann das Ganze im *Bikers*? Hatten die beiden nicht Interesse aneinander vermittelt? Oder hatte er sich das in seiner Eifersucht nur eingebildet? Joe hatte dort die gleiche üble Laune gehabt wie er, er bezweifelte daher, dass zwischen den beiden wieder etwas lief. Verdammt, warum war sie dann nach der gemeinsamen Nacht nicht geblieben? Was spielte sie für ein Spiel? Da machte er sicher nicht mit, so schwer es ihm auch fiel, die Hände von ihr zu lassen.

Ryan bemerkte, wie Mikes Blick zwischen Tobias und Natascha hin- und herwanderte, seine Schultern zuckten, dann lachte er los. Er lachte und lachte.

Natascha sah ihn zuerst entrüstet an, hielt sich dann jedoch die Hand vor den Mund und prustete ebenfalls los, Tobias fiel mit ein. Die drei konnten gar nicht mehr aufhören. Sich den Bauch haltend schnappten sie zwischendurch immer wieder nach Luft, Tränen liefen ihnen über die Wangen. Das war so ansteckend, dass er und Joe einfach mitlachen mussten, obwohl sie keine Ahnung hatten, um was es ging.

Als sich alle wieder einigermaßen beruhigt hatten, wandte sich Ryan an Joe. »Komm, lass uns von hier verschwinden! Ich denke, die Kollegen schaffen den Rest ausnahmsweise mal allein.«

26

Natascha

Noch immer standen die Leute vor dem Eingang Schlange. Zu deren Glück war das Wetter wieder milder geworden und auch der Regen hatte sich verzogen. Es waren Verhältnisse wie im April, obwohl Weihnachten nicht mehr weit entfernt war und bald der große Weihnachtsbaum am Rockefeller Center beleuchtet werden würde.

»Macht es dir etwas aus, wenn du mit dem Taxi fährst?« Mike sah Natascha fragend an.

»Nein, überhaupt nicht. Nimm ruhig Tobias auf deiner Harley mit.«

»Das kommt gar nicht in Frage«, sagte Joe. »Ich muss nochmal kurz nach Hause, um ein paar Sachen zu holen, und komme später nach, aber Ryan wird dich sicher heimfahren, richtig?«

Ryan nickte.

»In Ordnung. Danke, Mann.«

Während Mike und Tobias auf die Harley stiegen, wandte sich Joe zum Gehen, und im nächsten Moment stand Natascha mit Ryan allein vor dem Lokal. Hingebungsvoll widmete sie sich dem Schließen ihrer Jacke und fummelte am Reißverschluss herum. Sie brauchte ewig, um ihn zuzumachen. Als es sich nicht mehr vermeiden ließ, schaute sie auf. Er sah sie schweigend an, der Blick ging ihr durch und durch, ihr Magen verkrampfte sich und ihr war mit einem Mal zum Heulen zumute.

»Ich kann wirklich mit dem Taxi fahren«, stammelte sie schüchtern und sah auf ihre Schuhspitzen. Du liebe Güte, sie benahm sich ja wie ein Schulmädchen.

»Nein, nein, das passt schon.« Mit diesen Worten drehte er sich um und ging auf seine Maschine zu. Zögernd folgte sie Ryan und blieb wieder stehen.

Sie mochte noch nicht nach Hause, lieber wollte sie mit ihm in irgendein Lokal fahren, einfach nur, um zu reden, ihn besser kennenzulernen. Vielleicht würde das einiges zwischen ihnen klären.

»Kommst du?« Er saß bereits auf der Harley und hielt ihr den zweiten Helm hin.

»Ryan?«, fragte sie schnell, bevor sie wieder der Mut verließ. »Hättest du nicht Lust, noch irgendwo etwas zu trinken und zu reden?«

Er sah sie ausdruckslos an. »Ich glaube, das ist keine so gute Idee. Ich weiß nicht, was du hier für ein Spiel spielst, doch nicht mit mir!«

Sie starrte ihn verständnislos an. Spiel? Welches Spiel? »Was meinst du damit?«

»Na, entschuldige bitte, mal zeigst du mir die heiße, dann die kalte Schulter. Was soll ich davon halten? Dafür bin ich mir echt zu schade, sorry!«

»Das sagst ausgerechnet du?!« Sie hatte wütend die rechte Hand zur Faust geballt. »*Du* hast doch von heute auf morgen deine Meinung geändert. Und das, ohne mir den Grund dafür zu nennen. Am liebsten würde ich dir jetzt echt eine reinhauen.« Vor Zorn stampfte sie mit dem Fuß auf, drehte sich um und ließ ihn stehen. Sie hörte ihn hinter sich fluchen, da hatte er sie schon am Arm gepackt und zu sich herumgerissen.

»Fass mich nicht an!«, schrie sie und trommelte mit ihren Fäusten auf seinen Brustkorb.

Er presste sie so fest an sich, dass sie unfähig war, sich zu bewegen, seine Augen waren zu schmalen Schlitzen verengt. »Du steigst jetzt sofort hinter mir auf und ich bringe dich nach Hause. Hast du verstanden?«

Seine Nähe machte sie ganz konfus. Trotz ihrer Wut durchlief sie ein erregender Schauer. Sie schüttelte frustriert den Kopf. Musste sich ihr Körper schon wieder selbstständig machen, verdammt noch einmal? »Nein, das werde ich ganz sicher nicht. Du bist nicht für mich verantwortlich, und da du augenscheinlich nicht viel von mir hältst, kann es dir egal sein, was ich tue.« Sie wand sich unter seinem Griff.

»Du machst mich noch wahnsinnig!«, knurrte er, dann presste er die Lippen auf ihre, und in der nächsten Sekunde war all ihr Widerstand wie weggeblasen.

Sie legte ihm die Arme um den Hals und erwiderte den Kuss mit einer Wildheit, die sie erschreckte, zeigte sie ihr doch, wie groß ihr Verlangen und ihre Sehnsucht nach ihm waren.

Er presste seinen Unterleib gegen ihren und drückte sie an die Wand unmittelbar hinter ihr. Dann schob er mit einer Hand ihren Rock hoch und umklammerte ihren Po, mit der anderen zerrte er am Reißverschluss ihrer Jacke, fasste unter ihr Top und umschloss eine ihrer Brüste. Sie stöhnte vor Verlangen auf und riss sein Hemd vorne auseinander – zum Glück waren es Druckknöpfe. Sie strich über seine nackte Haut. Auf einmal wurde ihr bewusst, wo sie sich befanden, mitten auf einer noch immer recht belebten Straße, nicht unweit vom Eingang des Lokals entfernt.

Ryan musste ihr Zögern bemerkt haben, denn er löste sich von ihren Lippen und zog ihr Rock und Oberteil wieder zurecht. Mit beiden Händen umklammerte er ihren Kopf und presste seine Stirn an ihre. So standen sie eine Weile schwer atmend da.

Sie war müde, die Auseinandersetzung mit Ryan hatte sie erschöpft und ihr war schon wieder nach Weinen zumute, wollte nichts mehr, als einfach die Tränen laufen zu lassen.

Er ließ sie los, schloss Hemd und Lederjacke, nahm ihre Hand und stieg mit ihr auf die Harley. Er setzte einen Helm auf und reichte ihr wortlos den anderen. Sie schlang die Arme um ihn und presste die Wange an seinen Rücken, die Tränen waren nicht mehr aufzuhalten, sie rannen und rannen.

Vor Mikes Apartment hielt er an. Als sie abstieg und ihm den Helm gab, musterte er ihr verweintes Gesicht.

»Natascha, es tut mir leid, das hätte nicht passieren dürfen.«

Sie sah ihn entgeistert an. »Jetzt sag nicht schon wieder, dass es ein Fehler gewesen ist.« Sie schrie vor Zorn, ihre geröteten Augen blitzten. »Ich hab das alles so satt. Was bin ich für dich, immer nur ein Fehler? Weißt du eigentlich, was du willst?« Und mit diesen Worten drehte sie sich um und ließ ihn einfach stehen.

Natascha stürmte ins Apartment. Sie war so was von wütend, am liebsten hätte sie sich jetzt an einem Boxsack abreagiert. Stattdessen ließ sie sich frustriert auf einen Barhocker in der Küche sinken. Aus Mikes

Zimmer, das direkt neben ihrem lag, kamen eindeutige Geräusche.

»Na super, das hat mir gerade noch gefehlt. Heißer Sex im Nebenzimmer.«

Leises Lachen ertönte aus dem Wohnzimmer, sie drehte sich um und sah Joe auf der Couch liegen. »Ich habe mir auch vorgenommen, hier eine Weile abzuwarten, bis wieder Ruhe eingekehrt ist.«

»Was soll's. Ich geh erst mal duschen.« Sie schnappte sich aus ihrem Zimmer ein Longshirt und ging ins Bad. Als sie fertig war, waren Mike und Tobias noch immer zugange, also setzte sie sich zu Joe auf die Couch. Der musterte sie eindringlich.

»Du hast geweint«, stellte er fest. »Außerdem haben du und Ryan ziemlich lange her gebraucht.«

Joe zog sie zu sich herunter, sodass sie neben ihm zu liegen kam, den Kopf auf seinem Oberkörper. Er trug nur Boxershorts. Gedankenverloren strich sie über seine Brust.

»Wenn du nicht willst, dass wir dort weitermachen, wo wir in Wien aufgehört haben, würde ich das an deiner Stelle lieber lassen.« Seine Stimme klang belegt.

Sofort hielt sie inne. »Sorry, Joe«, murmelte sie. »Ich habe nicht nachgedacht.«

Er seufzte. »Wir können die Zeit wohl nicht zurückdrehen, was?«, fragte er leise.

Sie schüttelte bedauernd den Kopf. »Du kannst mir glauben, ich würde mir wirklich wünschen, es wäre so einfach.« Fast bereute sie, Ryan überhaupt getroffen zu haben – doch nur fast.

»Du hast dich in Ryan verliebt«, stellte Joe fest.

Sie hob den Kopf, um ihn ansehen zu können. »Woher weißt du das?«

»Wenn ihr zwei zusammen seid, ist die Luft um euch herum elektrisch geladen«, meinte er ironisch.

Sie stöhnte auf. »Ist es so offensichtlich?«

Joe nickte. »Außerdem vermeidest du es, ihn anzusehen, tust es nur, sobald du dich unbeobachtet fühlst. Ich wollte es lange nicht wahrhaben, aber ich hatte ein bisschen Zeit, über die letzten Wochen nachzudenken.«

»Das Problem hatte ich schon als Jugendliche. Die Typen, die mir gefallen haben, habe ich ignoriert, und mit allen anderen konnte ich ganz ungezwungen reden und lachen.«

Joe schüttelte den Kopf. »Ist fast nicht zu glauben, wenn man dich sonst in Aktion erlebt.«

»Deswegen war die Sache mit dir für mich ja völlig untypisch. Ich habe mich oft gefragt, wie ich mich das überhaupt trauen konnte. Mir wird jetzt noch ganz anders, wenn ich daran denke.« Es schüttelte sie.

Joe drückte sie fest an sich und streichelte über ihr Haar. »Ich bin froh, dass du es getan hast. Ich hätte sonst einiges verpasst.«

Sie hob den Kopf und küsste ihn auf die Wange.

»Weiß Ryan über deine Gefühle Bescheid?«, fragte er nach einer Weile.

»Ich denke nicht, es ist ziemlich schwierig mit ihm.« Sie erzählte ihm, was vorgefallen war, natürlich nicht in allen Einzelheiten. Wie sie nach ihrem Schnapsexzess die Nacht bei ihm verbracht hatte und später aus Feigheit abgehauen war. Ebenso von dem Brief, den sie in den Papierkorb verschoben hatte.

Joe schwieg eine Weile. »Aus dir soll einer schlau werden.« Sie merkte, wie er den Kopf schüttelte. »Hab Geduld mit ihm. Er war ziemlich lange mit einer Frau zusammen, zwar nicht verheiratet, aber sie haben zusammengelebt. Sie hat ihn von heute auf morgen wegen eines anderen verlassen, ohne Gespräch, ohne Erklärung, ist einfach ausgezogen. Das war ungefähr vor einem Jahr. Seitdem hat er keine richtige Beziehung mehr gehabt, mehr nur so flüchtige Bekanntschaften. Ihm fehlt es eindeutig an Vertrauen.«

»Wir wissen nicht viel voneinander, soweit sind wir nie gekommen.«

Wieder schwiegen sie. Nach einer Weile bemerkte sie, dass Joe eingeschlafen war. Sie lächelte, kuschelte sich noch enger an ihn und schlief ebenfalls ein.

27

Mike

Als Mike mit Tobias eine Weile später in die Küche ging, um sich etwas zu trinken zu holen, sah er Natascha und Joe schlafend auf der Couch.

»Na, da haben wir wohl jemand aus ihren Zimmern vertrieben.«

Tobias lachte leise.

»Bist du dir sicher, dass die beiden nicht wieder zusammen sind?«, fragte Mike. »So süß wie sie da liegen.«

Tobias schüttelte den Kopf. »Da bin ich mir ziemlich sicher. So wie sie Ryan ansieht, wenn sie sich unbeobachtet fühlt, hat Joe keine Chance mehr.«

»Ryan?« Mike war überrascht. Er konnte nicht glauben, was er da hörte.

Tobias nickte. »Behalte es bitte für dich, sonst lyncht sie mich. Erinnere dich an den Faustschlag auf meinen Oberarm im *XL*. Schau, hier: Da ist bereits ein blauer Fleck.«

Mike lachte leise, schnappte Tobias an der Hand und zog ihn wieder Richtung Schlafzimmer.

28

Natascha

Natascha wurde wach, weil es an der Wohnungstür läutete, doch als sie hörte, dass bereits jemand zur Tür ging, schloss sie die Augen wieder.

»Unsere Aktivitäten im Schlafzimmer haben die beiden gestern aus ihren Zimmern vertrieben«, hörte sie Mike einen Moment später zu jemandem sagen.

Die Unterlage, auf der ihr Kopf ruhte, wurde leicht geschüttelt. Sie hörte Mike leise rufen: »Joe, du musst aufstehen!«

Joe? Ihr fiel alles wieder ein. Sie öffnete die Augen und bemerkte, dass ihr Kopf auf Joes Brust lag und sich ihre Beine in der Nacht irgendwie miteinander verschlungen hatten. Ihr Longshirt war ziemlich weit nach oben gerutscht, eine Pobacke war entblößt und fühlte sich kalt an. Sie hob den Kopf, Joe sah sie lächelnd an.

»Guten Morgen. So wie es aussieht, sind wir gestern beide hier eingeschlafen.«

Verschlafen richtete sie sich auf. »Ja, sieht so aus.«

Mike lachte sie entschuldigend an. »Sorry, dass wir euch gestern vertrieben haben.«

Und in diesem Moment erblickte sie die Person, zu der Mike gesprochen hatte. Die Person, die an der Tür geklingelt hatte. Es war Ryan. Er sah sie wortlos mit seinem ausdruckslosen Gesichtsausdruck an. Sie seufzte. Wie musste das jetzt auf ihn wirken?

Schnell stand sie auf und zog das T-Shirt zurecht, Joe kämpfte sich hoch.

»Gib mir noch eine halbe Stunde, Ryan, ich muss unbedingt duschen und etwas essen.« Mit diesen Worten eilte er Richtung Bad, Mike verschwand ebenfalls. Ryan hatte sich in der Zwischenzeit auf das andere Ende der Couch gesetzt. Sie betrachtete ihn. Er sah so verloren aus. Zärtlichkeit erfüllte sie, und ohne darüber nachzudenken, ging sie auf ihn zu, setzte sich auf seine Knie und umarmte ihn, das Gesicht vergrub sie in seiner Halsbeuge. Sie atmete ein paar Mal tief ein. Wie sie diesen herben Duft liebte, diese Mischung aus Ryan und Rasierwasser, sie war richtig süchtig danach. Sie spürte seine Arme, die sich fest um sie legten. Natascha streifte sein Haarband ab und fuhr ihm durch das dichte Haar, das sich wie Seide anfühlte, ließ es immer wieder verträumt durch die Finger gleiten. Nach einer Weile hob sie den Kopf und band seine Haare wieder mit dem Band zusammen.

Ryan öffnete die Augen und sah sie mit seinen strahlendblauen Augen an. Für einen Moment hatte sie das Gefühl, einen Blick in seine Seele zu werfen, sah Sehnsucht, Verlangen und eine Verletzlichkeit, die sie überraschte. Sie blinzelte verwirrt, doch der Augenblick war vorbei. Hatte sie sich das nur eingebildet?

Seufzend stand sie auf, holte sich die Gitarre und setzte sich wieder auf die Couch. Das war allemal besser, als sich gegenseitig anzuschweigen. Zuerst zupfte sie nur ein wenig die Seiten, dann kam ihr »That Will Make You Cry« aus *Steel* in den Sinn. Das war so ein berührender Song, den Tobias im Original zusammen mit Brendan Paulsen sang.

Sie begann gerade zu spielen, als Tobias sich neben sie auf die Couch setzte. Sie nickte ihm zu und dann sangen sie gemeinsam. Als der Schlussakkord verklang, herrschte kurz Stille.

»Das war wirklich wunderschön.« Mike sah sie begeistert an, er und Joe hatten sich in der Zwischenzeit zu ihnen gesellt.

Natascha lächelte Tobias an. »Ja, seine Stimme ist wirklich genial, ich könnte ihm ewig zuhören.«

»Danke!« Er drückte sie kurz an sich.

»Hast du es ihm schon gesagt?«, fragte sie ihn leise.

Er schüttelte den Kopf.

»Ich finde, es wäre langsam an der Zeit, meinst du nicht? Ich glaube, bei den Anwesenden hier, musst du dir wirklich keine Gedanken machen.«

»Was gesagt?«, wollte Mike wissen.

Natascha sah Tobias fragend an, der nickte ihr zu.

»Tobias ist Tobias Schneider, Leadsänger der deutschen Hardrockband *Bloodsteel*. Er hat die Rockoper *Steel* geschrieben und ist damit auf Welttournee gegangen, zusammen mit einigen weltbekannten Sängern.«

Mike sah ihn entgeistert an. »Verdammt, warum hast du nichts gesagt?«

Tobias schwieg.

»Ich glaube, damit du ihn als das siehst, was er ist, ein ganz normaler Mensch, wie wir alle. Ich denke, mit all den Groupies, von denen er belagert wird, ist es oft nicht ganz einfach. Da weiß man ja nie, ob man wegen einem selbst gemocht oder geliebt wird oder wegen des ganzen Starrummels.«

Tobias schaute sie dankbar an. »Das hätte ich jetzt nicht besser ausdrücken können.« Er legte einen Arm um Mike.

»Und wie hat sie erfahren, dass du schwul bist?«, fragte auf einmal Ryan. »Das wirst du ihr wohl kaum gleich erzählt haben?«

Tobias lachte auf. »Komischerweise doch. Ich habe ihr einen Vorschlag gemacht und sie hat darauf geantwortet, dass sie kein Groupie sei und ich von ihr nichts zu erwarten habe. Daraufhin habe ich erwidert, dass sie keine Bedenken haben muss, da ich schwul bin.«

Die anderen sahen ihn verwirrt an.

»Was für einen Vorschlag?«, wollte Joe wissen.

»Ja, also ...«, Tobias hielt inne, als er Nataschas Blick bemerkte.

»Dass Männer immer so viel tratschen müssen, das ist ja wirklich nicht zu glauben!« Ärgerlich funkelte sie ihn an und ging in die Küche, um sich ein Glas Wasser zu holen. Insgeheim hoffte sie, dass das Thema damit erledigt war.

»Ich muss mich jetzt auch fertig machen.« Joe machte sich auf den Weg in sein Zimmer.

Natascha trank das Wasser in einem Zug aus und verließ die Küche, um sich ebenfalls anzuziehen. Vor Joes Tür hielt sie kurz inne, vergewisserte sich, dass niemand hinsah, klopfte leise und trat ein.

»Joe? Kann ich dich kurz sprechen?«

Er stand mit dem Rücken zu ihr und schlüpfte gerade in seine Jeans, drehte sich bei ihrem Ruf jedoch um.

»Danke noch für gestern Abend«, sagte sie leise, während sie auf ihn zuging, und berührte ihn am Arm. »Meinst du, dass wir trotzdem Freunde sein können, oder ist das zu egoistisch von mir? Ich möchte dich nicht verlieren, dafür bedeutest du mir zu viel.«

Zärtlich schaute er auf sie herab. »Kleines, mir geht es genauso. Natürlich sind wir Freunde, obwohl ich mir mehr erhofft habe.« Tränen traten ihm in die Augen. »Verdammt, jetzt muss ich doch tatsächlich heulen.« Er zog sie an sich und stützte sein Kinn auf ihren Kopf.

»Ich auch«, lachte sie schluchzend. »Das ist bei mir zurzeit ein Dauerzustand.«

Er drückte ihr einen Kuss auf die Stirn und schob sie anschließend Richtung Tür. »So, und jetzt ab mit dir, sonst werde ich gar nicht mehr fertig.«

Natascha lachte leise auf und verließ heimlich sein Zimmer.

29

Ryan

Auf dem Weg zur Arbeit ging Ryan das Bild von Joe und Natascha, wie sie eng umschlungen und schlafend auf der Couch gelegen hatten, nicht aus dem Kopf. Die Eifersucht hatte ihn zuvor in Mikes Apartment mit solcher Gewalt überfallen, dass er wie gelähmt dagestanden hatte, unfähig, den Blick abzuwenden. Das Herz war ihm dabei schwer geworden.

Als sie sich verschlafen aufgesetzt hatte, die Haare noch ganz verwuschelt, hätte er sie am liebsten in die Arme genommen. Sie hatte so unschuldig und verletzlich ausgesehen. Als sie sich später auf seine Knie gesetzt und ihn umarmt hatte, hatte er sie nur wortlos festhalten können. Zu mehr war er nicht fähig gewesen, aus Angst, vor lauter Sehnsucht die Beherrschung zu verlieren. Hätte er sie so berührt, wie er es gerne getan hätte, dann wäre er vor Verlangen wahrscheinlich gleich auf der Couch über sie hergefallen. Stattdessen hatte er mit geschlossenen Augen dagesessen, sich auf ihre Hand in seinem Haar konzentriert, auf den dezenten Geruch ihres Parfums vom Vortag. Die Sehnsucht, sie ebenfalls zu berühren, hatte sein Herz schneller schlagen lassen, und er war sich mit allen Sinnen des nackten Körpers unter ihrem Longshirt bewusst gewesen.

Nach der Trennung von Karen hatte er sich einen Schutzpanzer aufgebaut, der allmählich Risse bekam. Seine Gefühle hatten ihm einen Strich durch die Rechnung gemacht, denn Natascha hatte in sein Herz eingeschlagen wie eine Bombe. Er wollte dieses Gefühlschaos nicht, bekam diese Frau jedoch einfach nicht aus seinem Kopf.

Was war überhaupt mit ihr und Joe? Irgendwie hatte sich die Beziehung zwischen den beiden verändert.

»Warum sahst du vorhin so verheult aus?«, brach es da aus ihm heraus.

Joe, der neben ihm im Auto saß, reagierte zuerst gar nicht auf seine Frage, sah weiter schweigend aus dem Fenster. Nach einer Weile antwortet er. »Sie hat mich gefragt, ob wir Freunde bleiben können. Ich würde ihr viel bedeuten und sie möchte mich nicht verlieren.«

»Ihr habt so vertraut miteinander gewirkt auf der Couch ...« Ryan brach ab.

»Auf der Couch ist nichts passiert. Wir sind nur vor den nächtlichen Aktivitäten von Mike und Tobias geflohen.«

»Und wieso seid ihr so engumschlungen –«

»Ryan, du bist wirklich blind, was diese Frau angeht. Ich geb dir einen heißen Tipp: Vielleicht solltest du mal in deinem Papierkorb nachsehen.«

»Blind? Was ...? Und wieso Papierkorb?«

Joe antwortete nicht, sondern schaute wieder schweigend aus dem Beifahrerfenster.

Ryan war verwirrt, aber so wie es aussah, würde er nichts mehr aus Joe herausbekommen. Seufzend konzentrierte er sich daher wieder auf den Verkehr. Verdammt nochmal, wenn sie nicht mit Joe zusammen sein wollte, warum war sie dann nach ihrer gemeinsamen Nacht einfach gegangen?

30

Natascha

Natascha sah aus dem Fenster auf den Hudson River, dessen Wasser im Sonnenlicht glänzte und am anderen Ufer einen atemberaubenden Blick auf die Skyline freigab. Man konnte sich an dieser Aussicht einfach nicht sattsehen. New York war in vielen Dingen so anders als Wien, mit seinen schier endlos hohen Wolkenkratzern. Im Gegensatz zu ihrer Heimatstadt war es eher schmutzig, auch die Straßen waren teilweise in fürchterlichem Zustand. Das gab es in ganz Österreich nicht. Und doch hatte es einen Charme, dem man sich nicht entziehen konnte. Allein Ausblicke wie dieser hier wogen vieles wieder auf.

Sie beschloss spontan, Ben zum Frühstück einzuladen – sie brauchte ein wenig Abwechslung. Also vereinbarte sie mit ihm, sich wieder im gleichen Lokal wie letztes Mal zu treffen. Natascha war schon auf dem Weg Richtung Eingangstür, da rief sie Mike zurück.

»Natascha, ich hab hier die Gage für gestern und einen zusätzlichen Bonus.« Er drückte ihr ein Kuvert in die Hand, sie öffnete es und sah entgeistert auf die Geldscheine.

»Zehntausend Dollar? Das ist viel zu viel, das kann ich unmöglich annehmen.«

»Matt lässt dir ausrichten, dass du dir jeden Cent verdient hast. Er hatte gestern einen Rekordumsatz. Außerdem hast du so oft ausgeholfen und nie Geld dafür genommen. Er hat sogar damit gedroht, dass du die nächsten Auftritte vergessen kannst, solltest du dich weigern, es anzunehmen.«

Ihr wurde warm ums Herz und sie strahlte über das ganze Gesicht. »Jetzt kann ich dir endlich etwas dafür geben, dass du mich hier wohnen lässt.« Sie nahm fünfhundert Dollar aus dem Kuvert und hielt sie ihm hin.

Er schüttelte ablehnend den Kopf.

»Jetzt nimm doch, Mike. Ich wohne schon so lange hier und möchte mich endlich dafür revanchieren.«

»Steck das Geld weg, verdammt nochmal.« Er sah sie finster an. »Ich bin froh, dass du hier bist, daher nehme ich ganz sicher kein Geld von dir. Noch dazu hast du fast jeden Tag für mich gekocht. Und du brauchst es nötiger als ich.«

Er umarmte sie, und sie drückte ihn dankbar an sich. Dann schmatzte sie ihm zum Abschied noch einen dicken Kuss auf die Backe, steckte das Kuvert in ihre Handtasche und verließ die Wohnung.

Sie betrat das Lokal und sah sich suchend um. Ben saß am selben Tisch wie letztes Mal. Freudestrahlend stand er auf und umarmte sie.

»Hey, ich hab mich echt gefreut, dass du dich gemeldet hast.«

»Du oder dein Magen?«, fragte sie und grinste.

»Beide!«, antwortete er lachend.

»Ich wollte mich noch bedanken, dass du dich letztes Mal um mich gekümmert und Ryan angerufen hast. Ich wäre von allein nicht mehr heimgekommen.«

»Keine Ursache, wirklich.«

Natascha winkte der Kellnerin und bestellte für Ben gleich eine doppelte Portion Pancakes.

Er lachte lauthals auf. »Du kennst mich mittlerweile schon gut.« Dann wurde er ernst. »Weißt du, wie glücklich dein Bruder sein kann, dich als Schwester zu haben? So jemanden wie dich habe ich mir immer gewünscht.«

Ihr stiegen die Tränen in die Augen. »Ben, das ist das Schönste, was du mir hast sagen können.« Sie beugte sich vor und küsste ihn auf die Wange. »Außerdem bin ich wirklich froh, dass du mir über den Weg gelaufen bist. Ich mag dich sehr.«

Ben wurde rot und grinste sie verlegen an.

»Sag mal, möchtest du nicht Freitag in zwei Wochen zu meinem Konzert ins *Bikers* kommen? Nachdem erst vor kurzem eine Kontrolle war, glaube ich nicht, dass die Polizei so schnell wieder dort auftauchen wird. Ich rede mit Matt, dass er bei dir beide Augen zudrückt, damit du zuhören kannst. Natürlich nur, wenn du willst.«

»Du singst im *Bikers*?«, fragte er überrascht.

»Ja, ich hatte gestern meinen ersten Auftritt.«

Sie erzählte ihm kurz, wie es dazu gekommen war.

»Natürlich komme ich, das darf ich mir doch nicht entgehen lassen.«

Mittlerweile hatte die Kellnerin die Pancakes serviert, sie aßen schweigend.

»Ben, was würdest du gerne machen, wenn du die Möglichkeit dazu hättest?«, fragte sie nach einer Weile.

»Ich liebe es, zu tanzen, und trainiere, sooft es geht. Am liebsten würde ich daher Modern Dance an der Juilliard in Manhattan studieren.« Das kam wie aus der

Pistole geschossen, sein Gesicht leuchtete dabei vor Begeisterung.

»Was hindert dich daran?«

Ben lachte frustriert auf. »Ich müsste erstens meinen Highschool-Abschluss nachholen, da ich mit siebzehn abgebrochen habe. Zweitens nehmen sie jährlich nur eine kleine Zahl von Schülern auf, was bedeutet, dass die Aufnahmeprüfung extrem hart ist. Und drittens kostet das Ganze fünfzigtausend im Jahr. Es gibt zwar ein Stipendium, doch das zu bekommen, ist nicht leicht.«

»Jedoch nicht unmöglich.«

»Und wie bitte soll ich den Abschluss machen? Ich kann nicht als Hustler arbeiten und gleichzeitig zur Schule gehen, aber wenn ich nicht arbeite, kann ich nicht überleben, so einfach ist das.«

»Soweit ich weiß, gibt es an den verschiedenen Akademien auch Onlinekurse. Falls du dich dahinterklemmst und jeden Tag ein paar Stunden lernst, müsstest du das Lernpensum für den Highschool-Abschluss in sechs bis acht Monaten schaffen können. Viel dürfte dir ja nicht fehlen, oder?«

Ben runzelte bei ihren Worten nachdenklich die Stirn. Natascha fragte sich, was in seinem Leben passiert sein musste, dass er zuerst die Highschool besucht hatte, dann jedoch auf der Straße als Hustler gelandet war. Sie ahnte jedoch, dass er derlei Fragen nicht beantworten würde. Ihr wurde richtig schwer ums Herz, weil ihr Ben leidtat. Das Schicksal konnte man sich oft nicht aussuchen.

Versonnen schaute sie vor sich hin. Sie sprachen eine ganze Weile kein Wort, jeder war in seine Gedanken versunken. Schließlich fasste sie einen Entschluss, kramte in ihrer Handtasche und schob das Kuvert mit der Gage über den Tisch.

»Hier. Damit dürftest du fürs Erste auskommen. Du musst mir nur versprechen, dass du als Hustler aufhörst und alles dafür tust, um dein Ziel zu erreichen.«

Ben sah sie stirnrunzelnd an und öffnete das Kuvert, seine Augen wurden immer größer. »Was ...?«, stammelte er. »Woher ist das?«

»Das ist meine Gage für diesen Monat, inklusive eines Bonus. Mach dir keine Gedanken, ich komme schon über die Runden.«

»Woher willst du wissen, ob ich nicht einfach abhaue und mir damit ein schönes Leben mache. Du kennst mich ja gar nicht.« Ben sah sie fassungslos an.

»Also dieses Risiko werde ich wohl eingehen müssen«, antwortete sie trocken. »Aber ich kann mir nicht vorstellen, dass mich meine Menschenkenntnis bei dir derart im Stich gelassen hat.«

»Ich kann das nicht annehmen.« Ben schob das Kuvert über den Tisch.

»Nimm es und halt die Klappe!« Energisch schob sie es wieder zurück.

Ben sah sie noch immer ungläubig an, bis ein strahlendes Lächeln sein ganzes Gesicht erhellte. Tränen rannen ihm über die Wangen. »Ich verspreche dir: Eines Tages bekommst du es auf den Cent zurück.«

»Wenn du deinen ersten Auftritt hast.« Natascha lächelte ihn an.

Er stand auf, riss sie aus dem Stuhl hoch und drückte sie so fest an sich, dass sie keine Luft mehr bekam. »Das vergesse ich dir nie«, murmelte er.

»So, jetzt muss ich gehen. Außerdem fange ich sonst zu heulen an und das habe ich in letzter Zeit wirklich genug getan. Ich möchte noch kurz bei Ryan vorbeischauen, vielleicht ...« Sie verstummte.

Ja, was vielleicht? Sie seufzte innerlich, erneut wurde ihr das Herz schwer. Sie wollte ihn sehen, mit ihm reden, nochmal von vorne beginnen. Ihn nochmal zu fragen, ob er sich mit ihr treffen wollte, war wahrscheinlich keine gute Idee, da war sie letztes Mal schon total abgeblitzt. Wenn sie jedoch vor seiner Tür stand, würde er sie vielleicht nicht gleich abweisen. Immer dieses vielleicht. Sie erschauderte ängstlich bei dem Gedanken. Nur nicht darüber nachdenken, nur nicht nachdenken!

»Zwischen dir und Ryan, läuft da wieder was?«

»Wenn das so einfach wäre.«

»Erzähl mir doch nichts. Der hat dich letztes Mal doch regelrecht mit den Blicken verschlungen, und das trotz deines Vollrausches. Außerdem sprühen zwischen euch die Funken.«

»Schön, dass du so gut Bescheid weißt. « Genervt verdrehte sie die Augen.

»Ich bin ja schon ruhig!«, kicherte Ben.

Sie verabredeten sich für den Freitag in zwei Wochen im *Bikers*. Natascha durfte nicht vergessen, vorher mit Matt zu reden, Ben war schließlich erst achtzehn.

»Du, Ben, schnell noch etwas anderes: Wo gehe ich am besten hin, wenn ich mir ein Tattoo stechen lassen möchte?«

»Du willst dich tätowieren lassen? Ist ja cool! Da solltest du auf jeden Fall zu Asha Kumar vom *Living Ink Studio* gehen. Ob du aber gleich einen Termin bekommst, kann ich dir nicht sagen. Er ist sehr begehrt in der Szene.«

»Wir werden sehen«, sagte sie und zwinkerte Ben zu. »Wenn ich ein Ziel habe, kann ich sehr überzeugend sein.«

31

Natascha

Natascha hatte beschlossen, ihren Besuch bei Ryan noch etwas aufzuschieben. Ihr Entschluss stand fest: Sie wollte jetzt endlich die Sache mit ihrem Tattoo in Angriff nehmen.

Beim Betreten des Tattoostudios zog sich ihr Magen nervös zusammen. Um sich abzulenken, sah sie sich um. Der Raum war hell und freundlich eingerichtet, überall an den Wänden hingen Fotos von den verschiedensten Tattoos, seitlich an der Wand befand sich ein runder Tisch mit zwei Stühlen davor, obenauf lag ein dicker Tattoo-Katalog. Sie machte aufgeregt einen Schritt darauf zu, hielt jedoch inne. Nein, sie brauchte ihn nicht durchzublättern, sie hatte sich bereits für ein Motiv entschieden. Auf ihrem Handy hatte sie ein Foto von dem Tattoo, das sie sich aus dem Internet heruntergeladen hatte.

Das Öffnen einer Tür ließ sie herumfahren. Aus dem Hinterzimmer kam ein dunkelhäutiger, korpulenter Mann auf sie zu, das schwarze, krause Haar reichte ihm fast bis zur Schulter. Er musterte sie aus seinen dunkelbraunen Augen.

»Ich bin Asha, kann ich dir helfen?«

Natascha schluckte mehrmals und räusperte sich. »Ich hätte gerne einen Drachen tätowiert, und zwar beginnend unterhalb der linken Brust schräg am Bauchnabel vorbei bis knapp oberhalb des Hosenbundes.«

»Hast du eine Zeichnung oder ein Foto?«

»Ja, ich habe ein Bild auf meinem Handy, so wie ich ihn gerne hätte, nur leider nicht auf der von mir gewünschten Stelle. Kannst du mir sagen, ob das überhaupt so machbar ist?«

Er nahm ihr Handy und sah sich das Foto genauer an, die Stirn nachdenklich gerunzelt. »Das kann ich mir sehr gut vorstellen. Ich werde ihn nur am Kopf und hier am Schwanz etwas abändern müssen, damit er nicht zu wuchtig wird. Du wirst sehen, das wird richtig cool.« Er ließ den Blick vom Handy zu ihr wandern. »Und das Motiv passt zur dir. Wenn du möchtest, können wir gleich loslegen. Mir ist nämlich gerade ein Termin ausgefallen.«

»Wie, jetzt sofort?« Ihr Magen krampfte sich vor Aufregen zusammen und ihr Herz klopfte so wild, dass sie glaubte, es hören zu können.

»Ja, sicher.«

»Nimmst du Visa? Ich habe nicht damit gerechnet, so schnell dranzukommen. Und was kostet es überhaupt?«

»Klar nehme ich Visa, und für ein Tattoo in dieser Größe verlange ich normalerweise siebenhundert Dollar. Da du jedoch spontan den Termin übernimmst, mache ich es für fünfhundert.«

Natascha überschlug in Gedanken ihre Finanzen. Das Gehalt samt Weihnachtsgeld dürfte bereits auf ihrem Konto sein, und für diesen Preis würde sie zu einem späteren Zeitpunkt wahrscheinlich kein Tattoo mehr bekommen. Abzüglich der Rückzahlungen für das Haus und der Fixkosten würde es knapp reichen. Natascha überlegte nicht lange. »Ok, leg los!«

Asha führte sie in den Nebenraum, der sie mit seiner kargen sterilen Einrichtung ein wenig an einen OP erinnerte. Dort zog sie sich Jacke und Oberteil aus und legte sich auf die mit einem sterilen Tuch bedeckte Liege. Nachdem sich der Tätowierer alles hergerichtet hatte, legte er los. Die Stiche waren zwar unangenehm, doch auszuhalten. Nach ungefähr acht Stunden, mit zwei kurzen Pausen dazwischen, war Asha fertig. Sie atmete erleichtert auf. Gegen Schluss war es fast unerträglich gewesen, vor allem im Bereich des Solarplexus, als er immer und immer wieder mit den Nadeln über die gleiche Stelle gefahren war.

Asha hielt ihr einen Spiegel hin. »Hier, sieh es dir an.«

Der Schwanz des Drachen schlängelte sich oberhalb von ihrer rechten Leiste aufwärts am Bauchnabel vorbei, ging dort in den Körper über und endete im geneigten Kopf knapp unter ihrer linken Brust. Schwarz mit grauen Schattierungen, Weiß und ein wenig Rot.

»Asha, er ist so wunderschön«, stieß sie atemlos hervor. Natascha war total aus dem Häuschen, sie konnte sich gar nicht sattsehen und lachte glücklich auf.

»Es freut mich, dass du zufrieden bist. Er passt perfekt.« Er trug etwas Salbe auf und legte eine Folie darüber, die er mit Klebeband befestigte. »Nach drei Stunden nimmst du den Verband ab und wäschst das Tattoo vorsichtig mit pH-neutraler Seife. Anschließend schmierst du es mit dieser Wund- und Heilsalbe hier ein, nur ganz dünn. Das machst du zwei Tage lang, mehrmals täglich. Ab dem dritten Tag nur noch eincremen, so alle drei Stunden, ebenfalls vor und nach dem Duschen. Es wird sich ein dünner Schorf bilden, der dann abfällt. Das dauert ungefähr zehn Tage. Und auf jeden Fall mindestens drei Monaten lang vor der Sonne schützen, und zwar mit einem sehr hohen Sonnenschutzfaktor. Frisch tätowierte Haut ist verletzt und deshalb besonders empfindlich. Das steht aber alles auch noch mal hier auf diesem Infoblatt.« Asha reicht ihr die Information und die Salbe.

Mühsam richtete sich Natascha auf, um sich wieder anzuziehen, dann folgte sie ihm zurück in den Eingangsbereich. Nachdem sie bezahlt hatte, fiel sie ihm freudestrahlend um den Hals und bedankte sich nochmals.

»Deine Freude ist meine Freude.« Lächelnd verneigte er sich vor ihr.

Als sie das Studio verließ, drehte sie sich draußen jubelnd im Kreis. Sie hatte jetzt ein Tattoo, ein Tattoo, ein Tattoo! Einfach genial. Sie fand, dass ihr Drache dem von Ryan etwas ähnlichsah, vielleicht war er ebenfalls bei Asha gewesen.

Auf der Straße fuhr eine Gruppe Motorradfahrer vorbei. Sie johlten ihr zu und ließen die Motoren aufheulen. Natascha blickte ihnen sehnsüchtig nach, sah sich selbst auf einer Harley mitfahren. Am liebsten würde sie sich eine mieten, aber das konnte sie sich jetzt nicht mehr leisten. Das Tattoo hatte bereits ein großes Loch in ihr Budget gerissen und Mike mochte sie nicht schon wieder fragen. Solange das Wetter mitspielte, fuhr er täglich damit zur Arbeit. Sie seufzte, alles zu seiner Zeit.

Natascha beschloss, den Besuch bei Ryan auf ein anderes Mal zu verschieben. Das Stechen des Tattoos war anstrengend gewesen und sie wollte nur noch nach Hause. Sie hatte gerade ihre Schuhe ausgezogen und war auf dem Weg ins Wohnzimmer, als ihr Tobias entgegenkam.

»Mike ist so was von sauer, da kannst du dich auf etwas gefasst machen.« Er sah sie mit hochgezogenen Augenbrauen mitleidig an. »Er ist extra von der Arbeit weg, um dir ordentlich die Leviten zu lesen.«

»Sauer?« Sie hatte keine Ahnung, wovon Tobias da redete. Bevor er antworten konnte, stürmte Mike auf sie zu.

»Sag mal, spinnst du total? Was hast du dir dabei gedacht? Weißt du eigentlich, was ich für Scheiße am Hals habe?«

Sie sah ihn mit aufgerissenen Augen erschrocken an, so hatte Natascha ihn noch nie erlebt. Aus den Augenwinkeln sah sie, dass sich Tobias in die Küche verzog. »Sorry, Mike, aber ich habe absolut keine Ahnung, wovon du sprichst!«

»Von was ich spreche?« Er spuckte die Worte geradezu heraus, sein Gesicht war gerötet und die Adern seitlich der Stirn angeschwollen, die Hände hatte er zu Fäusten geballt. Ihr sank das Herz in die Hose. Was um Himmelswillen war passiert? »Erinnerst du dich vielleicht zufällig, dass ich dir meine Harley geborgt habe?«

»Ja?«

»Und dass du auf der Heimfahrt auf der Interstate gefahren bist?«

Verdammt, verdammt, verdammt. Das Herz schlug ihr bis zum Hals, ihr wurde schwindlig. Sitzen, sie musste sich hinsetzen. Natascha ließ sich auf die hinter ihr stehende Couch fallen und vergrub stöhnend den Kopf in den Händen.

»Ja, da kannst du dir den Kopf halten.«

»Mike, ich …!« Was hatte sie da nur angestellt? Am liebsten hätte sie sich im nächstbesten Loch verkrochen.

»Was hast du dir dabei gedacht, hundertsechsunddreißig Meilen pro Stunde auf der Autobahn zu fahren, noch dazu ohne Helm? Bist du von allen guten Geistern verlassen? Da ist der Führerschein weg, ist dir das klar? Und wenn du Pech hast, nicht nur hier, sondern in Österreich ebenfalls.«

Es schnürte ihr die Kehle zusammen, das Engegefühl in der Brust wurde stärker. Sie öffnete den Mund, brachte jedoch kein Wort heraus.

»Da kannst du mich jetzt noch so anstarren, das ist nun mal Tatsache. Und das Ganze zieht natürlich eine saftige Geldstrafe mit sich. Einen Teil deiner Gage kannst du gleich wieder abgeben.«

Sie umklammerte krampfhaft ihre Knie und biss sich in die zitternde Unterlippe. Sie hatte das Geld nicht mehr. Wie sollte sie da die Strafe bezahlen? Und auf dem Konto, da war ebenfalls fast nichts mehr. Ob sie sie ausweisen würden, wenn sie die Strafe nicht zahlen konnte? Ryan … das würde bedeuten, dass sie Ryan womöglich nie wiedersehen … Ihre Augen füllten sich mit Tränen und sie schluchzte auf.

»Verdammt, heulen hilft dir auch nicht weiter.«

»Mike, ich habe das Geld nicht mehr«, krächzte sie.

»Bitte was? Was hast du damit gemacht?« Seine Stimme überschlug sich und er sah sie mit weit aufgerissenen Augen an.

»Das kann ich dir nicht sagen.« Er würde sie für verrückt halten.

»So, du kannst es mir nicht sagen?« Er schloss die Augen und atmete tief durch. Als er sie wieder ansah, war sein Blick kalt, eiskalt, und in seiner Stimme lag Enttäuschung. »Mir war ein Kollege in der dafür zuständigen Abteilung noch einen Gefallen schuldig. Es hat mich zwar einiges an Überredung gekostet, doch er hat die Anzeige aus der Datenbank gelöscht. Das bedeutet, du behältst den Führerschein und das Geld, welches du ja ohnehin nicht mehr hast. Damit stehe ich nun allerdings in seiner Schuld.«

»Mike, ich –«

»Am besten, du gehst mir aus den Augen«, antwortete er tonlos und wandte sich von ihr ab.

Sie sah auf seinen Rücken, fühlte sich mit einem Mal so einsam und verloren – und schuldig. Noch nie hatte sie ihn so erlebt, so wütend und aufgebracht. Doch am meisten setzte ihr das Gefühl zu, ihn enttäuscht zu haben. Bedeutete das jetzt das Ende ihrer Freundschaft?

Sie hatte die Härte, mit der hier die Geschwindigkeitsüberschreitungen geahndet wurden, völlig unterschätzt. *Blödsinn*, schalt sie sich. Sie hatte einfach nicht nachgedacht. In Österreich hätte sie bei der Geschwindigkeit ihren Führerschein ebenfalls abgeben müssen, da reichte schon eine Geschwindigkeitsüberschreitung von mehr als fünfzig Kilometer pro Stunde außerhalb des Ortsgebiets.

Sie stand auf und hob die Hand, um sie Mike entschuldigend auf den Rücken zu legen, ließ sie jedoch gleich wieder sinken. Er wirkte so abweisend, und sie hatte Angst, dass er sie wieder anfahren würde.

Natascha drehte sich um und schleppte sich in ihr Zimmer. Das Tattoo schmerzte, und sie war völlig erschöpft. Dort warf sie sich auf ihr Bett und vergrub den Kopf im Kissen. Konnte sie nach alldem noch hier wohnen bleiben? Aber wo sollte sie sonst hin? Joe wohnte jetzt ebenfalls hier. Vielleicht zu Ryan? Nein, so eine schwachsinnige Idee.

Tatsache war jedoch, dass sie sich auch kein Hotel leisten konnte. So wie es aussah, würde sie wohl zurück nach Österreich fliegen müssen. Sie hatte sowieso geplant, Weihnachten bei ihrer Familie zu verbringen, doch das wäre erst in gut einem Monat gewesen. Sie hatte sich auch Gedanken über eine Kündigung und einen Neustart hier in New York machen wollen, mit einem Job als Sängerin im *Bikers*, doch das alles rückte jetzt plötzlich in weite Ferne.

32

Mike

»Sag mal, war das jetzt nicht ein wenig heftig? Natascha ist ja völlig fertig. Sie hat sich nicht einmal mehr getraut, dich zu berühren.« Tobias zog die Augenbrauen hoch und sah Mike vorwurfsvoll an.

»Heftig? Sie hat totale Scheiße gebaut! Nein, das war definitiv nicht zu heftig.«

»Du weißt schon, dass in Österreich etwas schneller gefahren werden darf und sie nahe der Grenze zu Deutschland wohnt, wo es auf den Autobahnen fast keine Geschwindigkeitsbeschränkungen gibt?«

»Klar weiß ich das, aber wir sind hier in New York und da läuft es eben anders.« Wie konnte Tobias nur so nachsichtig sein? Mike kniff ärgerlich die Augen zusammen. »Außerdem möchte ich wissen, was sie mit dem Geld gemacht hat. Das kann doch nicht innerhalb von ein paar Stunden einfach weg sein. Da verzichte ich auf die Untermiete und sie verpulvert es binnen kürzester Zeit. Das macht mich fast noch wütender.«

»Sorry, Mike, aber ich finde, dass du hier wirklich viel zu extrem reagierst. Sicher, sie hat einen Fehler gemacht, doch sie gleich so fertigzumachen, nein, das war wirklich nicht notwendig. Es ist deine Entscheidung gewesen, diesen Gefallen einzufordern, du kannst ihr das hinterher nicht zum Vorwurf machen. Und was das Geld betrifft, ist es ihr Ding, was sie damit macht, findest du nicht? Mich würde nicht wundern, wenn sie jetzt das Gefühl hat, dass du sie hier nicht mehr haben willst und von ihr erwartest, dass sie auszieht. Sie überlegt sicher bereits krampfhaft, wohin sie gehen soll, so würde es jedenfalls mir an ihrer Stelle gehen.«

Mike sah Tobias erschrocken an. »Ich habe ihr doch mit keinem Wort gesagt, dass ich sie hier nicht mehr haben will.«

»Besonders einladend waren deine Worte nicht, von wegen ›geh mir aus den Augen‹.«

»Du meinst, ich soll nochmal mit ihr reden?«

»Auf jeden Fall!«

Mike ging zu ihrem Zimmer und klopfte, doch es kam keine Reaktion. Er klopfte nochmals. »Natascha?« Wieder keine Antwort. Er öffnete vorsichtig die Tür, das Zimmer war leer.

»Sie ist weg, verdammt! Das Kopfkissen ist ganz nass, sie muss ziemlich geweint haben.« Er drehte sich schuldbewusst zu Tobias um. Jetzt bereute er seinen heftigen Ausbruch. Verflixt, wo war sie hin?

33

Natascha

New Yorks U-Bahn zählte zu den ältesten der Welt. Es gab sie bereits seit über einhundert Jahren. Seit ihrer Errichtung waren die Bauten und die Technik fast unverändert geblieben, was ihr auch anzusehen war. Viele Stationen waren verschmutzt und marode. Die Wagons der Züge wirkten wie rollende Konservenbüchsen. Trotzdem beförderte sie an die fünf Millionen Fahrgäste täglich.

Natascha hielt ihre Monatskarte an den Sensor und schob sich hinter den Menschenmassen durch das Drehkreuz. Es fuhr gerade eine U-Bahn ein, als sie den Bahnsteig erreichte. Wie erwartet war sie rappelvoll – Feierabendverkehr! So verheult wie sie aussah, hatte ihr das gerade noch gefehlt, und sie bemerkte einige musternde Blicke.

Natascha hatte einen Tapetenwechsel gebraucht. Da Matts *Bikers* noch nicht geöffnet hatte, hatte sie beschlossen, ins Fitnesscenter zu fahren, um auf andere Gedanken zu kommen. Trainieren konnte sie wegen ihres Tattoos mindestens zwei Wochen nicht, wenn nicht sogar länger, aber vielleicht hatte Jim Zeit für ein Schwätzchen.

Im Fitnesscenter angekommen verschwand sie gleich im Waschraum, um sich das Gesicht und ihr Tattoo zu waschen und sich wieder einigermaßen passabel herzurichten. Ein Glück, dass sie immer Schminksachen dabeihatte. Erleichtert ließ sie sich auf einen der Barhocker an der Theke fallen. Jim half Burt gerade an der Hantelstange und sie winkte den beiden grüßend zu.

Mist, das Tattoo, sie musste es ja noch eincremen. Wo war die Salbe? Natascha kramte eine Weile in ihrer Handtasche, bis sie diese endlich fand. Sie zog die Jacke aus und schob ihr Shirt bis zur Brust hoch.

»Bist du jetzt schon unter die Stripperinnen gegangen, oder wie?«, hörte sie Burt hinter sich belustigt fragen. Er war mit Jim an die Theke getreten.

»Ha, ha, echt witzig.« Ihr war momentan nicht zum Scherzen zumute.

»Cool, du hast dich tätowieren lassen. Darf ich mal schauen?«

Natascha nickte. Vorsichtig entfernte sie die Folie von ihrem Bauch.

»Mann, sieht das geil aus«, sagte Jim. »Bei wem warst du denn?« Seine Augen glänzten vor Begeisterung.

»Ich war bei Asha Kumar vom *Living Ink*.«

»Der ist absolut der Beste in der Szene. Soweit ich weiß, war Ryan ebenfalls bei ihm.« Jim ließ noch immer bewundernd den Blick darübergleiten.

Also doch! Natascha konnte sich ein triumphierendes Lächeln nicht verkneifen. Sie nahm etwas von der Creme und strich sie vorsichtig über ihre noch sehr empfindliche Haut, dann zog sie wieder das T-Shirt darüber.

»Das ist wirklich ein kleines Kunstwerk«, sagte Burt, der ihr dabei zugesehen hatte. »Haben es Mike und die anderen schon gesehen?«

»Nein noch nicht. Ich hatte gar keine Gelegenheit, Mike das Tattoo zu zeigen, so sehr war er mit seiner Standpauke beschäftigt.«

»Standpauke?«, fragten die beiden wie aus einem Mund.

Sie erzählte kurz, was vorgefallen war.

»Mädel, Mädel, was hast du nur für Flausen im Schädel!« Burt schüttelte den Kopf, die Augen dabei nach oben verdreht.

»Bist du jetzt unter die Dichter gegangen?« Jim sah ihn grinsend an, dann wandte er sich wieder Natascha zu. »Diese Frage drängt sich allerdings geradezu auf.«

»Ach, hört doch au. Die Standpauke von Mike hat mir heute gereicht. Ich fahre eben gern schnell und habe nicht darüber nachgedacht. Ich weiß, dass Mike recht hat. Ich habe echt Mist gebaut. Aber er war so wütend, so habe ich ihn noch nie erlebt.« Sie fühlte sich wie ein Häufchen Elend. »Ich habe das Gefühl, dass es am besten wäre, wenn ich ausziehe. Er hat gesagt, dass ich ihm aus den Augen gehen soll. Was, wenn ich wegen dieses Blödsinns seine Freundschaft verspielt habe?« Ihr kamen schon wieder die Tränen. »Mist!« Sie strich sich mit der Hand über die Augen.

»Hey, das glaube ich nicht, der mag dich doch total.« Burt legte ihr beruhigend einen Arm um die Schulter.

»Er hat so unversöhnlich gewirkt, das war wirklich furchtbar.«

»Also, so wie ich Mike kenne, beruhigt der sich schnell wieder,« meinte Jim. »Wahrscheinlich tut es ihm schon leid, dass er dich so angefahren hat.«

»Ich hoffe, du hast recht. Ich würde mir das sonst nie verzeihen. Ich traue mich gar nicht nach Hause, aus Angst, was mich dort erwartet.«

»Also, so kenne ich dich ja gar nicht.« Burt schüttelte verwundert den Kopf. »Seit wann lässt du dich so unterkriegen?«

»Ich bin eben nur ein Mensch, Burt, und habe ebenfalls meine Schwächen.« Sie starrte vor sich hin. »Und das nicht nur bei Mike«, murmelte sie.

»Das ist irgendwie süß«, antwortete Burt und kicherte.

Natascha boxte ihm gegen die Schulter. »Soll das heißen, dass du mich bisher nicht leiden konntest?«

Burt lachte schallend und drückte ihr einen Kuss auf die Stirn. »So gefällst du mir schon besser.«

Sie musste ebenfalls lachen. »Burt, du bist wirklich unmöglich.« Sie stand auf und umarmte die beiden. »Was täte ich nur ohne euch. Jim, trainieren komme ich erst wieder in zwei oder drei Wochen, das ist mit dem Tattoo sicher besser so. Und jetzt muss ich wirklich los.« Sie hatte gerade beschlossen doch noch zu Ryan zu fahren.

Bei Ryans Apartment angekommen öffnete ihr der Portier die Tür der riesigen Eingangshalle, die komplett mit Marmor ausgelegt worden war. Von seiner Größe und Statur her hatte er Ähnlichkeit mit Jim, nur dass er hellhäutiger war. Natascha sah auf sein Namensschild.

»Guten Abend, Bob, ich würde gern zu Ryan Johnson. Weißt du, ob er da ist?«

Er sah sie stirnrunzelnd an, dann durchzuckte ihn die Erkenntnis. »Ah, jetzt erinnere ich mich. Dich hat er doch das letzte Mal getragen. Ich habe es auf meinem Monitor gesehen.« Er grinste über das ganze Gesicht und seine Augen funkelten sie spitzbübisch an.

Auf welchem Monitor? Sie waren doch direkt mit dem Aufzug von der Tiefgarage zu Ryans Apartment hochgefahren. Bevor sie jedoch nachfragen konnte, sprach Bob auch schon weiter.

»Ryan ist leider nicht da. Er ist vor einer halben Stunde mit dem Aufzug in die Tiefgarage gefahren.«

»Mist!« Natascha stand unschlüssig da und überlegte. Sie hatte so gehofft, dass er zu Hause war.

»Kann ich hier im Foyer auf ihn warten? Ich muss mit ihm reden und weiß nicht, ob ich nochmal den Mut dazu aufbringe, wenn ich jetzt gehe.«

Bob sah sie eine Weile an, die Stirn in Falten gelegt, dann schien er einen Entschluss gefasst zu haben. »Du kannst in seinem Apartment auf ihn warten, ich denke, das geht in Ordnung.«

»Bist du sicher? Ich möchte dir wirklich keine Schwierigkeiten machen.«

»Nein, nein, das passt schon. Komm, ich bringe dich nach oben.«

Im Fahrstuhl bemerkte Natascha die Videokamera und lachte auf. Bob sah sie verwundert an.

»Ich habe die Kamera letztes Mal gar nicht gesehen und bin wirklich froh, dass ich in meinem Zustand nicht über Ryan herfallen konnte und du ...« Sie brach ab, Röte stieg ihr ins Gesicht.

»Das wäre immerhin was anderes gewesen, als die tägliche Routine.« Bobs Oberkörper bebte vor Lachen.

Er sperrte ihr Ryans Apartment auf und ging zurück zum Aufzug. Grinsend winkte er ihr noch zu, dann schlossen sich die Türen.

Sie machte die Wohnungstür hinter sich zu und atmete erleichtert auf, jetzt würde sich alles Weitere zeigen. Natascha sah sich unschlüssig um. Wieder fiel ihr die Wand mit den Bleistift- und Kohlezeichnungen auf, alles Porträts. Sie ging darauf zu. Die Zeichnungen waren genial. Sie fragte sich, wer die wohl gemacht hatte? Sie schaute genauer hin und las die Signatur,: Ryan Johnson.

Ein Glücksgefühl stieg in ihr auf, das Herz klopfte vor Aufregung. Sie hatten eine Gemeinsamkeit, das Zeichnen. Bei ihr war der letzte Strich allerdings schon eine Weile her. Sie war gut, das wusste sie, die Bilder von Ryan waren jedoch der absolute Hammer. Sie ging wieder zurück, ließ sich auf die Couch sinken und hoffte, dass er bald kam. Der Tag war lang gewesen und sie war erschöpft. Natascha legte sich bequemer hin und schloss die Augen. Sie wollte nur ein bisschen dösen.

34

Ryan

Kurz vor Mitternacht betrat Ryan die Wohnung, schlüpfte aus seinen Turnschuhen und hängte die Lederjacke an einen der Garderobehaken. Er war mit dem Aufzug direkt von der Tiefgarage hochgefahren. Zu Hause hatte er es nicht mehr ausgehalten, und so war er zu Matt auf ein Bier gefahren, was länger gedauert hatte, als ursprünglich geplant. Als er das Wohnzimmer betrat, wehte ihm ein Duft entgegen. Er hielt inne, diesen Geruch kannte er. Das war der Duft von Nataschas Parfum – für ihn unverkennbar. Suchend sah er sich um und entdeckte sie schlafend auf der Wohnlandschaft.

Er ließ sich vor ihr auf die Knie sinken und betrachtete sie versunken. Völlig entspannt lag sie da. Sie war hier, hier bei ihm! Ihm wurde warm ums Herz, und ein solches Glücksgefühl stieg in ihm auf, dass er am liebsten die Zeit angehalten hätte. Er beugte sich vor, liebkoste mit der Zungenspitze behutsam ihre Lippen. Er hörte sie leise aufseufzen. Nataschas Mund öffnete sich ein wenig, ihr warmer Atem streifte sacht sein Gesicht und der Duft ihres Parfums vernebelte ihm die Sinne. Sein Kuss wurde fordernder.

Er spürte ihre Hand, die sich sanft an seine Wange legte. Ryan hob den Kopf. Sie sah ihn noch ganz verschlafen aus halb geöffneten Augen an, die feuchten Lippen glänzten im Licht der Stehlampe. Bei diesem Anblick begann sein Herz schneller zu schlagen. Er zeichnete mit dem Zeigefinger vorsichtig die Konturen ihres Gesichts nach, strich über die Innenseite ihrer Unterlippe.

Ryan konnte spüren, wie sie erschauderte, wie sich ihr Brustkorb hob und senkte. Ihre Hand hatte sich einen Weg unter sein Oberteil gesucht und erkundete federleicht seinen Rücken. Kleine Schauer jagten über seine Haut und sämtliche Härchen stellten sich auf. Noch immer kniend zog er sich langsam das Shirt aus und warf es hinter sich. Ryan schloss mit einem Seufzer die Augen und genoss die streichelnde Berührung ihrer Hände über seinen Brustkorb bis zum Bund seiner Jeans. Ihre Berührung brannte wie Feuer in seinen Adern, worauf er ihr in die Augen sah, um dort das gleiche Verlangen zu finden.

Ohne den Blick von ihr zu wenden, fuhr er unter ihr Oberteil und streichelte ihre weiche Haut. Ihre Brauen zogen sich zusammen, und er spürte, wie sie zurückzuckte. Er hielt irritiert inne, hatte er etwas missverstanden? Sein Blick war fragend auf sie gerichtet – keine Reaktion. Ryan sah stirnrunzelnd auf ihren Bauch und schob vorsichtig ihr Shirt nach oben. Natascha hob beide Arme, damit er es ihr ausziehen konnte. Er sog überrascht die Luft ein. Ein Drache schlängelte sich über ihren Bauch. Vom Stil her war er von Asha Kumar, wie sein eigenes Tattoo. Fasziniert betrachtete er ihn.

»Er ist wunderschön.«

Sie hatte ihn die ganze Zeit wortlos beobachtet, bei seinen Worten breitete sich ein Strahlen auf ihrem Gesicht aus.

»Warst du heute beim Tätowierer?«

Sie nickte.

Er wollte aufstehen, da hielt sie ihn zurück.

»Ryan, bitte … nicht aufhören, nicht deshalb.« Ihre Stimme klang rau, als müsste sie gegen Tränen ankämpfen.

Sie rutschte nach hinten und zog ihn neben sich auf die Couch, umschlang ihn mit ihren Beinen. Er konnte die Hitze fühlen, die von ihr ausging. Sie zog mit ihrer Zunge langsam eine feuchte Spur von seinem Ohr über die Schläfe bis zum Hals, um dort an seiner Haut zu knabbern. Schauer liefen erregend durch seinen Körper, und er zog aufseufzend die Schultern hoch. Sein Penis schmerzte in der engen Jeans, sie musste ihn nur berühren und er bekam schon einen Ständer.

Er schob ihren BH nach oben, umfasste ihre Brust mit festem Druck und rutschte mit seinem Oberkörper ein Stück nach unten. Die harte Spitze lag jetzt einladend vor ihm, genussvoll umschloss er sie mit den Lippen und saugte fest daran. Er wusste genau, was gleich passieren würde, und sie enttäuschte ihn nicht. Natascha schrie auf, ihr Oberkörper bog sich ihm entgegen. Er konnte ihre Finger spüren, die sich in seine Schultern krallten, ihr Atem ging stoßweise. Ihre Reaktion erregte ihn jedes Mal auf Neue und er keuchte auf.

Die restliche Kleidung störte ihn, sie musste weg, sofort. Er wollte sie nackt vor sich liegen sehen. Er ließ die Brust los und drehte sie auf den Rücken. Den BH streifte er ihr einfach über den Kopf, dann öffnete er ihre Jeans, stand auf und packte die Hosenbeine, um sie ihr herunterzuziehen. Nur noch mit einem Stringtanga bekleidet lag sie vor ihm, am Bauch das Drachentattoo, den Mund halb geöffnet, die Augen dunkelgrün vor Erregung. Dieser Anblick brachte sein Blut so in Wallung, dass er sich aufstöhnend die Hose herunterriss und sie mit den Beinen von sich schleuderte. Sein Penis sprang richtig aus seinen Pants. Er spreizte ihre Beine und kniete sich dazwischen, fuhr mit dem Finger ihren Spalt unter der Spitze des Tangas nach und konnte an der Feuchtigkeit fühlen, wie bereit sie für ihn war. Oberhalb ihrer Öffnung verharrte er. Sein Schwanz zuckte vor Erregung schmerzhaft zwischen ihren Schenkeln. Verdammt, war er geil, er konnte sich nur mit Mühe beherrschen.

Natascha stöhnte auf und drückte ihm auffordernd ihr Becken entgegen, ihr Blick war dabei unverwandt auf sein Gesicht gerichtet, und sie sog die Unterlippe zwischen ihre Zähne. Er zog ihr den Slip aus und fuhr mit den Fingern wieder ihren Spalt entlang, zurück bis zum Kitzler, den er kreisend rieb. Sie war so heiß und feucht, er konnte an nichts anderes mehr denken, als in sie hineinzustoßen, in diese herrliche Enge und in ihr zu explodieren. Wie sie so vor ihm lag, ihre samtige Haut unter seinen Händen, und sie sich ihm völlig hingab, auf jede seiner Berührungen reagierte. Gott, wenn er so weitermachte, dann würde er sofort abspritzen.

Natascha wand sich unter ihm vor Verlangen. Sie drückte ihren Kopf seitlich in die Rückenlehne der Couch, das Gesicht vor Lust verzerrt. An der Anspannung in ihrem Bauch merkte er, dass sie gleich kommen würde. Er nahm die Hand weg, wollte ihr die Erfüllung noch nicht sofort gönnen, wollte sie bestrafen für die schlaflosen Nächte, die sie ihm bereitet hatte.

»Ryan!«, schrie sie protestierend auf.

Sie wollte nach seinem Penis greifen, doch er wich ihr aus, obwohl er sich nichts sehnlicher wünschte als ihre Berührung an seinem Schwanz, der vor unterdrückter Lust beinahe explodierte. Er strich seitlich ihren Körper entlang, vermied das Tattoo, umkreiste erneut ihre Brüste.

Die feinen Härchen auf ihrer Haut stellten sich vor Erregung auf. Er beugte sich zwischen ihre weichen Schenkel, leckte mit der Zunge genüsslich über ihre Lustperle, glitt weiter und drang in sie ein. Er liebte ihren süßlichen Geschmack. Ihre Finger krallten sich in sein Haar, wimmernd verkrampfte sie sich, ihr Körper bog sich ihm entgegen und wieder ließ er von ihr ab und richtete sich auf.

Aufschluchzend lag sie zitternd vor ihm, vereinzelte Haarsträhnen klebten ihr feucht im Gesicht. Ryans Lenden klopfen wie verrückt, noch einmal würde er das nicht durchstehen.

Er hob ihr Becken hoch und zog sie ein wenig zu sich, berührte mit der Spitze des Penis ihre klatschnasse Öffnung. Natascha legte ihm die Beine auf die Schultern, umklammerte seinen Hintern und drückt sich ihm so fest entgegen, dass er ein Stück in sie eindrang.

Es durchfuhr ihn wie ein glühender Lavastrom – dieses feuchtwarme Gefühl der Enge war einfach unbeschreiblich. Jetzt konnte ihn nichts mehr zurückhalten, und er drang mit einem Aufstöhnen vollständig in sie ein. Er konnte ihre Muskeln fühlen, wie sie ihn umfassten. Immer wieder stieß er zu, langsam und fest. Ryan beobachtete sie dabei, wie sie die Augen schloss und sich dem Gefühl der Lust hingab. Sein Rhythmus wurde immer schneller. Er sah ihre Anspannung, wie sich ihr Mund zu einem Aufschrei öffnete und ein heftiger Orgasmus sie überrollte. Ihr ganzer Körper zitterte, sie schluchzte seinen Namen, Tränen liefen über ihre Wangen. Befriedigung durchströmte ihn. Er konnte sich nicht länger zurückhalten und mit einem lauten Schrei kam er in ihr. Vor seinen Augen verschwamm alles, es dröhnte in seinen Ohren und er hatte das Gefühl zu explodieren. Sein Schwanz zuckte und pulsierte.

Erschöpft ließ er sich auf Natascha sinken, umfasste sie und drehte sich mit ihr auf die Seite, dann lagen sie schweratmend da. Er streichelte ihr zärtlich über das Haar, immer wieder. Ihr Atem wurde ruhig und gleichmäßig.

»Ryan, ich ...«, hörte er sie noch leise murmeln, dann war sie eingeschlafen.

Er lag wie erstarrt da. Was hatte sie ihm sagen wollen?

Er rückte etwas ab, um sie ansehen zu können. Sie schlief tief und fest. Er seufzte frustriert auf, dabei fiel sein Blick auf das Tattoo. Es gehörte wieder gewaschen und eingecremt. Sanft hob er ihre Hand und schob sich unter ihr hervor, um sich aufzusetzen. Ihre Handtasche lag neben der Couch auf dem Boden. Er suchte darin die Heilsalbe und holte anschließend ein Handtuch und einen feuchten Waschlappen aus dem Bad. Vorsichtig wischte er darüber. Wow, es sah wirklich toll aus. Der

Drache wirkte, als würde er leben. Ryan tupfte das Tattoo trocken und cremte es dünn ein. Natascha hatte sich während der ganzen Prozedur keinen Zentimeter bewegt, ihr Atem ging noch immer ruhig und gleichmäßig.

Er nahm sie kurzentschlossen auf seine Arme, um sie ins Schlafzimmer zu tragen. Verwirrt öffnete sie die Augen.

»Schlaf nur weiter.« Zärtlich sah er sie an.

Rasch ging er die Treppe hinauf, legte sich vorsichtig mit ihr auf das Bett, breitete eine Decke über sie beide und zog sie fest in seine Arme. Sie seufzte auf, den Mund zu einem Lächeln verzogen und kuschelte sich eng an ihn. An ihrem Atem konnte er hören, dass sie wieder tief und fest eingeschlafen war, dann schloss auch er die Augen.

35

Natascha wurde von der Sonne geweckt, die ihr voll ins Gesicht schien. Gähnend streckte sie sich, und ein Blick auf den Wecker sagte ihr, dass bereits Mittag vorbei war. Sie hatte ja ewig geschlafen!

Ryan lag noch schlafend neben ihr. Sie stützte den Kopf auf den Arm und betrachtete ihn versunken. Langsam wanderten ihre Augen von seinem Gesicht über den muskulösen Oberkörper bis zu dem, was von der Bettdecke verborgen war. Sinnend starrte sie darauf, erinnerte sich dabei an die letzte Nacht. Es zog angenehm zwischen ihren Beinen.

»Wenn du mich weiter so mit deinen Blicken verschlingst ...«

Sie schreckte auf. Ryan sah sie mit halbgeöffneten Augen wissend an. Ihr stieg die Wärme ins Gesicht.

»Baby, du wirst doch nicht rot werden?« Er lachte leise.

Sie funkelte ihn an und kuschelte sich wieder an ihn. So lagen sie eine Weile schweigend nebeneinander.

Er strich ihr über den Nacken, während er mit dem Mund sanft ihre Schläfe berührte, um sich mit federleichten Küssen bis zu ihren Lippen vorzuarbeiten. Zärtlich knabberte er daran, und Natascha schlang ihm seufzend die Arme um den Hals. Sie schmusten eine ganze Weile miteinander, und sie genoss jede Sekunde davon. Zufrieden legte sie ihm den Kopf an die Brust und schmiegte sich eng an ihn.

»Dein Tattoo, du musst es regelmäßig eincremen. Ich hole dir deine Handtasche.«

Brummend protestierte sie, als er sich von ihr löste, um aufzustehen. Sie hörte ihn die Treppe hinunterlaufen, und gleich darauf war er wieder bei ihr und warf sich mit einem eleganten Satz neben sie, dass das Bettgestell krachte.

Natascha lachte auf und nahm ihm die Handtasche ab, ihre Kleidung, die er ebenfalls mitgebracht hatte, ließ er neben das Bett fallen. Kramend suchte sie nach der Creme, dabei fiel ihr das blinkende Handy in die Hand. Mit gerunzelter Stirn schaute sie auf das Display. Mehrere Anrufe und eine WhatsApp-Nachricht von ihrer Schwester, schon von gestern Nachmittag. Sie öffnete die Nachricht und las. Ihr Grinsen wurde immer breiter.

Aufgrund ihres Burnouts hatte sie eine psychosomatische Reha in Wangen bewilligt bekommen, jetzt hatte sie den fixen Termin erhalten. Sie sollte am zehnten November im Allgäu sein – das war in zwei Tagen!

»Ryan ...« Sie hielt inne und fuhr sich mehrmals mit der Hand über die zusammengepressten Augen, suchte verzweifelt nach Worten der Erklärung. »Ich muss wieder zurück nach Österreich, und zwar sofort«, brach es aus ihr heraus.

Ryan erstarrte und sah sie fassungslos mit weit aufgerissenen Augen an. Von einem Moment auf den anderen wurde seine Miene völlig ausdruckslos, wie aus

Stein gemeißelt. Sie hasste es, wenn sein Gesicht diesen Ausdruck annahm und er alle Emotionen vor ihr verschloss.

Ryan stand auf. »Das heißt, das war gestern dein Abschiedsfick für mich? Wirklich aufmerksam von dir.«

Seine Worte trafen sie wie ein Stich ins Herz. Der Funken Hoffnung, der sie noch kurz zuvor erfüllt hatte, erlosch mit einem Schlag. Sie griff sich mit beiden Händen an die Brust, konnte einfach nicht glauben, was er da gesagt hatte, nicht nach alledem.

»Ryan, lass mich dir doch erklären ...«

»Erspar mir bitte alle weiteren Ausflüchte. Ich weiß ja jetzt, woran ich bei dir bin.« Mit diesen Worten wandte er ihr abrupt den Rücken zu.

Sie sprang auf und berührte ihn an der Schulter. Sie würde nicht so schnell aufgeben, diesmal nicht. »Ryan, das kann jetzt nicht dein Ernst sein. Lass mich doch erklären, warum ...« Sie brach ab, war sich ihrer Nacktheit auf einmal überdeutlich bewusst.

Er schüttelte ihre Hand unwillig ab. »Es interessiert mich nicht, okay! Also tu mir bitte den Gefallen und geh endlich.«

Wo war der zärtliche Mann von vorhin? Sie suchte ihn vergebens. Stattdessen stand sie hinter einer eiskalten Statue, die sie innerlich erzittern ließ.

Bevor sie antworten konnte, läutete es an der Tür. Ryan schlüpfte in eine Jeans und lief barfüßig zur Wohnungstür hinunter. Natascha schnappte sich ihre Kleidung und zog sich rasch an. Sie hörte, wie Ryan die Tür öffnete. Es war Mike, der sie gesucht hatte. Sie nahm ihre Handtasche und trat hinaus auf die Galerie.

Langsam ging sie die Stufen hinab, blieb am Absatz stehen, um die Unterhaltung mitanzuhören.

»Ich versuche sie schon die ganze Zeit zu erreichen, keine Chance. Ich war im Fitnesscenter und habe Matt angerufen, leider Fehlanzeige.«

»Sie ist hier bei mir. Was ist denn los? Du bist ja richtig durch den Wind.«

Sie hörte Mike erleichtert aufatmen. »Gott sei Dank, langsam habe ich mir nämlich wirklich Sorgen gemacht.«

»Sagst du mir vielleicht endlich, was los ist?« Ryans Stimme klang gereizt.

»Ich habe eine Anzeige bekommen, weil sie auf der Autobahn mit meiner Harley ohne Helm mit hundertsechsunddreißig Meilen pro Stunde unterwegs war.«

Natascha hörte Ryan scharf die Luft einziehen.

»Wenn mir ein Kollege nicht noch einen Gefallen schuldig gewesen wäre, hätte sie ihren Führerschein verloren. Tja, und dann hat sie mir gestanden, dass die Gage von Matt bereits weg ist, frag mich nicht wohin. Na ja, ich war ziemlich wütend auf sie und hab ihr einige unschöne Dinge an den Kopf geworfen, die sie sehr getroffen haben müssen. Als ich nochmal mit ihr darüber reden wollte, war ihr Zimmer leer und ich hatte keine Ahnung, wo sie hin ist.«

»Sie hat sich gestern tätowieren lassen und hat später hier in meiner Wohnung auf mich gewartet. Sie ist oben. Ich sage ihr, dass du hier bist.«

»Nicht notwendig«, sagte Natascha und ging auf die beiden zu.

»Natascha! Ich hab mir wirklich Sorgen um dich gemacht. Du bist einfach verschwunden, und ich hatte ein schlechtes Gewissen nach dem Anschiss, den ich dir verpasst habe.« Mike sah ziemlich zerknirscht aus.

»Du musst kein schlechtes Gewissen haben, du hast ja recht. Manchmal denke ich einfach zu wenig nach. Ich bin dir sehr dankbar, dass du das regeln konntest. Das hätte wirklich blöd ausgehen können.«

»Ich bin froh, dass du gesund und munter bist. Und jetzt störe ich nicht mehr länger.« Mit diesen Worten öffnete er die Eingangstür und trat auf den Gang hinaus.

»Mike, warte kurz.« Natascha drehte sich zu Ryan um. »Hörst du mir jetzt zu?« Beim Anblick seines abweisenden Gesichtsausdrucks und der fest aufeinandergepressten Lippen ballte sie die Hände zu Fäusten. Sie verengte die Augen zu schmalen Schlitzen, und ihre ganze Verzweiflung schlug in Wut um. »Weißt du was, Ryan Johnson, du kannst mich mal kreuzweise. Du bist mir keinerlei Erklärung mehr wert. Sie interessiert dich ja sowieso nicht.« Sie schnappte ihre Jacke und schlug Ryan die Tür mit voller Wucht vor der Nase zu.

Vor sich hin fluchend ging sie auf den Aufzug zu. »Verdammter Sturschädel, echt! Was meint er denn, wer er ist? Nie lässt er mich ausreden, wenn es darauf ankommt.« Sie drehte sich zu Mike um. Der stand noch immer am gleichen Fleck und hatte ihr fassungslos nachgesehen. Sein Blick wanderte zur zugeschlagenen Wohnungstür und wieder zu ihr zurück.

»Ähhh ...« Als er ihren verkniffenen Gesichtsausdruck sah, presste er die Lippen aufeinander und folgte ihr schweigend.

Im Aufzug starrte Natascha ihr Spiegelbild an, Mike beobachtete sie wortlos. Ohne Unterlass rannen ihr die

Tränen über die Wangen. Er strich sie ihr vorsichtig mit dem Daumen weg und reichte ihr ein Taschentuch.

»Mike, kannst du mich bitte zu Matt ins *Bikers* bringen?« Ihre Stimme zitterte.

»Na klar«, sagte Mike und hielt ihr die Tür auf.

Sie traten auf die Straße. Strahlender Sonnenschein empfing sie, und es umhüllte sie eine angenehme Wärme. Augenblicklich fühlte sie sich etwas besser. Fußgänger eilten hektisch an ihnen vorbei, entweder telefonierend oder den Blick tippend auf das Handy gerichtet, und würdigten sie keines Blickes. Durchdringendes Hupen und das Quietschen von Bremsen übertönten den Verkehrslärm, gefolgt von einem lauten Knall. Der Geruch von verbranntem Gummi lag in der Luft. Das Zuschlagen einer Autotür, gefolgt von einer lautstarken Schimpfkanonade drang zu ihnen herüber. Natascha war stehengeblieben und betrachtete ungläubig das Chaos, dass sich ausgebreitet hatte. Binnen kürzester Zeit hatte sich auf beiden Seiten ein Stau gebildet. Hier war an ein Durchkommen mit dem Auto nicht mehr zu denken. Zum Glück waren sie mit Mikes Harley unterwegs.

Matt war am Sonntag immer schon ein paar Stunden vorher im *Bikers*, sodass die Tür bereits offen war. Natascha hatte sich in der Zwischenzeit wieder beruhigt, hatte jedoch das Gefühl, innerlich völlig gefühllos, ja, wie versteinert zu sein, und ließ sich auf einen Barhocker fallen. Einige Hocker rechts von ihr saß bereits jemand. Sie musterte ihn kurz. Er war Ende fünfzig, hatte graues, dichtes Haar, war glattrasiert und hatte ein paar Kilos zu viel auf den Hüften. Sie nickte ihm grüßend zu, wandte sich dann jedoch an Matt. Mike setzte sich links neben sie.

»Matt, hast du eine Ahnung, wie ich am schnellsten an einen Flug nach Wien komme?«

»Jetzt sag nur nicht, du willst nach Hause? Wo mit der Band alles so gut läuft, kannst du das doch nicht ernsthaft in Erwägung ziehen?« Matt sah sie fassungslos an.

»Heimfliegen?«, rief Mike neben ihr. »Doch nicht wegen mir?«

»Meint ihr, ich gehe gern? Ich muss, da hilft alles nichts. Außerdem brauche ich die Reha, wenn ich ehrlich bin.«

»Mädel, jetzt versteh ich nur noch Bahnhof. Das musst du uns erklären.« Matt sah sie auffordernd an.

Natascha bemerkte, dass der Mann neben ihr sie aufmerksam beobachtete. Verwundert runzelte sie die Stirn und warf ihm einen kurzen Seitenblick zu, dann wandte sie sich wieder an Matt und Mike. »Ich hatte im Januar ein Burnout und bin seitdem krankgeschrieben. Nun habe ich von der Rentenversicherung eine psychosomatische Reha von sechs Wochen bewilligt bekommen, und zwar in Wangen, in Deutschland. Das Problem ist, dass ich bereits am zehnten November dort sein muss – also in zwei Tagen.«

»Burnout? Das ist nicht dein Ernst? Wie kam es dazu?« Mike sah sie besorgt an und legte ihr eine Hand auf den Arm.

»Mein Mann, also mein Noch-Ehemann, ist Alkoholiker, wenn auch inzwischen trocken. Die letzten Jahre waren wirklich sehr schwer für mich. Dazu kommt noch, dass ich seit langem einen anspruchsvollen Job ausübe, was das Zwischenmenschliche angeht, mit allen positiven und negativen Gefühlen. Ich hatte über die ganzen Jahre verlernt, auf mich zu schauen, hatte mich völlig aus den Augen verloren. Abgrenzen konnte ich mich noch nie sehr gut, obwohl mir das nie bewusst gewesen ist. Jetzt geht es mir schon viel besser, aber im Januar war ich völlig am Boden. Ich habe fast acht Monate gebraucht, bis ich mich wieder einigermaßen gefangen hatte. Ich habe mich total abgekapselt, stundenlang gezockt oder Musik gehört. Mir war alles egal. Ich wollte nur meine Ruhe, ebenfalls vor meiner Familie. Mir wurde klar, dass ich mich von meinem Mann trennen musste, das war schon lange überfällig. Er war seit Jahren kein Partner mehr für mich. Wenn es euch interessiert, könnt ihr gern Joe nach der ganzen Geschichte fragen, ihm habe ich sie erzählt. Jetzt ist nicht die Zeit dafür.«

Es herrschte kurz betroffenes Schweigen.

»So kurzfristig einen Flug zu bekommen, wird nicht leicht werden, vor allem einen, den du dir leisten kannst.« Matt sah sie bedauernd an. Dann wandte er sich an den Mann neben ihr.

»Das ist übrigens Georg Werner, ein alter Freund von mir aus Jugendtagen. Ihm gehört eine Firma für Anlagenbau in Friedrichshafen. Und das hier sind Natascha, meine Sängerin, und Mike, er arbeitet als Cop.«

Georg nickte beiden zu. »Zufälligerweise kann ich dir vielleicht helfen, Natascha. Ich fliege morgen zwar nicht nach Wien, aber nach München. Ursprünglich sollte mich ein Mitarbeiter begleiten, der hat jedoch einen Notfall zu Hause und ist bereits heute geflogen. Sein Platz in der Businessklasse ist daher noch frei.«

Natascha, die schon glücklich aufspringen wollte, sank nun frustriert in sich zusammen. »Vielen Dank für dein Angebot, Georg, aber das kann ich mir nicht leisten.« Sie seufzte enttäuscht auf.

»Wegen des Geldes musst du dir keine Gedanken machen. Der Platz ist bezahlt. Bevor er leer bleibt, ist es besser, er wird von dir genutzt.«

»Ist das dein Ernst?« Sie konnte es nicht fassen, das war jetzt wirklich Glück im Unglück.

Er nickte ihr zu.

»Vielen Dank! Von München aus kann ich mit dem Zug fahren. Ich werde dann zwar trotzdem mindestens einen Tag zu spät kommen, aber ich denke, das kann ich mit der Klinik klären.« Sie sprang vom Barhocker und fiel ihm freudestrahlend um den Hals.

»Na siehst du, Problem gelöst.« Matt nickte ihr lachend zu, wurde gleich darauf allerdings wieder ernst. »Das bedeutet, dass wir dich mindestens sechs Wochen nicht sehen. Ich weiß gar nicht, wie wir das aushalten werden.«

»Was heißt hier sechs Wochen nicht sehen?«, fragte Joe, der mit Tobias gerade die Bar betreten hatte und fragend in die Runde blickte.

»Natascha muss zurück nach Österreich, sie hat ab dem zehnten November eine sechswöchige Reha in Wangen bewilligt bekommen.«

Joe sah Mike fassungslos an. Er sah aus wie ein begossener Pudel. »Das ist nicht dein Ernst, oder? Ich habe geglaubt, du bleibst für immer.«

Bei Joes Anblick musste sie lachen. »Joe, ich hab doch Familie in Österreich, die ich ab und zu wiedersehen will. So schnell wollte ich jedoch nicht zurück, das stimmt. Eigentlich wollte ich die vollen neunzig Tage des Visums ausnutzen. Was meinst du, wie schwer es mir fällt, euch verlassen zu müssen.«

»Versprich mir, dass du wiederkommst!« Joe nahm sie in die Arme und drückte sie fest an sich.

»Ja, ich verspreche es. Ich kann nicht genau sagen wann, weil ich zu Hause einiges zu regeln habe. Ich habe ja noch einen Job, über den ich mir Gedanken machen muss. Ob ich kündige oder mich vorläufig für ein Jahr freistellen lasse. Das heißt, wenn ich in der Zwischenzeit wieder hier als Sängerin arbeiten darf.« Sie blickte Matt fragend an.

»Spinnst du, Mädel?«, fiel ihr Matt ins Wort. »Was für eine Frage. Natürlich darfst du anschließend wieder hier anfangen, du musst sogar. Die Band hat sich zwar gesangsmäßig verbessert, aber ohne dich sind sie nur halb so gut. Du hast also die Verpflichtung zurückzukommen. Und mach dir bitte keine Gedanken bezüglich der Gage, das regeln wir, wenn du wieder hier bist.« Mit Schwung holte er eine Flasche Schnaps und sechs Gläser unter dem Tresen hervor. »Und jetzt trinken wir auf deine baldige Rückkehr.«

Nachdem er allen eingeschenkt hatte, hoben sie die Schnapsgläser zum Toast.

»Verdammt, Mädel, du wirst uns fehlen. Schau, dass du das Beste aus dieser Reha für dich herausholst. Damit sie nicht umsonst ist.« Matts Stimme klang belegt.

Die Stimmung war gedämpft. Mike sah aus wie ein Häufchen Elend, so wie er dasaß – den Kopf schwer auf die Hand gestützt – und sie mit diesem niedergeschlagenen Gesichtsausdruck ansah.

Natascha war den Tränen nahe. Sie würde ihn so sehr vermissen, sie würde alle vermissen. Sie fühlte sich trotz dieser kurzen Zeit hier mehr zu Hause als die ganzen Jahre zuvor in Baden.

»Ich muss Ende November nach Deutschland, da komm ich dich besuchen.« Tobias lächelte sie an.

»Danke, Tobias, darauf freue ich mich. Ich habe ja keine Ahnung, was mich dort erwartet. Ein bisschen Angst habe ich schon davor.« Sie stand auf und umarmte ihn. Mike, Joe und Matt legten ebenfalls die Arme um sie. »Ihr werdet mir schrecklich fehlen – also, wenn ich vorher nicht hier ersticke!« Ihre Stimme klang unter all den Körperschichten ganz dumpf.

Auflachend ließen sie von ihr ab. Der ein oder andere wischte sich verstohlen über die Augenwinkel. Die Jungs würden sie ebenfalls vermissen, das stand fest. Wärme breitete sich in ihr aus, und der Abschied fiel ihr jetzt etwas leichter.

»Weiß es Ryan?«, fragte Joe.

Sie erstarrte. »Nein«, antwortete sie knapp.

»Ist es das, was du ihm vorhin erklären wolltest?«, fragte Mike.

Natascha lachte trocken auf. »Sagen wir mal so, ich habe es versucht, aber er hat mir nicht zugehört. Ich habe ihm gesagt, dass ich so schnell wie möglich zurück nach Österreich muss, und wollte erklären, warum. Er hat mich gar nicht erst ausreden lassen, stattdessen hat er gefragt, ob das mein Abschiedsfick für ihn gewesen sei. Jedes weitere Wort war vergebens.«

»Bitte *was* hat er?« Joe sah sie mit offenem Mund an.

»Sag mal, tickt der noch richtig?« Mike tippte sich mit dem Zeigefinger gegen den Kopf.

»Ich werde es ihm gleich erzählen.« Joe griff zum Handy.

»Gar nichts wirst du!« Natascha nahm es ihm aus der Hand und legte es zurück auf den Tresen. »Sollte er danach fragen, könnt ihr es ihm gerne erklären, wenn nicht sagt keiner von euch auch nur ein Sterbenswörtchen zu ihm. Habt ihr mich verstanden?« Sie blickte alle der Reihe nach an, ihr Blick war ernst. »Wenn er meint, so von mir denken zu müssen, dann soll er das ruhig. Ich hab es langsam satt. Irgendwann ist Schluss.« Innerlich bebte sie vor Zorn. Dadurch konnte sie vorübergehend den Schmerz verdrängen, und die Wut gab ihr die Stärke, das Angebot von Joe abzulehnen. Sobald sie verraucht war, würde sie furchtbar leiden, und das wollte sie so lange wie möglich hinauszögern.

Sie schnaufte durch die Nase und hielt Matt ihr Glas hin. »Bitte noch einen Doppelten, den kann ich jetzt wirklich brauchen.« Sie stürzte ihn in einem Zug hinunter.

Georg musterte sie lachend. »Na, hoffentlich taucht der Kerl jetzt nicht hier auf, dann möchte ich nicht in seiner Haut stecken.«

Teil II

Wege zum Glück

36

Montag, 9. November, zwischen New York und München

Wie so oft war die Klimaanlage im Flieger voll aufgedreht und weiße Nebelschwaden waberten durch das Flugzeug. Viele der Passagiere hatten sich ihre Jacken angezogen oder waren mit einer Decke zugedeckt. Es war Natascha völlig unbegreiflich, wie die Besatzung diese Kälte Flug für Flug durchhielt. Vor allem, da dieses extreme Herunterkühlen absolut nicht notwendig war. Ohne die Möglichkeit, sich viel zu bewegen, brauchte es doch eine Temperatur von dreiundzwanzig Grad und nicht diese gefühlten sechzehn.

Sie saß neben Georg und fragte sich, wann sie ihre neuen Freunde in New York wiedersehen würde. Der Abschied war ihr so schwergefallen. Ja, sie kam wieder, das war sicher – nur wann? Sollte sie kündigen oder um Freistellung bitten? Zuerst würde sie jedoch die Reha absolvieren, alles andere musste warten. Bevor sie zurück nach New York ging, war zu Hause sowieso noch einiges zu regeln. Sie konnte nicht einfach alles stehen und liegen lassen. Verdammt, sie würde Ryan vermissen, egal wie mies er sich ihr gegenüber verhalten hatte. Sie seufzte vernehmlich.

Georg schaute sie aufmunternd an. »Hey, nicht den Kopf hängen lassen, ist ja nicht für ewig. Ich bin mir sicher, sie werden dich alle täglich per WhatsApp mit Nachrichten bombardieren.« Er legte ihr eine Hand auf den Arm. »Nur vielleicht nicht der eine, auf den es dir ankommt.«

Schweigend starrte sie auf die Lehne des Vordersitzes, er hatte es genau auf den Punkt gebracht.

Er erzählte ihr, wahrscheinlich um sie auf andere Gedanken zu bringen, dass seine Firma, die von seinem Großvater gegründet worden war, in diesem Jahr das hundertjährige Jubiläum gefeiert hatte. Bald waren sie in ein anregendes Gespräch vertieft, und sie erfuhr viel über Georgs Privatleben. Dass er geschieden war, zwei erwachsene Söhne hatte, die beide in der Firma tätig waren, und er für sein Leben gern Harley fuhr, es bis jetzt jedoch nicht geschafft hatte, sich eine zu kaufen. Matt kannte er von früher, sie waren miteinander aufgewachsen und hatten den Kontakt nie abreißen lassen. Er fragte sie nach ihrer Geschichte und ließ so lange nicht locker, bis sie ihm alles erzählte. Er hörte ihr aufmerksam zu und stellte laufend Fragen.

»Sag mal, hättest du im Anschluss an die Reha nicht Interesse daran, in der Firma einen Vortrag zu halten? Einige meiner Führungskräfte steuern ebenfalls auf ein Burnout zu. Sie glauben ohne sie ginge es nicht. Vielleicht wird sie deine Geschichte ein bisschen zum

Nachdenken anregen. Dass nicht nur die Arbeit zählt, sondern es noch andere Dinge im Leben gibt.«

»Das von einem Firmenchef zu hören, erstaunt mich schon etwas.« Natascha sah ihn mit hochgezogenen Augenbrauen an.

»So ungewöhnlich ist das nicht. Ausgeglichene Angestellte arbeiten besser und effizienter, findest du nicht? Mein Vorschlag ist daher im Interesse der Firma.« Er sah sie lachend an.

»Ja, da hast du recht.« Natascha zwinkerte ihm zu. »Aber was den Vortrag angeht ... Ich weiß nicht, Georg, vor einem größeren Publikum zu sprechen, ist definitiv nicht meins.« Allein bei dem Gedanken daran schüttelte es sie. »Davor hab ich wirklich Schiss. Ich kann dir nur versprechen, dass ich darüber nachdenken werde.«

»Mehr will ich vorläufig ja gar nicht. Geh zuerst auf Reha und hinterher reden wir nochmal.«

Sie sah ihm an, dass er diesbezüglich nicht so schnell lockerlassen würde. Bevor sie sich noch weitere Gedanken darüber machen konnte, ertönte über den Lautsprecher, dass sie zum Landeanflug auf München angesetzt hatten.

»Ich habe noch eine kleine Überraschung für dich. Ich habe schon vor unserer Abreise beschlossen, nach Wien weiterzufliegen. Ich wollte die Stadt schon immer mal kennenlernen. Und da es sich anbietet, habe ich mir erlaubt, auch für dich einen Platz im Flieger zu organisieren – natürlich auf meine Kosten. Am Flughafen in Wien holt uns ein Chauffeur ab, der zuerst dich nach Hause bringen wird. Keine Widerrede! Der Flug war lang genug, jetzt musst du nicht noch mit dem Zug in der Weltgeschichte herumbummeln. Außerdem habe ich dadurch die Gelegenheit, mich weiter mit dir zu unterhalten.« Damit schien das Thema für ihn erledigt, da er sich zum Fenster drehte, um hinauszusehen.

Wenn sie so darüber nachdachte, hatte sie in letzter Zeit viele Menschen kennengelernt, die sie auf ihrem neu gewählten Weg begleiteten und die es gut mit ihr meinten. Und das, ohne Gegenleistung von ihr zu erwarten.

Große Dankbarkeit durchflutete sie, und Tränen des Glücks schossen ihr in die Augen. Von jetzt an würde sie ihr Leben nach ihren Wünschen gestalten.

37

Mittwoch, 11. November, Wangen im Allgäu

Wangen im Allgäu war eine malerische Stadt mit einer Vielzahl an liebevoll restaurierten historischen Gebäuden. Die Breitenberg Klinik lag jedoch etwas abseits, in Schonbühl, gleich in der Nähe des Aussichtspunktes am südlichen Stadtrand. Ruhig und friedlich lag das Gebäude im gleißenden Sonnenlicht eines wunderschönen Herbsttages. Vögel zwitscherten in den riesigen Bäumen des Parkes um die Wette. Eine Horde Kühe, die auf einer angrenzenden Wiese weidete, ließ leise bimmelnd ihre Glocken vernehmen. Es schien fast so, als stünde nicht der Winter, sondern der bald nahende Sommer vor der Tür. Der Wind wehte den Duft nach feuchtem Gras von der Weide herüber, der sich gelegentlich mit dem Geruch der Kuhfladen mischte. Landluft pur!

Natascha betrat das Foyer der Breitenberg Klinik. Sie war etwas nervös, wusste sie doch nicht genau, was sie erwartete. Georgs Chauffeur hatte sie hergebracht – wieder hatte Georg darauf bestanden. Er konnte sehr hartnäckig sein, das hatte sie schon festgestellt. Insgeheim war sie sehr erleichtert darüber gewesen, denn mit ihrem Mann hatte sie gestern, als sie heimgekommen war, noch eine heftige Auseinandersetzung gehabt, die sie viel Kraft gekostet hatte. Natürlich war ihre spontane Abreise nach Amerika der Auslöser dafür gewesen. Nachdem Georg das mitbekommen hatte – sie hatten am gleichen Abend noch miteinander telefoniert –, hatte er gemeint, er würde sie am nächsten Tag abholen. Punkt. Keine Diskussion.

Sie waren von Schwechat nach Friedrichshafen geflogen, und von dort hatte sie sein Chauffeur nach Wangen gebracht. Georg hatte sich bereits am Flughafen von ihr verabschiedet, mit dem Versprechen sie bald zu besuchen.

Während des Fluges hatte er ihr erzählt, dass seine Führungskräfte diese Woche in einem an die Klinik angrenzenden Hotel ein Gesundheitsseminar besuchten.

Nun stand sie hier allein im Foyer mit drei großen Koffern. Schlagartig überkam sie ein Gefühl des Verlassenseins, alles verschwamm vor ihren Augen. Nur eins kam ihr in den Sinn: Ryan! Die Sehnsucht nach ihm fühlte sich an wie ein Stich ins Herz. Sie schluckte ein paar Mal heftig und wischte sich über die Augenlider. Nicht jetzt, nicht bevor sie sich überhaupt angemeldet hatte.

Sie atmete tief durch und ging mit energischem Schritt auf die Anmeldung zu, dort bekam sie ihre Therapiekarte und den Zimmerschlüssel. Es gab vier Häuser: Breitenberg, Blender, Iseler und Nebelhorn. Sie war in Nebelhorn untergebracht. Breitenberg war das Haupthaus, das durch unterirdische Flure mit den anderen verbunden war. Die zuständige Krankenschwester führte sie auf ihr Zimmer. Die Tür schloss sich hinter ihr, und sie sah sich um. Der Raum war hell und freundlich eingerichtet, ein großer Kleiderschrank mit ausreichend Platz für Kleidung für sechs Wochen, ein schmales Bett, ein Tisch mit einem Stuhl und ein Sessel. Inklusive des winzigen Bades war das Zimmer sicher nicht größer als zehn Quadratmeter. Gegenüber der Eingangstür war ein Balkon, auf dem ein Liegestuhl stand.

Natascha legte die Koffer neben den Schrank, um sie zu öffnen. Daran vorbeigehen konnte sie nun nicht mehr, so schmal war alles. Aber auf dem Zimmer würde sie wahrscheinlich nur zum Schlafen sein, daher war die Größe nicht so wichtig. Die Koffer waren rasch ausgepackt und auf dem Schrank verstaut. Sie sah auf die Uhr. Mittagessen gab es um zwölf, das war in zwei Minuten, also auf zum Essenfassen.

Als Erstes fiel ihr der Desinfektionsspender auf. Man wurde dazu angehalten, ihn bei jedem Betreten des Speisesaals zu benutzen. Sie hasste dieses Zeug, aber na gut, Augen zu und durch. Anschließend wurde sie zu ihrem Tisch geführt. Schräg gegenüber von ihr saß ein Nürnberger, er hieß Otto und sah aus wie ein richtiger Griesgram. Der verkniffene Gesichtsausdruck sprach Bände. Ihr sank bei diesem Anblick das Herz in die Hose. Nein, sie würde sich davon jetzt nicht beirren lassen, sondern ihm eine Chance geben, da der erste Eindruck schließlich täuschen konnte. Das war sowieso ihre Devise: nicht gleich urteilen, sondern abwarten.

Die Tischnachbarin links von ihr sah sehr nett aus und die gegenüber ebenfalls. Alle drei waren um einiges älter als sie, doch so wie es aussah, hatte sie es nicht so schlecht getroffen. Mit der Zeit entwickelte sich ein lustiges Gespräch, und Ottos Mundwinkel erlebten einen Aufwärtstrend. Er nuschelte zwar dermaßen in sich hinein, dass sie sich sehr konzentrieren musste, um ihn überhaupt zu verstehen, er schien jedoch ein netter Kerl zu sein. Marianne neben ihr hatte gleich die Mutterrolle übernommen, und mit Franziska konnte sie herzlich lachen, so laut, dass es im ganzen Speisesaal zu hören war und ihr bereits der Bauch wehtat.

Der Start war einfach nur genial. Sie wischte sich gerade die Lachtränen aus den Augenwinkeln und griff nach dem Handy, um den Flugmodus wieder auszuschalten. Kaum war das erledigt, da bimmelte es im Dauerfeuer. Eine WhatsApp-Nachricht nach der anderen ploppte auf, alle wollten wissen, wie es ihr ging.

Sie schrieb und schrieb, und dabei übermannte sie die Sehnsucht. Sie drehte sich etwas zur Seite und drückte auf Joes Nummer.

»Hey, Kleines, schön, dass du anrufst«, tönte seine Stimme durchs Handy. »Ich bin gerade aufgestanden. Erzähl, wie ist dein erster Tag?«

»Gelacht hab ich heute mehr als genug. Meine Tischnachbarn sind voll in Ordnung.«

Sie hörte Joe erleichtert aufatmen. »Na, das klingt doch schon mal gut. Du hast so verzweifelt ausgesehen, nachdem wir uns verabschiedet haben, da habe ich mir ein bisschen Sorgen um dich gemacht.«

»Joe?« Sie stockte. »Was macht Ryan?«

»Seitdem du weg bist, ist er für gar nichts mehr zu gebrauchen, das kann ich dir sagen. Schlecht gelaunt und nicht ansprechbar, einfach nicht zum Aushalten. Und um deiner nächsten Frage zuvorzukommen: Nein, er hat nicht nach dir gefragt. Ich glaube, da würde er sich eher die Zunge abbeißen, der Sturkopf. Bist du dir sicher, dass ich es ihm nicht doch sagen soll?«

»Ja, bin ich. Er hat geurteilt, ohne mich anzuhören. Er denkt von mir immer gleich das Schlechteste.«

»Wie gesagt, er hat negative Erfahrungen gemacht. Aber ich kann dich verstehen.« Joe machte eine kurze Pause. »Du liebst ihn trotz allem, nicht wahr?«

Sie seufzte. »Ja, das tue ich!«

»Na gut, Kleines, ich hoffe, dass er zur Vernunft kommt. Du halte in der Zwischenzeit die Ohren steif, und wenn was ist, meldest du dich, hast du mich verstanden? Zu jeder Tages- und Nachtzeit.«

Natascha versprach es ihm und legte auf. Versonnen schaute sie auf das Handy.

»Du sprichst sehr gutes Englisch.« In Mariannes Stimme schwang Bewunderung mit.

Erstaunt sah sie auf. Sie war so automatisch in die andere Sprache verfallen, dass es ihr gar nicht bewusst geworden war. »Da hättest du mich noch vor ein paar Wochen hören sollen, da war es die pure Katastrophe. Ich hatte es ja ewig nicht mehr gesprochen.«

»Darf ich dich fragen, mit wem du telefoniert hast?« Franziska sah sie neugierig an.

»Na klar, das ist kein Geheimnis. Mit einem Freund aus New York. Ich bin erst gestern von dort zurückgekommen, weil ich diese Reha bewilligt bekommen habe.« Sie erzählte kurz, wie sie spontan mit Joe und Mike nach New York gereist war. Auf nähere Details ging sie nicht ein, dafür kannte sie die anderen zu wenig.

Sie stand auf, um auf ihr Zimmer zu gehen, da hielt sie Franziska zurück. »Du, am Donnerstag ist Disco im

Hotel nebenan, von halb acht bis halb elf Uhr abends, da musst du unbedingt mit. Sie spielen wirklich gute Musik, zu der man so richtig abtanzen kann.«

»Na klar komme ich mit. Wenn es ums Tanzen geht, bin ich stets dabei.«

Im Laufe des vorigen Tages hatte sie noch Manfred, Geli und Karin kennengelernt und sich mit ihnen für heute Abend verabredet. Sie waren in die *Alpenrose* gegangen, ein Gasthaus in der Nähe der Klinik. Manfred wollte zuerst gar nicht mit. Er hatte ziemlich frustriert in der Empfangshalle der Klinik gesessen, da er ins Kino hatte gehen wollen, der erhoffte Film jedoch nicht gespielt worden war. Nun hielt er sich vor Lachen den Bauch.

»Natascha, bin ich froh, dass du mich überredet hast, mitzukommen. So gelacht habe ich eine halbe Ewigkeit nicht mehr.« Er stöhnte auf.

Sie war selbst völlig fertig. Wegen was hatten sie überhaupt gelacht? Egal, Hauptsache es war lustig, das lenkte sie wenigstens vom Trübsalblasen ab.

»Natascha, wie wäre es, wenn wir am Freitagnachmittag nach Lindau shoppen gehen?« Karin sah sie fragend an.

»Klar, da bin ich sofort dabei. Geli würdest du uns fahren?«

»Sorry, da kann ich leider nicht, aber ihr könnt mein Auto haben.«

»Prima, danke dir! Aber nun sollten wir langsam zahlen, um halb elf geht die Tür der Klinik zu, dann kommen wir nicht mehr rein. Und auf die Prozedur, den Nachtdienst rausläuten zu müssen, kann ich gern verzichten.« Karin suchte hektisch nach ihrer Geldtasche.

Am Freitag und Samstag konnten sie gerade mal eine halbe Stunde länger wegbleiben, also bis elf Uhr abends. Ob sie diese Kindergartenzeiten ganze sechs Wochen würde aushalten können? Natascha bezweifelte es, schließlich kam sie gerade erst aus New York, der Stadt, in der immer irgendein Club geöffnet hatte.

38

Die erste Woche war nur mit Einführungen und Ähnlichem gefüllt. Außer sportlichen Aktivitäten hatte sie keine Therapien oder sonstige Anwendungen. Das alles begann erst am nächsten Montag – die Patienten sollten Zeit zum Eingewöhnen haben.

Am Vormittag fand das Einführungsgespräch mit den neu Angereisten statt. Es wurde vom Oberarzt des Hauses Nebelhorn geleitet. Er bat alle, sich vorzustellen und kurz zu sagen, warum sie hier waren.

Schrecklich, die einzelnen Geschichten zu hören. Am schlimmsten war jedoch der letzte Fall. Ein junger Bursche, der von seinem Arbeitgeber sexuell missbraucht worden war. Natascha schossen die Tränen in die Augen, und sie bewunderte ihn für den Mut, das vor allen zu erzählen. Am Ende der Sitzung hatte sie das Gefühl, keine Luft mehr zu bekommen. Diese Schicksale hatten sie sehr mitgenommen und ihr Kopf fühlte sich dumpf und schwer an. Auf einmal kamen ihr ihre eigenen Probleme richtig unbedeutend vor. Nein, so durfte sie nicht denken, sie hatte oft mehr Mitgefühl und Anteilnahme mit anderen als mit sich selbst, und das war nicht gut, das wusste sie. Sie durfte sich selbst nicht wieder vergessen.

Beim Mittagessen war sie schweigsam und starrte auf ihren Teller, sie hatte keinen Appetit. Dieses

Einführungsgespräch hatte sie mehr mitgenommen, als erwartet. Sie musste lernen, sich besser abzugrenzen. Wenn nicht hier, wo sonst?

Zum Glück ging es ihr am Abend wieder viel besser, daher ging es ab in die Disco. Beim Anblick des Lokals blieb Natascha überrascht stehen. Hier sah es ja eher wie in einem Speisesaal aus. Im Raum standen mehrere große runde Tische verteilt, jeweils eine Reihe an beiden Seiten und eine in der Mitte. Die Wände waren einfach nur weiß gestrichen, und als Schmuck hingen ein paar alte Landschaftsbilder an den Wänden. Am anderen Ende des Saals, direkt gegenüber vom Eingang, befand sich die Tanzfläche und links davon saß etwas erhöht der DJ. DJ? Natascha musste hell auflachen. Einen DJ in Hemd und Krawatte sah sie heute zum ersten Mal. Vielleicht war er hauptberuflich Buchhalter?

Trotz früher Stunde war das Lokal fast voll, und auf der Tanzfläche ging es bereits hoch her. Neunzig Prozent der Besucher kamen aus der Klinik, da war sich Natascha sicher. Franziska und sie steuerten auf einen freien Tisch zu, hängten die Jacken über die Sessellehnen und stürmten die Tanzfläche. Genussvoll schloss sie die Augen, um sich zum Takt der Musik zu bewegen. Ihr fiel das *Bikers* ein und der Abend mit Hubsi. Wie es dem wohl ging? Sie hatte eine Ewigkeit nichts mehr von ihm gehört, und er war sicher schon lange wieder in Tirol. Sie nahm sich vor, ihm morgen mal zu schreiben.

Mittlerweile wurde Hardrock gespielt. Genial.

»Hey, Natascha, lass uns abrocken!« Franziska grinste über das ganze Gesicht.

Nach einer Weile wurde die Musik wieder langsamer, und es wurde höchste Zeit für eine Pause. Beim Hinsetzen fiel Nataschas Blick zur Tür. Dort stand eine Gruppe von Männern. Einer davon stach ihr sofort ins Auge, groß und schlank, mit kurzen braunen Haaren. Von dem, was sie aus der Entfernung sehen konnte, war er ziemlich attraktiv. Er sah sie direkt an, und sie erwiderte kurz seinen Blick, wandte sich dann jedoch wieder Franziska zu, um mit ihr eine Weile zu quatschen. Als sie sich wieder in ihrem Sessel zurücklehnte, bemerkte sie, dass sich in der Zwischenzeit der Braunhaarige mit seinen Freunden an den Nachbartisch gesetzt hatte. Grinsend deutete er auf sie und hielt einen Daumen hoch.

Franziska stieß sie mit dem Ellbogen an. »Hey, Natascha, dem scheinst du zu gefallen.«

Er winkte ihr zu und deutete auf die zwei freien Stühle an seiner linken Seite. Warum nicht, ein bisschen nette Gesellschaft konnte sie zurzeit wirklich gebrauchen, von ein wenig Abwechslung gar nicht zu reden.

»Komm, setzen wir uns dazu.« Mit diesen Worten stand sie auf, schnappte sich ihre Jacke und setzte sich neben ihn, Franziska ließ sich auf den Stuhl links von ihr fallen.

Er beugte sich zu ihrem Ohr, und sie konnte seinen warmen, nach Haselnuss riechenden Atem an der Wange spüren, vermischt mit dem männlichen Duft seines Rasierwassers, würzig, mit einem Hauch von Zimt. Er umfasste ihren Oberarm, direkt neben ihrer Brust. »Ich habe gerade festgestellt, dass du die einzige

Schönheit hier im Saal bist.« Seine kraftvolle dunkle Stimme kitzelte an ihrem Ohr.

Sie wandte sich ihm zu, ihre Brust streifte dabei die Hand, die ihren Arm festhielt, und ein wohliger Schauer lief ihr über den Rücken. Ihre Reaktion auf diesen Mann irritierte sie ein wenig, und sie musterte ihn genauer. Er sah gut aus – verdammt gut sogar. Sein markantes, männliches Gesicht vermittelte Stärke und Durchsetzungsvermögen und die grauen Augen unter den dunkelbraunen Augenbrauen sahen sie schelmisch an. Ein paar Strähnen des dichten Haares fielen ihm widerspenstig ins Gesicht, was ihm einen verwegenen Ausdruck verlieh. Sie ließ den Blick über seinen Körper gleiten. Er war schlank und trug Jeans und einen Pullover. Sie hatte ebenfalls Jeans an, in schwarz, dazu jedoch nur ein Top, alles andere wäre beim Tanzen viel zu warm. Vielleicht tanzte er ja nicht. Er wirkte auf sie, als wüsste er genau, was er wollte, und zurzeit schien das sie zu sein.

»Ich bin Tom und du?«

»Natascha.«

»Was machst du hier? Bist du auf einem Seminar?«

»Ich bin hier in der Klinik, auf Reha.«

»Das ist nicht dein Ernst? Warum bist du hier?«

»Warum ich hier bin?«, wiederholte sie seine Frage.

»Oje, das wird wohl eine längere Geschichte.« Er sah sie dabei stirnrunzelnd an.

Natascha verdrehte die Augen. Was sollte diese Aussage? »Nein, das wird keine längere Geschichte. Ich bin einfach hier, weil ich hier bin, in Ordnung?« Ihre Stimme klang etwas genervt, aber es war ihr ziemlich egal, was er jetzt von ihr halten würde.

Tom musterte sie kurz, ließ es dann jedoch auf sich beruhen. »Was möchtest du trinken?«

Natascha überlegte. »Ein Schnaps wäre nicht schlecht.«

Er stand sofort auf und kam kurz darauf mit drei Doppelten wieder zurück. Während der Reha galt zwar striktes Alkoholverbot, es hielt sich nur niemand daran.

Sie stieß mit ihm und Franziska an und trank das Glas in einem Zug aus. Haselnussschnaps! Daher der Geruch.

»Wie sieht es anschließend mit einem Lokalwechsel aus?« Tom sah ihr tief in die Augen und strich ihr eine Haarsträhne zurück, die ihr ins Gesicht gefallen war.

Natascha hielt den Atem an und konnte den Blick nicht abwenden. Der ging ja wirklich aufs Ganze. Was hatte er gefragt? Ein Lokalwechsel?

»Wir sollten langsam aufbrechen. Es ist schon spät, und du weißt, die schließen pünktlich.« Franziskas besorgte Stimme riss sie aus ihrer Erstarrung.

»Ihr müsst schon gehen?« Tom sah sie fragend an.

»Wir haben nur bis halb elf Ausgang.«

»Ernsthaft?«

Natascha nickte und wandte sich Franziska zu. »Ich habe echt keine Lust, schon zu gehen, das nervt mich gerade gewaltig. Am liebsten würde ich durchmachen und morgen in der Früh um sechs wieder zur Tür hineinspazieren.« Die Ausgehzeiten empfand sie als Einschränkung ihrer persönlichen Freiheit.

Franziska schüttelte den Kopf. »Ich weiß nicht, ob das so eine gute Idee ist.«

Tom sah sie auffordernd an. Natascha runzelte nachdenklich die Stirn. In diesem Moment läutete ihr Handy. Mit einem entschuldigenden Blick hob sie ab und drehte sich von den beiden weg. Es war Mike.

»Natascha, du fehlst mir so sehr. Die Wohnung ist so leer ohne dich und niemand ist da, der für mich kocht. Tobias versucht zwar, deine Kochkünste zu ersetzen, jedoch chancenlos. Das darfst du ihm allerdings auf keinen Fall verraten, hörst du.«

Seine Worte waren wie Balsam auf ihrer Seele. Sie steckte sich einen Finger ins andere Ohr, um ihn besser verstehen zu können. »Mike, mir geht es doch genauso. Was macht Tobias?«

»Der muss nächste Woche nach München. Anfang April hat er dort ein Konzert, und es ist noch einiges abzuklären und zu organisieren. Außerdem kommt er dich besuchen, das hat er dir ja versprochen.«

»Und was ist mit Joe und den anderen?«

»Sie lassen dich alle grüßen. Burt fehlt jemand, den er so blöd anreden kann, wie dich. Ach ja, unlängst hat er deinen jungen Hustlerfreund Ben getroffen und der hat sich bei ihm beklagt, dass er niemanden mehr hat, der ihn ab und zu zum Frühstück einlädt.« Mike hielt kurz inne. »Jim ist die Boxpartnerin verloren gegangen und Matt muss fast jeden Tag Fragen beantworten, wo du bist, ob du wiederkommst und so weiter. Ja, und Joe, der hängt nur herum und weiß momentan sichtlich nichts mit sich anzufangen. Und Ryan ...« Hier brach er ab.

Natascha wurde es schwer ums Herz, da sprach Mike schon weiter.

»Irgendwie ein Wahnsinn, wie wir uns alle in der kurzen Zeit an dich gewöhnt haben.«

»Mike, ich vermisse euch schrecklich. Wenn ihr nicht so weit weg wärt, dann würde ich einfach für einen Tag heimkommen.«

»Heimkommen?« Sie hörte, wie er sich räusperte. »Das bedeutet also, wir sind dein neues Zuhause?«

Natascha lachte hell auf. »Ja, das stimmt, ihr seid mein neues Zuhause.«

Sie verabschiedete sich von ihm und legte auf. Nachdenklich starrte sie das Handy an. Ryan. Ja, was war mit Ryan? Sie drehte sich wieder zu den anderen um und schaute auf, da sah sie Toms Blick auf sich ruhen.

»Sorry, das war einer meiner Freunde aus New York, die ich sehr vermisse. Da musste ich einfach rangehen.«

»Lebst du da?«

»Ich habe dort über einen Monat verbracht, und so wie es aussieht, wird es mein neues Zuhause. Zurzeit lebe ich jedoch noch in Österreich.«

»Natascha, wir müssen jetzt wirklich gehen.« Franziska war aufgestanden und sah unruhig auf die Uhr.

Da fasste Natascha einen Entschluss. Ryan, Ryan, ständig nur Ryan. Schluss damit!

»Tut mir leid, Franziska, ich bleibe hier. Ich möchte noch nicht zurück. Spätestens zum Frühstück bin ich wieder da.«

Franziska hob zweifelnd die Augenbrauen. »Na gut, du musst wissen, was du tust.« Sie verabschiedete sich und lief aus dem Saal.

Natascha wandte sich an Tom. »In Ordnung, was machen wir mit dem angebrochenen Abend?«

»Bis elf bleiben wir vorerst hier und später sehen wir weiter. Es gibt da noch ein paar andere Lokale, soviel ich weiß ist direkt in Wangen sogar ein Irish Pub.«

»Weshalb seid ihr hier?« Natascha sah ihn fragend an.

»Wir arbeiten alle als Führungskräfte bei GW in Friedrichshafen, das ist ein Betrieb für Anlagenbau. Wir nehmen hier über die Firma an einem Gesundheitsseminar teil und wohnen oben im Hotel.« Er deutete mit dem Kopf Richtung Decke, da sich die sogenannte Disco im Keller des Hotels befand.

»Die Zimmer sind gewaltig. Werner hier«, er zeigte auf seinen Arbeitskollegen, »hat ein Bad von locker zwanzig Quadratmetern. Er wohnt in der Hochzeitssuite.«

Natascha riss die Augen auf und griff sich mit der Hand an die Stirn. »Zwanzig Quadratmeter? Ich glaube es einfach nicht. Mein Zimmer ist inklusive Bad nur halb so groß wie dein Badezimmer.« Das war ja wirklich nicht zu fassen.

»Das ist ja nicht mehr als ein Schuhkarton«, meinte Werner trocken.

Natascha sah ihn sich genauer an. Er war muskulös, was für etliche Stunden im Fitnesscenter sprach. Sein dünner Pullover lag eng an, sodass die Muskeln extra betont wurden. Er hatte kurzes, dunkelblondes Haar und trug einen Vollbart. Sie fand ihn nett, mehr jedoch nicht, er war einfach nicht ihr Typ.

»Wir können euer BWZ mitbenutzen und waren daher heute schon in der Muckibude.«

BWZ war das Bewegungszentrum der Klinik, und an das Wort »Muckibude«, das manche hier verwendeten, musste sie sich erst gewöhnen.

Firma für Anlagenbau in Friedrichshafen? Na klar, das war Georgs Betrieb. Natascha konnte sich erinnern, heute Vormittag einer Horde Männer auf der Treppe hinunter in den Fitnessraum hinterhergegangen zu sein, weil sie es nicht mehr geschafft hatte, vor ihnen über die Treppe zu huschen. Sie musste ein Kichern unterdrücken. Dass sie den Firmenchef kannte, würde sie auf keinen Fall verraten.

»Ah, ihr seid das gewesen, denen ich heute hinterhergelaufen bin. Und ich habe mir noch gedacht, wo haben sie die denn rausgelassen.«

Tom und seine Kollegen brachen in Gelächter aus.

»Das gibt es ja nicht, dass ich dich nicht gesehen habe.« Tom grinste.

»Ihr wart vor allem nicht gerade die Schnellsten. Da an ein Vorbeikommen nicht zu denken war, hatte ich mir schon überlegt, ob ich eine Kaffeepause einlegen soll – leider trinke ich keinen.«

Es ertönten laute Protestschreie und es gab ein wildes Durcheinanderrufen. Tom war in der Zwischenzeit wieder nach draußen zur Bar gegangen und mit einer ganzen Runde doppelter Haselnussschnäpse zurückgekommen. Na, das konnte ja noch heiter werden. Jetzt hatte sie binnen kürzester Zeit bereits den vierten Schnaps vor sich stehen. Langsam kamen Natascha Zweifel, ob dieser nächtliche Ausbruch aus der Klinik so eine gute Idee gewesen war. Wenn sie Tom so ansah, ahnte sie schon, dass er heute um einiges mehr von ihr erwarten würde, als bloß Schnaps zu trinken.

Wie um ihre Gedanken zu bestätigen, legte er ihr unter dem Tisch eine Hand auf den Oberschenkel. Sie konnte die Wärme durch die Jeans spüren. Er fuhr die

Innenseite ihrer Schenkel entlang nach oben und hielt kurz inne. Dann strich er federleicht mit dem Zeigefinger über ihren Schritt und ließ ihn mit sanftem Druck dort liegen. Natascha atmete keuchend ein, so heftig zog es in ihrem Unterleib. Die Stelle, an der sein Finger lag, pochte wie verrückt. Er bewegte ihn kreisend weiter, und sie konnte fühlen, wie sie feucht wurde, konnte sich auf nichts anderes mehr konzentrieren, als auf die Hitze in ihrem Körper, die er immer mehr anheizte. Als sie sich am liebsten das störende Stück Stoff vom Leib gerissen hätte, hielt sie mit dem letzten Rest ihrer Vernunft seine Hand fest und schob sie nach unten. Er umklammerte mit eisernem Griff ihren Oberschenkel, sah sie mit verschleiertem Blick an, das Gesicht zu einem schmerzverzerrten Grinsen verzogen und rutschte dabei auf dem Sessel hin und her. Die Ausbuchtung in seiner Hose zeichnete sich deutlich ab.

Was machte sie hier eigentlich? Was war mit Ryan?

Doch sie verdrängte den Gedanken sofort wieder, sie wollte heute einfach nur Spaß haben. Dieser Mann neben ihr war Feuer und Flamme, seine Erregung kaum zu übersehen und er brachte eine Seite in ihr zum Klingen, die sie ausleben wollte. Ryan konnte sie abhaken, der würde niemals über seinen Schatten springen und sich bei ihr melden. Und sie hielt es nicht mehr aus, sich pausenlos um das »Was wäre, wenn« den Kopf zu zerbrechen. Das machte sie noch ganz krank. Tom versprach eine heiße Ablenkung, und die konnte sie verdammt gut gebrauchen. Vielleicht war das ja die beste Therapie, um über Ryan hinwegzukommen.

Mittlerweile war es elf und die Disco schloss. Vor dem Lokal beschlossen sie, mit drei Autos weiter nach Wangen in das Irish Pub zu fahren.

»Ich rauche noch schnell eine.« Tom zog eine Packung Zigaretten aus der Jackentasche und hielt sie ihr hin.

»Ich rauche nicht, danke! Obwohl, wenn ich es mir recht überlege, nehme ich doch eine.«

Tom gab ihr Feuer und fragte erstaunt: »Rauchst du oder rauchst du nicht?«

»Ich war als Jugendliche Gelegenheitsraucherin und habe sicher über zehn Jahre keine mehr geraucht. Jetzt gerade macht es mich aber an.«

Toms Zigaretten waren ziemlich stark, bereits nach dem ersten Lungenzug hatte sie das Gefühl, high zu sein. Sie musste aufpassen, um nicht zu torkeln. Das war so ein geiles Gefühl, dass sie laut auflachte.

Werner, der ebenfalls eine rauchte, sah sie aus zusammengekniffenen Augen an. »Na, da dreht es sich bei jemandem ja ganz gewaltig.«

»Ertappt«, rief Natascha und kicherte. Sie musste sich mittlerweile am Stehtisch festhalten.

»Komm her, ich halte dich.« Tom legte ihr den Arm um die Schulter und drückte sie an sich.

»Ich habe völlig vergessen, wie genial so ein Lungenzug sein kann.« Sie inhalierte gleich nochmal. »Also, irgendwann ist bei mir noch ein Joint fällig, das ist so sicher wie das Amen im Gebet. Irgendwoher werde ich mir schon einen organisieren.«

»Du weißt schon, was man sich darüber erzählt? Mit dem richtigen Gras hat man den geilsten Sex überhaupt«, flüsterte ihr Tom ins Ohr.

Sie sah erstaunt zu ihm auf. Das hörte sie jetzt zum ersten Mal. Was ja nichts heißen sollte, da sie auf diesem Gebiet völlig unerfahren war – also was den Joint anging. Über diesen Gedankengang kam sie gleich wieder ins Kichern.

Sie öffnete gerade den Mund, um Tom eine Antwort zu geben, da packte er sie an der Hüfte und drehte sie zu sich herum. Sie konnte die Hitze spüren, die von ihm ausging. Er umfasste ihr Gesicht, seine geöffneten Lippen waren jetzt ganz nah und legten sich warm und weich auf ihren Mund. Natascha schlang ihm die Arme um den Hals und vergrub ihre Finger in seinem Haar, worauf er stöhnend ihren Po umfasste und sie fest an sich presste, um sie seine Erregung spüren zu lassen. Sein Kuss wurde heftiger, er saugte an ihrer Unterlippe und drang mit der Zunge fordernd in sie ein. Tom ließ die zweite Hand von ihrem Gesicht zum Ausschnitt gleiten, schob den Zeigefinger unter ihren BH und strich über die Brustwarze, die sich sofort aufrichtete. Natascha biss ihn mit einem Aufstöhnen in die Unterlippe.

»Hm, ich will ja nicht stören, aber die anderen warten bei den Autos.«

Werner, den hatte sie völlig vergessen.

Tom löste sich mit einem Seufzer von ihr. »Mist!«, murmelte er und rückte sich seinen Schwanz in der Hose zurecht, der sich schon wieder deutlich abzeichnete. Dabei sah er sie an und zwinkerte ihr zu. Den Arm um ihre Schultern gelegt gingen sie gemeinsam zum Parkplatz des Hotels, um in den Ort zu fahren.

Der Pub gefiel Natascha auf Anhieb. Sie blieb in der Tür stehen, um die besondere Atmosphäre in sich aufzunehmen. Die Wände waren übersät mit Bildern, Plaketten und Schildern, und ihr fiel sofort ein alter vergammelte Schuh ins Auge, der zwischen Flaschen, Uhren und anderem Zeugs von der Decke baumelte. Die hölzerne Theke schimmerte goldbraun im Licht der, einer Reihe alten Gaslaternen nachempfundenen, Beleuchtung. An den Wänden links und rechts vom Eingang standen verschieden große Tische, teilweise in gemütlichen kleinen Nischen. Gleich gegenüber der Bar befand sich eine größere Ecke, in der sie alle Platz fanden. Tom presste sich neben Natascha auf die Bank. Sie studierte die Getränkekarte. Whiskey-Cola mit einfachem oder doppeltem Schuss. Na, da fiel ihr die Entscheidung nicht schwer – natürlich doppelt. Wenn schon, denn schon. Sie hatte heute richtig Lust, sich volllaufen zu lassen. Sie warf Tom einen kurzen Blick zu. Ob das vernünftig war, war eine andere Sache.

Die Zeit verging wie im Flug, Natascha war bereits beim vierten Whiskey-Cola und hatte schon einen richtigen Schwips. Das Lokal würde gleich schließen, daher ging sie noch rasch auf die Toilette. Auf dem Rückweg wollte sie bei der Kellnerin bezahlen, musste jedoch feststellen, dass die Rechnung bereits beglichen worden war – von Tom. Als sie ihm zwanzig Euro hinschieben wollte, schüttelte er entschieden den Kopf. »Vergiss es, du bist eingeladen.«

»Verdammt, Tom, das mag ich nicht. Ein Getränk geht in Ordnung, aber nicht alle.« Als sie ihm das Geld in die Jackentasche stecken wollte, hielt er ihre Hand fest. Natascha seufzte frustriert auf, schnappte sich ihre Jacke und verließ das Lokal.

Tom folgte ihr. »Jetzt rauchen wir zum Abschluss noch eine.«

Er gab ihr eine Zigarette und reichte ihr Feuer. Der Lungenzug und die frische Luft taten ihr Übriges, es drehte sich wieder alles um sie. Natascha blickte sich um und stellte fest, dass nur noch sie beide übriggeblieben waren, die anderen waren bereits gefahren. Da stand eindeutig Absprache dahinter.

Den Weg zum Hotel legten sie schweigend zurück. Im Zimmer angekommen, schloss er die Tür hinter sich ab, lehnte sich dagegen und musterte sie vom Gesicht bis zu den Füßen. Seine Augen leuchteten.

»Zieh die Jacke aus und komm her.«

Sie zog langsam die Lederjacke aus und ließ sie auf den Boden gleiten, machte ein paar Schritte auf ihn zu und blieb knapp vor ihm stehen.

»Jetzt das Top und den BH.« Seine Stimme klang dunkel vor Verlangen.

Wie in Trance streifte sie das Oberteil über den Kopf und griff nach hinten, um den Verschluss des BHs zu öffnen. Beides warf sie neben sich.

Tom hob eine Hand, umkreiste federleicht ihre Brustwarzen, die sich sofort aufrichteten, dabei ließ er ihr Gesicht keinen Augenblick aus den Augen. Natascha bog stöhnend den Rücken durch und streckte ihm auffordernd die Brust entgegen. Er wanderte weiter, über ihren Bauch, das Tattoo entlang bis zum Bund ihrer Jeans.

»Das Tattoo gefällt mir, es passt zu dir. Und jetzt zieh dich ganz aus.« Er ließ die Hand sinken, um sie besser beobachten zu können.

Sie entledigte sich der Schuhe und der Socken, öffnete die Jeans und zog sie über die Beine. Bei ihrem Stringtanga zögerte sie kurz, streifte ihn jedoch ebenfalls ab, dann stand sie völlig nackt vor ihm.

Tom atmete hörbar ein, er verschlang sie geradezu mit den Blicken. »Du bist wunderschön!«

Seine Augen hielten ihre fest, sie konnte ihnen nicht ausweichen, dann kniff er ihr mit Daumen und Zeigefinger in die rechte Brustwarze. Ein spitzer Schrei entfuhr ihr. Sie liebte es, wenn dieser lustvolle Schmerz durch ihren ganzen Körper fuhr und ihre Knie nachgaben.

Toms Hand wanderte weiter, umkreiste ihren Bauchnabel bis hinunter zu ihrem Schambein. Er teilte ihre Schamlippen, rieb ihren feuchten Spalt entlang, um schließlich tief in sie hineinzustoßen, immer wieder. Mit dem Daumen der zweiten Hand massierte er gleichzeitig ihre Klitoris, trieb sie damit in den Wahnsinn. Hitzewellen pulsierten in ihrem Unterleib, Feuchtigkeit breitete sich zwischen ihren Schenkeln aus und lief ihr die Oberschenkel hinab. Aufschreiend warf sie den Kopf zurück. Ihr Unterkörper zog sich vor Anspannung zusammen. Sie zitterte am ganzen Körper, konnte sich fast nicht mehr auf den Beinen halten.

»Gott, bist du heiß. Du bringst mich noch um den Verstand.« Tom war vor ihr auf die Knie gesunken, drückte ihre Oberschenkel ein Stück weiter auseinander. Statt des Daumens umschloss er jetzt mit dem Mund ihren geschwollenen Kitzler, zupfte mit den Lippen, ließ die Zunge reibend darüber gleiten, mal schnell, mal langsam. Wimmernd warf sie den Kopf hin und her, ihre Hände krallten sich in seinem Haar fest.

Ryan! Alles in ihr schrie nach ihm. Sie hatte Tom jetzt komplett ausgeblendet, stattdessen sah sie Ryan vor sich knien, sah ihre Finger in seinem dichten blonden Haar und roch seinen Duft, den sie so sehr liebte. Da überrollte sie der Orgasmus, Welle um Welle. Zuckend zogen sich ihre Muskeln immer wieder um Toms Finger zusammen, die noch in ihr steckten.

Sie bemerkte erst, dass ihr die Tränen über die Wangen liefen, als sie ihn leise fragen hörte: »Hey, ist alles in Ordnung mit dir?«

Das Bild von Ryan verschwamm vor ihren Augen und sie sah in Toms besorgtes Gesicht. Sie schluchzte auf, ihre Knie gaben endgültig nach und sie sank zu ihm auf den Boden. Er hob sie auf, legte sie auf das Bett und deckte sie zu. Dann zog er sich selbst bis auf die Unterhose aus, schlüpfte zu ihr unter die Decke und nahm sie in seine Arme. So lagen sie eine ganze Weile schweigend da.

»Willst du mir nicht erzählen, was eben los war? Dass es dir gefallen hat, kannst du nicht leugnen, du bist abgegangen wie eine Rakete. Mann, ich habe wirklich in der Hose abgespritzt, das ist mir seit meiner Jugend nicht mehr passiert.«

»Es tut mir leid, Tom, ich weiß, du hast etwas anderes erwartet. Ganz sicher keine in Tränen aufgelöste Frau, nachdem du ihr einen Megaorgasmus verschafft hast.«

»Schhhh, hör auf, so einen Blödsinn zu reden. Natürlich habe ich erwartet, dass wir miteinander schlafen, aber ich bin doch kein gefühlloses Arschloch. Sag mir bitte, was los ist.«

Natascha seufzte auf. Sie erzählte ihm, wie sie nach New York gekommen war und dort Ryan kennengelernt hatte. Von dem ewigen Auf und Ab und schlussendlich der letzten Begegnung mit ihm und dem katastrophalen Ende.

»Ich wollte heute endlich einen Schlussstrich ziehen und mich voll auf dich einlassen. Wie es aussieht, hat das nicht ganz funktioniert. Ich bekomme Ryan einfach nicht aus meinem Kopf, habe sogar schon Wahnvorstellungen. Dieser Mann macht mich noch wahnsinnig, er verfolgt mich auf Schritt und Tritt.« Natascha stöhnte frustriert auf und hob den Kopf, um Tom ansehen zu können. Der strich ihr zärtlich über das Gesicht.

»Vielleicht bist du ein Mensch, der keine halben Sachen macht. Wenn du dich für jemanden entscheidest, dann hängst du dein ganzes Herz rein. Da hat dann eben niemand anderer Platz daneben, weder ein One-Night-Stand noch eine Affäre. So einfach ist das.« Er schwieg eine Weile und sprach dann weiter. »Ich will ja jetzt nicht behaupten, dass du für mich heute die große Liebe gewesen wärest. Eigentlich hatte ich nur eine einmalige Sache im Sinn. Ich dachte, uns beiden geht es in dieser Hinsicht gleich, eine schöne Nacht miteinander und dann tschüss. Jetzt muss ich allerdings sagen, dass ich mehr für dich empfinde als geplant. Nicht, dass ich mich verliebt habe, doch du bedeutest mir definitiv etwas und hast in mir einen Beschützerinstinkt geweckt, den ich so gar nicht an mir kenne.« Irritiert schüttelte er den Kopf. »Wenn es dir recht ist, möchte ich dich jetzt einfach nur im Arm halten und schlafen.« Er richtete sich auf, griff unter sein Kopfkissen und warf ihr ein T-Shirt zu. »Ich glaube, es ist besser, du ziehst das hier an.«

Natascha schlüpfte hinein und kuschelte sich wieder an Tom, der ihr beruhigend über das Haar strich. Sein Atem wurde immer schwerer, das Streicheln langsamer und schließlich hörte es ganz auf.

Natascha wurde wach, weil sie jemand an der Schulter schüttelte.

»Hey, aufwachen. Es ist bereits halb sieben, und ich weiß nicht, wann du wieder in der Klinik sein musst, ohne Ärger zu bekommen. Aber wenn du möchtest, können wir noch zusammen frühstücken.«

Sie blickte ihn verschlafen an. Das klang gut, sie musste sowieso nicht vor halb neun in der Klinik sein und es reichte, wenn sie sich bis zu dieser Uhrzeit im Speisesaal abmeldete. Falls sie einfach fernblieb, würde man sie suchen, das war klar, so waren die Regeln. Man musste sich zu den Mahlzeiten kurz sehen lassen oder abmelden, dann war alles in Ordnung. Am Wochenende war es da lockerer, da reichte der Eintrag in einer Unterschriftenliste vor dem Speisesaal bis spätestens ein Uhr mittags, danach musste man erst zum Abendessen wieder erscheinen.

»Ja, ich möchte gern mit dir gemeinsam frühstücken. Darf ich vorher noch bei dir duschen?«

»Klar, frische Handtücher sind im Bad.«

Sie schnappte sich ihre Klamotten und tappte barfuß ins Bad. Als sie danach wieder in ihre verschwitzten Sachen schlüpfte, verzog sie angewidert das Gesicht. Sie stanken zwar nicht, fühlten sich aber irgendwie klebrig an. Puh, das war echt das Letzte.

Da Tom bereits vor ihr geduscht hatte, gingen sie gleich frühstücken. Seine Arbeitskollegen saßen schon alle im Frühstücksraum und von den meisten wurde sie wissend gemustert. Sie zuckte innerlich mit den Schultern, sollten sie doch denken, was sie wollten. Tom, der diese Blicke ebenfalls bemerkt hatte, lachte leise.

»Das ist der blanke Neid. Die wären gern an meiner Stelle, das kannst du mir glauben.«

»Die wissen ja nicht, dass es da gar nichts zu beneiden gibt.« Natascha schaute ihn entschuldigend an.

»Na, das sehe ich definitiv anders.« Er legte ihr den Arm um die Schultern und küsste sie auf den Scheitel. »Ich habe schon lange nicht mehr so gut geschlafen wie heute Nacht. Du bist etwas Besonderes, weißt du das?«

Bei seinen Worten ging ihr richtig das Herz auf. Bevor sie jedoch antworten konnte, steuerte er mit ihr auf das Buffet zu. Natascha blieb schnüffelnd stehen, diesen Geruch kannte sie. Lachs! Sie liebte Lachs. Sie schnappte sich einen Teller und lud sich auf. Beim Tisch angekommen machte sie sich gleich mit Appetit über ihre Riesenportion her. Tom beobachtete sie schmunzelnd.

»Schön, wenn eine Frau so essen kann. Die meisten haben Angst um ihre Figur, das nervt.«

Natascha hatte den Mund voll, es dauerte daher eine ganze Weile, bis sie antworten konnte. »Ich mache viel Sport, deshalb kann ich futtern, was ich will. Hier in der Klinik muss ich eher aufpassen, dass ich nicht ab-nehme – das Essen ist nicht gerade berauschend.«

»Ja, ich habe gestern schon gesehen, dass du sehr mus-kulös bist. Du hast einen richtigen Knackarsch.«

Ihr Gesicht begann zu glühen. Tom legte seine Hand auf ihre. »Hey, du wirst ja tatsächlich rot. Das über-rascht mich jetzt. Du bist sehr widersprüchlich, weißt du das? Auf der einen Seite völlig hemmungslos, wenn ich daran denke, wie du auf mich reagiert hast. Äußerst schade, dass sich das nicht wiederholen lässt.« Er steckte einen Finger in den leicht geöffneten Mund, umschloss ihn weich mit den Lippen und zog in provozierend langsam wieder heraus, sah sie dabei unter halb geschlossenen Augenlidern verlangend an. Er stöhnte dabei leise. Dann lachte er hell auf, da es ihre Röte anscheinend schaffte, sich noch zu vertiefen. »Und auf der anderen Seite – wie sag ich das jetzt – bist du unbedarft, fast schüchtern. Und genau diese Mischung macht dich für uns Männer unglaublich anziehend.«

Sie räusperte sich mehrmals und strich sich die nicht vorhandenen Haarsträhnen aus der Stirn. »Tja, ich hab da so meine Probleme ...« Sie brach ab.

Tom grinste und sah sie mit einem undefinierbaren Gesichtsausdruck an. »Genau das meinte ich eben.«

Sie schwiegen eine Weile und genossen beide ihr Frühstück. Natascha musterte Tom. Er spürte ihren Blick und sah sie fragend an.

»Ich habe festgestellt, dass ich dich sehr mag. Ich wäre mit dir gerne befreundet, natürlich nur, wenn du möchtest ...« Sie brach erneut unsicher ab.

Sein Gesicht verzog sich zu einem Lächeln und er beugte sich vor, um sie auf die Wange zu küssen. »Ich wollte dich sowieso um deine Telefonnummer bitten.« Er griff nach ihrem Handy, das vor ihr auf dem Tisch lag, tippte seine Nummer ein und speicherte sie ab, dann legte er es wieder zurück. »So, meine hast du jetzt. Du kannst mich anrufen, wenn du möchtest, oder es sein lassen. Es ist deine Entscheidung.«

Natascha nahm das Handy und schaute auf den Eintrag. Tom Bachmann. Sie drückte auf »Wählen«, und als es bei ihm läutete, grinste sie ihn an. »So, jetzt hast du meine Nummer auch.«

Das Eis war endgültig gebrochen und sie unterhielten sich noch eine ganze Weile. Tom warf einen Blick auf die Uhr.

»Mist, es ist schon acht, ich muss langsam los. Wir sind heute Vormittag drüben im BWZ.«

Natascha sprang auf. »Ich sollte ebenfalls gehen und mich vor allem noch umziehen, irgendwie kleben meine Sachen vom Tanzen gestern.« Angeekelt verzog sie die Nase. »Von neun bis halb zehn habe ich Wassergymnastik und anschließend Fitnesstraining, aber wenn du möchtest, dann können wir uns später noch treffen. Du weißt ja, wo du mich findest.« Sie küsste ihn zum Abschluss auf die Wange und lief los.

Im Speisesaal der Klinik meldete sie sich rasch bei einer der Kellnerinnen ab und sah Franziska an ihrem Tisch sitzen, die sie wissend anlächelte.

39

Freitag, 13. November, Wangen im Allgäu

Das Schwimmbecken der Klinik lag genau neben dem Bewegungszentrum. Um ins BWZ zu gelangen, lief man vom Hauptgebäude durch einen langen Gang bis zur Anmeldung. Gleich dahinter hatte man durch eine riesige Glasfront direkt das ganze Becken im Blick. Links davon befand sich der Haupteingang und rechts lag der Bereich mit dem Fitnesscenter, den Gymnastikräumen und dem Ergometerraum.

Der strenge Geruch nach Chlor stieg Natascha in die Nase, als sie die Badeanstalt betrat. Sie war kein Fan von Hallenbädern, weil das Chlor ihre Haut austrocknete. Viel lieber schwamm sie in Seen oder im Meer.

Die Aquagymnastik war ziemlich langweilig, mit Otto und Manfred ließ es sich jedoch aushalten. Sie musste laut lachen, weil Manfred neben ihr schon wieder den Deppen machte. Die Frau links von ihm, etwas älter, mit kurzem, weißblondem Haar, sah sie aus zusammengekniffenen Augen und mit nach unten gezogenen Mundwinkeln an.

»Du nervst, weißt du das?« Sie spuckte die Worte geradezu heraus.

Natascha verschlug es die Sprache. Wie konnte man sich wegen ein bisschen Spaß nur so aufregen? Lachen machte doch das Leben erst schöner – und vor allem leichter. Sie sah Manfred mit hochgezogenen

Augenbrauen an und hob fragend die Schultern. Der kämpfte jedoch mit einem Lachkrampf und hatte sichtlich Schwierigkeiten, sich wieder zu beruhigen. Otto zwinkerte ihnen zu, sein Gesichtsausdruck war undurchschaubar, wie meistens.

Natascha wandte sich dem Trainer zu. Es war sicherlich besser, sich jetzt auf ihn zu konzentrieren, sonst würde sich Manfred gar nicht mehr beruhigen.

Auf einmal sah sie hinter dem Sportlehrer an der Glasscheibe ein Gesicht kleben und Grimassen schneiden. Es war Tom. Sie schlug sich prustend die Hand vor den Mund. Jetzt machte er die Bewegungen des Trainers nach. Von links hörte sie ein ersticktes Aufschluchzen. Manfred hatte ihn ebenfalls entdeckt und die gerade mühsam errungene Fassung wieder verloren. Von Wassergymnastik konnte bei ihm keine Rede mehr sein, eher Training für die Bauchmuskulatur.

»Aufhören, bitte aufhören ...«, hörte sie ihn stöhnen.

Da deutete Tom auf seine Uhr und stand da wie ein Bodybuilder, er musste in die Muckibude. Natascha seufzte erleichtert auf, so wie es aussah, blieb ihr der Lachkrampf gerade noch mal erspart. Es reichte, dass Manfred komplett aus dem Häuschen war.

Sie warf ihm einen Seitenblick zu. Er schwang die Arme von links nach rechts, wie es der Trainer vorzeigte, von seinem Bart tropfte das Wasser und sein Gesichtsausdruck war starr, doch um die Mundwinkel herum zuckte es. Fasziniert beobachtete sie ihn und fragte sich, wie lange er sich noch beherrschen konnte. Es dauerte keine zehn Sekunden, da begann sich sein ganzes Gesicht zu verziehen. Die Hand vor den Mund gepresst krümmte er sich zusammen und ging dabei

fast unter. Jetzt war es um Natascha ebenfalls geschehen – das konnte doch kein Normalsterblicher mitansehen. Sie lachte los und konnte gar nicht mehr aufhören.

Manfred und sie mussten das Becken verlassen, es
war unmöglich, hier weiterzumachen, ohne abzusau-
fen.

Der Eingang zu den Duschen wurde von einer zwei
Meter hohen Mauer abgetrennt. Sie schafften es gerade
noch um diese herum und ließen sich daran zu Boden
sinken. Lautlos, mit offenem Mund, hielten sie sich die
zuckenden und bebenden Bäuche, Tränen rannen
ihnen über die Wangen.

Nach einer ganzen Weile sagte Manfred stöhnend:
»Ich kann mich nicht erinnern, wann ich das letzte Mal
so gelacht habe. Verdammt, hat das gutgetan.« Mit einem Seitenblick zu ihr fügte er noch hinzu: »Also, mit
dir wird es wirklich nie langweilig. Seit ich dich kenne,
komme ich aus dem Lachen nicht mehr heraus. So, und
jetzt geh ich mich umziehen. Hier ist eh schon alles zu
spät.« Er nickte ihr grinsend zu und verschwand in der
Dusche, um gleich nochmals den Kopf herauszustre-
cken. »Sag mal, hast du mir nicht erzählt, dass du dir
das Tattoo erst hast stechen lassen? Da solltest du aber
für vier bis sechs Wochen Chlor- und Salzwasser meiden.« Dann war er wieder im Duschbereich verschwunden.

Verdammt, daran hatte sie überhaupt nicht mehr gedacht. Das stand sogar extra noch auf ihrem Infoblatt.
Durch das Wasser weichte die Haut auf und der Hei-
lungsprozess verlängerte sich. Ängstlich untersuchte
sie ihren Bauch. Hatte sich etwas verändert? Sie konnte

nichts feststellen. Sie würde gleich die Heilsalbe darauf
tun und sich noch heute von allem befreien lassen, was
mit dem Hallenbad zu tun hatte.

Sie stand auf, um ebenfalls zu duschen. Anschließend
zog sie ihre Trainingssachen an und machte sich auf
den Weg in das Fitnesscenter. Es war rappelvoll. Wie es
schien, waren alle Führungskräfte der Firma GW hier
versammelt. Tom war am Bauchtrainer beschäftigt
und zwinkerte ihr zu. Sie blieb vor ihm stehen,
stemmte beide Hände in die Hüften und sah ihn mit
hochgezogenen Augenbrauen vorwurfsvoll an.

»Durch deine Showeinlage mussten Manfred und ich
die Wassergymnastik verlassen. Wir haben so einen
Lachkrampf bekommen, dass wir fast untergegangen
sind. Ich denke, das hat uns heute einen Minuspunkt
eingebracht.« Als er eine schuldbewusste Grimasse zog,
klopfte sie ihm lachend auf den Bauch. »Wenn ich ehrlich bin, war es um uns bereits vorher geschehen. Du
hast nur dazu beigetragen, dass die Situation völlig es-
kaliert ist. Ich habe so gelacht, wie schon lange nicht
mehr.« Über das ganze Gesicht grinsend küsste sie ihn
auf die Wange.

»Na, da bin ich ja direkt froh, dass ich etwas zu eurer
Erheiterung beitragen konnte. Und jetzt muss ich weitermachen, ich bin ja nicht zum Tratschen hier.«

Lachend scheuchte er sie mit beiden Händen weg. Sie
warf ihm eine Kusshand zu, stöpselte sich die Kopfhörer des iPods in die Ohren und ging auf den Slingtrai-
ner zu. Sie würde versuchen, den Bauchbereich wegen
des Tattoos noch nicht voll zu belasten.

Natascha startete mit den Liegestützen, drei mal
zehn, und stöhnte auf. Es tat ihr noch immer alles

weh – so einen Muskelkater hatte sie schon länger nicht mehr gehabt. Diese Übung hatte ihr der Trainer vor zwei Tagen gezeigt und die hatte es echt in sich. Während einer Pause bemerkte sie, dass ein älterer Herr sie beobachtete. Sie sah, dass er mit ihr sprechen wollte und nahm einen Stöpsel aus dem Ohr.

»Also, so etwas habe ich noch nie gesehen. Faszinierend, wirklich.«

Irritiert sah sie ihn an. Ah, die Liegestütze! Bei einer Frau war das wohl eher ungewöhnlich, und dazu auf dem wackeligen Sling. Sie lachte ihn an. »Vielen Dank, ich trainiere schon ein paar Jahre.«

Er nickte ihr nochmals anerkennend zu.

Nachdem sie mit dem Training fertig war, sah sie sich suchend nach Tom um. Er stand unmittelbar neben dem Eingang inmitten einer ganzen Gruppe und unterhielt sich. Sie ging auf ihn zu und stellte sich abwartend ein Stück abseits hin. Er bemerkte sie und lächelte sie an.

»Wir sind für heute hier fertig. Am Nachmittag sind wir im Seminarraum des Hotels und später geht es wieder heimwärts. Es heißt Abschied nehmen. Wenn du möchtest, komme ich dich in nächster Zeit noch mal besuchen. Wie lange bis du hier?«

»Insgesamt sind es sechs Wochen, also noch fünf.«

»Na, das klappt bestimmt.«

»Super, darauf freue ich mich.« Ihr Blick wurde nachdenklich. »Eins wollte ich dich heute Morgen bereits fragen ... bist du in einer Beziehung?«

»Ich war verheiratet, bin seit fünf Jahren geschieden, mein Sohn ist fünfzehn und lebt bei meiner Ex. Ich sehe ihn jedoch regelmäßig. Vor ungefähr zwölf Monaten habe ich mich dann auf eine Beziehung mit einer Arbeitskollegin eingelassen.«

Er bemerkte ihren fragenden Blick.

»Ja ich weiß. Aber es ist nicht mehr das Gelbe vom Ei. Nach dem, was zwischen uns passiert ist, habe ich beschlossen, mich von ihr zu trennen. Ich hatte gestern nicht einmal ein schlechtes Gewissen, und das hat mir zu denken gegeben.« Er strich ihr eine Haarsträhne aus der Stirn. »Komm, lass uns draußen noch gemeinsam eine rauchen.«

Sie standen schweigend vor dem Eingang des Hallenbads und zogen an ihren Zigaretten. Ihr wurde das Herz schwer, sie hatte nicht einmal die Chance gehabt, ihn besser kennenzulernen.

Als wenn er ihre Gedanken erraten hätte, wandte er sich ihr zu. »Wahrscheinlich komme ich dich an einem Freitag besuchen, und zwar schon gegen Mittag. Dann können wir gemeinsam essen gehen und miteinander reden. Ich möchte dich gerne besser kennenlernen. Und für den Abend lasse ich mir etwas einfallen, entweder eine Disco oder eine tolle Bar, eventuell sogar beides. Vor dem Frühstück am Samstag bist du ganz sicher nicht zurück. Geht das in Ordnung?«

»Klar, ich freu mich schon darauf.«

Er zog sie in seine Arme und hielt sie fest. »Und mach dir nicht zu viele Gedanken wegen diesem Ryan. Wenn er nicht völlig verblödet ist, dann weiß er, was er an dir hat, und meldet sich. Männer brauchen eben immer ein bisschen länger, bis ihnen etwas klar wird.« Er lachte und küsste sie zum Abschied zärtlich auf den Mund, dann ging er die Stufen in Richtung Hotel hinauf. Kurz vor dem Torbogen drehte er sich noch einmal um, um ihr zuzuwinken, danach war er verschwunden.

Sie blieb eine ganze Weile gedankenverloren stehen. Es war ein warmer Tag, fast wie im Sommer, und die Sonnenstrahlen kitzelten auf ihrem Gesicht, sodass sie beschloss, nicht unterirdisch zurück zur Klinik zu gehen, sondern den oberen Weg zu benutzen. Für Mitte November waren die Temperaturen ziemlich ungewöhnlich. Die ganze Woche war es schon so spätsommerlich wie in New York City. Sie lachte auf und drehte sich im Kreis, sie hatte das Gefühl zu schweben. War das Leben nicht herrlich?

Beim Mittagessen traf sie Franziska, die natürlich alles haarklein erzählt bekommen wollte. Natascha hielt sich jedoch bedeckt und erklärte, dass sie zwar im gleichen Bett geschlafen hatten, jedoch nichts gelaufen war. Was grundsätzlich ja stimmte. Ottos trockene Kommentare blieben ihr nicht erspart. Dieser Otto hatte zwar eine raue Schale, aber einen weichen Kern. Sie mochte ihn wirklich, man durfte sich nur nicht von seinem Griesgramgehabe täuschen lassen.

Kurz vor sieben Uhr lief Natascha zu dem Schmuckgeschäft an der Hauptstraße. Das hatte sie gestern schon gewollt, hatte es jedoch vergessen. Wen traf sie zufällig dort – natürlich Franziska, die genau das Gleiche im Sinn gehabt hatte. Beide standen mit herausgestrecktem Hintern da, das Gesicht fest an die Glasscheibe gepresst, und versuchten einen Blick auf die Preise zu werfen, die unter den Schmuckstücken lagen.

Sie wurde sich mit einem Mal der völlig unmöglichen Pose bewusst und begann lauthals zu lachen. Franziska schaute sie erstaunt an. Natascha wackelte zur Erklärung demonstrativ mit ihrem Hintern, da prustete Franziska verstehend los. Beide standen vornüber geneigt da, die Hände auf den Bauch gepresst, wackelten mit dem Hinterteil und stöhnten vor Lachen. Als dann noch ein Autofahrer auf die Hupe drückte und mit hoch erhobenem Daumen vorbeifuhr, setzte es sie beide fast auf den Boden.

»Das nimmt heute ja gar kein Ende mehr. Zuerst das Theater mit Manfred bei der Wassergymnastik und jetzt mit dir.« Natascha umarmte sie lachend.

Auf dem Weg zurück beschlossen sie, am Sonntag mit dem Rad eine Rundfahrt zu machen. Um den ganzen Tag in der Klinik zu verbringen, war das Wetter viel zu schön. Franziska hatte ihr Rad dabei und Natascha konnte sich eines von einer anderen Patientin ausleihen. Morgen hatte sie einen Friseurtermin in der Stadt und Natascha würde sie abholen. Sie wollten anschließend eine Kleinigkeit in einer der Bäckereien essen und ein wenig shoppen gehen, womit das Wochenende schon mal verplant war.

40

Freitagvormittag, 20. November, Wangen

im Allgäu

Natascha lag auf dem Bett in ihrem Zimmer. Die Hände unter dem Kopf verschränkt starrte sie auf die Decke. Sie hatte eine anstrengende Zeit hinter sich.

Die zweite Woche hatte mit vollem Tagesablauf gestartet. Am Montag hatte der MBSR-Kurs, die Mindfulness-Based Stress Reduction, oder auf Deutsch: Stressbewältigung durch Aufmerksamkeit, begonnen. Sie blieb bei der Abkürzung, alles andere konnte man sich ja unmöglich merken.

Dieses Programm war von Jon Kabat-Zinn, einem Professor für Medizin, der zugleich als Meditationslehrer in den USA tätig war, entwickelt worden und förderte die Entwicklung eines konstruktiven Umgangs mit Stress im Alltag.

Das Seminar dauerte neunzehn Tage, sechs bis sieben Mal die Woche, entweder eine oder zwei Stunden täglich. Es war ähnlich wie autogenes Training und bestand aus drei Einheiten: Body Scan, Hatha Yoga und Sitzmeditation.

Natascha hatte sich letzten Donnerstag bei einem Gespräch mit ihrer Therapeutin dazu entschieden. Sie wollte lernen, sich besser zu entspannen und bewusster mit den eigenen Gefühlen umzugehen. Vor allem, weil sie sich in den letzten Jahren vollkommen aus den Augen verloren und sämtliche Bedürfnisse unterdrückt hatte. Vor ein paar Monaten hatte sie noch keine Antwort auf die Frage gekannt, was ihr guttat, jetzt wusste sie es. Sie wollte ihre Kreativität ausleben.

Und sie liebte Musik! Sie konnte den ganzen Tag Musik hören, war nur mit ihrem iPod und den Kopfhörern unterwegs. Das Bedürfnis, selbst Musik zu machen, brodelte heftig in ihr, doch diese Möglichkeit hatte sie hier leider nicht. Beim Gedanken an das *Bikers* überkam sie das tiefe Verlangen, wieder eine Gitarre in der Hand zu halten, vor einem Mikrofon zu stehen und sich mit geschlossenen Augen ganz dem Song hinzugeben.

Wie lange hatte sie schon keine Porträtzeichnungen mehr gemacht? Diese Kreativität hatte so lange brach gelegen, das wollte sie hier ändern. Schon beim Anblick der Zeichnungen in Ryans Wohnung hatte es sie in den Fingern gejuckt.

Sie schob seufzend das zweite Kissen unter ihren Kopf, dabei fiel ihr Blick zum Balkon. Das sommerliche Wetter hielt weiterhin an. Die Sonne schien in ihr Zimmer und ließ den Staub in der Luft tanzen. Durch das geöffnete Fenster konnte sie das rotgoldene Laub riechen, das vom Gärtner zu großen Haufen zusammengerecht worden war. Am liebsten hätte sie jetzt im Liegestuhl gelegen und die warmen Sonnenstrahlen genossen, doch sie war zu faul, um aufzustehen. Ihre Gedanken schweiften wieder dahin zurück, was diese Woche alles passiert war, was diese Woche in ihr ausgelöst hatte.

Am Dienstag und Donnerstag hatte sie an ihren ersten Kerngruppensitzungen teilgenommen. Hier durfte jeder ein Thema vorbringen, und wenn alle einverstanden waren, wurde darüber gesprochen. Sie beteiligte sich zwar rege an den Unterhaltungen, ihre Gefühle und Emotionen waren bisher jedoch nicht überstrapaziert worden. Bei den anderen hatte es schon mehr als genug Tränen und Gefühlsausbrüche gegeben. Am Dienstag waren sie noch eine reine Frauenrunde, am Donnerstag war dann der erste Mann dazugekommen. Der Neue hieß Ralf und kam aus Tirol. Er war groß und schlank, wirkte distanziert und überkorrekt. Man konnte fast daran zweifeln, dass er überhaupt zu Gefühlen fähig war. Wie sich im Laufe der Stunde herausstellte, war genau das sein Problem. Er ging zu wenig aus sich heraus, unterdrückte alles, was mit Emotionen zu tun hatte, was ihm oft Probleme in seinen Partnerschaften bescherte. Am Ende des Kerngesprächs hatte sie festgestellt, dass Ralf bei Weitem nicht so gefühllos war, wie er wirkte. In diesem Menschen steckte mehr, als er vermuten ließ, und sie war auf die nächsten Wochen mit ihm gespannt.

Ja und so waren die Tage gefüllt: mit Kerngesprächen, MBSR, Fitnesstraining, Physiotherapie, Gesprächen mit der Psychologin und noch einigem anderen.

Sie beschloss, ein oder zwei Sachen streichen zu lassen, da es ihr sonst zu viel wurde und sie dazwischen Zeit für sich brauchte, um nachdenken zu können. Sie hatte zwar ein neues Leben begonnen, doch es gab immer wieder Momente, in denen sie die Vergangenheit einholte.

Nataschas Blick fiel erneut sehnsuchtsvoll auf den Liegestuhl auf dem Balkon. Wenn sie doch nur nicht zu faul zum Aufstehen wäre.

Zwischen den einzelnen Anwendungen saß sie oft im Foyer und lud sich von YouTube Musik auf ihren Laptop herunter. Sie fand immer wieder neue Gruppen, die ihr gefielen, und mittlerweile hatte sie an die achthundert Lieder auf ihrer Festplatte. Während sie das Internet durchforstete, blieben ab und zu andere Patienten stehen, um mit ihr zu quatschen. Von Franziska hatte sie sich am Dienstag leider verabschieden müssen. Sie fehlte ihr, die Gespräche, das viele Lachen, sie hielten jedoch über WhatsApp Kontakt.

Mit Karin – und Gelis Auto – war sie letzten Freitagnachmittag nach Lindau gefahren, um shoppen zu gehen. Sie wollte sich unbedingt ein paar kurzärmlige Oberteile kaufen, da es so warm war und sie nur Langärmeliges mitgebracht hatte. Doch mit was war sie stattdessen zurückgekommen? Mit zwei Hosen und einem Gürtel, aber keinem einzigen T-Shirt.

Die Zeit verging hier so rasend schnell, waren die Tage doch oft vollgepackt mit Therapien und Sitzungen. Die Gespräche mit ihrer Psychologin und den anderen Patienten taten ihr gut, konnte sie doch einiges daraus für sich mitnehmen. Doch würde die Zeit ausreichen? Würde sie es schaffen, sich zu regenerieren, zu heilen?

41

Freitagnachmittag, 20. November, Wangen

im Allgäu

»Geli, du weißt, wo ich zuerst hinmöchte?« Natascha saß neben ihr auf dem Beifahrersitz, Karin auf der Rückbank. Sie hatten sich am Nachmittag verabredet, um nach Ravensburg zu fahren.

»Jaja, ich weiß!«, antwortete diese lachend. »Zu *Orion*, weil du dir einen Vibrator kaufen möchtest. Ich kann es noch immer nicht fassen, dass du nie einen gehabt hast. Gerade von dir habe ich das am wenigsten erwartet.«

Natascha verdrehte die Augen. »Ja, ich weiß, ist schwer vorstellbar, doch ich wirke auf viele Leute oft ganz anders, als ich wirklich bin. Ich weiß noch, wie ein Arbeitskollege zuerst gar nicht glauben konnte, dass ich des Kochens mächtig bin.« Sie musste selbst über diese geschwollene Formulierung lachen. »Dass ich unnahbar wirke, musste ich mir auch schon anhören.«

»Also, das kann ich nicht nachvollziehen. Du gehst so offen auf die Menschen zu, wie sollst du da distanziert wirken?« Geli schüttelte den Kopf. »Du vermittelst so viel gute Laune, bringst die Leute zum Lachen, deine ganze Energie ist beeindruckend. Wo bitte haben die denn hingesehen?«

Geli, mit ihren rötlichen Haaren und einer Körpergröße von einem Meter fünfzig, war wirklich süß, wenn sie sich aufregte. Natascha drückte ihr einen Kuss auf die Wange. »Danke!«

»Hey, schaut mal, wir sind da«, rief Karin da von hinten. »Geht ihr zwei schon vor, ich schau noch schnell in dieses Schuhgeschäft.«

Natascha lief mit Geli die Treppe hinauf zum Orion. Etwas unsicher trat sie über die Schwelle. Sie war vorher wirklich noch nie in einem Sexshop gewesen. Drinnen standen beide vor den Regalen und wussten gar nicht, wo sie anfangen sollten. Die Auswahl war gigantisch. Wie sollte man sich denn hier entscheiden? Auf der rechten Seite des Geschäfts entdeckte Natascha etwas, das aussah wie eine große Computermaus.

»Geli, sieh dir das an. Das ist ein Intim-Stimulationsgerät und nennt sich *Womanizer*.«

Stirnrunzelnd betrachtete diese den Vibrator. »So etwas habe ich noch nie gesehen.«

Beide standen planlos da und begutachteten das Teil in ihrer Hand. Natascha ging kurzentschlossen auf den Verkäufer zu. »Hallo, kannst du mir erklären, wie der genau funktioniert?«

»Gerne, meine Frau und ich haben ihn bereits ausprobiert, sogar mehrmals hintereinander. Seither nimmt sie fast nur noch diesen. Er ist für die Klitoris gedacht, und der Hersteller gibt darauf eine Orgasmusgarantie.«

Geli, die in der Zwischenzeit hinzugetreten war, fiel die Kinnlade herunter. Sie stand mit offenem Mund da und starrte den Verkäufer fassungslos an.

Natascha musste über den Anblick lachen. »Geli, mach den Schnabel wieder zu.«

Diese schluckte hörbar.

Der Verkäufer fuhr fort. »Nachdem wir das Gerät neu erhalten haben, haben wir jeder Kundin eine Geldzurückgarantie angeboten, falls sie keinen Orgasmus bekommen sollte. Kein einziger *Womanizer* ist zurückgekommen.«

»Na, was meinst du, Geli?«

»Was für eine Frage, den musst du unbedingt nehmen. Und ich weiß auch schon, was ich mir zu Weihnachten von meinem Mann schenken lasse.«

Gesagt, getan. Natascha kaufte das Gerät mit Leopardenmuster und bekam eine kleine Flasche Piccolo dazu, zum Trinken nach dem Vergnügen.

Nachdem sie das Geschäft wieder verlassen hatten, sah Natascha Geli grinsend an. »Du kannst es dir gern zum Testen ausborgen, wenn du möchtest.«

»Also, darauf komme ich zurück, vielen Dank.«

Der Rest des Nachmittags verlief eher trostlos. Keine von ihnen fand etwas Ansprechendes zum Anziehen. Frustriert beschlossen sie, zurück in die Klinik zu fahren.

Auf der Rückfahrt rief Karin auf einmal: »Mädels, da gibt es doch dieses Privathaus in Wangen, wo sie italienische Mode im oberen Stock verkaufen. Lasst uns dem noch einen Besuch abstatten.«

Lust hatte Natascha keine mehr, Geli ebenfalls nicht, das sah sie ihr an. Sie fuhren trotzdem.

Dort angekommen verfiel Karin in einen Kaufrausch, war am Probieren, auf die Seite legen, wieder in die Hand nehmen ... Natascha und Geli saßen völlig erschöpft auf den einzigen beiden Stühlen und sahen ihr kopfschüttelnd zu. Sie shoppte und shoppte und shoppte. Natascha wurde vom Zusehen schon schwindlig und sie verdrehte genervt die Augen.

»Karin, bist du bald fertig? Es ist viertel nach sechs und ich bin am Verhungern. Ich hatte kein Mittagessen, und wenn ich am Abend wegen dir nichts mehr zu essen bekomme, bin ich grummelig, das schwöre ich dir.«

»Jaja, Mädels, ich bin gleich fertig.«

Sie fragte die beiden jedoch noch mindestens zehn Mal, ob sie dieses oder jenes Teil nehmen sollte oder beide oder keines. Als sie endlich bezahlte, war es bereits halb sieben. Nataschas Magen knurrte vernehmlich, als sie die Klinik erreichten, und daher ging sie direkt in den Speisesaal. Sie setzte sich mit einem überhäuften Teller an den Tisch, Otto und Marianne waren mit dem Essen bereits fertig. Auf Franziskas Platz saß seit Dienstag Peter, ein untersetzter IT-Spezialist mit Glatze. Sie wollte gerade zu essen beginnen, da kam Geli auf sie zu.

»Du, dein Angebot, mir das Gerät zu borgen, das du heute gekauft hast, das nehme ich gerne an.« Dabei grinste sie Peter zu. »Wenn du wüsstest, was sie in ihrer Handtasche hat.« Kichernd ging sie zurück auf ihren Platz.

Natascha und Peter sahen sich an, beiden stieg die Röte ins Gesicht, bei seiner Glatze ein herrlicher Anblick. Er hatte sofort begriffen, von was Geli da gesprochen hatte.

»Ei, ei, ei!«, stieß er hervor.

Beide brachen in lautes Gelächter aus, das im ganzen Speisesaal zu hören war. Belustigte Blick trafen sie von überall her. Ihr Lachen war so ansteckend, dass

Marianne und Otto ebenfalls mitlachen mussten, ohne zu wissen, warum. Es dauerte eine ganze Weile, bis wieder Ruhe eingekehrt war. Nach dem Essen beschloss Natascha, den Abend gemütlich ausklingen zu lassen. Sie würde sich auf ihr Zimmer zurückziehen und Musik hören.

Das Wochenende verbrachte sie sportlich. Am Samstag war sie mit einer Gruppe in den Bergen unterwegs und am Sonntag radelte sie mit Ines, die sie gerade erst kennengelernt hatte, nach Kempten und wieder zurück – an die vierundneunzig Kilometer. Ines, die Wien über alles liebte, war Nataschas Dialekt völlig verfallen. In Kempten stürzten sich die zwei sofort auf das Eisgeschäft in der Innenstadt, bei dem herrlichen Herbsttag war das ja direkt ein Muss. Der Rückweg ging über den Schwarzen Grad, einen Berg in der Nähe von Isny.

Da keine Autos unterwegs waren, konnten sie bei der Talfahrt die Räder laufen lassen. Natascha wurde immer schneller und schneller, der Tacho zeigte bereits siebzig Stundenkilometer an. Der Fahrtwind fuhr ihr ins Haar und wirbelte es wie eine schwarze Fahne hinter ihr her. Die Bäume rauschten nur so an ihr vorbei, und die kalte Luft des Waldes drang ihr durch die Kleidung. Es war eine Höllenfahrt ohne Helm. Natascha streckte die Beine weg und jauchzte vor Vergnügen und Lebensfreude. Selten hatte sie sich so lebendig gefühlt.

42

Dienstagvormittag, 24. November, Wangen

im Allgäu

Dienstag war stets An- und Abreisetag. Das bedeutete, dass wieder eine Menge neuer Patienten kommen würde. Gleich nach der Kerngruppe erfuhr Natascha, dass ihre Gruppe am Donnerstag und am Montag darauf die Morgenrunde für das Haus Nebelhorn eröffnen musste. Das hieß ein kurzes, passendes Thema zum Klinikalltag vorzubereiten, die Neuankömmlinge ihres Hauses am Donnerstag zu begrüßen und am Montag die Abreisenden zu verabschieden. Ihre Therapeutin, die die Gruppe betreute, hatte jedoch vergessen, es ihnen rechtzeitig zu sagen, sodass sie nur wenig Zeit für die Vorbereitungen hatten. Einstimmig waren alle dafür, dass Natascha die Morgenrunde moderieren sollte, für sie sei das ja sowieso kein Problem. Na toll, und wie das ein Problem war. Schließlich hatte sie Angst, vor so vielen Menschen zu sprechen, davor, alle Blicke auf sich zu spüren und keine Worte mehr zu finden. Sie kämpfte mit sich, entschied sich aber, es zu versuchen. Wenn nicht hier, wo dann? Noch dazu wollte Georg, dass sie vor seinen Angestellten einen Vortrag hielt, und dafür brauchte sie Übung.

Beim Mittagessen sah sie sich interessiert um. Viele Gesichter waren ihr fremd. Ihr Blick schweifte weiter

Richtung Eingang, da hielt sie abrupt inne. Ihr Bauch verkrampfte sich, ihr Herz klopfte wie verrückt, sie bekam keine Luft mehr. Das gab es nicht. Was machte er hier? Ihr Gesicht fühlte sich wie erstarrt an, sie konnte den Blick nicht von dem Mann wenden. Er war Anfang dreißig, hatte blonde schulterlange Haare, einen Dreitagebart.

Das konnte nicht sein. Angestrengt holte sie tief Luft. Ihre Hände zitterten. Nein, wenn sie genau hinsah, war er etwas kleiner und nicht so breitschultrig, sonst jedoch …

Der Mann drehte sich um, und blaue Augen sahen sie direkt an und hielten ihren Blick fest. Sie schüttelte sich, wie um die Starre von sich abzustreifen, und sah auf ihren Teller. Natascha konnte keinen klaren Gedanken mehr fassen. Eine Träne tropfte auf ihren Handrücken. Sie musste hier raus.

Sie sprang auf, schnappte ihr Handy und lief Richtung Ausgang. An seinem Tisch stockte sie kurz und sah ihn an. Nein, sie hatte sich nicht getäuscht, diese Ähnlichkeit mit Ryan war verblüffend – dann war sie schon an ihm vorbei. Sie spürte noch seinen Blick im Rücken.

In der Nähe des Speisesaals ließ sie sich völlig aufgelöst auf die Treppenstufen nieder, stöpselte sich die Kopfhörer in die Ohren und hörte Musik. Der Appetit war ihr gründlich vergangen. Sie hatte es in den letzten Tagen geschafft, nicht dauernd an ihn denken zu müssen, war durch den MBSR-Kurs viel entspannter geworden und jetzt das. Wie sollte sie die nächsten vier Wochen durchhalten? Noch bildlicher konnte er ihr wirklich nicht vor Augen gehalten werden, höchstens, indem er selbst hier auftauchen würde. Doch diese Chance stand eins zu einer Million.

Sie musste jetzt unbedingt mit jemandem reden, sonst würde sie noch völlig durchdrehen. Joe! Nein, lieber Mike. Sie würde Mike anrufen.

Als er sich meldete, war es um ihre Fassung geschehen und sie begann zu schluchzen.

»Hey, Natascha, was ist denn los?« Seine Stimme klang besorgt.

Es dauerte ein bisschen, bis sie ihm erklären konnte, dass ihr hier jemand begegnet war, der Ryan zum Verwechseln ähnlichsah.

»Warum lässt du mich nicht mit Ryan reden und ihm erklären, weshalb du zurück nach Österreich musstest? Das bringt ihn sicher zur Vernunft. So kann das doch nicht weitergehen. Du bist ja völlig fertig. Natascha, ich mache mir langsam Sorgen um dich. Du gehst daran noch kaputt.«

Sie sprang auf und lief erregt im Gang auf und ab, trotz Handy am Ohr gestikulierte sie wild mit den Händen. »Nein, Mike, auf keinen Fall. Er hat mich verurteilt, ohne zu wissen, worum es überhaupt geht. Wenn du mit ihm sprichst, wird er sich bei mir melden. So will ich das nicht, verstehst du? Er soll es von sich aus tun, weil ich es ihm wert bin, verdammt, aber nicht so.« Vor Zorn war sie immer lauter geworden.

»Natascha, du kannst so was von stur sein, verdammt nochmal. Ryan ist diesbezüglich vorbelastet, er reagiert nicht immer logisch. Du allerdings auch nicht. Liebst du ihn?«

»Ja, ja, ja, das tue ich. Aber ich habe dieses ewige Auf und Ab so satt. Ich weiß nie, woran ich mit ihm bin. Ich muss immer befürchten, wieder etwas zu tun, was er in den falschen Hals bekommt, nur weil er mir nicht vertrauen kann. Verdammt, ich habe eh schon eine beschissene Zeit hinter mir, ich brauch nicht noch eine.«

»Natascha, hast du je mit ihm darüber gesprochen, über deine Gefühle, deine Ängste, deine Wünsche? Weiß er davon?«

Sie schwieg, dann sagte sie leise. »Nein, das habe ich nicht.«

»Dann denke ich, du solltest einmal darüber nachdenken, warum du das bisher nicht getan hast.«

Wieder schwieg sie eine Weile. »Weil ich Angst davor habe, dass die Wahrheit anders aussieht, als ich sie mir wünsche. Weil ich Angst habe, von ihm zurückgewiesen zu werden.« Mittlerweile war sie vor einer Wand stehengeblieben und lehnte sich mit der Stirn dagegen.

»Bitte, versprich mir, dass du darüber nachdenkst, mit ihm zu reden, okay? Spring über deinen eigenen Schatten, du schaffst das, glaube mir. Übrigens wird Tobias dich diesen Samstag besuchen. Er freut sich schon sehr. Und vergiss nicht, ich bin stets für dich da, du kannst dich immer bei mir melden, zu jeder Tages- und Nachtzeit.«

»Ich verspreche es dir, Mike! Und drück Tobias ganz fest von mir, ich freu mich auf ihn.« Sie legte auf, die Stirn fest an die kühle Wand gepresst.

Noch immer völlig durcheinander blieb sie eine so Weile stehen und konzentrierte sich auf ihre Atmung, dann strich sie sich über die Wangen. Wahrscheinlich sah sie noch ganz verheult aus, und die Wimperntusche war völlig verschmiert. Natascha richtete sich auf und ging Richtung WC, um sich das Gesicht zu waschen, da hielt sie mitten im Schritt wie erstarrt inne. Er lehnte keine fünf Meter entfernt an der Wand und sah sie an. Sie hatte das Gefühl, am Boden festzukleben, konnte den Blick nicht von ihm abwenden. Im Gegensatz zu Ryan war er modischer gekleidet, hatte nicht diesen Biker-Style.

»Ich wollte mich nur vergewissern, dass es dir gutgeht. Du warst ganz aus der Fassung, und ich hatte den Eindruck, dass es etwas mit mir zu tun hat.« Seine Stimme klang angenehm warm.

»Ich konnte nicht umhin, Teile deines Gesprächs mitanzuhören. Obwohl ich sprachlich alles verstanden habe, kann ich nicht behaupten, dadurch schlauer zu sein.«

Natascha sah ihn schweigend an. Wie sollte sie ihm das erklären? Noch dazu war er für sie ein Unbekannter. Schließlich fasste sie einen Entschluss, ging auf ihn zu und ließ sich neben ihm entlang der Wand zu Boden gleiten. Er machte es ihr nach. Sie suchte auf ihrem Handy das Foto von Ryan, auf dem er auf seiner Harley saß, in Jeans, ärmellosem T-Shirt, mit offenem Haar und einem Lachen im Gesicht.

Kurzentschlossen hielt sie es ihm hin und beobachtete ihn genau.

Sein Gesichtsausdruck erstarrte, als er das Bild betrachtete. Nur am Zucken des rechten Augenlids konnte sie seine Anspannung erkennen. Wieder jemand, der die Gefühle unter Kontrolle hatte – genauso wie bei Ryan. Wie machten die das bloß? Sie hatte immer den Eindruck, als würde man in ihr lesen wie in einem offenen Buch.

»Auf den ersten Blick sehen wir uns zum Verwechseln ähnlich, wenn man jedoch genauer hinsieht, erkennt man einige Unterschiede.« Er runzelte die Stirn. »Wer ist das?«

Natascha lachte trocken auf. »Ja, eine interessante Frage. Fangen wir bei seinen Personalien an. Sein Name ist Ryan Johnson, er ist zweiunddreißig Jahre alt und arbeitet als Cop in New York City.«

Sie hörte ihn scharf einatmen und blickte verdutzt zu ihm hinüber. Sein Unterkiefer war nach unten geklappt und er sah sie mit hochgezogenen Oberlidern an. Die noch zuvor gezeigte Kontrolle war ihm jetzt vollständig entglitten. Als er antwortete, klang seine Stimme belegt. »Mein Name ist Gabriel Johns, ich bin ebenfalls zweiunddreißig Jahre alt und bei der Polizei in Ulm.«

Natascha starrte ihn an, in ihrem Kopf rotierte es. Sie setzte zum Sprechen an, bekam jedoch kein Wort heraus. Wenn sie nicht schon gesessen hätte, dann würde sie das spätestens jetzt, denn ihre Knie waren weich wie Wackelpudding. Schließlich brachte sie krächzend hervor: »Du machst Witze, oder?«

»Seh ich aus, als würde ich scherzen? Das muss ich erst einmal verarbeiten. Dir ist bewusst, dass du mir eine ausführlichere Erklärung schuldig bist.« Er warf einen bedauernden Blick auf die Uhr. »Allerdings nicht jetzt, ich habe in fünf Minuten einen Termin.«

»Mist, und ich muss zum MBSR.« Natascha sprang auf und bemerkte seinen fragenden Blick. »Stressbewältigung durch Achtsamkeit.«

Gabriel stand nun ebenfalls auf und sah auf die Therapiekarte. »Ich habe heute ab drei Uhr frei, wie schaut es bei dir aus?«

»Ich bin um halb vier fertig.«

»Kennst du das Café gleich oben an der Straße? *Schatzmann* heißt es. Ich warte dort auf dich.« Sein Tonfall duldete keinen Widerspruch.

Natascha fuhr sich durch das Haar und nickte. Gabriel sah sie lachend an und strich ihr den verwuschelten Schopf wieder glatt. Seine Berührung löste schmerzliche Erinnerungen an eine ähnliche Situation mit Ryan aus, und es schnürte ihr richtiggehend die Luft ab.

»Bis nachher.« Sie lief schnell auf die Toilette, um sich das Gesicht zu waschen. Sie war spät dran.

43

Dienstagnachmittag, 24. November, Wangen im Allgäu

Natascha war auf dem Weg ins Café *Schatzmann*. Kurz hatte sie mit dem Gedanken gespielt, nicht zu gehen, ihn zu versetzen, aber das wäre Gabriel gegenüber nicht fair gewesen. Sie hatte allerdings keine Ahnung, was sie ihm erzählen sollte.

Als sie das Lokal betrat, stieg ihr der Duft von frisch gebrühtem Kaffee und warmen Croissants in die Nase. Um kleine Marmortischchen waren Plüschbänke auf dem dunklen Parkett verteilt. Das Rascheln von Zeitungen und gedämpftes Geplauder waren zu hören. Es erinnerte sie sehr an eines der Wiener Kaffeehäuser, in denen man stundenlang zeitunglesend bei einem Kaffee verweilen konnte.

Natascha schaute sich suchend um, konnte Gabriel jedoch nirgends entdecken, dafür Manfred und Geli, die Kaffee tranken. »Na, Manfred, schaffst du es mittlerweile, bei der Wassergymnastik nicht unterzugehen?« Allein schon der Gedanke an die Stunde im Hallenbad brachte sie zum Lachen.

Manfred lachte laut auf. »Natascha, bitte hör auf. Das ist ja nicht zum Aushalten. Ich habe vom letzten Mal noch einen Lachmuskelkater. Willst du dich nicht zu uns setzen?«

»Tut mir leid, ich bin schon verabredet.«

»Bei dir geht es zurzeit mit Verabredungen ja ziemlich rund. Wenn ich mich richtig erinnere, hattest du letztens ebenfalls eine, die die ganze Nacht gedauert hat. Oder meinst du, ich habe nicht bemerkt, dass du länger in der Disco geblieben bist und in der Früh im Speisesaal die gleichen Klamotten anhattest wie am Abend zuvor? Dein Nachteil ist, dass du in der Menge leider nicht untergehst.« Er grinste von einem Ohr bis zum anderen.

»Ich hätte mir denken können, dass dir nichts entgeht. Ja, ich war bis in der Früh weg, und mehr sage ich dazu nicht. Aber die heutige Verabredung ist ganz was anderes.« Sie sah ihn mit in die Hüften gestemmten Armen blitzend an.

Manfred grinste noch immer und deutete auf eine Glasschiebetür links von der Bar, die halb offen stand. »Ich denke, deine Verabredung sitzt da drinnen. Er sieht sehr gut aus. Er ist heute erst angereist. Du wolltest wohl die Erste sein, hmmm?« Er kicherte in seinen Bart.

»Manfred, wenn du nicht sofort mit dieser blöden Rederei aufhörst, versohle ich dir den Hintern, das verspreche ich dir.« Sie drohte ihm spielerisch mit dem Zeigefinger.

»Nein, Spaß beiseite.« Er sah sie mit ernstem Blick an. »Ich weiß, dass du es nicht leicht hattest, und trotzdem hast du mich in diesen ersten zwei Wochen durch deine Energie so beeindruckt, dass ich gar nicht anders konnte, als wieder Spaß zu haben. Dafür danke ich dir. Genieße das Leben, du verdienst es mehr als jeder andere, den ich kenne.«

Natascha ging bei seinen Worten das Herz auf und ihr schossen vor Rührung die Tränen in die Augen. Sie umarmte ihn ganz fest und drückte ihm einen dicken Kuss auf die bärtige Wange. »Manfred, du bist in meinem Leben eine echte Bereicherung, dafür danke ich dir.« Sie warf ihm noch eine Kusshand zu, dann steuerte sie auf die halb offene Glasschiebetür zu, hinter der sich der Raucherbereich befand.

Gabriel saß gleich auf der rechten Seite an einem Vierertisch mit dem Rücken zur Wand, ein Glas Weizenbier vor sich, und rauchte eine Zigarette. Er sah auf und hob grüßend die Hand. Natascha ließ sich auf der anderen Seite der Eckbank nieder, gleich rechts von ihm, nahm die Getränkekarte und blätterte unschlüssig darin herum. Er beobachtete sie wortlos. Trotz der frühen Stunde beschloss sie, einen Caipirinha zu bestellen, sie hatte bisher noch nie einen getrunken. Gabriel hielt ihr die Schachtel Zigaretten hin. Zuerst schüttelte sie ablehnend den Kopf, dann überlegte sie es sich im gleichen Moment jedoch anders und griff zu. Wieder wurde ihr nach dem ersten Lungenzug schwindlig.

»Huch, ist das geil.« Sie zog gleich nochmals, der ganze Raum drehte sich. Natascha warf den Kopf zurück und lachte aus vollem Halse, das Gefühl war einfach unbeschreiblich. In der Zwischenzeit hatte die Kellnerin den Caipi gebracht. Sie stocherte mit dem Strohhalm im Crushed Ice herum und nahm einen langen Zug – echt lecker. Dann sah sie Gabriel an, der sie bereits die ganze Zeit schweigend beobachtet hatte, und hob fragend die Augenbrauen.

»Du faszinierst mich. Jemanden wie dich habe ich noch nie kennengelernt. Und da bin ich anscheinend nicht der Einzige.« Er deutete mit dem Kopf Richtung Glastür.

Wie es schien, hatte er ihre Unterhaltung mit Manfred mitbekommen. Sie runzelte die Stirn, nahm einen Schluck von ihrem Caipi und gleich darauf einen Lungenzug. Die Geschichte mit Tom ging ihn nichts an, darüber würde sie sicher nicht mit ihm reden. Sie war hier, um ihm die Sache mit Ryan zu erklären, nur wo sollte sie anfangen? Natascha stocherte mit dem Trinkhalm wie wild in ihrem Caipi herum.

»Bin ich froh, nicht an der Stelle des Strohhalms zu sein.« Gabriel sah ihr mit hochgezogenen Augenbrauen zu.

Sie schaute erstaunt auf ihr Getränk, rund ums Glas lagen die Eisstücke verstreut. »Sorry, Gabriel, ich überlege gerade, womit ich am besten starte. Es fällt mir schwer, da ich dich kaum kenne ...« Sie brach ab. Nach einer Weile fuhr sie fort. »Ich kann dir nicht erklären, warum es in den USA einen Polizisten gibt, der dir beinahe gleicht wie ein Ei dem anderen und fast den gleichen Nachnamen trägt. Ich bin Anfang Oktober spontan nach New York gereist, nachdem ich in Wien zwei amerikanische Cops kennengelernt hatte. Spontan ist sogar noch untertrieben, ich habe sie an einem Dienstag getroffen und am Mittwoch sind wir zusammen geflogen.«

»Du fackelst wohl nicht lange?«

»Sieht so aus. Um mich kurzzufassen: Während meines Aufenthaltes lernte ich Ryan kennen. Wir hatten von Anfang an unsere Höhen und Tiefen. Das letzte Mal, als ich ihn gesehen habe, wollte ich ihm erklären, warum ich so schnell wieder nach Österreich zurück muss, dass ich den Termin für die Reha bekommen habe. Aber er hat mir keine Gelegenheit dazu gegeben. Ich bin daher nach Wien geflogen, ohne nochmal mit ihm gesprochen zu haben. Heute Mittag im Speisesaal habe ich zuerst geglaubt, du seist er. Du kannst mir glauben, ich war fix und fertig, als ich meinen Irrtum bemerkt habe.«

»Das war jetzt wohl die Kurzform der Kurzform?«

»Mag sein, du wirst momentan jedoch nicht mehr von mir zu hören bekommen.«

»Mit ›momentan‹ gebe ich mich momentan zufrieden.«

Diese Wortspielerei ließ sie hell auflachen.

Zwei Männer hatten den Raucherraum betreten. Der Ältere von den beiden trat auf Natascha zu und hielt sein Gesicht ganz knapp vor das ihre. Sie sah nur noch Brillengläser und dahinter zwei riesige aufgerissene Augen. Erschrocken fuhr sie zusammen.

»Ich bin der Sebastian, dürfen wir uns zu euch setzen?« Er rückte ein wenig von ihr ab und schaute sie erwartungsvoll an.

Natascha klopfte sich mit dem Finger mehrmals an den Kopf. »Also, du hast ja nicht mehr alle Tassen im Schrank.«

Er lachte laut auf, setzte sich ihr gegenüber und sah sie grinsend an. Er war verrückt, definitiv, und gerade das machte ihn ihr sympathisch. Sebastian war ein bisschen größer als sie und schlank. Seine braunen Augen blitzten schelmisch in dem ovalen Gesicht mit der Knollnase, das ein Dreitagebart zierte. Aufgrund einer beginnenden Glatze hatte er die restlichen dunkelbraunen Haare kurz geschoren. Sie schätzte ihn auf Ende dreißig.

»Ich heiße Natascha. Und du sitzt ja eh schon.« Sie wandte sich dem anderen zu, der rechts von ihr Platz genommen hatte. Er war noch ziemlich jung, Anfang zwanzig, glattrasiert und hatte die kurzen schwarzen Haare oben zur Mitte hin aufgestellt.

»Ich bin Lukas«, stellte er sich vor.

Wie sich herausstellte, kannte Gabriel die beiden, sie waren zusammen mit ihm angekommen. Es entwickelte sich ein lustiges Gespräch, vor allem Sebastian war eine Wucht. Sie kam aus dem Lachen gar nicht mehr heraus. Ihr Gefühl sagte ihr, dass er sehr sensibel war und viel mit seinem Humor überspielte. Aus Lukas wurde sie dagegen nicht ganz schlau. Sie konnte ihn nicht richtig einschätzen, und das passierte ihr eher selten. Er war irgendwie zu glatt, als ob er sein wahres Ich vor allen verbarg.

Sie saß grübelnd da, als ihr Handy läutete. Es war Tobias. Natascha stand auf, ging ein paar Schritte zur Seite und hob mit einem Lächeln auf den Lippen ab.

»Hallo, Natascha, ich wollte mich vergewissern, dass bei dir alles in Ordnung ist. Mike macht sich ziemliche Sorgen um dich.«

»Tobias. Tut das gut, dich zu hören. Nein, mach dir keine Gedanken, es geht mir wieder gut. Ich nehme an, Mike wird dir erzählt haben, was los war?«

»Ja, er hat es mir gesagt, und ich hoffe, du denkst darüber nach, was er dir ans Herz gelegt hat.«

»Keine Sorge, das habe ich ihm versprochen.«

»Außerdem wollte ich dir sagen, dass ich dich am Samstag so gegen neun abholen komme. Ich muss nach

München, um dort noch einiges wegen meines nächsten Konzerts zu klären, und da habe mir gedacht, dass du vielleicht mitkommen möchtest. Das Tonstudio wird dich sicher interessieren. Du kannst in der Zwischenzeit aber auch München unsicher machen, ganz wie du willst.«

»Na klar komme ich mit dir mit ins Tonstudio, das interessiert mich brennend. Dein Konzert Anfang April lasse ich mir sowieso nicht entgehen.«

»Das will ich hoffen, und es würde mich freuen, wenn du für ein, zwei Lieder mit mir auftreten würdest.«

»Bist du verrückt? Da mach ich mir vor Angst in die Hose. Nein, ich denke, das kannst du vergessen. Es ist etwas anderes, im *Bikers* zu singen, als mit dir auf dieser riesigen Bühne vor tausenden von Menschen zu stehen. Keine Chance, Tobias.«

»Wir werden sehen. Hast du, seitdem du in Deutschland bist, wieder gesungen?«

»Nein, habe ich nicht, ich habe leider die Gitarre daheim vergessen.«

»Dem kann ich abhelfen, ich bring dir eine von meinen mit.«

»Du bist ein Schatz, vielen Dank.«

»Also, wir sehen uns dann am Samstag, ich freu mich schon!«

Freudestrahlend legte sie auf. »Ich bekomme am Wochenende Besuch.«

»Das war ja nicht zu überhören«, antwortete Sebastian. »Sag mal, habe ich das richtig gehört, du sollst auf einem Konzert auftreten?«

Natascha verzog das Gesicht und schüttelte sich. »Ja, ich singe, aber sicher nicht auf diesem Konzert. Ich bin bisher nur in New York in einem Hardrocklokal aufgetreten – und das zu Beginn nicht wirklich freiwillig. Ich habe Schwierigkeiten, vor vielen Menschen zu sprechen, komischerweise kann ich beim Singen jedoch komplett abschalten, es macht mir sogar richtig Spaß. Trotzdem ist es etwas ganz anderes, in einem Lokal aufzutreten, als auf so einer riesigen Bühne zu stehen. Ich glaube, ich würde vor Nervosität keinen Ton herausbringen.«

Gabriel sah sie interessiert an. »Was ist das für ein Konzert in München und wer ist dieser Tobias?«

»Es ist ein Rockkonzert. Tobias Schneider ist der Power-Metal-Sänger der deutschen Rockgruppe *Bloodsteel*. Er hat die Rockoper *Steel* geschrieben und mit einigen weltbekannten Sängern gesungen.« Natascha strahlte ihn an. »Ihr solltet ihn mal hören, seine Stimme ist gewaltig.«

»Ich kenne die Band«, sagte Gabriel. »Sie ist wirklich Weltklasse. Aber deine Stimme wird wohl ebenfalls nicht so schlecht sein, wenn er mit dir auftreten will.« Gabriel zwinkerte ihr zu.

Natascha biss sich auf die Unterlippe und merkte, wie sie rot anlief. Schon wieder.

»Das glaub ich ja nicht, du wirst doch tatsächlich verlegen.« Gabriel grinste von einem Ohr zum anderen.

Musste sich eigentlich jeder immer über ihre Röte lustig machen? Das war doch wirklich etwas, was nicht beeinflussbar war. Sie boxte ihn gegen den linken Oberarm. So ein Vogel, wirklich.

»Aua!«, schrie er und rieb sich gespielt wehleidig über die Stelle.

»Du kannst gleich noch einen Boxer haben.« Sie funkelte ihn entrüstet an.

»Ich hör ja schon auf.« Gabriel hob beschwichtigend beide Hände und versuchte krampfhaft, das Lachen zu unterdrücken.

Eigentlich hatte sie nach dem Gespräch ja vorgehabt, ihm so gut wie möglich aus dem Weg zu gehen, da er sie nur pausenlos an Ryan erinnern würde. Doch Gabriel hatte sich als angenehme Überraschung entpuppt. Sie mochte seine Art und seinen Sinn für Humor und wollte ihn besser kennenlernen. Vielleicht, dachte sie, könnte daraus eine wahre Freundschaft entstehen.

44

Donnerstag, 26. November, Wangen im Allgäu

Die Morgenrunde war gerade zu Ende gegangen. Natascha hatte es tatsächlich geschafft, sie zu eröffnen und trotz der vielen Menschen frei zu sprechen. Zuerst hatte sie dagesessen und kein Wort herausgebracht, genau wie damals in Wien, dann hatte sie kurz die Augen geschlossen, wie sie es immer beim Singen tat, und hat einfach zu sprechen begonnen. Auch als sie die Augen kurz darauf wieder geöffnet hatte und sie die Blicke der anderen auf sich gerichtet sah, war sie nur kurz ins Stocken geraten und hatte gleich wieder weitergesprochen. Sie war unvorbereitet darangegangen, ohne Konzept oder Zettel, genau wie sie es sich vorgenommen hatte. Jetzt war sie unheimlich stolz auf sich, diese Hürde geschafft zu haben.

Sogar Ralf hatte ihr ein Kompliment gemacht – das hatte sie am meisten gefreut. Er hatte sich in den letzten Tagen sehr verändert, kam mehr aus sich heraus und sah von der äußeren Erscheinung her viel lockerer und entspannter aus. Er hatte seinen Aufenthalt sogar nochmal um drei Wochen verlängert. Das wäre in den ersten Tagen niemals für ihn infrage gekommen. Sie freute sich für ihn.

Ab heute waren Lukas und Sebastian ebenfalls in ihrer Kerngruppe. Sie hoffte, dass Sebastian mit seiner Sozialphobie davon profitieren konnte. Im Umgang mit anderen Menschen hatte er so seine Probleme, obwohl man das bei ihm gar nicht vermuten würde. Es konnte passieren, dass ihm unter vielen Menschen so übel wurde, dass er das Gefühl hatte, sofort kotzen zu müssen. Er hatte ihr erzählt, dass er seit fünf Jahren nicht mehr in einem Restaurant essen gewesen war. Sobald zu viele Menschen in einem Raum waren und er mit ihnen an einem Tisch sitzen und essen musste, wurde ihm schlecht. Daher hatte er im Speisesaal der Klinik einen Extratisch, abseits der anderen. Der Raucherbereich im *Schatzmann* war ziemlich klein und meistens unbesetzt, deshalb hatte er dort keine Probleme. In der Kerngruppe saß er gleich bei der Tür, um jederzeit hinaus zu können. Natascha hatte sich extra zu ihm gesetzt, damit er wenigstens ein bekanntes Gesicht neben sich hatte. Zu Beginn war er zwar ein wenig blass, das legte sich jedoch gleich wieder und er überstand die eineinhalb Stunden anstandslos.

Seit Dienstag verbrachte sie ihre ganze freie Zeit zusammen mit Gabriel und Sebastian. Lukas war nur ab und zu dabei. Gabriels Gesellschaft war so eine Sache. Bei ihm musste sie verflixt aufpassen, sich ihn nicht als Ersatz für Ryan zu nehmen. Was gar nicht so einfach war, vor allem, weil sie das Gefühl nicht loswurde, dass er nur darauf wartete. Die Ähnlichkeit zwischen den beiden verwirrte sie immer wieder und machte es ihr unmöglich, Ryan aus ihren Gedanken zu verbannen. Von daher wäre es besser gewesen, Gabriel aus dem Weg zu gehen. So wie sie es anfangs ja geplant hatte.

Von Tom hatte sie länger nichts mehr gehört. Sie hatten hin und wieder Nachrichten über WhatsApp ausgetauscht und einmal kurz telefoniert. Das war vor einer

Woche gewesen. Hatte er nicht angekündigt, sie besuchen zu kommen? Vermutlich hatte er Stress daheim. Während des Telefonats hatte er ihr erzählt, dass er sich von seiner Freundin getrennt hatte, das Ganze jedoch nicht so reibungslos abgelaufen war, wie erhofft.

Am Donnerstagabend war wieder Disco angesagt. Sie hatten vorher im *Schatzmann* noch etwas getrunken, Natascha ihren geliebten Caipi. Seit einer halben Stunde saßen sie an einem der runden Tische und sahen den Tanzenden zu. Bisher war die Musik nicht gerade nach ihrem Geschmack, sie ließ daher gelangweilt den Blick durch den Raum schweifen. Da sah sie jemanden auf sich zukommen und sprang mit einem Aufschrei so abrupt auf, dass der Sessel krachend umkippte. Gabriel und Sebastian fuhren erschrocken zusammen und sahen sie erstaunt an. Natascha zwängte sich an ihnen vorbei und warf sich dem Mann freudestrahlend um den Hals, der sie lachend im Kreis schwang.

»Hab ich's mir doch gedacht, dass du heute hier sein wirst. Die Überraschung ist mir wohl gelungen.« Tom legte ihr den Arm um die Schultern und steuerte auf ihren Tisch zu.

»Das ist dir wirklich gelungen. Ich freu mich, dich zu sehen.« Sie stellte sich auf die Zehenspitzen und küsste ihn auf die Wange.

Beim Tisch angekommen wollte sie ihm gerade die anderen vorstellen, da deutete er erstaunt auf Gabriel.

»Du hast mir gar nicht geschrieben, dass Ryan aus New York gekommen ist.«

Sebastian warf Gabriel einen verwirrten Blick über den Rand seiner Brille zu, der sagte jedoch kein Wort.

Natascha verzog das Gesicht. Mist, sie hatte Tom erst unlängst ein Bild von Ryan per WhatsApp geschickt und ganz vergessen, ihm von Gabriel zu erzählen.

»Sorry, Tom, das ist nicht Ryan, sondern Gabriel. Er ist ebenfalls Patient hier in der Klinik und sieht – wie du siehst – Ryan zum Verwechseln ähnlich. Lustigerweise ist er ebenfalls Polizist.« Selbst in ihren Ohren klang ihr Lachen gekünstelt. »Und das dort ist Sebastian.«

Tom stellte sich den beiden vor, dann beugte er sich zu ihrem Ohr. »Mach mir nur keinen Blödsinn. Ich hoffe, du legst dir jetzt nicht noch eine zusätzliche Baustelle zu.« Er sah sie besorgt an.

Natascha warf Gabriel einen kurzen Blick zu und merkte an seinem Gesichtsausdruck, dass er ahnte, was Tom zu ihr gesagt hatte.

»Mach dir keine Sorgen, das habe ich nicht vor«, antwortete sie mit Nachdruck an Tom gewandt. Der hob zweifelnd die Augenbrauen, ließ es jedoch auf sich beruhen.

Trotz des nicht gerade gelungenen Auftakts startete der Abend mit viel Gelächter, und die drei Männer wechselten sich mit Schnapsrunden ab. Gabriel wurde mit der Zeit immer ruhiger und beteiligte sich zum Schluss gar nicht mehr an der Unterhaltung. Er saß da und beobachtete die Tanzenden. Sie warf ihm ab und zu einen forschenden Blick zu.

»Ich geh eine rauchen, kommst du mit?« Er sah sie fragend an.

»Na klar.«

Draußen zündete er zwei Zigarette an und reichte ihr eine. Nach dem ersten Zug lachte sie leise auf.

»Spürst du es wieder?«

»Es ist am Anfang jedes Mal das Gleiche, mir wird sofort schwindlig.«

Sie rauchten schweigend und drückten schließlich gleichzeitig die Zigaretten im Aschenbecher aus.

»Da ist etwas, was ich schon die ganze Zeit tun wollte.«

Natascha sah in verwirrt an. Auf einmal ahnte sie, was er vorhatte. »Gabriel, das ist keine gute Idee –«

Da hatte er sie bereits in die Arme gezogen und ihren Protest mit seinen Lippen erstickt.

Er schmeckte nach Tabak. Zuerst war sein Kuss zärtlich und behutsam, wurde jedoch immer heftiger. Gabriel zog sie mit einem Aufstöhnen noch fester an sich. Sie erwiderte den Kuss mit einer Leidenschaft, die sie erschreckte, hatte sie doch das Gefühl, den Boden unter den Füßen zu verlieren. Wie eine Ertrinkende klammerte sie sich an ihn.

Auf einmal überfiel sie Panik und sie riss sich los, stand schweratmend vor ihm, sah ihm in die blauen Augen und brachte kein Wort heraus. Sie drehte sich abrupt um und lief hinein, zu den Toiletten, ließ eiskaltes Wasser über ihre Handgelenke rinnen und starrte ihr Spiegelbild an. In ihrem Kopf rotierte es, ihr Herz klopfte wie verrückt. Sie konnte keinen klaren Gedanken fassen, doch sie musste nachdenken, musste wissen, was sie gefühlt hatte. Sie drehte den Wasserhahn ab, stützte die Arme am Waschbecken auf und lehnte die Stirn gegen den Spiegel. Verdammt, sie fühlte sich mit einem Mal so leer. Wie sollte das alles weitergehen?

Sie stieß sich vom Waschtisch ab, ließ sich an der WC-Tür hinter ihr zu Boden gleiten und vergrub ihr Gesicht in beiden Händen. Was hatte diese Reha eigentlich noch so alles im Angebot? Sie war so schon ausreichend bedient. Ihr wurde unversehens flau im Magen. Sie atmete mehrmals tief ein. In ihrem Mund sammelte sich die Spucke. Abrupt sprang sie hoch, riss die Tür auf und schaffte es gerade noch bis zur Kloschüssel. Sie erbrach sich so heftig, dass am Schluss nur noch Gallenflüssigkeit kam. Was war nur los mit ihr? So viel hatte sie doch gar nicht getrunken.

Erschöpft taumelte sie zum Waschbecken und stützte die Unterarme auf, um sich mehrmals den Mund mit Wasser auszuspülen. Sie blieb vornübergebeugt mit geschlossenen Augen stehen, tastete nach dem Wasserhahn, um ihn wieder abzuschalten. Sie spürte den Luftzug, als neben ihr die Tür geöffnet und wieder geschlossen wurde, gleich darauf legte sich eine Hand auf ihren Rücken.

»Hey, ist alles in Ordnung mit dir?«

Sie richtete sich auf und sah Gabriel wortlos an.

»Zu viel getrunken?«, fragte er überrascht.

»Frag mich was Leichteres, Gabriel. Es gibt so viele Dinge, über die ich nachdenken müsste, aber ...« Sie klopfte sich mit der flachen Hand mehrmals heftig gegen die Stirn.

»Hey!«, rief Gabriel und umfasste ihr Handgelenk. »Das ist keine Lösung, verdammt. Es tut mir leid, wenn ich dich überrumpelt habe. Ich kann den Kuss nicht mehr ungeschehen machen. Will ich auch gar nicht, wenn ich ehrlich bin«, stieß er heftig hervor. »Dein Hirn wird sich wieder einschalten, glaub mir. Das tut es immer. Komm jetzt mit rein, Tom und Sebastian machen sich schon Sorgen.«

Natascha seufzte und verließ vor Gabriel die Toilette. Beim Tisch angelangt sagte sie entschuldigend zu den beiden: »Es tut mir leid, falls ihr euch Sorgen gemacht habt, mir ist auf einmal übel geworden. Ich denke, ich habe etwas zu viel getrunken.«

Tom zog eine Augenbraue nach oben und verschränkte die Arme vor der Brust. Sie konnte sich vorstellen, was ihm durch den Kopf ging. Donnerstag vor zwei Wochen hatte sie um einiges mehr getrunken und ihr war nicht schlecht gewesen. Sie legte ihm beruhigend die Hand auf den Arm und zuckte mit der Schulter. Sebastian musterte sie mit zusammengekniffenen Augen. Verdammt, konnte man in ihr denn wirklich lesen wie in einem offenen Buch?

Um die beiden zu beruhigen, gab sie sich die nächste Zeit bewusst fröhlich und lachte viel. Wie es aussah, schien es zu funktionieren. Nur Gabriel sah sie immer wieder mit gerunzelter Stirn an.

Kurz vor halb elf verließen sie das Lokal. Draußen verabschiedete sie sich von Tom. Sie musste ihm versprechen, über WhatsApp mit ihm in Kontakt zu bleiben und ja nicht nach Amerika zurückzukehren, ohne ihn vorher zu treffen. Er wusste nicht, dass er sie schon im Dezember wiedersehen würde. Nach ihrer erfolgreichen Eröffnung der Morgenrunde hatte sie sich dazu entschlossen, den Vortrag bei GW zu halten. Es sollte eine Überraschung für ihn werden.

In der Klinik angekommen wünschte sie Sebastian und Gabriel eine gute Nacht und verschwand auf ihr Zimmer. Sich mit den beiden jetzt noch ins Foyer zu setzen, schaffte sie beim besten Willen nicht mehr. Der Abend war anstrengend genug gewesen.

In dieser Nacht hatte sie einen Alptraum. Sie träumte von Ryan und Gabriel als siamesische Zwillinge, die am unteren Rücken zusammengewachsen waren. Und sie, die die ganze Zeit um die beiden im Kreis rannte.

Sie wachte schweißgebadet auf und schaute auf das Handy. Es war zwei Uhr nachts. Sie wälzte sich von einer Seite auf die andere, konnte aber einfach nicht mehr einschlafen.

Als um halb sieben der Wecker läutete, fühlte sie sich wie gerädert – und genauso sah sie aus, wie sie beim Blick in den Spiegel feststellte. In dreißig Minuten startete MBSR, noch vor dem Frühstück. Na, das konnte ja heiter werden.

Wie erwartet war die Stunde die reinste Katastrophe. Vor lauter Müdigkeit kippte sie bei den Yogaübungen fast vom Stuhl, weil sie ständig einnickte. Auf dem Weg zum Speisesaal stöpselte sie sich wieder ihre Kopfhörer in die Ohren, um Musik zu hören. Damit ging es ihr schon besser. Sie war zwar noch immer müde, aber ihre Stimmung hatte sich verbessert.

Beim Frühstück beschloss sie, alle anderen Termine sausen zu lassen und schlafen zu gehen. Nachdenken über das, was gestern passiert war, konnte sie später. Gabriel bewusst ignorierend verließ sie den Speisesaal. In ihrem Zimmer angelangt warf sie sich aufs Bett und schlief sofort ein.

Sie erwachte um halb eins. Mist, das Mittagessen konnte sie erneut vergessen, aber egal, sie hatte sowieso keinen Hunger. Abmelden musste sie sich trotzdem. Sie fuhr sich mit der Bürste durch das schwarze Haar, schlüpfte in ihre Schuhe und eilte zum Speisesaal, wo das Salatbuffet bereits abgeräumt wurde.

Rechts vom Treppenabgang, der zurück in die Haupthalle führte, stand ein Tischfußballtisch. Sebastian, Lukas, Manfred und Gabriel waren dort am »Wuzeln«, wie man in Wien sagte.

Manfred sah sie aus dem Speisesaal kommen und rief: »Hey, Natascha, wo warst du denn heute beim Mittagessen?«

»Verschlafen.«

Gabriel hatte ebenfalls den Kopf gehoben und sah sie an. Sie wusste, sie würde ihm nicht ewig aus dem Weg gehen können. Grüßend hob sie die Hand und eilte die Stufen hinunter. Sie musste raus an die frische Luft. Sie brauchte einen klaren Kopf.

Natascha lief zügig bergauf zum Jägerhof, ihre Walkingstöcke klapperten rhythmisch im Takt ihrer Schritte auf dem Asphalt. Die hügelige Landschaft des Allgäus lag vor ihr, und die Gebäude der Klinik gleißten in der Ferne im Sonnenlicht. Hinter dem Gasthof zweigte die Straße in einen Waldweg ab. Wie ruhig es hier war. Vom Straßenlärm war nichts mehr zu hören, nur ab und zu durchdrang der Ruf eines Käuzchens die Stille. Vereinzelte Sonnenstrahlen drangen durch das Waldgeäst. Auf diesen Touren war sie am liebsten allein, dabei konnte sie in Ruhe nachdenken.

Ihre Gedanken schweiften zum gestrigen Abend. Bei Gabriels Kuss hatte sie Schmetterlinge im Bauch gehabt. Trotz allem war er nicht Ryan. Bei ihm hatte sie das Gefühl, eins mit ihm zu sein, endlich dort zu sein, wo sie hingehörte, ihm nie nahe genug sein zu können, das Glück fühlen zu können, wenn es den ganzen Körper durchströmte. Sie konnte es gar nicht richtig in Worte fassen. Und dann dieser fürchterliche Schmerz der Zurückweisung, das Zerplatzen der Seifenblase, die Selbstzweifel, die Wut, die Resignation.

All das löste Ryan in ihr aus, nicht Gabriel. Sich mit ihm auf eine Beziehung einzulassen, noch dazu bei dieser Ähnlichkeit mit Ryan, war keine gute Idee. Egal ob nur auf der Reha oder für länger. Die Gefühle für den New Yorker Cop konnte sie nicht einfach abschalten, das hatte sie ja bei Tom gemerkt. Es würde eine Weile dauern, bis sie über ihn hinweg war. Außerdem durfte sie Gabriel nicht dauernd mit Ryan vergleichen, das hatte er nicht verdient.

Mittlerweile hatte sie den Wald wieder verlassen und es ging bergab, Natascha klemmte sich daher die Stöcke unter die Arme und joggte los.

Irgendwie eigenartig. Jahrelang hatte sie keine Empfindungen mehr zugelassen, sogar daran gezweifelt, überhaupt noch zu Emotionen fähig zu sein und jetzt … Natascha lachte auf. Die Gefühle waren zurzeit nicht gerade die Schönsten, doch allein ihre Anwesenheit zeigte ihr, dass sie wieder lebte – und das war einfach herrlich.

Sie drehte sich vor Freude im Kreis. Ein älteres Ehepaar, das ihr entgegenkam, schaute ihr lachend dabei zu. Natascha winkte fröhlich und joggte vorbei. Die Energie durchströmte sie geradezu, sodass sie das letzte Stück bis zur Klinik richtig Gas gab.

Sie sah Sebastian und Gabriel im Foyer sitzen und ließ sich völlig außer Atem neben die beiden auf die Couch fallen.

»Sag mal, bist du immer so sportlich unterwegs?« Sebastian sah sie bewundernd an.

»Normalerweise boxe ich noch, was mir zurzeit am meisten Spaß macht. Damit habe ich in New York begonnen, der Fitnesstrainer der Polizei hat mich dort trainiert.« Bei dem Gedanken an ihr Training mit Jim seufzte sie wehmütig.

»Du konntest so einfach in deren Trainingscenter trainieren?« Gabriel schaute sie erstaunt an.

»Sieht so aus, ja. Ich habe Ryan nach einem Fitnesscenter gefragt, woraufhin er mich mitgenommen hat. Dort habe ich mich dann dermaßen über die Klatschhaftigkeit mancher Männer aufgeregt, dass ich den Trainer bat, mir das Boxen beizubringen. Ich hatte echt das Bedürfnis, ordentlich zuzuschlagen.« Bei der Erinnerung daran schnaubte sie heftig.

»Mich interessiert brennend, um was es da gegangen ist.« Sebastian sah sie so erwartungsvoll an, dass Natascha hell auflachte. Sie schilderte den beiden, was losgewesen war. Von ihrem Treffen mit Ben mitten in der Nacht im Central Park, ihrer Idee mit dem Schwulenlehrer und von Burts großer Klappe im Fitnesscenter.

»Zum Schluss konnte ich mir von Ryan anhören, dass das Thema Central Park bei Nacht für ihn noch nicht erledigt sei. Da hatte ich endgültig die Schnauze voll. Belehrungen kann ich absolut nicht leiden, vor allem nicht, wenn mein Gegenüber recht hat.« Natascha schnaubte erneut.

Die beiden sahen sie ungläubig an, dann brachen sie in Gelächter aus. Es dauerte eine ganze Weile, bis sie sich wieder beruhigt hatten.

Sebastian nahm die Brille von der Nase und wischte sich über die Augen. »Also, ich frage mich jetzt allen

Ernstes, wer da von uns nicht mehr alle Tassen im Schrank hat.«

Gabriel nickte zur Bestätigung heftig mit dem Kopf.

Natascha sah die beiden gespielt beleidigt an. »Männer, alle gleich!«

45

Es war neun Uhr morgens. Sie saßen zu dritt in der Halle. Bald würde sie Tobias holen kommen, daher hatte sie ihre Sachen schon mitgenommen. Sebastian wollte auf einen Sprung bei einer Arbeitskollegin vorbeischauen, die in Isny wohnte, und Gabriel bekam Besuch, angeblich von einer Freundin. *Seiner* Freundin? Er hatte sich diesbezüglich ziemlich bedeckt gehalten.

Natascha lümmelte bequem auf der Couch und schrieb über WhatsApp mit Tom, als sich auf einmal jemand mit vollem Schwung neben sie schmiss. Erstaunt sah sie auf, es war Tobias. Mit einem Schrei warf sie sich auf ihn. Er jauchzte vor Vergnügen und drückte sie fest an sich.

»Verdammt, tut das gut, dich zu sehen.« Er küsste sie auf die Wange und grinste sie schelmisch an. »Gut siehst du aus. Ich soll dich von allen schön grüßen. Du kannst dir gar nicht vorstellen, wie unleidlich Mike beim Essen geworden ist, seitdem du nicht mehr da bist und für ihn kochst. Ich muss mir die ganze Zeit sein Gejammere anhören, dass doch nichts über die österreichische Küche geht und er noch völlig abmagern wird.«

»Das glaube ich sofort.« Sie konnte ihn geradezu bildlich vor sich sehen. »Das sind Gabriel und Sebastian«, stellte sie Tobias die zwei vor. Sie bemerkte, wie Tobias zusammenzuckte, als er Gabriel sah, er sagte jedoch kein Wort, sondern reichte den beiden nur grüßend die Hand. Sie hätte ihn für seine Sensibilität küssen können.

»Natascha hat erzählt, dass du der Sänger von *Bloodsteel* bist. Kannst du mir den Gefallen tun und gemeinsam mit ihr etwas singen? Ich würde euch wirklich gerne zusammen hören.« Gabriel sah ihn bittend an.

»Na klar.« Tobias griff neben die Couch und holte gleich zwei Gitarren hervor. »Ich wusste nicht, welche du willst, deshalb habe ich beide mitgenommen«, antwortete er auf Nataschas fragenden Blick hin. Er öffnete die Gitarrenkästen und drückte ihr eine in die Hand. »›Sensation‹?«

Natascha fühlte sich etwas überrumpelt, nickte jedoch.

Es war ein wunderschöner, gefühlvoller Song, und ihre Stimmen harmonierten perfekt miteinander. Im Anschluss begannen beide ganz automatisch »That Will Make You Cry« zu spielen, ebenfalls ein Song aus der Rockoper. Natascha begann, danach übernahm Tobias, den Refrain sangen sie wieder gemeinsam.

Als der letzte Akkord verklang, herrschte kurz Schweigen, dann wurde heftig geklatscht. Natascha öffnete die Augen. Um sie herum standen mittlerweile an die zwanzig Leute. Sebastian und Gabriel grinsten sie an und streckten ihre Daumen in die Höhe.

»So, wir müssen los Natascha.« Tobias packte seine Gitarre ein. »Welche soll ich dir hierlassen?«

Sie deutete auf die, die sie gerade im Koffer verstaute.

»Wenn du mir deinen Schlüssel dalässt, kann ich sie dir ins Zimmer tragen« Gabriel sah sie abwartend an.

»Danke, du bist echt ein Schatz. Ich melde mich, sobald ich wieder da bin.« Sie warf den beiden noch eine Kusshand zu und verließ mit Tobias die Klinik.

Die Fahrt nach München verging wie im Flug, sie hatten sich viel zu erzählen. Die erste Station war das Tonstudio. Dort fackelte Tobias nicht lange, sondern machte ihr gleich klar, dass er mit ihr hier war, um eine Single aufzunehmen. Natascha rutschte vor Aufregung das Herz in die Hose. Sie hatte totalen Bammel davor und sang daher zu Beginn etwas wackelig. Je länger sie jedoch gemeinsam daran arbeiteten, umso mehr machte es ihr Spaß und sie wurde immer sicherer. Bereits nach zwei Stunden war der Song im Kasten. Gleich im Anschluss fuhr er zu seinem Manager, um noch diverse Einzelheiten wegen des Konzerts zu besprechen. Natascha setzte er davor in der Altstadt ab und vereinbarte mit ihr, sich telefonisch zu melden, sobald er fertig war. Also bummelte sie gemütlich vom Marienplatz durch die Kaufingerstraße bis in die Neuhauser Straße. Es wimmelte nur so von Menschen in dieser bekannten Einkaufsmeile. Bald war Weihnachten und die Geschäfte waren bereits weihnachtlich geschmückt. Allerdings war sie froh, nicht in irgendwelche Geschäfte zu müssen, da sie fürs Shoppen sowieso zu knapp bei Kasse war. Nach dem tollen Start im Tonstudio störte sie das jedoch nicht wirklich. Außerdem gab ihr der ganze Weihnachtsrummel nicht wirklich etwas. Sie war immer froh, wenn diese hektische Zeit vorbei war. Als ihre Geschwister noch klein gewesen waren und an das Christkind geglaubt hatten, ja, das war noch eine schöne Zeit gewesen. Allein wenn sie sich an deren leuchtenden Augen und ihre Aufregung erinnerte, wenn die kleine Glocke geläutet wurde, als Zeichen, dass das Christkind den Raum verlassen hatte, und sie hineindurften. Natascha lächelte glücklich vor sich hin.

Sie beschloss, bei *Starbucks* etwas zu trinken und ihre Geschwister anzurufen. In dem Café war fast genauso viel los wie auf der Straße. Sie schloss kurz die Augen und atmete tief ein. Auch wenn sie keinen trank, liebte sie doch den Geruch von frisch gemahlenem Kaffee. Sie bestellte sich einen Kakao mit Sahne, zwängte sich auf einen Sitzplatz in der hintersten Ecke des Lokals, in der es etwas ruhiger war, und rief in einer Dreierkonferenz Steven und Vanessa an. Die zwei waren ungewöhnlich gesprächig, vor allem ihr Bruder, daher dauerte das Telefonat fast eine Stunde. Als sie endlich auflegte, hatte sie ein ganz heißes Ohr. Sie fragte sich gerade, wie lang Tobias noch brauchen würde, da bekam sie schon eine Nachricht von ihm. Er wollte wissen, wo sie war. Sie gab ihm die genaue Adresse durch und verließ das Lokal, um draußen auf ihn zur warten. Keine zehn Minuten später stand er vor ihr und sie liefen Richtung Hauptbahnhof.

»Na, hast du ordentlich geshoppt?«

Natascha schüttelte lachend den Kopf. »Nein, gar nichts, ich hatte keine Lust. Mir hat das Bummeln gereicht.«

»Das ist doch nicht dein Ernst?« Tobias sah sie mit offenem Mund an. »Eine Frau, die nicht shoppt, die gibt es gar nicht.« Er runzelte die Stirn. »Liegt es am Geld? Warum hast du nichts gesagt?«

»Na, so weit kommt es noch, dass ich mir von dir meine Shoppingtour finanzieren lasse« Sie funkelte ihn entrüstet an.

»Schon gut, schon gut!«, lenkte Tobias rasch ein. Mit zusammengezogenen Augenbrauen sah er sie an. »Willst du mir nicht sagen, was du mit den zehntausend Dollar gemacht hast?«

»Nur wenn du es für dich behältst.«

»Versprochen.«

»Ich habe sie Ben gegeben, damit er aufhören kann, als Hustler zu arbeiten, und seinen Schulabschluss nachholen kann. Er möchte anschließend Modern Dance an der Juilliard in Manhattan studieren. Allerdings braucht er dafür unbedingt ein Stipendium, denn für die Ausbildung selbst wird das Geld leider nicht reichen. Doch wenn er den Willen dazu hat, da bin ich mir sicher, wird es schaffen.«

Tobias sah sie eine Weile schweigend an. »Ich kenn Ben noch nicht persönlich, aber Ryan hat Mike und mir von ihm erzählt. Er kann sich glücklich schätzen, dich getroffen zu haben.«

Natascha lächelte ihn dankbar an, sie war froh, keine Vorwürfe zu hören.

»Ich habe eine Überraschung für dich. Da du heute wohlweislich Jeans und eine Lederjacke angezogen hast und das Wetter so herrlich mitspielt ...« Tobias blieb vor zwei Harleys stehen. »Damit werden wir nach Wangen zurückfahren. Deine wird von dort wieder abgeholt und ich fahre mit meiner weiter. Du meldest dich vom Abendessen ab und wir gehen noch etwas essen, wie klingt das?«

Natascha starrte fassungslos auf die Harleys, ihr Herz klopfte vor Freude und Aufregung bis zum Hals. Mit einem Juchzer schwang sie sich auf eines der beiden Motorräder und setzte den Helm auf, der am Lenker hing. »Auf was warten wir noch?« Ihre Augen blitzten erwartungsvoll.

Das ließ sich Tobias nicht ein zweites Mal sagen. Zehn Sekunden später war das Aufheulen der beiden Maschinen zu hören und sie brausten los.

Nach nicht ganz zwei Stunden Fahrt hielten sie vor der Klinik an. Natascha riss sich den Helm vom Kopf und sah ihn mit strahlenden Augen an. Tobias zwinkerte ihr zu.

»Die Harley wird erst morgen am Abend geholt, du kannst also noch den ganzen Tag damit fahren.«

Ein Strahlen breitete sich auf ihrem Gesicht aus. Die Fahrt hierher war der reine Wahnsinn gewesen, einfach traumhaft. Die wunderschöne Landschaft, der strahlende Sonnenschein und das warme Wetter hatten ihr Übriges dazu beigetragen. Dass sie dieses Privileg morgen ebenfalls noch nutzen durfte, konnte sie gar nicht fassen.

»Ich geh mich rasch abmelden, bin gleich wieder da.« Sie lief in die Halle und hüpfte dabei wie ein Kleinkind von einem Bein auf das andere. Sebastian und Gabriel waren gerade auf dem Weg zum Speisesaal, Natascha sprang auf sie zu und umarmte die beiden gleichzeitig. Sie ließ sie wieder los und tanzte wie ein Wirbelwind um sie herum, den Helm dabei in der Luft schwenkend. Freudestrahlend rief sie: »Wisst ihr, mit was ich hergefahren bin? Mit einer Harley! Und wisst ihr, was noch besser ist? Ich kann sie morgen ebenfalls den ganzen

Tag nutzen.« Sie fiel den beiden nochmals um den Hals. »Wir treffen uns später im Schatzmann, ich geh jetzt mit Tobias essen.«

Die zwei waren die ganze Zeit nicht zu Wort gekommen und sahen sie mit großen Augen und offenen Mündern an. Lachend lief sie weiter.

»Was war das?«, hörte sie Sebastian hinter sich Gabriel fragen.

»Ein Tornado mit nicht allen Tassen im Schrank?«

Nachdem sie sich nach dem Essen von Tobias verabschiedet hatte, lief sie ins *Schatzmann*, ließ sich dort auf ihren Platz fallen und strahlte ein Hallo in die Runde.

»Der Tag dürfte ja ein voller Erfolg gewesen sein, so wie du strahlst.« Gabriel lächelte sie an.

Sie seufzte zufrieden. »Ja, das war er. Dass Tobias da war, hat mir ein bisschen vom Heimweh genommen und das Fahren mit der Harley hat mich so sehr an New York erinnert ... obwohl damit nicht nur gute Erinnerungen verbunden sind.« Sie verzog das Gesicht zu einer Grimasse.

»Das hört sich so an, als wäre New York deine Heimat. Und was hast du dort angestellt? Bist du wegen Schnellfahren verhaftet worden?«

»Sag mal, kannst du Gedanken lesen, oder was? Das ist ja richtig unheimlich.« Natascha sah Gabriel mit weit aufgerissenen Augen an. »Und ja, New York ist mir wirklich zur Heimat geworden. Ich habe vor, dort zu leben. Arbeit hätte ich ja schon.« Sie fuhr sich nachdenklich mit der Hand über das Kinn. »Und was das andere angeht ... Mike, ein Freund von mir, ist ebenfalls Polizist. Mit seiner Harley bin ich auf der Autobahn ohne

Helm unterwegs gewesen, mit hundertsechsunddreißig Meilen pro Stunde. Das war mehr als doppelt so
schnell. Ich konnte einfach nicht widerstehen. Nur bin
ich –«

»– geblitzt worden«, beendete Gabriel ihren Satz mit
einem Grinsen im Gesicht.

»Ja!« Ihr trat jetzt noch der kalte Schweiß auf die
Stirn, wenn sie daran zurückdachte. »Ich will gar nicht
wissen, was da alles auf mich zugekommen wäre. Ein
Kollege war Mike einen Gefallen schuldig und hat die
Anzeige aus der Datenbank gelöscht. Das war nicht so
ohne, deshalb war er stinksauer auf mich.«

»Bin ich froh, dass du mir bisher bei einer Polizeikon-
trolle nicht unter die Finger gekommen bist, so rasant,
wie du fährst. Sonst wäre ich wahrscheinlich noch
schuld, wenn du deinen Führerschein abgeben musst.«
Gabriel legte sich eine Hand auf den Brustkorb und verdrehte die Augen zur Decke. Dann holte er übertrieben
heftig Luft und prustete sie mit geschlossenen Lippen
wieder aus.

Sebastian brach bei diesem Anblick in Gelächter aus
und warf sich so schwungvoll zurück, dass der Stuhl
nach hinten kippte. Er konnte sich gerade noch an der
Tischkante festhalten.

»Ich muss dann mal für kleine Königstiger«, tönte es
da von Gabriel.

Natascha lachte, den Ausdruck hatte sie nicht gekannt. Sie schnorrte sich von Sebastian eine Zigarette,
schnappte sich ihre Jacke und ging raus an die frische
Luft. Vor dem *Schatzmann* stand extra ein runder Stehtisch für Raucher. Natascha zog genussvoll an ihrer Zigarette und betrachtete den Himmel. Es war eine

sternenklare Nacht, sogar die Milchstraße war zu sehen. Sie stand da, den Kopf im Nacken, und konnte sich nicht sattsehen.

»Warum bist du daußen?«, hörte sie da Gabriel fragen.

Wortlos deutete sie auf den Sternenhimmel.

Er zündete zwei Zigaretten an und reichte ihr eine davon. Das mochte sie unter anderem so an ihm, dieses Für-sie-Anzünden.

»Du hattest heute Besuch?« Diese Frage konnte sie sich nicht verkneifen.

»Ja, meine Freundin war da.«

Also doch. Natascha warf ihm einen kurzen Blick zu. »Dann ist es ja besser so.«

»Was?«

»Dass es nur bei diesem einen Kuss geblieben ist.«

»Meinst du, ja?«

»Ja, das meine ich, für uns beide.«

Er schwieg.

»Gabriel mein Herz ist nicht frei, momentan jedenfalls nicht. Ja, wenn Ryan nicht wäre ... Mist, ich weiß es doch selbst nicht. Ich genieße die Zeit mit dir und mit Sebastian. Da hat sich eine großartige Freundschaft entwickelt, das möchte ich mir auf keinen Fall kaputtmachen. Okay? Ich sehe ja, was aus der Beziehung mit Ryan geworden ist, wenn man es denn überhaupt eine nennen kann. Zuerst auf Wolke sieben und von einer Minute auf die andere der totale Absturz, und das nicht nur einmal.« Heftig klopfte sie mit der flachen Hand auf die Tischplatte des Stehtisches.

Gabriel sah sie erstaunt an.

»Das Schlimme ist, dass ich das Gefühl habe, mitschuldig an der jetzigen Situation zu sein. Dieses

Nichtwissen, woran ich bin, weil ich es einfach nicht geschafft habe, mit ihm darüber zu reden. Ich war zu feige, bin es immer noch. Das ist wie eine innere Blockade. Ich schaffe es nicht, ihm zu sagen, was ich fühle, weil ich nicht weiß, was er für mich empfindet. Ich habe ihm sogar einen Liebesbrief auf seinem Laptop hinterlassen, ihn jedoch in den Papierkorb verschoben, damit er ihn nicht findet. Ist das etwa normal?« Frustriert schüttelte sie den Kopf.

»Sorry, wenn ich das jetzt so direkt sage, Natascha, aber du hast wirklich nicht alle Tassen im Schrank.«

Sie sah Gabriel fassungslos an. Ihr hatte es die Sprache verschlagen. Ihre Mundwinkel begannen zu zucken, sie gluckste leise, ihre Augen weiteten sich und dann prustete sie los. Sie konnte sich gar nicht mehr beruhigen. Gabriel biss sich auf die Unterlippe, und seine Schultern bebten verdächtig. Die Lippen wurden immer breiter, dann brüllte er los. Es klang wie ein Grollen, das tief aus seiner Kehle kam. Sie lachten so sehr, dass sie sich aneinander festhalten mussten, damit sie nicht umkippten.

»Mit dir mache ich was mit.« Gabriel stöhnte. »Wenn das so weitergeht, brauche ich eine Reha von der Reha.«

»Werd nicht frech, Bürschchen.« Natascha drohte ihm mit dem Zeigefinger.

»Bevor ich es vergesse, ich habe ja noch deinen Zimmerschlüssel.« Gabriel kramte in seiner Jackentasche und reichte ihn ihr. »Du, dieses Teil da auf deinem Schreibtisch, das aussieht wie eine übergroße Maus … Was ist das?«

Natascha kippte das Kinn nach unten. »Ähmmm …« Verflixt, war ihr das jetzt peinlich.

»Ja?« Gabriel zog fragend die Augenbrauen hoch.

»Also ...«

»Ja, was denn jetzt?«

»Nun ja, das ist ...«

»Natascha?«

»Also ... das ist ein Vibrator für die Klitoris.« So, jetzt war es raus.

Er grinste. »Das ist ja interessant. Das muss ich unbedingt googeln.« Sein Grinsen wurde immer breiter, die Mundwinkel erreichten fast schon seine Ohren.

»Ich geh wieder rein und rauche drinnen noch eine Zigarette auf deine Kosten.« Sie rauschte mit erhobenem Kopf an ihm vorbei und hörte ihn hinter sich amüsiert lachen.

Am Sonntag in der Früh erhielt Natascha von Georg, dem die Firma für Anlagenbau in Friedrichshafen gehörte, eine WhatsApp-Nachricht. Er wollte wissen, ob sie kurzfristig Zeit hätte, er könnte gegen zehn bei ihr sein.

Sie schrieb zurück: *Geht in Ordnung! Zieh eine Lederjacke an und nimm einen Helm mit.* Perfektes Timing. Sie hatte eine Überraschung für ihn.

Pünktlich stand er in der Halle, in der Hand einen Motorradhelm. Sie ging lachend auf ihn zu und umarmte ihn.

»Das find ich toll, wenn Männer so brav folgen.«

Georg sah sie grinsend an. »Nicht zu gehorchen hätte ich mich gar nicht getraut.«

Sie ging mit ihm zum Parkplatz der Klinik, blieb vor der Harley stehen und warf ihm den Schlüssel zu. »Du fährst.«

Georg fing ihn mit strahlendem Gesicht auf. Er schwang sich auf das Motorrad und klopfte mit der Hand auf den Rücksitz. »Hopp, Mädel, lass uns bei dem traumhaften Wetter einen Ausflug machen.«

Sie fuhren bis Meersburg. Das romantische Städtchen lag direkt am Bodensee, umgeben von Weinbergen, mit direktem Blick auf die Schweizer Alpen. Georg kannte ein Weinlokal, das direkt in den Weinbergen lag. Zwischen den einzelnen Reihen der Weinstöcke waren vereinzelt Tische aufgestellt. An den meisten saßen bereits Besucher, die den herrlichen Tag bei ein paar Leckerbissen und jungem Wein genossen. Beides konnte man vorne im Eingangsbereich holen.

Natascha setzte sich an einen freien Tisch und ließ sich von Georg mit einheimischen Spezialitäten verwöhnen. Beim Wein hielten sich beide zurück, da sie ja noch fahren mussten.

Nachdem sie ausgiebig gespeist hatten, schlenderten sie durch den Weinberg direkt bis zum Bodensee. Der Anblick der Schweizer Berge war einfach atemberaubend. Sanfte grüne Hänge breiteten sich vor ihr aus. Das Wasser des Sees glitzerte im Sonnenlicht. Alle Hektik und aller Stress fiel hier von einem ab.

Direkt im Wasser des Uferbereichs waren ein paar Stehtische aufgestellt worden. Natascha zog Schuhe und Socken aus, krempelte die Hosenbeine hoch und ging auf einen der Tische zu. Trotz der Kälte genoss sie die kleinen Wellen, die immer wieder gegen ihre Schienbeine schwappten. Sie stützte die Unterarme auf der Tischplatte auf, schloss die Augen und streckte ihr Gesicht der Wärme entgegen. Ein Glücksgefühl durchfloss ihren ganzen Körper. Am lauten Plätschern merkte sie, dass Georg es ihr gleichgetan und sich neben sie gestellt hatte.

Gegen halb sechs kehrten sie in die Klinik zurück. Dort wartete bereits jemand vom Motorradverleih, dem Natascha die Schlüssel und den Helm in die Hand drückte. Bevor sie sich voneinander verabschiedeten, erzählte sie Georg, dass sie sein Führungsteam kennengelernt hatte, jedoch nicht verraten hatte, dass sie sich kannten, und dass sie entschieden hatte, den Vortrag zu halten. Sein zufriedener Gesichtsausdruck zeigte ihr, dass er nichts anderes erwartet hatte.

46

New York, Dienstagabend

Die Sonne ging gerade unter und tauchte die Skyline in alle Farben. Ein atemberaubender Anblick, für den Ryan heute absolut keinen Blick hatte. Er saß teilnahmslos auf der Couch und starrte ins Leere. Ryan wusste, dass er beschissen aussah, er schlief zu wenig und trank zu viel. Unfähig, noch länger ruhig sitzen zu bleiben, sprang er auf und lief im Wohnzimmer auf und ab.

Pausenlos musste er an Natascha denken, diese Frau ging ihm einfach nicht aus dem Kopf. Sie war sein erster Gedanke, sobald er in der Früh aufwachte, und der letzte, bevor er abends einschlief – wenn er es denn konnte.

Es war zum Verrücktwerden. Wie sollte das weitergehen? Immer und immer wieder fragte er sich, weshalb sie so schnell zurück nach Österreich gemusst hatte. Verdammt, warum hatte er sie nicht ausreden lassen? Die abrupte Ankündigung ihrer Abreise war für ihn wie ein Schlag ins Gesicht gewesen, daher hatte er auch so heftig reagiert. An ihrem Gesichtsausdruck hatte er gesehen, wie sehr sie seine Worte verletzt hatten.

Als Sturschädel, der er war, hatte er jedoch nicht eingelenkt. Er hatte gehofft, dass es ihm einer seiner Freunde erzählen würde, ohne dass er danach fragen musste. Doch da hatte er keine Chance gehabt, sie hatten den Grund ihrer Abreise bisher mit keinem Wort erwähnt. Es war zwar pausenlos von ihr die Rede, da sie sie alle schrecklich vermissten, jedoch wusste er noch immer nicht, wo sie war oder was sie machte. Zufällig hatte er auf der Arbeit durch eine Unterhaltung zwischen Joe und Mike erfahren, dass Tobias sie am Samstag besucht hatte und sie gemeinsam in München im Tonstudio eine Single aufgenommen hatten. Anschließend waren die beiden mit zwei geliehenen Harleys zurückgefahren. Nur ... wohin zurückgefahren?

Er schnappte sich seine Lederjacke und stürmte zur Wohnungstür hinaus. Er musste hier raus, am besten ins *Bikers*, sonst wurde er noch verrückt.

Dort angekommen, ließ er sich auf den nächstbesten Barhocker fallen und bestellte bei Matt ein Bier. Seinen Alkoholkonsum würde er wieder einschränken müssen, das war auf Dauer keine Lösung. Missmutig starrte er das Glas an.

»Ryan, du siehst schrecklich aus, wenn ich das mal so unverblümt sagen darf«, schreckte ihn da Matts Stimme auf.

Er sah ihn nur wortlos an.

»Findest du es nicht langsam langweilig?«

»Wovon redest du?«

»Stur, wie du bist, lässt du es zu, dass es dir scheiße geht, und betäubst dich lieber mit Alkohol. Du müsstest nur einen von uns fragen.«

Ryan sah ihn finster an.

Matt wandte sich kopfschüttelnd ab.

»Na, dann sag schon«, brach es da aus ihm heraus.

Matt drehte sich wieder um. »Was soll ich sagen?«

Er hatte anscheinend nicht vor, es ihm leicht zu machen.

»Warum?«

»Was ›warum‹?«

»Warum sie weg ist und wohin?«

»Wer?«

»Verdammt, Matt«, schrie Ryan und knallte sein Bierglas auf den Tresen. Mit einem Mal wurde er ganz ruhig. »Sag mir bitte, warum Natascha so schnell wieder zurückmusste, und wo sie ist.«

Matt atmete sichtlich erleichtert auf. »Na endlich. Weißt du eigentlich, wie lange ich schon auf diese Frage warte? Wenn es uns Natascha nicht verboten hätte, dann hätten wir es dir sofort gesagt.«

»Matt!«

»Jaja, ich komm schon zur Sache. Sie hat ihre Reha wegen ihres Burnouts im Januar bewilligt bekommen, und zwar in Wangen, im Allgäu, das ist in Deutschland. Der Termin des Kurbeginns war der zehnte November. Da sie es erst zwei Tage vorher von ihrer Schwester erfahren hat, musste sie so schnell weg. Georg, ein Freund von mir, hat ihr einen Platz in einem Flieger organisiert, sonst hätte es wahrscheinlich schlecht für sie ausgesehen.«

»Sie hatte ein Burnout?« Ryan glaubte, sich verhört zu haben, und sah Matt fassungslos an. »Davon hat sie nie etwas erwähnt.«

»Sie hat uns nicht viel erzählt. Ich glaube, der Einzige, der über fast alles Bescheid weiß, ist Joe.«

Ryan schluckte schwer. »Und weswegen hatte sie ein Burnout?«

»Sie hat erzählt, dass ihr Exmann Alkoholiker ist, seit Jahren schon, inzwischen ist er jedoch trocken. Die Zeit an seiner Seite ist für sie hart gewesen und ihr anspruchsvoller Job ist dann noch dazugekommen. Sie hat einfach verlernt, auf sich zu achten und sich abzugrenzen. Im Januar ging es ihr total schlecht und sie hat sich völlig abgekapselt. Monate nach ihrer Erkrankung im Januar hat sie eingesehen, dass sie neue Wege gehen muss, und sich von ihrem Mann getrennt. Das war, kurz bevor sie nach New York kam.«

»Verdammt, was bin ich für ein Idiot!« Ryan schlug sich mit der flachen Hand gegen die Stirn.

»Dem kann ich nur schwer widersprechen«, kam es von Matt trocken zurück, während er mit einem Tuch den Tresen säuberte, auf dem Ryan sein halbes Bier verschüttet hatte, als er es auf die Bar geknallt hatte.

In seinem Kopf ratterte es, die Gedanken liefen kreuz und quer. Was sollte er tun? Er hob nachdenklich das Bierglas. »Ich muss zu ihr!« Er knallte das Glas erneut vor sich auf die Theke, wieder schwappte es über.

»Sag mal, Ryan, würdest du das bitte unterlassen?« Matt hatte die Augenbrauen ärgerlich zusammengezogen. »Ich bin nicht deine Putzfrau.«

»Hast du verstanden, was ich gesagt habe? Ich muss zu ihr. Kennst du die genaue Adresse?«

»Joe hat sie. Der kommt eh gerade.« Matt deutete hinter Ryan.

Joe steuerte auf sie zu, gefolgt von Mike und Tobias. Die drei ließen sich auf die Barhocker neben ihm nieder.

»Ratet mal, wer mich gerade nach Nataschas Abreisegrund und Aufenthaltsort gefragt hat?« Matt blickte mit hochgezogenen Augenbrauen grinsend in die Runde.

»Na endlich, wurde auch langsam Zeit.« – »Das war für uns ja schon die reinste Folter. Warum hast du so lang damit gewartet?« – »Na, ich glaub's ja nicht!«, riefen Joe, Mike und Tobias durcheinander.

»Ryan möchte die Adresse der Klinik.«

»Na klar, ich schicke sie dir per WhatsApp.« Joe tippte bereits wie wild auf seinem Handy.

»Joe, bevor Natascha abgereist ist, hat sie gemeint, du wüsstest die ganze Geschichte rund um ihr Burnout und könntest sie uns gern erzählen, falls wir Interesse haben.« Matt sah Joe fragend an. »Ich denke, wir haben alle Interesse, vor allem Ryan.« Matt sah ihn dabei direkt an.

Joe schwieg eine Weile. Dann erzählte er ihnen Nataschas Geschichte.

Anschließend sagte keiner ein Wort.

»Scheiße!«, unterbrach Ryan die Stille. Dann nochmals. »Scheiße, verdammt.«

»Du bist ein Idiot, ich weiß«, meinte Matt trocken.

»Ja, ist doch wahr. Es hätte gar nicht so weit kommen müssen, wenn ich nicht so stur und voller Vorurteile gewesen wäre.«

»Sorry, Ryan«, sagte Mike, »aber da bist du nicht allein dran schuld, und das habe ich Natascha genauso gesagt. Sie hat nie versucht, mit dir über ihre Gefühle, ihre Ängste und ihre Zweifel zu sprechen. Sicher, du hast ebenfalls zu dem Schlamassel beigetragen. Seit dem Theater mit Karen hast du ja keine Frau mehr an dich herangelassen.« Mike sah ihn ernst an.

»Was meinst du mit Gefühlen, Ängsten und so weiter?«

»Das wirst du sie schon selbst fragen müssen. Was willst du jetzt tun?«

»Ich fahre gleich nach Hause und schaue, wann der nächste Flug nach München geht und wie ich von dort nach Wangen komme. Ich denke, ich werde mir ein Auto leihen.«

»Sie ist jetzt schon die vierte Woche dort, das könnte knapp werden«, meinte Tobias.

»Das wird sicher nicht knapp«, erwiderte Ryan entschieden. »Und wenn ich Businessclass fliegen muss.«

Zuhause angelangt klemmte er sich gleich hinter seinen Laptop und ging die einzelnen Fluglinien durch. Hier war ein Platz frei, ein Direktflug nächsten Freitag, also in zehn Tagen, um halb sechs Uhr abends vom John F. Kennedy Airport, der am Samstag um halb acht in der Früh in München war. Von dort nach Wangen waren es noch eine Stunde und fünfundvierzig Minuten. Wenn er nur mit Handgepäck flog, war er um acht Uhr sicher aus dem Flughafengebäude draußen, also um halb zehn in Wangen.

Entschlossen setzte er sich kerzengerade hin und buchte den Flug und anschließend ein Auto bei einer Autovermietung direkt am Flughafen. Jetzt musste er morgen nur noch Urlaub beantragen.

Zufrieden seufzte er auf, es war ihm ganz leicht ums Herz. Er konnte jetzt nur noch hoffen, dass das Gespräch mit Natascha nächste Woche positiv verlaufen würde. Er hatte ihr so viel zu sagen und musste noch über zehn Tage warten. Wie sollte er das aushalten?

Er wollte gerade seinen Laptop ausschalten, da sah er, dass der Papierkorb voll war. Er klickte auf die rechte Maustaste und wollte auf Leeren gehen, da fielen ihm mit einem Mal Joes Worte wieder ein.

Mit einem Doppelklick machte er ihn auf. Sofort sprang ihm das Dokument mit dem Namen »Ryan« ins Auge. Er klickte auf »Wiederherstellen« und starrte eine Weile darauf, ohne einen Finger zu rühren. Schließlich öffnete er es.

Während des Lesens stiegen ihm die Tränen in die Augen, sodass er heftig zwinkern musste, um noch etwas sehen zu können. Er bemerkte, dass er eine Hand auf die Brust gelegt hatte, weil er das heftige Pochen seines Herzens spüren konnte. Wie viel Zeit sie doch vergeudet hatten, schoss es ihm durch den Kopf. Mike hatte schon recht, sie hatten es sich beide gegenseitig verdammt schwer gemacht. Er konnte es kaum erwarten, sie zu sehen, und hoffte, dass er nicht zu spät kam. Diesen Gedanken schob er ganz schnell beiseite, darüber wollte er erst gar nicht nachdenken.

Sicherheitshalber druckte er Nataschas Brief aus, schloss den Laptop und ging hinauf in sein Schlafzimmer. Er warf sich in voller Montur auf das Bett, drehte sich zufrieden seufzend auf die Seite und schloss die Augen. Endlich konnte er wieder schlafen.

47

Mittwoch, 2. Dezember, Wangen im Allgäu

Sebastian hatte von der Gruppentherapeutin vor ein paar Tagen einen Text erhalten, den er morgen vorlesen würde. Natascha hatte keine Ahnung, worum es dabei ging. Sie war gerade auf dem Weg in ihr Zimmer, da lief er ihr über den Weg.

»Hier, lies ihn, aber lies ihn allein. Er passt auf mich, wie die Faust aufs Auge. Auf alle hier passt er.« Er drückte ihr mit ausdruckslosem Gesicht den Zettel in die Hand, drehte sich um und ließ sie einfach stehen.

Am Abend vor dem Schlafengehen nahm sie den Text vom Tisch, um ihn in Ruhe zu lesen. Es war eine Abwandlung von »Die Maske« von Tobias Brocher aus seinem Buch »Von der Schwierigkeit zu lieben, Maßstäbe des Menschlichen« aus dem Jahre 1975. Der Autor dieser Variation war jedoch unbekannt. Sie machte es sich auf ihrem Bett bequem und stopfte zwei Kissen unter ihren Rücken. Schon nach dem ersten Absatz kamen ihr die Tränen, die von Zeile zu Zeile heftiger flossen. Sie hatte das Gefühl, einen Spiegel vorgehalten zu bekommen.

Der Text sprach davon, dass sich der Mensch oft hinter Masken versteckte, die er fürchtete abzulegen, aus Angst, man könnte dahinterkommen, dass er nicht so perfekt war, wie andere vielleicht glaubten. Nach außen hin wirkte er selbstsicher und kühl, nichts konnte

ihm etwas anhaben. In Wirklichkeit jedoch war er
ängstlich, unsicher und einsam. Er geriet allein schon
bei dem Gedanken in Panik, jemand anderes könnte
ihn durchschauen. Er hatte Angst, sich so zu zeigen, wie
er war, er befürchtete ausgelacht und verspottet zu
werden. Und doch war es sein größter Wunsch, einfach
er selbst sein zu können, und wollte insgeheim, dass
man seine Täuschung durchschaute. Wollte er doch so
geliebt werden, wie er war, mit all seinen Fehlern und
Schwächen. Er hoffte, dass er für einen anderen so
wichtig war, dass dieser sein Versteckspiel durchschaute, seine Verletzlichkeit und Sehnsüchte er-
kannte. Dass dieser seine Schutzmauern einreißen
würde, trotz heftiger Gegenwehr, und ihm das Gefühl
gab, nicht wertlos zu sein, sondern wertvoll und wichtig. Bestand das Leben doch nur aus Momenten, aber es
kam auf jeden einzelnen an, da diese immerhin das
ganze Leben lang dauerten.

Sie fühlte sich angesprochen, mit jedem Wort. Natascha konnte die ganze Nacht nicht schlafen, wälzte
sich ruhelos hin und her. Sie musste immer wieder
über ihr bisheriges Leben, ihre Ehe, ihr jahrelanges
Schweigen, ihre Co-Abhängigkeit und die vertrackte Situation mit Ryan nachdenken. Sie zeigte sich immerzu
fröhlich, doch was lag dahinter? Eigentlich war ihr sehr
oft zum Weinen zumute, doch in letzter Zeit hatten die
Tränen einfach nicht kommen wollen. Es wäre oft eine
Befreiung für sie gewesen, so wie jetzt. Traurigkeit
hatte auch ihre Berechtigung, sie musste sogar sein, um
mit manchem abschließen zu können. Irgendwie hatte
sie das Gefühl, in einer Scheinwelt zu leben. Das extreme Bedürfnis nach Sex, der Alkohol und die vielen

Zigaretten – war das überhaupt sie selbst? Gedanken, die tiefer gehen würden, ließ sie jedoch nicht zu. Sie konnte einfach noch nicht. Sie hatte Angst davor, Angst vor der Wahrheit.

Als sie am nächsten Morgen früher als sonst zum Frühstück ging, war sie völlig gerädert. Gabriel legte ihr gerade eine Semmel auf ihren Teller. Er wusste, wie gern sie Semmeln zum Nutella hatte, diese waren jedoch immer gleich weg. Daher hatte er es sich angewöhnt, ihr in der Früh eine auf den Teller zu legen. Mittags stand schon sein Nachtisch neben dem ihren, wenn sie kam. Sie fand das total süß von ihm, so aufmerksam.

Jetzt richtete er sich auf und schaute sie mit gerunzelter Stirn an. »Sag mal, ist alles in Ordnung mit dir?«

»Ehrlich gesagt ... nein, gar nicht. Ich hatte eine katastrophale Nacht. Hast du Sebastians Text schon gelesen?«

Gabriel schüttelte den Kopf.

»Na, dann schicke ich ihn dir.« Sie hatte ihn gestern noch abfotografiert, nahm daher ihr Handy und schickte ihn per WhatsApp. »Lies ihn. Ich habe mich so angesprochen gefühlt, dass ich die ganze Nacht darüber nachdenken musste.« Sie nickte ihm wegen der Semmel dankbar zu und ließ sich auf ihren Platz plumpsen.

»Das mache ich in diesem Fall besser, wenn ich allein bin«, sagte Gabriel und ging zurück zu seinem Tisch.

Auf einmal stand Sebastian vor ihr. Er war käseweiß im Gesicht, beugte sich zu ihr herab und umarmte sie. Sie schlang ihre Arme fest um ihn.

»Mir ist speiübel. Dieser Text macht mir wirklich zu schaffen. Das wird heute nicht lustig werden, nein, überhaupt nicht. Du weißt, wie schwer mir so etwas fällt. Ich bin ein Meister im Überspielen, die Schutzmauern habe ich mir mühsam aufgebaut. Deswegen hat sie ihn ja gerade mir zum Vorlesen gegeben. Sie hat mich voll durchschaut. Sie hält mir damit einen Spiegel vor die Nase, führt mir meine Ängste vor Augen. Das Innerste soll nach außen gekehrt werden.« Er schluckte trocken und richtete sich auf. »Du siehst nicht viel besser aus als ich. Dir hat er wohl ebenfalls zugesetzt?«

»Ja, ich habe deswegen die ganze Nacht wachgelegen und mein Leben Revue passieren lassen.« Sie seufzte auf. »Ich glaube, dieser Text trifft auf viele hier zu.«

Sebastian nickte. »Das denke ich auch. Wir sehen uns später in der Kerngruppe, Natascha. Ich brauche jetzt unbedingt eine Zigarette.«

Schweigend aß sie ihre Nutellasemmel. Sie war froh, dass ihre Tischnachbarn noch nicht hier waren. Tränen schossen ihr wieder in die Augen. Sie musste hier raus, es war ihr zu viel Trubel hier drinnen.

Sie lief die Stufen hinunter und setzte sich in der Halle auf eine Couch, mit dem Rücken zum restlichen Sitzbereich. Hier hatte sie wenigstens ihre Ruhe. Die Tränen liefen und liefen, sie konnte gar nicht mehr aufhören zu weinen, so als wäre ein Damm in ihr gebrochen. Die Erkenntnis, dass sie selbst ihren Wert festlegte, nur sie allein, und er nichts mit Leistung, Erfolg und Kritik zu tun hatte, machte ihr zu schaffen. Ihr Wert konnte nicht durch andere definiert werden, egal was diese dachten oder sagten. Sie musste nur sie selbst sein, sich selbst schätzen und akzeptieren lernen, mit all ihren Fehlern und Schwächen. Sich selbst lieben, sich als den wertvollen Menschen sehen, der sie war, der sie schon immer gewesen war. Der es wert war, um ihrer selbst willen geliebt zu werden.

Auf einmal saß Gabriel neben ihr. Natascha ließ sich gegen seine Schulter sinken. Er zog ihre Beine auf seinen Schoß, schlang beide Arme um sie und hielt sie fest. Sie saugte die Nähe und Geborgenheit auf wie ein Schwamm, und ihre Tränen versiegten. Am liebsten wäre sie jetzt so eingeschlafen.

Sebastian hatte sich in der Zwischenzeit ebenfalls zu ihnen gesetzt. Er lehnte mit geschlossenen Augen da, den Kopf auf der Rückenlehne, unverändert bleich im Gesicht. Natascha hatte nur kurz aufgesehen, sie war noch nicht bereit, von Gabriel losgelassen zu werden. Er war wie ein sicherer Hafen, den sie nicht verlassen wollte. So saßen sie eine ganze Weile.

»Komm, Natascha, es hilft alles nichts, wir müssen los.« Sebastian sah sie mit gequältem Gesichtsausdruck an.

Sie seufzte resigniert auf. »Vielen Dank«, sagte sie leise zu Gabriel. »Du kannst dir gar nicht vorstellen, wie gut mir das getan hat.« Sie küsste ihn dankbar auf die Wange.

Sebastian war in der Zwischenzeit aufgestanden und zog sie mit einem Ruck hoch, hakte sie bei sich ein und machte sich mit ihr auf den Weg zum Gruppenraum. Als sie den Raum betraten, lag auf ihren Plätzen jeweils ein Päckchen Taschentücher. Lukas! Sie lächelte ihn dankbar an. Trotz seiner Mauer, durch die er niemanden ließ, konnte er sehr feinfühlig sein.

Nach der kurzen Meditation, mit welcher die Therapeutin jedes Mal die Stunde begann, sah diese Sebastian fragend an. Der nickte.

Er saß da, den Blick auf den Zettel gerichtet. Sein Mund öffnete sich, er holte Luft, schloss ihn wieder.

Natascha drückte seinen Arm. »Du schaffst das, Sebastian!«

Er starrte weiter auf den Text, dann begann er schließlich zu lesen. »Die Maske.« Er hielt inne, wieder schwieg er für längere Zeit. »Bitte höre, was ich nicht sage! Lass dich nicht von mir narren. Lass dich nicht durch das Gesicht täuschen, das ich mache. Denn ich trage tausend Masken – Masken, die ich fürchte abzulegen.« Sebastian brach erneut ab, Schweiß stand ihm auf der Stirn. Er schluckte. Seine Augen glänzten verdächtig hinter den Brillengläsern und er zwinkerte heftig.

Natascha tropfte eine Träne auf den Handrücken, danach eine zweite und dritte. Sie nahm ein Taschentuch aus der Packung, vergaß, was sie damit tun wollte, und zerknüllte es in ihrer Hand.

Sebastian starrte weiterhin auf seinen Zettel. Er begann wieder zu lesen. Las und las, bis zum Ende des Textes.

Stille.

Er nahm die Brille ab und wischte sich mehrmals über die Augenlider, dann schnäuzte er sich lautstark. Noch immer herrschte Schweigen. Natascha sah sich zum ersten Mal um, seit Sebastian zu lesen begonnen hatte. Überall sah sie bewegte Gesichter, viele rangen um Fassung, hatten rote Augen oder waren in Tränen aufgelöst. Im ganzen Raum war Schluchzen und Schnäuzen zu hören, keiner sprach.

Die Therapeutin bat abschließend jeden, seine Emotionen zu beschreiben, die er beim Vorlesen des Textes empfunden hatte. Alle, wirklich alle hatten sich angesprochen gefühlt.

Nach eineinhalb Stunden war die Kerngruppe zu Ende. Natascha hatte das Gefühl, vom Raum erdrückt zu werden.

»Ich geh auf mein Zimmer«, sagte Sebastian. »Das muss ich erst noch verdauen.« Er sah erschöpft aus.

»Recht hast du, Sebastian, und ich brauche dringend frische Luft. Ich werden joggen gehen. Wir sehen uns beim Mittagessen.« Sie zog sich rasch um, steckte den iPod an ihrem Oberteil fest und war schon unterwegs.

Das Wetter war unverändert schön, allerdings sollte es in der Nacht schneien, daher musste sie den heutigen Tag noch so richtig ausnutzen. Beim Laufen konnte sie wie immer ihren Gedanken freien Lauf lassen. Sie dachte an Sebastians Rede zurück, an die Kernpunkte, die in ihr etwas zum Schwingen brachten: sich selbst zu lieben, auf die eigenen Bedürfnisse einzugehen. Nein sagen zu können, ohne dabei ein schlechtes Gewissen zu haben, nicht perfekt sein zu müssen, sich Fehler zu erlauben. Den eigenen Wert zu erkennen, unabhängig von der Leistung. Nicht immer stark sein zu müssen, sich Schwächen zu erlauben. Und vor allem geliebt zu werden, so wie sie wirklich war.

Ihre ewige Unsicherheit und Selbstzweifel hatten sie daran gehindert, Ryan ihre Gefühle zu zeigen, aus Angst, er könnte hinter ihre Fassade blicken und enttäuscht von ihr sein. Dass sie nicht immer die starke, selbstsichere Frau war, die so viele in ihr sahen, und auch nicht sein wollte.

Das Leben bestand nur aus Momenten, und es kam auf jeden einzelnen an. Das ganze Leben! Das so verdammt kurz war, zu kurz, um es zu vergeuden. Sie fasste einen Entschluss. Sobald sie wieder in der Klinik war, würde sie Ryan eine Mail schicken, offen und ehrlich. Egal, wie es ausgehen würde, sie hätte es wenigstens versucht und könnte sich nichts mehr vorwerfen.

Schon der Gedanke daran war befreiend. Sie wurde immer schneller, ihr Atem ging pfeifend, ihr Herz klopfte vor Anstrengung heftig in ihrer Brust und ihr Puls raste. Sie wurde jedoch nicht langsamer, es zog sie richtig zur Klinik zurück.

Sie rannte durch die Halle, an Sebastian und Gabriel vorbei, in ihr Zimmer, schnappte sich ihren Laptop und hastete wieder zurück ins Foyer. Nur hier und im Speisesaal hatte sie Internet. Völlig verschwitzt ließ sie sich mit rasselndem Atem auf einen der Sitze fallen und knallte das Notebook vor sich auf den Tisch, steckte es an und schaltete es ein. Sie saß eine Weile mit geschlossenen Augen davor, die Hände vor der Nase wie zum Gebet gefaltet. Dann endlich war der Rechner hochgefahren. Wie auf Kommando legte sie schlagartig los, die Finger flitzten nur so über die Tastatur.

Natascha schrieb und schrieb, sie öffnete sich wie ein Buch, beschönigte nichts. Zum Schluss ließ sie noch die Rechtschreibprüfung darüber laufen und schickte das Ganze weg. Nochmals durchlesen tat sie es nicht, da sie befürchtete, sonst Angst vor ihrer eigenen Courage zu bekommen.

Sie schaltete den Laptop aus und packte ihn weg, dann atmete sie tief ein und ließ den Kopf in den Nacken fallen. Geschafft! Jetzt konnte sie nur noch abwarten.

Sie sah auf und entdeckte Sebastian und Gabriel, die noch immer auf der Couch saßen und zu ihr herübersahen. Sie nahm ihre Laptoptasche und ging auf die zwei zu, doch dann passierte etwas Merkwürdiges. Beim vorletzten Schritt begannen ihre Knie zu zittern und die Beine gaben unter ihr nach. Bevor sie ganz zusammensackte, waren die beiden schon bei ihr und hielten sie fest. Sie führten sie zur Bank, auf die sie sich fallen ließ. Krampfhaft umfasste sie ihre Beine, um das Zittern zu unterdrücken, doch es gelang ihr nicht, sondern erfasste ihren ganzen Körper.

»Ich hole die Krankenschwester.«

»Nein, Sebastian nicht!« Sie keuchte auf. »Bitte, warte.«

»Natascha, das wäre wirklich besser.« Gabriel hatte ihr beruhigend einen Arm auf den Rücken gelegt. »Du zitterst am ganzen Körper.«

»Bitte wartet noch, das hört sicher gleich auf.«

Stirnrunzelnd setzte sich Sebastian wieder. Natascha konzentrierte sich auf ihre Atmung, ruhig und gleichmäßig. Das Zittern ließ nach und hörte schließlich ganz auf. Sie versuchte aufzustehen, es klappte. Erleichtert fiel sie wieder zurück auf die Couch.

Sebastian beugte sich mit zusammengezogenen Augenbrauen vor und legte seine Hand auf ihren Unterarm. »Kannst du uns vielleicht erklären, was los war?«

»Das waren meine Nerven, eindeutig. Der Text ist mir nicht aus dem Kopf gegangen. Ich habe beim Joggen darüber nachgedacht und mich schließlich an der Nase genommen und Ryan eine Mail geschrieben. Ich habe all das ausgesprochen, was die ganze Zeit ungesagt geblieben ist. Jetzt kann ich mir nichts mehr vorwerfen. Na, und das war anscheinend die Folge meiner Courage. Die hatte es allerdings in sich.« Sie verdrehte die Augen und fuhr sich mit beiden Händen seufzend durch das Haar.

Ein Gedanke aber ließ sie den ganzen Tag über nicht los:

Wie würde Ryan wohl reagieren?

48

Freitag, 4. Dezember, Wangen im Allgäu

Der Schnee hatte alles über Nacht wie in dicke Watte eingepackt. Die Parkanlage der Klinik war wie eine weiße Märchenlandschaft. Noch zerstörten keine Fußspuren das wunderschöne Bild. Vereinzelt konnte man winzige Abdrücke von Vögeln sehen, die durch den Schnee gehüpft waren. Eine angenehme Stille lag über dem Park, sogar der Verkehrslärm der Straße drang nur gedämpft herüber.

Gleich nach dem Mittagessen gingen sie auf die Wiese hinter der Klinik, um eine Schneeballschlacht zu machen. Mittlerweile hatte es wieder zu schneien begonnen, dicke Flocken fielen vom Himmel. Noch lag die Landschaft friedlich und unberührt da, jedoch nicht für lange. Schnee stob auf und Schneebälle flogen durch die Luft. Das Gekreische und Gekicher von zehn wildgewordenen Irren war sicher bis nach Wangen zu hören.

Natascha bückte sich, um Nachschub zu holen, da wurde sie von hinten angesprungen. Sie landete bäuchlings im Pulverschnee. Otto! Er hielt sie mit einer Hand fest, mit der anderen rieb er ihr den eiskalten Schnee ins Gesicht. Sie strampelte wie verrückt, um wieder frei zu kommen. Lachend ließ er sie los. Natascha rappelte sich auf. Na warte! »Sebastian, Gabriel zu mir!«

Die beiden lieferten sich gerade eine heftige Schneeballschlacht und waren völlig eingestäubt, die Gesichter waren fast nicht mehr zu erkennen.

Lachend deutete sie auf Otto. »Verfolgung aufnehmen und einreiben.«

Der schrie laut auf und gab Vollgas, die beiden hinterher. Natascha sah, dass Otto vorhatte, einen Bogen zu laufen, und kam von der anderen Seite. Er wollte im letzten Moment ausweichen, wurde jedoch zurückgerissen. Gabriel hatte ihn an der Kapuze geschnappt und warf ihn gemeinsam mit Sebastian zu Boden, um ihn dort festzuhalten. Kreischend schmiss sich Natascha auf Otto und schaufelte ihn komplett zu. Lachend ließen die drei schließlich von ihm ab.

Otto schüttelte sich wie ein Hund, der Schnee flog nach allen Seiten. »Das war unfair«, rief er aus.

»Im Krieg ist alles erlaubt«, antwortete Natascha und lachte. Sie war bereits völlig verschwitzt.

»Was ist mit einem Schneemann?« Geli stand mit funkelndem Blick auffordernd vor ihr, beide Arme in die Seiten gestützt.

Da waren natürlich alle dabei. Gemeinsam wurden Riesenkugeln gewälzt und aufeinandergehoben. Für die Augen suchten sie Steine und für die Nase und den Mund mussten Äste herhalten. Schlussendlich standen sie vor einem zwei Meter hohen Schneemann, einem Meisterwerk.

»Also der ist echt genial«, sagte Carmen. Sie war mit Natascha und Sebastian in der gleichen Kerngruppe und hatte spanische Wurzeln. Natascha hatte sie auf Anhieb gemocht.

»Den haben ja auch wir gebaut.« Geli strahlte vor Stolz über das ganze Gesicht.

»Lasst uns noch schnell ein Foto machen.« Natascha zückte ihr Handy und bat einen Spaziergänger, der sie schon eine Weile grinsend beobachtet hatte, einige Bilder von ihnen zu schießen. Ein Wunder, dass der Schneemann nicht zusammenbrach, so sehr wurde er für das Foto von allen Seiten belagert. Anschließend marschierten sie lachend zurück in die Klinik. War mit dem Schnee nicht nur der Winter, sondern auch ein neuer Lebensabschnitt gekommen?

49

Natascha hatte noch immer nichts von Ryan gehört. Es war drei Tage her, dass sie die Mail verschickt hatte. Dass er gar nicht schrieb, damit hatte sie nicht gerechnet. Sehr wohl mit einer ablehnenden Antwort, jedoch nicht, dass er sie ignorierte. Sie lief unruhig in ihrem Zimmer auf und ab. Um auf andere Gedanken zu kommen, beschloss sie zu Fuß ein Stück Richtung Wangen zu gehen, dort gab es in der Nähe eines Gasthofs einen kleinen Weihnachtsmarkt. Warm eingepackt, in weißer Daunenjacke und schwarzen Snowboots, stapfte sie den Weg hinunter. Doch beim Weihnachtsmarkt angekommen hatte sie gar keinen Blick für die schönen Stände und die weihnachtliche Atmosphäre, sondern steuerte direkt auf die Getränkebude zu und bestellte einen Jagertee. Sie bat die Verkäuferin, ordentlich von der Fertigmischung hineinzutun, sie brauchte jetzt etwas Hochprozentiges. Den Gedanken, ihrem Mann, was den Alkoholkonsum anging, immer ähnlicher zu werden, verdrängte sie sofort wieder.

Die Verkäuferin nahm das mehr als nur wörtlich, der Tee war fast schwarz statt hellbraun und hatte es ziemlich in sich. Der erste Schluck brannte ihr dermaßen in der Kehle, dass sie die Mundwinkel nach unten verzog, es schüttelte sie richtig. Der zweite ging schon besser.

Rasch war der Tee ausgetrunken. Innerhalb von einer Stunde hatte sie vier Jagertee konsumiert, bei der Mischung vermutlich eher acht, und sicher die gleiche Anzahl geschnorrter Zigaretten geraucht. Natascha kicherte vor sich hin, sie war bereits ziemlich wackelig auf den Beinen und machte sich schwankend auf den Rückweg. Sie konnte es sich nicht leisten, länger zu warten, sonst würde sie zu spät zum Abendessen kommen. Unterwegs erbarmte sich eine mitleidige Seele und brachte sie mit dem Auto zurück zur Klinik. Wer weiß, in welchem Waldloch sie sonst gelandet wäre.

Gabriel hatte ihr geschrieben, dass sie in der *Alpenrose* waren, einem Gasthof in der Nähe der Klinik. Da sie dank der Autofahrt noch etwas Zeit hatte, marschierte sie dorthin. Sebastian und Gabriel standen vor dem Lokal und rauchten, als sie mit wackeligem Schritt eintraf.

»Hallo, Jungs. Ich bin sternhagelvoll.« Sie musste über ihre eigenen Worte so lachen, dass sie fast umfiel.

»Na, bravo, das kann ja noch heiter werden.« Sebastian lachte auf. Gabriels Blick dagegen war forschend auf sie gerichtet.

»Wer hat eine Zigarette für mich?«

Gabriel zündete eine an und reichte sie ihr. Nach dem ersten Zug wurde ihr wieder schwindlig – und in ihrem Zustand war das gar nicht gut.

»Huch!« Nach Halt suchend umfasste sie Gabriels Arm.

»Also, dich kann man wirklich nicht allein lassen. Wo warst du denn?«

»Auf dem Weihnachtsmarkt Jagertee trinken. Mir war nach einem Besäufnis. Die Verkäuferin dort war so freundlich, mir vier Mal die doppelte Menge einzuschenken. Ist eingefahren wie eine Granate.« Kichernd zog sie erneut an der Zigarette, verlor dabei das Gleichgewicht und kippte nach hinten. Gabriel konnte sie gerade noch auffangen.

»Mit dir wird einem echt nicht langweilig.« Sebastian verdrehte die Augen.

»Wie bist du denn wieder hergekommen? Sicher mit links nehme ich an, wahrscheinlich sogar noch gejoggt.« Gabriel zog sarkastisch die rechte Augenbraue hoch.

»Per Anhalter«, rief Natascha amüsiert.

»Dir ist schon klar, dass du so nicht zum Abendessen gehen kannst? Am besten melden wir uns alle ab. Wir können dich in diesem Zustand ja schlecht allein lassen.«

»Na, wenn du wüsstest, zu was ich in diesem Zustand noch fähig bin.« Sie gluckste belustigt vor sich hin, als ihr die Nacht mit Ryan wieder einfiel. »Verdammt, war ich da hemmungslos«, murmelte sie. Sie verdrehte die Augen und fuhr sich mit der Zunge genießerisch über die Lippen.

»Natascha«, stöhnte da Gabriel heiser, »könntest du bitte aufhören.«

Sie sah ihn erstaunt an. »Wenn es doch wahr ist. Du kannst dir gar nicht vorstellen, was da gelaufen ist. Ich habe sämtliche Hemmungen über Bord geworfen, ich – «

»Natascha, hör sofort auf. Ich kann dir sonst nichts garantieren. Verstehst du, was ich damit sagen will?«

»Also, dass du dich da gleich aufregen musst, nur weil man über gewisse Sexualpraktiken ...«

Gabriel stöhnte auf, riss sie an sich und verschloss ihr den Mund mit seinen Lippen. Natascha klammerte sich an ihm fest, um nicht das Gleichgewicht zu verlieren, und erwiderte seufzend seinen Kuss. Verdammt, sie hatte ganz verdrängt, wie gut er küssen konnte. Sie kippte ein wenig zurück und presste dadurch ihren Unterleib an ihn, hörte ihn aufstöhnen und spürte, wie er hart wurde. Gabriel beendete den Kuss und drückte seine Stirn gegen ihre.

»Du treibst mich noch in den Wahnsinn.« Energisch packte er ihren Arm, hakte sie bei sich unter und marschierte mit ihr Richtung Klinik. »Wir gehen uns abmelden.«

»Jetzt wäre es erst interessant geworden, ich –«

»Natascha!« Seine Schritte wurden schneller, sie stolperte neben ihm her.

»Was du immer gleich hast. Sei doch nicht so prüde.«

»Natascha, halt einfach die Klappe!« Gabriel raufte sich mit der freien Hand die Haare.

Sie drehte sich zu Sebastian um und wollte kurz stehen bleiben, aber er zog sie einfach weiter, sodass sie einen Satz nach vorne machte. Sebastian, der ihnen wortlos folgte, schüttelte grinsend den Kopf.

Im Speisesaal meldeten sich alle drei bei einer Kellnerin ab. Als Natascha aus Gewohnheit zu ihrem Tisch gehen wollte, riss sie Gabriel gerade noch zurück und schleifte sie hinter sich aus dem Saal hinaus.

»Spinnst du jetzt komplett?« Er schaute sie wütend an. »Du bist heute ja echt nicht mehr zurechnungsfähig.

Zuerst machst du mich total heiß und merkst es gar nicht, und jetzt das.«

»Wer hat gesagt, dass man immer zurechnungsfähig sein muss?« Natascha schüttelte den Kopf. »Ist doch so viel interessanter.« Und dann ging sie mit den Hüften schwingend die Stufen hinunter. »Heiß ist doch gut!«, rief sie ihm über die Schulter zu und blieb abwartend stehen.

Sebastian lachte schallend. »Sorry, Gabriel, gegen sie hast du heute echt keine Chance, die ist völlig von der Rolle. Gott, ist das genial.« Er schlug sich lachend auf den Oberschenkel.

»Zum Glück sind wir ja schon in der Klapse«, brummte Gabriel vor sich hin.

Natascha lief vor den beiden auf direktem Weg ins *Schatzmann* und bestellte bereits beim Hineinlaufen einen Caipi-Spezial. Den machte immer die Chefin für sie, mit einem extra Schuss Pitú. Dann ließ sie sich auf ihren Platz fallen.

Gabriel setzte sich neben sie. »Ist das dein Ernst mit dem Caipi? Denkst du nicht, du hast schon genug intus?«

»Sag mir nicht, wie viel ich trinken darf«, antwortete Natascha schnippisch. »Diese Bevormundung mag ich gar nicht. Da kannst du direkt jemandem, den ich kenne, die Hand geben.«

»Aber hallo!« Gabriel riss empört die Augen auf.

Als der Caipi gebracht wurde, trank ihn Natascha mit einem Zug bis zur Hälfte leer. Sebastian sah ihr kopfschüttelnd dabei zu, enthielt sich jedoch jeglichen Kommentars.

Von einem Augenblick auf den anderen wurde ihr schlecht. Rasch stand sie auf. »Mist, ich glaube, ich muss kotzen.« Schon war sie auf dem Weg zum WC und schlug die Tür hinter sich zu. Nachdem sie sich ausgekotzt hatte, machte sie den Klodeckel zu, setzte sich darauf. Dann beugte sie sich nach rechts, um das Waschbecken erreichen zu können, und hielt ihren Mund unter den Wasserhahn. Anschließend ließ sie sich wieder zurücksinken und betätigte mit dem Ellbogen die Spülung. Erschöpft vergrub sie den Kopf in den Händen.

Ein leises Klopfen ertönte an der Tür. »Natascha, ist alles okay bei dir?«

Sie beugte sich vor und machte die Tür einen Spalt auf. Gabriel steckte den Kopf herein.

»Ich wollte dir zuerst Zeit zum Auskotzen lassen, bevor ich nach dir sehe.« Er lachte leise und ging vor ihr in die Hocke. Mit einem Seufzer legte er die Arme um sie und lehnte die Stirn an ihre.

»Seitdem alles draußen ist, geht es mir wieder hervorragend.«

Gabriel hob den Kopf, sein Blick war undurchschaubar, wie so oft. »Ich wünschte, wir hätten uns unter anderen Umständen kennengelernt.«

Er zog sie hoch, nahm ihre Hand und brachte sie zurück zum Tisch. Nachdem sie sich hingesetzt hatten, schnappte er Nataschas linkes Bein und legte es sich quer über seine Oberschenkel. Er öffnete den seitlichen Reißverschluss ihres Stiefels, fuhr mit der Hand hinein und streichelte ihre Fesseln. Erstaunt sah sie ihm dabei zu, ließ es jedoch wortlos geschehen, nicht sicher, was sie davon halten sollte.

Sie nahm ihr Handy und checkte nochmal ihre Mails. Wieder nichts von Ryan. Verdammt! Frustriert knallte sie es auf den Tisch. Sie deutete auf Sebastians Zigaretten und schaute ihn fragend an. Er nickte. Sie musste den beiden das nächste Mal eine Packung kaufen, sie schnorrte viel zu viel. Sie nahm zwei heraus, zog den Fuß von Gabriel herunter, schnappte sich Jacke und Feuerzeug, holte sich an der Bar noch einen Caipi und ging ins Freie.

Dort zündete sie sich die erste an und marschierte auf und ab. Zwischendurch nahm sie immer wieder einen Schluck von ihrem Getränk. Wie konnte man nur so lange zum Beantworten einer Mail brauchen? Vielleicht wollte Ryan ja gar nicht antworten. Da hatte sie ihr Innerstes nach außen gekehrt, und wofür? Eine negative Antwort wäre ihr mittlerweile allemal lieber als diese Ungewissheit. Das war die pure Folter.

Sie marschierte immer schneller. Sie merkte, dass sie bereits am Filter zog, und zündete sich die zweite Zigarette an. Sie wollte einen Schluck vom Caipi nehmen, hörte jedoch nur die Luft im Strohhalm gurgeln, schon wieder leer. So konnte es sowieso nicht weitergehen, die Alkoholmengen, die sie konsumierte, waren langsam bedenklich und sie entwickelte sich zur Kettenraucherin. Das musste ein Ende haben.

Sie beschloss, eine Runde zu laufen, und marschierte los. Sie lief und lief und lief, ganz in Gedanken versunken. Als sie aufsah, stand sie in Wangen vor dem *Flanagans*. Sie hatte gar nicht vorgehabt, so weit zu gehen. Sie suchte nach dem Handy, um Sebastian oder Gabriel anzurufen – die beiden machten sich sicher bereits Sorgen –, aber das lag auf dem Tisch im *Schatzmann*. Na super, jetzt war eh alles egal. Sie betrat den Pub, ging zur Bar und bestellte eine Cola, tratschte eine Weile mit dem Barkeeper, bezahlte und machte sich auf den Rückweg.

Im *Schatzmann* schaute Sarah, die Chefin, sie erleichtert an. »Ist alles in Ordnung bei dir? Wir haben uns Sorgen gemacht, weil du nicht mehr zurückgekommen bist.«

»Ich brauchte dringend frische Luft und Bewegung und hab darüber die Zeit vergessen, tut mir leid.« Sie wollte weiter in den Raucherraum gehen, da rief sie Sarah zurück.

»Die sind nicht mehr da. Hast du mal auf die Uhr gesehen? Es ist halb zwölf. Dein Handy hat übrigens Gabriel mitgenommen. Die zwei haben angenommen, dass du bereits in die Klinik gegangen bist.«

»Mist, da werde ich Gabriel wohl rausklopfen müssen. Er ist der Einzige, den ich kenne mit einem Zimmer im Erdgeschoss, in das ich über den Balkon einsteigen kann. Die Klinik ist ja schon geschlossen und den Nachtdienst kann ich auf keinen Fall rausläuten.«

»Komm, Natascha, trink zur Beruhigung einen Schnaps.« Sarahs Mann schenkte ihr einen Obstler ein.

»Vielen Dank, Max. Darf ich mir von dir noch zwei Zigaretten schnorren?« Ab morgen würde sie weniger trinken und rauchen. Versprochen.

Natascha verabschiedete sich von den beiden. Vor dem Lokal zündete sie sich gleich eine an und inhalierte tief. Vom Schnaps war ihr wieder etwas schwindlig geworden, kein Wunder, bei dem, was sie heute so alles getrunken hatte. Kichernd machte sie sich auf den Weg. Jetzt musste sie nur noch Gabriels Zimmer finden, und das würde von außen gar nicht so leicht werden. Sie ging Richtung Schwimmbad und dann um die Klinik herum. Er hatte ein Eckzimmer im Breitenberg, und als sie die nächste Gebäudeecke erreichte, hoffte sie, vor dem richtigen zu stehen.

Für das Erdgeschoss waren die Balkone ziemlich weit oben. Ob sie da rauf kam? Sie hob den rechten Fuß so hoch es ging und setzte ihn am Balkonrand auf. Verflixt, mit der engen Jeans war das gar nicht so einfach. Sie versuchte sich mit den Armen hochzuziehen und hatte es fast geschafft, als ihr der Fuß wegrutschte und sie rücklings in den Schnee fiel. Auf den Schreck hin blieb sie erst mal sitzen und zündete sich die zweite Zigarette von Max an. Sie ließ sich kichernd nach hinten fallen und betrachtete den Sternenhimmel. Die Nacht war kalt und klar. Die Situation war wirklich zum Schreien.

»Sag mal, hast du jetzt völlig den Verstand verloren?« Gabriel stand auf dem Balkon und sah sie kopfschüttelnd an. »Nicht nur, dass du einfach abgehauen bist, ohne etwas zu sagen – auf den Gedanken, dass wir uns vielleicht Sorgen machen könnten, bist du ja nicht gekommen –, nein, jetzt liegst du auch noch mit einer Seelenruhe vor meinem Balkon im Schnee und rauchst.«

»Hast du was gegen eine Rauchpause einzuwenden?«, fragte Natascha sarkastisch. Eine Standpauke hatte ihr gerade noch gefehlt.

»Sieh zu, dass du deinen Hintern hier heraufschwingst, und zwar schnell.«

»Ich hätte es gleich nochmal versucht, ich bin gerade nur mit dem Fuß abgerutscht.«

Gabriel sah sie mit hochgezogenen Augenbrauen schweigend an, mit der flachen Hand klopfte er auffordernd auf das Balkongeländer.

»Schon gut, schon gut, ich komme ja schon.«

Fast rutschte sie wieder mit dem Fuß weg, er packte sie gerade noch rechtzeitig an der Jacke und zog sie hoch. Sie stieg über das Geländer und ließ sich kichernd gegen die Wand fallen.

Gabriel nahm sein Handy aus der Hosentasche und wählte. »Sebastian, sie ist hier. Ja, auf meinem Balkon. Keine Ahnung, das wird sie mir schon noch sagen. Ja, ich richte es ihr aus. Gute Nacht. Ich soll dir ausrichten, dass du das nächste Mal gefälligst Bescheid geben sollst, bevor du einfach abhaust.«

»Ja, es tut mir ja leid. Ich hatte nur eine kleine Runde drehen wollen, war aber so in Gedanken versunken, dass ich gar nicht gemerkt habe, dass ich bis nach Wangen zum *Flanagans* gelaufen bin. Ich wollte euch anrufen, hatte aber das Handy nicht dabei.«

Er reichte es ihr und meinte: »Es hat, als du weg warst, die ganze Zeit gebimmelt Du bist offenbar sehr gefragt.«

»Zeig!« Sie riss ihm das Handy aus der Hand und tippte hektisch darauf herum. Lauter WhatsApp-Einträge, ein Anruf, jedoch nichts von Ryan. Nein, bei den Mails genauso nichts. »Verdammt!« Frustriert stöhnte sie auf.

Sie begann wieder unruhig auf und ab zu laufen, doch bei der nächsten Kehrtwendung lief sie direkt in Gabriel hinein, der auf einmal vor ihr stand.

»Sag mal, was ist heute mit dir los? Du bist ja völlig von der Rolle. Zuerst das Besäufnis auf dem Weihnachtsmarkt, dann machst du mit Caipis weiter, bist stundenlang fort, ohne Bescheid zu geben, rauchst wie ein Schlot und von dem Auf- und Abgelaufe will ich gar nicht erst anfangen. Vielleicht solltest du mal das einsetzen, was du im MBSR-Kurs gelernt hast.«

»Ja, ja, ja! Wäre vielleicht besser, möchte ich jetzt aber nicht. Ich will laufen. Und hättest du eventuell noch eine Zigarette für mich? Und du hast doch sicher noch …«, sie tat geheimnistuerisch, »›Unterlagen‹ irgendwo im Schrank.« *Unterlagen* war in der Klinik ihr gemeinsames Codewort für Alkohol.

»Kannst du alles haben, doch bleib jetzt endlich stehen, ich werde schon ganz nervös vom Zusehen.«

Natascha machte keine Anstalten und lief weiter. Gabriel packte sie an der Schulter und zog sie zurück, legte beide Arme um sie und hielt sie fest. Sie hatte ihre Hände abwehrend an seiner Brust und wollte ihn wegdrücken, schaffte es jedoch nicht, denn er umklammerte sie wie ein Schraubstock.

»Gabriel, verdammt!«

»Keine Chance, ich lass erst los, wenn du dich beruhigt hast und wieder bei Sinnen bist.«

Sie zappelte eine Weile herum und versuchte wegzukommen, gab schließlich auf und ließ den Kopf an seine Schulter sinken. Langsam verlor ihr Körper die ganze Anspannung. Gabriels Griff hatte sich bereits gelockert, beruhigend strich er ihr über den Rücken.

»Komm, lass uns hineingehen, hier draußen ist es eiskalt.« Er löste sich von ihr und schob sie ins Zimmer hinein. Dort zog sie die Jacke aus und warf sie in eine Ecke, die Stiefel folgten wenig später. Sie ließ sich mit einem Seufzer auf die Couch fallen und legte den Kopf auf die Rückenlehne. Gabriel öffnete den Schrank neben der Eingangstür, holte eine Flasche Weißwein heraus und schenkte ihnen beiden ein Glas ein. Wortlos stieß sie mit ihm an und trank es in einem Zug leer.

»Sag mal, willst du dich heute völlig vernichten?«

»Wenn du mich so direkt fragst, ja!« Sie seufzte. »Ich möchte einfach nicht mehr denken müssen.« Sie sah nachdenklich ihr leeres Glas an. »Obwohl, wenn ich ehrlich bin, hilft das nicht wirklich. Außerdem kann ich sowieso nicht so weitermachen.«

»Da weiß ich etwas Besseres.«

Natascha hob den Kopf, Gabriel sah ihr direkt in die Augen. Auf einmal herrschte Spannung zwischen ihnen. Eine sehnsüchtige Unruhe breitete sich in ihrem Körper aus und ihr Atem beschleunigte sich. Sie konnte den Blick nicht von ihm wenden. Er rührte sich nicht, überließ ihr die Wahl, den ersten Schritt zu machen.

Die Versuchung war groß. Was mit Tom nicht funktioniert hatte, würde mit Gabriel vielleicht klappen. Über den mehr als nur offensichtlichen Grund wollte sie allerdings lieber nicht nachdenken. Sie hob die Hand und fuhr mit dem Zeigefinger seine Unterlippe entlang. Er öffnete den Mund, umfasste ihn mit den Lippen und saugte daran, biss in die Kuppe. Natascha atmete geräuschvoll ein.

Gabriels Brustkorb hob und senkte sich heftig. Sein verschleierter Blick war unentwegt auf sie gerichtet. Er zog sie rittlings auf den Schoß. »Küss mich!«, seine Stimme klang heiß und fordernd.

Sie beugte sich etwas vor, sein Mund war so nahe, dass sie die Wärme seines Atems spüren konnte. Die plötzliche Sehnsucht, die sie erfüllte, ließ sie erschauern. Natascha fuhr aufreizend mit der Zungenspitze über seine Unterlippe, worauf er sie am Hinterkopf packte und zu sich heranzog, um sie heftig zu küssen. Er schmeckte nach dem Wein, den sie zuvor getrunken hatten, die halbvollen Gläser standen noch hinter ihr auf dem Glastisch. Ihre Hände lagen auf seinen muskulösen Schultern und sie konnte seinen harten Penis spüren, der durch den Stoff der Jeans erregend gegen ihren Schritt drückte. Das Verlangen nach mehr brodelte in ihr wie ein Vulkan. Falls sie vorher noch irgendwelche Zweifel gehabt hatte, waren diese jetzt wie weggeblasen.

Gabriel löste sich von ihr und lehnte seinen Kopf gegen die Rückenlehne der Couch, wobei er sie unter halb geschlossenen Augenlidern verlangend ansah. Allein sein Blick brachte ihre Haut zum Kribbeln. Dann umfasste er den Bund ihres Pullovers, streifte ihn ihr über den Kopf und starrte mit hungrigen Augen auf ihre vollen Brüste, die nur noch vom BH bedeckt wurden. Ihre kleinen rosa Brustwarzen zeichneten sich deutlich unter dem hauchdünnen Stoff ab. Ein lustvolles Stöhnen entrang sich seiner Kehle und er leckte sich über die Oberlippe. Natascha starrte wie hypnotisiert auf die feuchten Lippen, sie konnte an nichts anderes mehr denken als an diese warme, feuchte Zunge und wie sie über ihre Haut strich. Ihr Atem ging stoßartig, der Spitzenstoff rieb erregend an ihren Knospen, die sich steil aufrichteten.

»Bitte ...« Warum berührte er sie nicht endlich?

»Ist es das, was du willst?« Seine Stimme klang rau, während er den Kopf senkte, sodass sie den heißen Atem sanft über ihre empfindliche Haut streichen fühlte, die sich vor lustvoller Erwartung zusammenzog. Als er mit der Zunge einen spitzenbedeckten Nippel federleicht umkreiste, wölbte sie sich ihm aufkeuchend entgegen. Er streifte einen BH-Träger herunter und schob den Stoff quälend langsam abwärts, bis eine ihrer prallen Brüste entblößt vor ihm lag. »Du bist so wunderschön ...«

Sie hörte das Schmatzen seiner Lippen, als er die hochaufragende Brustwarze umschloss, um heftig daran zu saugen. Das erregende Ziehen fuhr ihr bis zwischen die gespreizten Schenkel. Und genau dort sehnte sie sich nach seiner Berührung, nach seinen samtig weichen Lippen, nach seiner Zunge, die forschend in sie eindrang ... Augenblicklich wurde sie feucht.

»Oh mein Gott ...«, entwich es ihr stöhnend.

Er ließ von ihr ab und presste ihre vor Erregung schmerzenden Brüste zusammen, die eine nackt, die andere spitzenbedeckt. Sein Blick war unverwandt auf ihr Gesicht gerichtet, als er ihr in die Brustwarzen kniff. Sie stieß einen spitzen Schrei aus und bäumte sich auf. Der erregende Schmerz schoss ihr bis in die Zehenspitzen, die Welle der Lust, die sie gleich darauf überrollte, nahm ihr die Luft zum Atmen. Sie ließ den Kopf in den Nacken fallen, ihr langes Haar kitzelte dabei die nackte Haut ihres Rückens.

»Macht dich das geil, Baby?« Er lockerte seinen Griff und strich mit den Daumen über beide Nippel.

Himmel, wie sehr sie diese Berührungen genoss, und doch war es viel zu wenig. Unruhig rieb sie ihr Becken an ihm.

Er zog sich mit einem Ruck den Pullover aus, nahm ihre Hand und legte sie auf seinen breiten Brustkorb, sodass sie seinen heftigen Herzschlag spüren konnte.

Bumm, bumm ... bumm, bumm.

Sie seufzte genüsslich auf und streichelte über seine warme Haut, die sich so herrlich weich anfühlte, wie Samt. Natascha fuhr langsam tiefer, hielt kurz am

Bund der Jeans inne und rieb anschließend fordernd über seinen Schwanz, der sich deutlich unter dem Stoff abzeichnete.

Er sog zischend die Luft ein. »Verdammt, machst du mich geil!«

Er öffnete ihre Hose und riss sie ihr über den Hintern, soweit es ihre gespreizten Beine zuließen. Sie war jetzt nur noch von einem Hauch aus roter Spitze bedeckt, der in der Mitte bereits dunkel vor Feuchtigkeit war. Durch das Herunterziehen der Jeans hatte sich ihr String verschoben und eine glattrasierte, feucht glänzende Schamlippe lag entblößt vor ihm. Der Stoff drückte erregend in ihre Scheide.

»Fuck!«, keuchte er.

Er fuhr langsam den Rand des nassen Strings entlang, vom Bauch abwärts über ihre Spalte, dann hielt er inne. Verzweifelt versuchte sie, die Beine noch mehr zu spreizen, stoßend und reibend, sie wollte seine Finger in sich spüren und verfluchte ihre Jeans, die das unmöglich machte. Ein Wimmern drang über ihre Lippen.

Er sah sie mit einem wissenden Lächeln an, während er erneut den Rand des Stoffes entlangfuhr. Er wusste genau, was er ihr damit antat.

»Heute gehörst du mir, jeder geile Zentimeter von dir!«

Ihre Schenkel zitterten vor Erregung und sie starrte ihn verzweifelt, beinahe wütend, an, ihre Brust hob und senkte sich heftig. »Verdammt, wenn das jetzt deine Rache für vorhin ist, dann ...«, keuchte sie.

Er lachte heiser auf. »Du bist ganz schön heißblütig ... und verdammt geil. Hmmm ... heiß und feucht ... und so weich.« Er schob die Spitze zur Seite und glitt mit einem heftigen Stoß tief in sie hinein. Es war wie ein Stromschlag, der durch ihren Körper fuhr und sie erzittern ließ.

»Oh Gott ... bitte hör nicht auf.«

Ihre Hände krallten sich in sein dunkelblondes Haar. Dort, genau dort wollte sie ihn haben. Keuchend hob sie ihm ihr Becken entgegen, während er immer wieder so heftig mit den Fingern in sie hineinstieß, dass seine Hand laut gegen ihre Schamlippen klatschte. Dabei rieb er jedes Mal mit festem Druck über ihren Lustpunkt und steigerte ihre Erregung aufs Äußerste. Dieses Pulsieren zwischen ihren Beinen wurde so heftig, dass sie glaubte, es nicht mehr ertragen zu können, und ein Aufschluchzen löste sich aus ihrer Kehle. Flüssigkeit rann über seine Hand. Himmel, sie spritzte ja regelrecht ab! Ihre Bauchmuskeln verkrampften sich.

»Ja, ja, gleich ...!«

»Ja, Baby, ich weiß, das macht dich geil, doch so schnell kommst du mir nicht davon. Du sollst darum betteln.«

Seine Worte trafen sie wie ein Schlag. Verdammt, das meinte er ernst, sie sah es ihm an. In diesem Augenblick hasste sie sich dafür, dass ihre Triebe die Oberhand gewannen und ihr Verstand wie ausgeschaltet war. Alles, was sie momentan wollte, war die Befriedigung ihrer Lust.

Fasziniert betrachtete er seine klatschnasse Hand. »Gott ... du rinnst ja aus ... Ich will wissen, wie du schmeckst.«

Bevor sie wusste, wie ihr geschah, packte er sie an den Hüften, drehte sich mit ihr um und setzte sie auf der Couch ab. Dann zog er ihr die Jeans samt roter Spitze aus, ging vor ihr auf die Knie und spreizte kraftvoll ihre Beine. Sie japste überrascht nach Luft, und ihr Herz raste, als er ihre Schamlippen weit auseinander drückte.

Dann änderte er abrupt das Tempo. Sie sah ihm keuchend dabei zu, wie er seinen Kopf langsam zwischen ihre Beine senkte, sein warmer Atem strich dabei über ihren Kitzler. Ein Stöhnen entwich ihrer Kehle und sie grub die Zähne schmerzhaft in ihre Unterlippe. Verdammt, warum quälte er sie so?

Sie packte mit beiden Händen seinen Kopf, um ihn auf das Zentrum ihrer Lust zu drücken. Ihre Schamlosigkeit schockierte sie ein wenig, doch sie hatte sich nicht mehr unter Kontrolle. Sie wollte geleckt werden, mit Mund und Zunge, und das sofort.

Er hielt ihr jedoch stand, hatte anscheinend nicht vor, die süße Folter zu beschleunigen. Mit einem Aufschrei ließ sie den Kopf frustriert gegen die Couchlehne fallen.

»Nicht so schnell, Baby …«, stieß er gedämpft hervor. Ein genussvoller Seufzer entwich ihm, als er tief durch die Nase einatmete. Wieder streifte sie sein Atem.

Das Ziehen zwischen ihren Beinen war mittlerweile unerträglich, alles in ihr schrie nach Erlösung. Sie wand sich ungeduldig unter seinem festen Griff. Verdammt, wenn er jetzt nicht endlich …! Sie ließ ihre Hand schon den Bauch hinabgleiten, da spürte sie, wie er federleicht ihre Spalte leckte und mit den Lippen sanft ihre Klitoris umfasste, um daran zu saugen. Sein Bart kratzte erregend über die empfindliche Haut zwischen ihren Schenkeln. Als hätte er ihre Gedanken erraten, glitt er mit der Zunge suchend in sie hinein, das wollüstige Knurren, das er dabei von sich gab, ließ sie erschaudern. Sie kratzte mit den Fingernägeln über seine Arme, die er noch immer gegen ihre gespreizten Beine gepresst hatte.

»Verdammt, du schmeckst so geil. Seit Tagen kann ich an nichts anderes mehr denken.« Er leckte sich begehrlich über die Lippen und sah zu ihr hoch. Einige Strähnen seines halblangen Haars waren ihm ins Gesicht gefallen und klebten an seiner feuchten Stirn. Ohne sie aus den Augen zu lassen, drang er mit kundigen Fingern in sie ein, fand wieder genau den Punkt, der sie vor Lust zerfließen ließ, und trieb sie mit seinen Bewegungen in den Wahnsinn.

Natascha wurde schwarz vor Augen, wimmernd stemmte sie die Fersen in den Rand der Couch, wölbte ihren Rücken und hob ihm ihr Becken entgegen. Die Ellenbogen presste sie in die Sitzpolster, und mit den Handflächen strich sie sich über ihre hart abstehenden Brustwarzen. Ihr Atem ging keuchend, und Lustschauer ließen ihre Beine erzittern, während erneut ein Schwall über seine Hand lief.

»Oh Gott, Natascha, du bringst mich noch um den Verstand.« Gabriel hatte in der Zwischenzeit seine Hose geöffnet, sein erigierter Penis stand weit ab.

Zweifel überkamen sie. Das war nicht richtig, was sie hier tat. Sie wollte sich so gerne fallen lassen, einfach den Kopf abschalten, aber sie konnte nicht. Das würde eine Grenze überschreiten, und zu diesem Schritt war sie nicht bereit, noch nicht. Nicht, solange Hoffnung bestand. Sie musste erst Gewissheit haben. Ihr Körper schrie ja – und wie er schrie! Doch ihr Kopf und ihr Herz sagten nein.

Als hätte er ihren inneren Rückzug bemerkt, hob Gabriel den Kopf und sah sie an.

»Ich würde so gerne mit dir schlafen, mich einfach fallen lassen, an nichts denken. Aber ich kann meinen Kopf und mein Herz nicht einfach abschalten. Ich würde es bereuen. Und das haben wir beide nicht verdient. Außerdem hast du doch eine Freundin«, stieß sie heftig hervor.

»Ich will dich, Natascha. Und du mich, da kannst du mir nichts vormachen.« Er sah sie an, mit zusammengepresstem Kiefer, die Augen zu schmalen Schlitzen zusammengezogen. Sein Blick ließ sie erschauern.

Er rieb aufreizend mit seinen Fingern über ihre Klitoris, glitt tiefer und stieß wieder fest in sie hinein.

Gabriel beugte sich zu ihr nach vorne, keuchte ihr mit rauer Stimme ins Ohr: »Spürst du, wie feucht du bist und doch so herrlich eng? Wie bereit du für mich bist? Dein Körper verrät dich, Natascha.«

Seine Hand schlug klatschend immer und immer wieder zwischen ihre Schenkel, wimmernd vor Lust hob sie ihr Becken den hämmernden Stößen entgegen, um ihn noch tiefer in sich aufzunehmen. Ihr Unterkörper verkrampfte sich, erneut konnte sie die Welle kommen spüren, ihre Muskeln umschlossen fest seine Finger.

»Nicht aufhören, bitte ...« Sie suchte Halt an der Couch, um ihr Becken noch höher zu heben. Frustriert jammerte sie auf, als er mit den Fingern erneut aus ihr herausglitt. Das Verlangen pochte und klopfte so heftig in ihr, dass sie fast wahnsinnig wurde. Warum quälte er sie so?

Sie glitt mit der Hand an sich selbst hinab, da packte er sie an beiden Handgelenken und presste die Arme an die Rückenlehne der Couch.

»Nein, Baby, so einfach mach ich es dir nicht.« Er sah sie mit glasigem Blick an. Dieses Gefühl des Ausgeliefertseins ließ sie heftiger atmen.

»Willst du mehr, Natascha?«

Er fuhr mit der Zunge die Windungen ihres Ohrs nach, und ein Schauer überlief sie. Gabriel glitt mit den Fingern zu ihrer rechten Brustwarze, um sie fest zu zwirbeln. Natascha stöhnte auf, sie konnte an nichts anderes mehr denken als an die Erfüllung ihrer Lust. Ihre ganzen Bedenken hatten sich in Luft aufgelöst, ihr Körper schmerzte vor unerfülltem Verlangen.

»Fick mich endlich.« Der eigene Schrei klingelte in ihren Ohren.

Gabriel richtete sich zufrieden grinsend auf. »Das kannst du haben, Baby.«

Er packte ihre Beine, spreizte sie und drückte sie gegen ihre Schultern, dann umfasste er ihren Po und zog ihn mit einem Ruck zu sich heran. Seine Daumen schoben ihre Schamlippen zur Seite und er berührte mit der Eichel ihre Öffnung. Aufseufzend schloss sie die Augen.

»Sieh mich an.« Gabriels Stimme klang wie ein Befehl. »Ich will, dass du mich ansiehst, wenn du kommst. Du sollst *mich* sehen, nicht Ryan.«

Diese Worte trafen sie wie ein Schlag. Fassungslos starrte sie ihn an. Ihr Verstand setzte wieder ein, sie ließ sich ernüchtert auf die Seite fallen und umfasste ihre angezogenen Beine.

»Verdammt!« Sie hörte Gabriel aufstehen und das Rascheln von Kleidung, gleich darauf das Rauschen der

Dusche und einen kurzen wütenden Aufschrei. Wenig später kniete er in Pants neben ihr und drehte sie zu sich herum, um sie aufzusetzen. Seine Haut war eiskalt. Mit raschen Bewegungen richtete er ihr den BH und zog ihr den Slip wieder an. Sie ließ es willenlos mit sich geschehen. Sie fühlte sich mit einem Mal so leer, so unendlich leer.

Eine Weile saßen sie wortlos nebeneinander.

»Ich habe wohl ins Schwarze getroffen?«

Sie nickte.

Gabriel seufzte. »Ich hätte es besser wissen sollen. Du hast mir da ja nie etwas vorgemacht.« Er fuhr sich mit beiden Händen durch die Haare. »Scheiße, wenn ich nur nichts gesagt hätte ...« Er schüttelte energisch den Kopf. »Weißt du überhaupt, wie geil es ist, dich unter meinen Händen vor Lust zittern zu sehen? Dich so zu reizen, dass du es fast nicht mehr ertragen kannst und um Erlösung bettelst? Dieses Gefühl der Macht, das ich in diesem Moment über dich habe, ist atemberaubend. Doch ich will nicht der Ersatz sein, nein. Du sollst es meinetwegen tun, verstehst du?«

Er legte ihr die Hand unter das Kinn und drehte ihren Kopf so zu sich, dass sie ihn ansehen musste. Suchend glitt sein Blick über ihr Gesicht, als hoffte er, dort etwas Bestimmtes zu finden. Er seufzte auf, ließ sie los und kniff die Augen fest zusammen.

»Man kann nichts erzwingen«, sagte er, den Mund zu einem wehmütigen Lächeln verzogen.

»Gabriel!« Sie berührte ihn am Unterarm. »Ich weiß, wenn er nicht wäre ...«

Er stand abrupt auf, schlug die Bettdecke zurück, legte sich ins Bett und klopfte mit der flachen Hand auf die Matratze. »Lass uns schlafen gehen.«

Sie runzelte die Stirn. »Findest du das eine gute –«

»Bitte!«

Sie sah ihn eine Weile schweigend an. »In Ordnung.«

Natascha stand seufzend auf, sie wollte nach ihrem Pullover greifen, überlegte es sich jedoch anders. Nur in der Unterwäsche schlüpfte sie zu ihm unter die Decke. Er brummte zufrieden, zog sie an sich und bettete ihren Kopf an seine Brust. Natascha kuschelte sich seufzend an ihn und merkte erst jetzt, wie müde sie war.

Als sie am nächsten Morgen erwachte, hatte sie zunächst keine Ahnung, wo sie sich befand. Zwei Arme hielten sie fest umschlungen. Da fiel es ihr wieder ein, sie hatte bei Gabriel übernachtet. Sie schmiegte sich seufzend noch ein wenig mehr an ihn. Es war einfach schön, so gehalten zu werden.

»Guten Morgen!« Er musste bereits vor ihr munter gewesen sein.

Sie hob den Kopf und sah ihn lächelnd an. »Es ist schön, so aufzuwachen, obwohl die Betten ein wenig breiter sein könnten. Für zwei Personen sind die definitiv nicht gedacht.«

»Mir kann es gar nicht schmal genug sein«, entgegnete Gabriel und lachte. Er strich zärtlich über ihren Rücken, hielt jedoch abrupt inne. »Lass uns frühstücken gehen, bevor ich auf andere Gedanken komme.«

50

Freitag, 11. Dezember, Wangen im Allgäu

Die Zeit in der Klinik verging wie im Flug. Gabriel war nur noch bis Dienstag hier, er hatte seine Reha nicht verlängert bekommen. Natascha graute vor diesem Tag, sie würde ihn schrecklich vermissen.

Seit ihr Tobias die Gitarre hiergelassen hatte, hatte sie sich angewöhnt, täglich eine Stunde zu spielen. Da es die letzten Tage wieder warm geworden und der ganze Schnee bereits geschmolzen war, saß sie heute auf dem Balkon. An die fünfzehn Zuhörer hatten sich bereits darunter versammelt. Langsam hatte sie den Verdacht, dass die meisten immer zur gleichen Zeit vorbeikamen, in der Hoffnung, sie würde wieder draußen spielen. Gerade als sie ein Lied beendete, rief ihr von unten jemand zu.

»Möchtest du nicht morgen nach dem Frühstück mit mir gemeinsam in der Halle spielen? Wir könnten alle zusammen ein paar Lieder singen.«

Sie kannte ihn nur vom Sehen, wusste jedoch, dass er Berufsmusiker war und Benjamin hieß.

»Klar, das ist eine tolle Idee, da bin ich dabei.« Sie verabredeten sich für neun Uhr. Natascha winkte ihnen zum Abschied zu und stand auf, um sich für das Abendessen fertig zu machen.

Bevor sie zum Speisesaal hochging, lief sie noch schnell ins Foyer, um ihre Mails und WhatsApp-

Nachrichten abzufragen. Wieder nichts von Ryan. Sie verstand die Welt nicht mehr.

Dann öffnete sie den Gesendet-Ordner, die Mail allerdings fand sie nicht. Sie runzelte die Stirn und scrollte alles durch. Was war das da im Postausgang? Natascha sog scharf die Luft ein. Da war sie. Die Mail an Ryan.

»Das darf doch nicht wahr sein!« Sie ließ sich mit einem frustrierten Seufzen auf der Couch nach hinten fallen und schüttelte fassungslos den Kopf. Tagelang, wirklich tagelang war sie fix und fertig gewesen und hatte sich das Hirn zermartert, warum sich Ryan nicht meldete, dabei hatte er die Nachricht noch gar nicht erhalten.

Wie vom Schlag getroffen saß sie da, Tränen rannen ihr über die Wangen und sie starrte unentwegt auf den Bildschirm. Sie konnte es nicht fassen. Wie hatte das nur passieren können? Wahrscheinlich hatte sie die WLAN-Verbindung zu schnell beendet. Sie ging sofort auf erneut senden und wartete diesmal auf die Sendebestätigung.

Am Abend beschloss sie, gleich nach dem Essen ins Zimmer zu gehen. Sie musste sich über einiges klar werden. Nach dem Duschen lag sie lange Zeit regungslos auf ihrem Bett und starrte ins Leere.

Was trieb sie da eigentlich die ganze Zeit? Sie gab in der Öffentlichkeit vor, immerzu fröhlich zu sein, dabei war sie das oft gar nicht, ganz im Gegenteil. Zeitweise ging es ihr wirklich scheiße. Hatte sie doch Angst vor ihrer Zukunft, die so ungewiss vor ihr lag.

Und warum ließ sie sich dauernd mit Männern ein? Wozu sollte das gut sein? Glaubte sie, mit Sex ihre

Sehnsucht nach Liebe und Zärtlichkeit befriedigen zu können?

Auch ihre Flucht in den Alkohol, vermischt mit dem dauernden Konsum von Nikotin – sie suchte regelmäßig den Rausch, wann immer sie konnte. Hatte sie nicht erlebt, was Sucht mit Menschen und deren Angehörigen anstellen konnte? Sie war keinen Deut besser als ihr Mann. Mit dem Unterschied, dass der es schließlich geschafft hatte.

Was hatte *sie* eigentlich bisher geschafft? Sie hat es geschafft, sich von einer alten beschissenen Situation in eine neue zu begeben, die genauso beschissen war. Sie machte sich etwas vor. Sie war noch immer nicht gänzlich sie selbst, sondern immer noch auf der Suche nach ihrem wahren Ich, das auch ohne Rausch, ob durch Adrenalin, Sex, Alkohol oder Drogen, glücklich und frei sein konnte. Vielleicht ja auch mit Ryan in New York?

Alles würde sie von heute auf morgen nicht ändern können, doch sie konnte sofort mit dieser Sauferei und Raucherei aufhören. An den anderen Dingen würde sie langsam arbeiten, so gut sie konnte. Das Glücklichsein hing nur von ihr ganz allein ab, nicht von anderen, sie musste es nur selbst in die Hand nehmen.

51

Samstag, 12. Dezember, Wangen im Allgäu

Am Wochenende war es in der Regel relativ ruhig in der Klinik. Die meisten Patienten machten entweder Ausflüge oder bekamen Besuch und verbrachten den Tag auswärts. Heute jedoch lud das Wetter nicht gerade zu Aktivitäten im Freien ein. Es war nebelig und feucht, von der Sonne war nichts zu sehen. Natascha saß mit Benjamin in der Halle, sie spielten sicher schon eine halbe Stunde. Rund um sie herum hatte sich eine größere Gruppe gebildet, Gabriel und Sebastian saßen schräg gegenüber. Alle sangen mit Begeisterung zusammen ein Lied nach dem anderen. Die Idee von Benjamin war wirklich gut gewesen, so viel Spaß, wie sie dabei hatten.

Mittlerweile dürfte Ryan ihre Mail erhalten haben. Wie wohl seine Reaktion ausfallen würde? Unruhig rutschte sie auf ihrem Stuhl hin und her. Vor Nervosität hatte sie das Gefühl, nicht mehr ruhig sitzen zu können. Würde er sich bei ihr melden oder sie ignorieren?

Auf einmal kribbelte es seitlich in ihrem Nacken, sie fühlte sich beobachtet. Natascha wandte den Kopf und ließ den Blick zum Eingangsbereich gleiten. Erstarrt hielt sie inne, ihre Finger rutschten von den Gitarrensaiten und erzeugten einen schrillen Missklang. Sie bekam keinen Ton mehr heraus. Wie versteinert saß sie da, unfähig, sich zu bewegen. Ihre Umgebung verschwamm, sie nahm nur noch dieses strahlendblaue Augenpaar wahr, dass sie aus einiger Entfernung unentwegt ansah.

»Diese Ähnlichkeit!«

Dieser erstaunte Ausruf riss Natascha aus der Erstarrung. Das Glücksgefühl, das durch ihren Körper strömte, ließ sie fast das Atmen vergessen, Freudentränen rannen ihr über die Wangen.

»Ryan!« Ihre Stimme zitterte vor Freude.

Sie sprang von der Couch auf, lief ihm entgegen und warf sich mit einem Aufschrei in seine ausgebreiteten Arme. Er wirbelte sie im Kreis, den Kopf im Nacken, vor Freude laut lachend. Dann packte er ihr Gesicht mit beiden Händen und küsste sie.

Gott, wie hatte sie ihn vermisst! Sie konnte gar nicht genug bekommen von seinen weichen, warmen Lippen, seiner Zunge, wie er schmeckte, wie er roch. Nichts anderes existierte mehr, nur die Gefühle, die er in ihr auslöste. Schließlich hob er den Kopf und sah sie mit einer Zärtlichkeit an, die alles in ihr vibrieren ließ. Wärme durchflutete sie bis in die Fingerspitzen. Er drückte sie an sich und vergrub das Gesicht in ihren Haaren, sein Atem streichelte dabei ihre Haut.

»Bist du wegen meiner Mail gekommen? Wobei, nein, das geht ja gar nicht, die habe ich doch erst gestern Abend weggeschickt. Wieso ...« Sie brach irritiert ab.

Ryan hob den Kopf und sah sie mit gerunzelter Stirn an. »Welche Mail? Ich habe seit gestern keine mehr abgefragt.«

»Ich konnte einfach nicht glauben, dass zwischen uns wirklich alles vorbei ist, wo es doch noch gar nicht richtig begonnen hatte. Ich wollte völlig offen und ehrlich mit dir sein und habe dir daher geschrieben. Wenn du die Mail nicht erhalten hast, warum bist du dann hier?« Sie strich ihm vorsichtig über das Gesicht, um sich zu vergewissern, dass er wirklich da war. Ryan drückte ihr einen Kuss auf die Fingerspitzen. »Ich habe pausenlos an dich denken müssen und daran, wie wir auseinandergegangen sind. Schließlich habe ich es nicht mehr ausgehalten und endlich mit Matt gesprochen. Als er mir erzählt hat, warum du so schnell nach Österreich zurückmusstest, habe ich gleich einen Flug gebucht. Tja, und dabei habe ich deine Nachricht auf meinem PC im Papierkorb gefunden.« Seine Lippen wanderten liebkosend über ihre Wangen. »Ich kann dir gar nicht sagen, wie mich dieser Brief berührt hat ...« Er brach mit belegter Stimme ab, seine Augen glänzten feucht. »Natascha, ich liebe dich. Das will ich dir schon so lange sagen. Mein verdammter Stolz und die Angst, verletzt zu werden, haben es nur nicht zugelassen.«

Ein Schluchzen drang aus ihrer Kehle, und sie presste ihr Gesicht an seines. Seine Worte ließen ihr Herz vor Glück fast zerspringen, und alles wurde so leicht, als würde sie schweben. »Ryan, ich habe dich so schrecklich vermisst.«

Er drückte sie so fest an sich, dass ihr die Luft wegblieb, dann legte er die Hand unter ihr Kinn, hob es hoch und küsste sie zärtlich auf den Mund. Auf einmal hielt er wie erstarrt inne und fixierte einen Punkt hinter ihr.

Natascha sah ihn erstaunt an. Sie löste sich von ihm und drehte sich um. Gabriel stand keine zwei Meter entfernt hinter ihr und konnte den Blick nicht von Ryan lösen. Der starrte ihn mit offenem Mund an.

Natascha machte einen Schritt zur Seite.

»Ryan, darf ich dir Gabriel Johns vorstellen, Polizist in Ulm. Gabriel, das ist Ryan Johnson, Cop in New York City.«

»Ich habe ja bereits ein Foto von dir gesehen, doch live ist es schon etwas eigenartig. Wie der Blick in einen Spiegel, der nicht ganz stimmt.«

»Ein Schwabe!« Ryan lachte auf. Er hatte vom Englischen ins Deutsche gewechselt. »Wie mein Vater.« Stirnrunzelnd sah er Gabriel durchdringend an, mit der Hand fuhr er sich nachdenklich über das Kinn. »Mein Vater ist mit Anfang zwanzig nach Amerika gegangen, dort hat er meine Mutter kennengelernt. Sie haben sich ineinander verliebt und geheiratet. Er hat vorher Johns geheißen, seinen Namen jedoch amerikanisiert. Ich weiß, dass er in Deutschland einen Zwillingsbruder hat, zu dem er jeden Kontakt abgebrochen hat. Den Grund hat er mir nie genannt.« Eindringlich musterte er sein Ebenbild von oben bis unten.

»Du denkst, wir sind Cousins?« Gabriels Stimme überschlug sich fast.

»Hast du eine bessere Erklärung? Die Ähnlichkeit ist viel zu groß, als dass es anders sein könnte. Dass wir allerdings beide bei der Polizei sind, ist fast ein wenig unheimlich.«

»Du könntest wirklich recht haben, obwohl ich von dem Zwillingsbruder heute zum ersten Mal höre«, antwortete Gabriel schließlich nachdenklich.

Ryan nickte zustimmend und wandte sich dann an Natascha. »Baby, ich weiß, wir haben noch über so vieles zu reden, aber kann ich mich in deinem Zimmer ein paar Stunden aufs Ohr hauen? Ich bin seit einer

Ewigkeit unterwegs und fix und fertig.« Gähnend hielt er sich die Hand vor den Mund, und jetzt erst sah sie die dunklen Ringe unter seinen Augen.

»Klar, komm mit.«

Ryan nahm die Reisetasche und wandte sich nochmals Gabriel zu. »Wir sehen uns sicher später, da können wir uns ausführlicher unterhalten.«

Er legte seinen Arm um Natascha und sie gingen schweigend auf ihr Zimmer. Dort stellte er die Tasche mitten im Raum ab, zog die Schuhe aus, ließ sich auf das Bett fallen und war auch schon eingeschlafen. Natascha betrachtete ihn lächelnd und strich ihm zärtlich eine Haarsträhne aus der Stirn. Sie schrieb ihm rasch einen Zettel, dass er sie auf ihrem Handy anrufen sollte, sobald er wach war, und verließ das Zimmer. Zurück im Foyer ließ sie sich neben Sebastian und Gabriel auf die Couch fallen.

Sebastian hob fragend die Augenbrauen. »Glücklich?«

Sie nickte, das ganze Gesicht zu einem Grinsen verzogen.

»Also ich brauche jetzt etwas zu trinken.« Gabriel stand abrupt auf.

»*Schatzmann*«, riefen Sebastian und Natascha gleichzeitig und brachen in Gelächter aus.

»Ist zwar ein bisschen früh für Alkohol, aber an so einem Tag wie heute ist das schon vertretbar. Also, dann los, lasst uns gehen.« Sebastian zwinkerte ihr zu.

Als sie an ihrem Stammtisch Platz genommen hatten, sah Gabriel sie mit hängenden Schultern an. »Gibst du mir zum letzten Mal deinen Fuß?«

Wehmütig musterte sie ihn. Es gab ihr einen kleinen Stich ins Herz. Es war wie ein Abschied. Sie hob ihr Bein und legte es Gabriel über die Oberschenkel.

»Das wird mir fehlen«, seufzte er.

Sebastian sah sie kopfschüttelnd an. »Aus euch beiden soll einmal jemand schlau werden, vor allem aus dir, Natascha.« Er klopfte sich mit dem Zeigefinger an die Stirn. »Nicht alle Tassen im Schrank, ganz einfach.«

Natascha und Gabriel sahen sich an. Hier ging gerade etwas zu Ende, das nie die Chance hatte, richtig zu beginnen. Die falsche Zeit, der falsche Ort – wer konnte das schon sagen? Und doch war es schön gewesen.

Seit ihrem Exzess auf dem Weihnachtsmarkt hatte sie nichts mehr getrunken und auch nicht mehr geraucht. Sie hatte keine Lust mehr darauf gehabt, hatte diese Phase hinter sich gelassen. Es war eine Art Ausbruch gewesen, alles auszuprobieren, zu spüren, zu fühlen, sich einfach gehen zu lassen, ohne sich um irgendwelche Konsequenzen kümmern zu müssen.

»Für mich bitte nur eine Cola heute.«

»Ist das dein Ernst?« Sebastian sah sie überrascht an.

Natascha nickte. »Und mit den Zigaretten ist es ebenfalls vorbei.«

»Aber...«, setzte Sebastian an, doch ihr ernster Gesichtsausdruck ließ ihn verstummen.

Nach vier Stunden waren Gabriel und Sebastian bereits ganz gut drauf. Es waren schon einige Bier geflossen, und da sie das Mittagessen ausgelassen hatten, wirkte der Alkohol umso schneller. Natascha hatte mittlerweile von Cola auf Mineralwasser gewechselt. Als ihr Handy läutete, schreckte sie freudig hoch. Es war Ryan, dem sie den Weg ins *Schatzmann* erklärte.

Als sie gerade Sebastians Zigarette im Aschenbecher ordentlich ausdrückte, da er das nur halbherzig erledigt hatte, ging die Schiebetür auf und Ryan kam herein. Sie lächelte ihn an.

»Sag mal, seit wann rauchst du denn?« Mit großen Augen sah er auf die Zigarette in ihrer Hand.

»Die gehört Sebastian. Ich habe bis vor kurzem auch gequalmt, das stimmt, aber damit habe ich aufgehört, diese Phase ist vorbei.«

Ryan gab ihr einen zärtlichen Kuss auf die Stirn, dann ließ er sich neben Natascha fallen, nahm sie in die Arme und küsste sie lange und ausgiebig. Nicht, dass sie etwas dagegen gehabt hätte, sie wurde jedoch das Gefühl nicht los, dass er gerade sein Revier markierte.

Schwer atmend ließ er sie wieder los. Gabriel starrte sie beide an, seine Finger umklammerten so fest die Tischkante, dass seine Knöchel weiß hervortraten, die Lippen waren zusammengepresst. So hatte sie ihn noch nie gesehen. Als er ihren Blick bemerkte, wurde sein Gesicht ausdruckslos und er ließ die Hände unter den Tisch sinken.

Natascha gab vor, auf die Toilette zu müssen. Dort starrte sie ihr Spiegelbild an und wusch sich seufzend die Hände. Gabriels Gesichtsausdruck ging ihr nicht aus dem Kopf.

Als sie wieder nach oben wollte, stand Ryan vor ihr, drängte sie zurück und verriegelte energisch die Tür hinter sich. Er sah sie mit verschlossenem Blick an.

»Ich muss das diesmal sofort klären, bevor ich mich erneut in etwas hineinsteigere. Ist was zwischen dir und Gabriel gelaufen? Lüg mich bitte nicht an, ich weiß, wie ein Mann aussieht, wenn er eifersüchtig ist.« Dann seufzte er auf. »Eigentlich kann ich es dir ja gar nicht verdenken, so wie ich mich in New York verhalten haben. Verdammt, ich will es trotzdem wissen.«

Nataschas Puls raste, Schweißperlen bildeten sich auf ihrer Stirn. Sie war mit der Situation überfordert und hätte am liebsten die Flucht ergriffen. Sie dachte jedoch an ihren gestrigen Rückblick und beschloss daher, vollkommen ehrlich mit Ryan zu sein. Sie wollte die Beziehung nicht mit einer Notlüge beginnen, obwohl die Wahrheit jetzt das Ende bedeuten konnte. Da sie das Gefühl hatte, dass gleich die Beine unter ihr nachgeben würden, setzte sie sich auf den geschlossenen WC-Deckel.

»Wir haben uns geküsst, dreimal um genau zu sein. Wobei der letzte Kuss von mir ausgegangen ist. Ich bin vor ein paar Nächten bei ihm über den Balkon eingestiegen, da ich die Zeit vergessen hatte und die Klinik bereits geschlossen war. Ich war total von der Rolle. Ich hatte dir diese Mail geschrieben und du hast einfach nicht darauf reagiert. Ich habe nicht verstanden, wie du so gleichgültig sein konntest. Jetzt weiß ich, dass du sie noch gar nicht erhalten hattest. Der Versuch, den Kummer mit Alkohol zu betäuben, hat nicht wirklich geholfen, und dann saß ich da, neben Gabriel, in seinem Zimmer. Es schien so einfach. Er sieht dir so ähnlich, und es war so verlockend, mit ihm alles zu vergessen. Ich glaube, ich wollte es gar nicht wahrhaben, dass er nur ein Ersatz gewesen wäre. Diese verzehrende Sehnsucht zu stillen – nur das hatte ich im Kopf. Wir haben fast miteinander geschlafen, ich hatte mein ganzes Denken bereits abgeschaltet. Kurz davor wollte er, dass ich ihn anschaue, dass ich begreife, dass *er* mir diese Lust bereitet und nicht du. Da war es dann vorbei. Ich konnte mich nicht länger selbst belügen. Er ist nicht du, wird es nie sein. Außerdem wäre es Gabriel gegenüber nicht fair gewesen. Er hat Besseres verdient, als nur ein Ersatz zu sein. Ich habe dann bei ihm geschlafen, und er hat mich die ganze Nacht in seinen Armen gehalten. Ich habe dich so sehr vermisst, und so gehalten zu werden hat mir einfach gutgetan. Wenn ich mich nicht vorher schon in dich verliebt hätte, wäre es wahrscheinlich ganz anders gelaufen. Es ist, wie es ist, Ryan. Ich kann es nicht mehr ändern und will es gar nicht. Diese Zeit hier hat mir vieles bewusst gemacht. Ich bin richtiggehend explodiert. Ich wollte mich wieder spüren, Gefühle erleben, von denen ich gar nicht mehr geglaubt habe, dass sie noch existieren, meine Sexualität leben – je exzessiver, desto besser. Ich habe gesoffen, geraucht wie ein Schlot, mein Gefühlsleben war zeitweise das reinste Chaos. Zuerst meine Ehe, mein Zusammenbruch, Joe und dann das mit dir. Das alles hat mich total neben der Spur laufen lassen. Nicht zu wissen, woran ich bei dir bin, das Gefühl zu haben, dir nicht wert genug zu sein. Ich habe dich nicht aus dem Kopf bekommen, wollte dich jedoch um jeden Preis vergessen. Möglichkeiten dazu hätte ich ausreichend gehabt, es hat allerdings nicht funktioniert. Am Ende bist immer du vor meinen Augen aufgetaucht. Ich habe dann begriffen, dass ich das mit dir klären muss, und sei es nur, um damit abzuschließen.« Sie fuhr sich seufzend durch das lange Haar. »Ich habe viel über mich gelernt, teilweise Dinge, die ich nicht wahrhaben wollte. Ich versuche, mich zu akzeptieren, wie ich bin, mit all den guten und schlechten Seiten. Ich versuche meinen

Wert zu erkennen und dass ich keine Bestätigung von anderen brauche, um glücklich zu sein. Dass ich keine Angst haben muss, nicht gut genug zu sein. Eine Beziehung sollte eine Bereicherung sein und keine Selbstaufgabe. Ich kann dir keine Garantie für die Zukunft geben, Ryan, das kann niemand. Es wird mit mir sicher nicht immer leicht sein, doch ich liebe dich. So einfach ist das und doch so kompliziert. Die Entscheidung liegt bei dir.« Natascha schwieg erschöpft von dieser langen Rede. Trotz der Ungewissheit war sie ruhig und gefasst. Abwartend sah sie ihn an.

Er stand da, mit gesenktem Kopf, seine Finger umklammerten das Waschbecken. Seine Oberarme zitterten unter der Anspannung. Die Minuten vergingen.

»Ryan, du wolltest, dass ich dir die Wahrheit sage. Sie sieht anders aus, als du dir erhofft hast. Entweder kommst du damit klar oder nicht. Wenn wir eine Chance auf eine Beziehung haben wollen, müssen wir das hier und jetzt endgültig klären. Also sprich gefälligst mit mir, sag mir, was in dir vorgeht, und schweig mich nicht die ganze Zeit an.« Sie blitzte ihn wütend an.

Ryan drehte sich abrupt mit zu Fäusten geballten Händen zu ihr um, die Augen zu Schlitzen verengt. Sein Brustkorb hob und senkte sich heftig, doch noch immer sagte er kein Wort.

Natascha ließ den Kopf hängen. Das war es dann wohl. Ein dumpfer Schmerz machte sich in ihr breit. Sie sah ihn wehmütig an und stand langsam auf. Als sie sich an ihm vorbeidrängen und das WC verlassen wollte, packte er sie am Oberarm und hielt sie zurück. Ryan kniff die Augenlider zusammen und fuhr sich mit einer Hand über das Gesicht, ein Zittern lief durch seinen Körper. Dann sah er sie an. In den blauen Augen leuchtete es entschlossen auf.

»Verdammt, ich habe dich so schrecklich vermisst. Mir ist scheißegal, was mit Gabriel oder sonst wem war, solange es der Vergangenheit angehört. Ich will dich, ich brauche dich, einfach nur dich, Natascha.«

Er riss sich das T-Shirt über den Kopf und presste ihre Hand auf sein wie wild schlagendes Herz. »Kannst du das fühlen, Baby?« Ryans Stimme klang heiser.

Er sah so unglaublich scharf aus, so durchtrainiert und sexy. Allein sein Anblick ließ ihr die Knie weich werden. Langsam führte er ihre Finger seinen muskulösen Oberkörper entlang. Die warme Haut unter ihren Fingerspitzen zu spüren ... wie sehr hatte sie das vermisst. Am liebsten würde sie mit ihrer Zunge dieser Spur folgen, immer wieder ein Stückchen zwischen ihre Lippen nehmen, um ihn zu schmecken, seinen erregenden männlichen Geruch nach Zedernholz dabei tief in sich aufnehmen. Schon der Gedanke daran ließ ihren Atem schneller gehen. Sie war jedoch wie erstarrt und verfolgte gebannt, wie er mit ihren Fingern weiter abwärts glitt, über den straffen Bauch, den Hosenbund ...

»Und das hier?« Ryan presste ihre Hand auf die harte Wölbung unter seiner Jeans. Sie rieb über diesen Beweis seines Verlangens, selbst durch den dicken Stoff konnte sie die pulsierende Hitze spüren. Sie hörte ihn aufstöhnen. Die Gewissheit, was bald kommen würde, löste ein erregendes Ziehen zwischen ihren Schenkeln aus.

»Ich will dich, Baby, sofort.« Er streifte ihr ungeduldig den Pullover über den Kopf und warf ihn in das Waschbecken hinter ihr, der BH folgte.

Wie von selbst streckten sich ihm ihre vollen runden Brüste entgegen. Die kalte Luft im WC ließ Natascha erschaudern, eine Gänsehaut überzog ihren Körper, und ihre Brustwarzen versteiften sich. Er verschlang sie geradezu mit seinem hungrigen Blick. Sie wollte ihn, nein, sie verzehrte sich nach ihm. Nach der Berührung seiner Hände auf ihrer weichen Haut, wie sie ihren Busen umfassten, fest und fordernd, seine saugenden Lippen …

Nein, noch nicht.

Diese langen Wochen des Wartens hatten sie fast verrückt werden lassen vor Sehnsucht und unerfülltem Verlangen. Hatte er überhaupt eine Ahnung, was er ihr angetan hatte?

Sie wich vor ihm ein Stück zurück und lehnte sich mit dem Po gegen das Waschbecken. Erstaunen flackerte in seinen Augen auf.

Ryan stöhnte, als Natascha sich aufreizend über ihre Brüste strich, seitlich die schmale Taille hinab, um auf ihren Schenkeln kurz oberhalb ihrer schwarzen Overknees innezuhalten. Genau dort wollte sie seinen Blick haben. Wie gebannt starrte er auf ihre Hände. Sie konnte das Begehren in seinem Blick sehen, wie sich sein Brustkorb heftig hob und senkte.

»Du Biest.«

Mit den Handflächen schob sie den Saum des Minirocks langsam höher. Das Spitzenband ihres halterlosen Strumpfes blitzte hervor, schmiegte sich eng an die Rundung ihrer Oberschenkel. Sie ließ den Rock immer weiter nach oben gleiten, gab den Blick frei auf das Stück nackte Haut zwischen ihren weichen Schenkeln.

Ihre Vorführung erregte sie selbst bis aufs Äußerste. Eine Woge der Lust floss wie lauter kleine Stromschläge kribbelnd durch ihren Körper, und ein wollüstiges Stöhnen entwich ihrer Kehle.

Natascha öffnete langsam ihre Schenkel. Durch das Hinaufziehen des Rocks hatte sich der Spitzentanga nach oben verschoben. Ryans Blick war wie eine federleichte Berührung auf den nackten Rundungen ihrer glattrasierten Schamlippen. Sie spreizte ihre Oberschenkel noch ein wenig weiter.

»Hör nicht auf, Baby«, flüsterte Ryan mit rauer Stimme.

Natascha sah ihn unter halb geschlossenen Lidern an, leckte sich über die leicht geöffneten Lippen. Sie genoss die Leidenschaft in seinen Augen, das Verlangen in seinem Gesicht, das Verlangen nach ihr.

Ryan lehnte schwer atmend an der gegenüberliegenden Wand, den Penis hatte er aus dem engen Gefängnis der Jeans befreit. Steif und dick stand er von seinem Unterleib ab. Er umklammerte mit beiden Händen den Bund der Hose. Sie bemerkte den Lusttropfen an der prallen Eichel, den das Deckenlicht aufglänzen ließ.

In Gedanken berührte sie sanft die rosa glänzende Spitze, verteilte die Feuchtigkeit mit einer kreisenden Bewegung. Sie konnte das Pulsieren seines Schwanzes unter ihrer Fingerspitze fühlen ... sein Stöhnen hören ... wie ihre Lippen ihn mit sanftem Druck umschlossen ... ihre vorwitzige Zungenspitze kostend bis zum Eichelrand weiterwanderte ...

Das Pulsieren zwischen ihren Schenkeln wurde immer heftiger, wenn sie so weitermachte, würde sie gleich kommen.

Ohne ihn aus den Augen zu lassen, strich sie über die Wölbung ihrer Schamlippe. In Gedanken glitt anstelle ihres Fingers Ryans warme, sinnliche Zunge über die nackte, glatte Rundung und bahnte sich einen Weg unter den Spitzenstoff.

Ein Seufzer entwich ihren Lippen. Tief tauchte sie in die prickelnde Feuchtigkeit ein. Die Berührung ihres geschwollenen Lustpunkts ließ sie fast die Beherrschung verlieren. Ihr Bauch krampfte sich vor lustvoller Anspannung zusammen.

Nein, noch nicht. Fast widerwillig zog sie den Finger aus sich heraus und leckte ihn genüsslich ab – eine Mischung aus süß und herb. Sie fühlte sich dabei so herrlich hemmungslos, so unwiderstehlich sexy und geil.

Ryan stand noch immer regungslos da. Seine Augen fixierten ihren Finger, sein sinnlicher Mund stand offen. »Fuck, machst du mich geil.«

Er umklammerte stöhnend seinen Schwanz und ließ ihn ein paar Mal durch die Hand gleiten. Langsam kam er auf sie zu. Sie konnte den erwartungsvollen Seufzer nicht unterdrücken, als er sie an sich zog und sein hartes Glied zwischen ihre Schenkel schob.

Er umfasste ihre Brüste, deren volle Rundungen seine Hände ausfüllten, und rieb mit den Daumen über ihre hoch aufgerichteten Spitzen. Diese so heiß ersehnte Berührung jagte ihr einen neuerlichen Lustschauer durch den Körper. Sie klammerte sich an seinen breiten Schultern fest, den Rücken zu einem Bogen gespannt. Sie konnte das Ziehen bis in die Zehenspitzen spüren, ihren Aufschrei erstickte er mit seinen vollen, verführerischen Lippen.

Sie strich über seine warme Haut, die sich so wundervoll weich anfühlte. Wie sehr hatte sie ihn vermisst, ihn und die Gefühle, die er in ihr auslöste. Sie glaubte, vor Sehnsucht innerlich zu verbrennen. Natascha wollte ihn in sich spüren, so tief wie möglich, nur noch das zählte. Wie Ertrinkende klammerten sie sich aneinander, sein Kuss war wild und rau, die Bartstoppeln kratzten über ihr Kinn. Er biss ihr mit hemmungsloser Leidenschaft in die Unterlippe, wanderte weiter zu ihren Brustwarzen. Sie packte seinen Kopf mit beiden Händen, drückte sich ihm entgegen. Dieses Saugen und Lecken an dieser empfindlichen Stelle, brachte sie fast um den Verstand. Jetzt! Auf was wartete er noch?

Unruhig bewegte sie ihr Becken. Sein Schwanz rieb erregend über ihre spitzenbedeckte Klitoris. Ihr Begehren nach mehr war fast unerträglich. Sie zog seinen Kopf zu sich hoch.

»Fick mich endlich«, murmelte sie ungeduldig an seinen Lippen.

Ryan zerrte ihr den String über die Beine, dann hob er sie auf den Waschtisch. Er ging vor ihr auf die Knie, spreizte ihre Schenkel und drang mit den Fingern tief in sie ein.

»Gott, bist du feucht, Baby.«

Sie zuckte zusammen. Das Pulsieren in ihrem Unterleib war so heiß, dass sie das Gefühl hatte, zu verbrennen. Sie kniff die Augen zusammen und drückte die Zähne fest in ihre Unterlippe. Alle ihre Sinne waren auf seine Finger gerichtet, wie sie immer wieder zustießen, tief und fest in sie hinein, immer und immer wieder über ihren Lustpunkt rieben. Sie konnte spüren, wie sich alles ihn ihr zusammenzog, immer mehr. Dieses Warten auf die Explosion war fast unerträglich und gleichzeitig so erregend. Stöhnend presste sie ihr Becken immer weiter seiner Hand entgegen. Den Kopf drückte sie keuchend gegen ihre linke Schulter, schaltete ihre Gedanken ab. Ihr ganzer Körper zitterte und sie hatte sich nicht mehr unter Kontrolle. Ihre Finger krallten sich am Waschbeckenrand fest, und ein feiner Schweißfilm bedeckte ihren Oberkörper, dann wurde ihr schwarz vor Augen. Sie hielt nichts mehr zurück. Das Gefühl, als sich die Schleusen öffneten, war einfach unbeschreiblich. Flüssigkeit rann aus ihr heraus und lief über seine Hand, bei jedem Zustoßen ein neuer Schwall.

»Verdammt, Baby, du rinnst ja richtig aus.« Er beugte sich vor und drang kostend in sie ein, leckte sie geradezu aus.

Seine Zunge war die reinste Folter, so empfindlich, wie sie jetzt war. Kaum auszuhalten und doch so unbeschreiblich erregend.

»Mmh!«

»Ryan ...« Sie bäumte sich schluchzend auf. »Ich will deinen Schwanz in mir spüren!«

Er stand auf, riss sich die Jeans samt den Pants herunter, packte sie an den Beinen und drang mit einem Stoß in sie ein. Er füllte sie komplett aus. Fest zog sie ihre Muskeln um ihn zusammen. Ein tiefes Stöhnen entfuhr ihm.

»Gott, Baby, du fühlst dich so unbeschreiblich geil an.«

Dann stieß er so heftig zu, dass sie die Hoden an ihrem Po klatschen hören konnte. Sie hob sich ihm entgegen, um ihn noch tiefer in sich aufnehmen zu können, und wieder verkrampfte sie sich. Es war wie eine Explosion. Sterne tanzten vor ihren Augen, pulsierend zogen sich ihre Scheidenmuskeln um seinen Penis zusammen.

Als hätte Ryan nur darauf gewartet, spannte sich sein Körper an, und mit einem Aufschrei kam er zuckend in ihr.

Schwer atmend zog er sie zu sich hoch. Er glitt dabei aus ihr heraus, gefolgt von einem Schwall ihrer beiden Flüssigkeiten, der bequemerweise über ihre Pobacken direkt in das Waschbecken rann.

»O mein Gott!«, entfuhr es ihr. »Das ist ja die reinste Sauerei.« Lachend sah sie an sich herab.

»Warte mal.« Ryan fischte grinsend BH und Pullover aus dem Becken, legte die Teile auf den Klodeckel und fingerte hinter ihr am Wasserhahn herum. Eiskaltes Wasser rann über ihren Po.

»Hey!«, schrie sie auf und fuhr ruckartig in die Höhe.

»Sorry, Baby.« Er zog eine Grimasse und sah sie schelmisch an.

Als das Wasser wärmer wurde, schob er sie ein wenig zurück, spreizte ihre Schenkel und wusch sie. Zuerst an den Oberschenkeln, dann glitt er mit seinen Fingern zwischen ihre Schamlippen. Als er ihre geschwollene Klitoris berührte, zuckte sie aufkeuchend zusammen, es kribbelte und zog erneut.

Natascha war schon wieder geil. Sie konnte einfach nicht genug von ihm bekommen, von seinen Fingern, der Hitze, dem erregenden Kribbeln, von dem Moment kurz vor der Explosion, wenn sich alles in ihr zusammenzog und die Erregung fast unerträglich wurde.

Den Blick unverwandt auf ihr Gesicht gerichtet, rieb er im raschen Rhythmus weiter über ihre Lustperle. Ihre Brustwarzen verhärteten sich erneut. Mit beiden Händen umfasste sie ihre Brüste und strich sich sinnlich über die hoch aufgerichteten Spitzen. Wasser spritzte auf ihren Bauch, Ryans Bewegungen wurden heftiger. Sie stöhnte auf, als sie es erneut kommen fühlte. Ihre Oberschenkel begannen zu zittern, als ein neuerlicher Orgasmus in heftigen Wellen über sie hinweg rollte.

»So geil, Baby, ich könnte ewig so weitermachen. Allein dich zu beobachten, wie du abgehst.« Er beugte sich vor und küsste sie zärtlich auf die Lippen, dann schaltete er den Wasserhahn ab. Sein Blick blieb an ihren Brustwarzen hängen, die noch immer hochaufgerichtet abstanden.

»Oh!« Federleicht umkreiste er sie mit den Fingerspitzen. Erregende Schauer ließen ihr die feinen Härchen aufstellen, ihre Brustwarzen zogen sich noch mehr zusammen. Ganz langsam näherte er sich ihr mit halb geöffnetem Mund. Ihr Atem ging stoßartig. Er hob eine Brust an und umfasste die Spitze mit den Lippen, um fest daran zu saugen. Natascha bog sich ihm entgegen. Als er sich von ihr löste, strömte die Luft kalt über die noch feuchte Stelle. Ryan strich über den Kopf des Drachentattoos abwärts bis zu ihrem Nabel, ihr Brustkorb hob und senkte sich heftig. Er glitt weiter über den hochgeschobenen Minirock, um knapp oberhalb des Schambeins kurz innezuhalten. Natascha stöhnte auf, das war die reinste Qual. Alles ihn ihr schrie erneut nach seiner Berührung.

»Schau mich an!« Seine Stimme klang wie Samt.

Sie hob den Kopf, die blauen Augen senkten sich tief in ihre. Er glitt mit den Fingern abwärts, streifte erneut kreisend ihre Klitoris. Natascha zuckte zurück, versuchte der Berührung zu entkommen. Sie ertrug es fast nicht, so empfindlich war sie dort bereits. Ryans Pupillen weiteten sich, die Zungenspitze hinterließ eine feuchte Spur auf seiner Oberlippe, und mit einem kaum wahrnehmbaren Lächeln drang er in ihre weit gespreizte Scheide ein.

Ein wollüstiger Aufschrei entfuhr ihrer Kehle.

Mit kreisenden Bewegungen massierte er ihren G-Punkt, wurde immer schneller, glitt aus ihre heraus, um ihre Klitoris zu umkreisen und dann wieder tief und fest in sie hineinzustoßen. Eine Flut an Empfindungen überrollte sie, während sie ganz im Blau seiner Augen gefangen war und sie sich Welle um Welle über seine Hand ergoss.

Völlig erschöpft sackte sie gegen ihn. Ryan umfing sie mit den Armen und hielt sie fest.

»Baby, wir sollten uns anziehen und hinaufgehen. Wir sind schon seit einer Ewigkeit hier unten.« Er nahm den BH, legte ihn ihr um und hakte in zu. Er hob ihre Brüste, um sie ins Körbchen zu schieben. Sein Mund legte sich warm und feucht auf eine der Brustwarzen, um sie mitsamt der roten Spitze zu umfassen. Sofort wurde sie wieder hart.

Aufstöhnend sah er sie an. »Du bist ein Wahnsinn. Am liebsten würde ich so lange weitermachen, bis du nicht mehr kannst und mich um Gnade anflehst.« Er drehte den Wasserhahn wieder auf, seine Stimme klang heiser. »Das musst du selbst tun, Baby, sonst kann ich für nichts garantieren.«

Mit zitternden Händen wusch sie sich und tupfte sich vorsichtig mit einem Papierhandtuch ab. Ryan streifte ihr den Stringtanga über den Po, beugte sich vor und fuhr mit der Zunge den Rand der Spitze entlang. Er zog den Stoff zur Seite, um erneut in sie einzudringen. Er leckte mit raschen Schlägen rund um ihren Lustpunkt, es glich einem Trommelwirbel, der ihren ganzen Körper erfasste. Natascha stieß einen spitzen Schrei aus und hielt sich an seiner Schulter fest.

»Verdammt! Am liebsten würde ich dich nochmal bumsen.« Er richtete sich auf und verstaute mit schmerzverzogenem Gesicht seinen erigierten Penis in der Unterhose. »Ich komme mir vor, wie ein Pubertierender. Wenn wir endlich mal unter uns sind, lass ich dich nicht so schnell aus dem Bett, das verspreche ich dir.«

Er hob sie von dem Waschbecken herunter und zog ihr den Minirock über den Po, dann nahm er den Pullover vom Klodeckel und streifte ihn ihr über den Kopf. Anschließend zog er sich selbst an.

»Dir sieht man meilenweit an, dass du Sex hattest!« Zufrieden grinsend zog er sie an sich, um sie zu küssen.

Lächelnd strich sie ihm zärtlich über die Wange. »Ich liebe dich.«

Er umfasste ihr Gesicht mit beiden Händen, sah ihr tief in die Augen. »Ich dich ebenso, Baby, du kannst dir gar nicht vorstellen, wie sehr.« Seine Stimme klang belegt.

Er öffnete die Tür, legte ihr den Arm um die Schultern und ging mit ihr zurück ins Lokal.

Ryan setzte sich kommentarlos auf Nataschas Platz und zog sie dicht neben sich, dann wandte er sich Gabriel zu, befragte ihn nach seinem Vater und nach seiner Tätigkeit bei der Polizei. Zwischen den beiden entwickelte sich eine rege Unterhaltung. Natascha lehnte sich zurück, schloss die Augen und genoss einfach den Augenblick. Zum ersten Mal seit langer Zeit war sie einfach nur glücklich.

Ryan hatte sich ein Zimmer in einem der Gasthöfe genommen. Natascha hatte auf jeden Fall vor, die Nächte bei ihm zu verbringen, und hoffte, dass es niemandem auffallen würde, wenn sie erst in der Früh wieder zurück in die Klinik kam.

Den Sonntag verbrachten sie allein, nur sie beide, um sich endlich auszusprechen. Es gab so viel, das sie noch klären mussten. Da das Wetter noch immer mitspielte, machten sie eine Wanderung durch das hügelige Allgäu.

Natascha war überglücklich, als Ryan beschloss, bis zu ihrem Abreisetag zu bleiben. An jenem Tag würde sie den Vortrag in Georgs Firma halten und anschließend Ryan zum Flughafen bringen. Anfang Januar würde sie vorerst wieder zu arbeiten beginnen. Sie hatte vor, zu kündigen und schnellstmöglich nach New York zu gehen. Sobald sie daheim war, wollte sie mit ihrem Mann über die Scheidung sprechen. Ebenso musste das gemeinsame Haus verkauft werden, außer er fand eine Möglichkeit, sie auszubezahlen. So schlimm es für sie war, von Ryan länger getrennt zu sein, das alles waren Dinge, die geregelt werden mussten, und das würde eine Weile dauern.

Am Montag war Gabriels letzter Abend. Zum Abschiedsessen trafen sie sich daher alle zum Spanferkelessen beim *Kesselwirt* in Wangen. Sie futterten, bis sie fast platzten. Sobald eine Platte leer war, folgte die nächste. Zum Abschluss gab es noch Chillischnaps für die Verdauung, den sie alle in einem Zug austranken. Natascha trank auch an diesem Abend keinen Alkohol. Sie sah den anderen dabei zu, wie sie nach Luft japsten, ihnen die Tränen in die Augen schossen und sie mit auf den Magen gepressten Händen warteten, bis das Brennen langsam nachließ. Sie gluckste bei dem Anblick belustigt auf.

Sebastian saß ihr gegenüber. Er war hochrot im Gesicht, wedelte mit der Hand hektisch vor seinem Mund auf und ab, dann schnappte er nach Nataschas Wasserglas.

»Nein! Dadurch wird es nur noch schlimmer.« Sie wollte es ihm wegnehmen, da trank er schon mit großen Schlucken und setzte das Glas seufzend ab.

Dann schlug er sich abrupt die Hand vor den Mund, seine Augen wurden immer größer, traten fast aus den Höhlen. »Scheiße!«

Gabriel reichte ihm grinsend ein Stück trockenes Brot. Sebastian riss es ihm aus der Hand und schob die ganze Scheibe auf einmal in seinen Mund hinein. Er kaute angestrengt, Schweiß stand ihm auf der Stirn. Langsam ließ die Röte nach.

»Na, bist du jetzt wieder ansprechbar?« Gabriel grinste über das ganze Gesicht.

Sebastian warf ihm einen bösen Blick zu. Sein Mund war jedoch noch zu voll, als dass er hätte antworten können.

Der Rest des Abends verlief in heiterer Stimmung, Natascha kam aus dem Lachen nicht mehr heraus. Sebastian war einfach zu köstlich mit seinen Grimassen. Zwischen Ryan und den beiden hatte sich trotz der kurzen Zeit eine richtige Freundschaft entwickelt, vor allem mit Gabriel. Der hatte ihm bereits versprochen, ihn spätestens im Sommer in New York zu besuchen, um Ryans Vater kennenzulernen.

Am nächsten Tag war Abreisetag. Natascha hatte beim Frühstück fast nichts hinunterbekommen. Sebastian saß ihr mit käseweißem Gesicht im Foyer gegenüber, er sah gar nicht gut aus. Gabriel hielt sie im Arm, die Tränen liefen ihr über die Wangen. Sie konnte sie einfach nicht zurückhalten.

»Verdammt, Gabriel, du wirst mir so fehlen.«

»Mir ist lieber, ich verlasse dich heute, als dass ich nächste Woche dann von dir verlassen worden wäre«, antwortete er tonlos.

Sie schluchzte auf, presste ihr Gesicht an seinen Pullover. Ryan war gerade vom Frühstück gekommen und setzte sich zu ihnen. Gabriel strich Natascha beruhigend über den Rücken und vergrub sein Gesicht in ihrem Haar. Er atmete ein paar Mal tief ein, schließlich löste er sich von ihr und stand auf.

»Kommt, Leute«, sagte Gabriel. »Lasst es uns hinter uns bringen. Lange halte ich das nämlich nicht mehr durch. Mist, echt!« Seine Stimme klag belegt. Er umarmte zuerst Sebastian, dem die Tränen in den Augen standen, dann wandte er sich Ryan zu und drückte ihn an sich. »Mann, wir sehen uns spätestens im Sommer, versprochen. Ich bin wirklich froh, dass wir uns kennengelernt haben. So schnell wirst du mich nicht mehr los, Cousin.« Er klopfte ihm abschließend auf die Schulter.

Zum Schluss stand er vor ihr.

»Komm her, Kleines.« Er zog sie in die Arme und hielt sie fest an sich gedrückt.

Sie merkte, wie ein Beben durch seinen Körper lief. So standen sie eine Weile da, dann löste er sich mit feuchten Augen von ihr, umfasste ihren Kopf mit beiden Händen, küsste sie, drehte sich um und ging.

Natascha sah ihm mit verweintem Gesicht nach. »Verdammt, ich werde ihn vermissen.«

Ryan hatte sich mittlerweile neben sie gestellt und ihr einen Arm um die Schultern gelegt. »Ich genauso, obwohl ich das anfangs nicht gedacht hätte.« Er warf ihr einen kurzen Blick zu, bevor er fortfuhr. »Ich kenne ihn zwar noch nicht lange, trotzdem ist er mir ans Herz gewachsen.«

Sebastian stand schweigend mit vorgebeugten Schultern da. Für ihn war es am schwersten. Heute hatte ihn Gabriel verlassen, in einer Woche war sie die Nächste. Alle gingen und er blieb zurück.

Das Abschiednehmen in Wangen war für jeden schlimm. Hier war man behütet, wie in einer Familie. Man hatte Zeit, miteinander zu reden, darüber, was einen bedrückte, was einen glücklich machte. Noch nie war ihr so viel Anteilnahme begegnet wie unter diesen Menschen hier. Hier gab es keine Oberflächlichkeiten. Es war nicht nur der Abschied von Menschen, die man kennen und lieben gelernt hatte, sondern genauso von der beschützten Umgebung, der Käseglocke. Je länger man hier war, umso schwieriger war es, zu gehen.

Sie drehte sich zu Ryan um, schlang ihm die Arme um den Hals und murmelte in sein Ohr: »Ich weiß, es gibt keine Garantien im Leben, trotzdem wünsche ich mir, dass du mich niemals verlässt.«

52

Dienstagnachmittag, 22. Dezember,

Friedrichshafen

Ryan parkte den Leihwagen vor dem Eingang der Firma GW in Friedrichshafen. Natascha hatte die Reha heute beendet und sie waren direkt von Wangen hierhergefahren. Sie stieg aus und fuhr sich durch das dichte schwarze Haar. Ihr warmer Atem bildete Nebelwolken in der kalten Dezemberluft. Sie war hier, um endlich den versprochenen Vortrag zu halten, wie es sich Georg gewünscht hatte. Sie sollte einfach etwas über ihr bisheriges Leben und den Aufenthalt in Wangen erzählen. Anschließend würde sie Ryan zum Flughafen bringen und Weihnachten mit ihrer Familie in Wien verbringen.

Sie betraten die große Empfangshalle, die aus einer imposanten Stahl-Glas-Konstruktion bestand und sich über mehrere Stockwerke hochzog. Natascha sah sich suchend nach dem Aufzug um. Georgs Büro und der Vortragsraum waren im zehnten Stock. Mann, war sie nervös. Sie schluckte krampfhaft.

»Hey, Baby, das schaffst du, ganz sicher.« Ryan nahm sie beruhigend an der Hand. Als Antwort verdrehte sie die Augen und blies die Backen auf.

Sie verließen gerade den Aufzug, da lief ihnen Georg über den Weg.

»Hallo, Natascha, schön, dass du da bist.« Er umarmte sie strahlend. »Und du musst Ryan sein, freut mich, dich kennenzulernen.« Er schüttelte ihm die Hand und musterte ihn eindringlich.

Ryan sah ihn irritiert an und hob fragend die Augenbrauen. Georg lachte auf. »Na, ich war ja live dabei, als Natascha so schnell aus New York abreisen musste, und habe daher so einiges mitbekommen, was dich betrifft.«

Ryan verzog das Gesicht, musste dann jedoch ebenfalls lachen.

Georg wandte sich wieder Natascha zu. »Und, bist du soweit? Dann können wir gleich starten.« Er legte ihr einen Arm um die Schultern und betrat mit ihr den Vortragssaal. Sie fiel fast in Ohnmacht, hier saßen sicher an die fünfzig Leute! Mit so einer Menge hatte sie nicht gerechnet.

»Georg, du machst mich wahnsinnig. Wie viele Angestellte hast du eigentlich? Das ist ja fast eine Kompanie.«

Da es bei ihrem Eintreten schlagartig still geworden war, waren ihre Worte im ganzen Raum zu hören. Vereinzelt ertönte belustigtes Auflachen. Röte überzog ihr Gesicht und sie hob entschuldigend die Hand.

»Sorry, aber mit so vielen habe ich nicht gerechnet.« Dann sah sie Georg entrüstet an. »Das hättest du mir sagen können.«

Er zwinkerte ihr zu. »Dann wärst du niemals gekommen.«

»Worauf du wetten kannst.«

Ryan hatte das Hin und Her amüsiert beobachtet. Er nahm ihr die Lederjacke ab und setzte sich auf einen freien Sitz. Georg scheuchte Natascha nach vorne, und sie ging widerstrebend auf ihren Platz zu.

»So leicht kommst du mir nicht davon, das sag ich dir.« Sie warf Georg einen bitterbösen Blick zu. Der setzte sich grinsend neben Ryan. Die Mitarbeiter hatten die Szene mit Belustigung verfolgt.

Natascha ließ ihren Blick über die Runde schweifen und stieß hervor: »Verdammt, bin ich nervös!«

Lautes Gelächter. Eine Stimme tönte durch den Raum.

»Natascha, ich weiß ja, dass du mir in Wangen völlig verfallen bist, aber dass du mich bis hierher verfolgst, das hätte ich nicht gedacht.«

Jetzt brüllte der Saal vor Lachen, alle drehten sich nach dem Sprecher um. Es war Tom. Mit einem Mal war ihre Nervosität verflogen, und Natascha grinste über das ganze Gesicht.

»Tja, Tom, da sieht man wieder, was sich eine Frau alles einfallen lässt, um den Mann ihrer Träume wiederzusehen.« Sie warf ihm eine Kusshand zu.

Der presste seine rechte Hand aufs Herz und schmiss sich wie vom Blitz getroffen im Sessel zurück. Wieder ertönte herzhaftes Lachen. Natascha sah ihn kopfschüttelnd an. Er hatte es wirklich geschafft, ihr die Nervosität zu nehmen.

Lachend ließ sie sich auf ihren Sitz fallen.

»Ich bin auf Georgs Wunsch hier, um euch ein wenig von mir zu erzählen. Was ich beruflich mache – oder besser gesagt gemacht habe –, über mein Burnout und meinen Aufenthalt in Wangen.« Schmunzelnd fügte sie noch hinzu: »Auf Tom werde ich dabei nicht näher eingehen.«

Wieder ertönte Gelächter.

»Ich denke, Georg ist bei einigen von euch besorgt, dass ihr in eine ähnliche Richtung steuern könntet, wie ich letztes Jahr im Januar. Er möchte, dass euch meine Geschichte ein bisschen zum Nachdenken bringt. Ich habe nicht vor, hier einen Vortrag zu halten, ihr könnt mich daher jederzeit unterbrechen und Fragen stellen. Das würde ich mir sogar wünschen. Und um es gleich unkompliziert zu beginnen, möchte ich vorschlagen, dass wir uns duzen, was ich sowieso schon die ganze Zeit mache.« Sie blickte fragend in die Runde. Da es keine Einwände zu geben schien, begann sie von sich zu erzählen.

Am Anfang waren die Fragen eher noch spärlich, dann entwickelte sich eine angeregte Unterhaltung. Besser hätte es sich Natascha gar nicht wünschen können.

»Ich hatte mich so wertlos gefühlt, so leblos, fast wie tot und wollte mich einfach wieder spüren. Nachdem ich jahrelang alles verdrängt hatte, wollte ich mit Gewalt wieder Gefühle erleben, von denen ich gar nicht mehr geglaubt hatte, dass sie noch existieren, doch mein Leben geriet dadurch erneut aus den Fugen – je exzessiver, desto besser. Ich habe gesoffen und wie ein Schlot geraucht. Dadurch fühlte ich mich freier und lockerer, doch nur vorrübergehend und nach außen hin. Mein Gefühlsleben war jedoch das reinste Chaos. Beinahe wäre ich in eine neue Abhängigkeit gerutscht, vom Co-Alkoholiker zum Süchtigen. Anfangs glaubte ich, dass das Erleben dieser extremen Gefühle bedeutete, mich endlich wieder spüren zu können, doch damit belog ich mich selbst. Denn noch immer hatte ich nicht zu mir gefunden. Vielmehr lenkte ich mich mit meinen Eskapaden davon ab, mich mit mir auseinanderzusetzen. Mir wurde bewusst, dass ich lernen musste, mich selbst zu akzeptieren, mich selbst zu lieben, wie ich bin, mit all den guten und schlechten Seiten. Ich selbst bestimme meinen Wert und sonst niemand. Mir wurde klar, dass ich keine Bestätigung von anderen brauche, um glücklich zu sein, und ich keine Angst haben muss, nicht gut genug zu sein. Das hat am Ende den Druck von meinen Schultern genommen. Es ist nicht leicht, diesen Weg zu gehen, aber machbar, wenn man an sich arbeitet.«

Stille herrschte im Raum, als sie geendet hatte. Sie schloss kurz die Augen und atmete tief durch, dann stand sie auf und bedankte sich für das Zuhören. Als alle applaudierten, wurde sie nun doch verlegen. Sie wusste gar nicht, wie sie reagieren sollte, da war Tom schon neben ihr und nahm sie lachend in die Arme.

»Natascha, es tut so gut, dich wiederzusehen.« Er küsste sie auf beide Wangen.

»Ich freu mich genauso.«

»Seit wann kennst du Georg?«. Tom sah sie fragend an.

»Ich habe sie in New York in dem Lokal eines ehemaligen Schulfreundes kennengelernt.«

Georg und Ryan hatten sich in der Zwischenzeit zu ihnen gesellt.

»Und ich hätte mir denken können, dass dir diese Frau in Wangen nicht entgangen ist.«

»Wenn es nach mir gegangen wäre, dann wäre mir noch mehr nicht entgangen. Doch ein gewisser Amerikaner stand da entschieden im Weg.« Tom grinste Ryan an. Dessen Gesichtsausdruck hatte sich zuerst verfinstert, doch gegen Toms offene Art kam er nicht an. Tom klopfte Ryan auf die Schulter. »Du kannst dich glücklich schätzen, weißt du das?«

Ryan legte einen Arm um Natascha und drückte sie an sich. Sie sah ihn lächelnd an, dann wandte sie sich an Georg.

»Ich kann es noch gar nicht so richtig glauben, dass ich das heute so gut hinter mich gebracht habe. Vor so vielen Leuten zu sprechen, davor hatte ich mein ganzes Leben lang Angst.« Über sich selbst erstaunt, schüttelte sie den Kopf. »Und jetzt habe ich es wirklich getan.«

Georg grinste sie an. »Da siehst du mal, was du alles schaffen kannst, wenn du deine Ängste überwindest.«

53

Freitagnachmittag, Ende Januar, Baden bei Wien

Natascha stand im dritten Stock vor der riesigen Glasfront des Firmengebäudes und schaute auf die belebte Hauptstraße hinunter. Es war Hauptverkehrszeit und der Verkehr kroch nur langsam vorwärts. Auf den Gehsteigen eilten die Menschen eilig aneinander vorbei, entweder auf dem Nachhauseweg oder um noch schnell Besorgungen zu machen. Viele waren nur mit leichten Jacken bekleidet, da es für Ende Januar ungewöhnlich mild war. Das erinnerte sie an ihre Zeit in Wangen und in New York. Überall hatte es das Wetter gut mit ihr gemeint.

Wehmütig seufzte sie auf.

Hinter ihr waren Gelächter und das Klirren von Gläsern zu hören. Heute fand die jährliche Firmenfeier statt, und es ging schon hoch her. Aufgrund von Platzmangel hatte man im oberen Empfangsbereich Tische aufgestellt.

Sie arbeitete bereits die dritte Woche. Obwohl sie sich gefreut hatte, ihre Arbeitskollegen wiederzusehen, hatte sie das Gefühl, nicht mehr hierherzugehören. Es zog sie zurück nach New York, zu ihren Freunden, zu ihrer Band. Zu Ryan!

Erneut seufzte sie. Kurz vor Weihnachten war sie nach Österreich zurückgekehrt. Die Feiertage hatte sie unbedingt mit ihren Eltern und Geschwistern verbringen wollen. Sie hatte sie alle schrecklich vermisst.

Doch ohne Ryan ... ihr stiegen die Tränen in die Augen. Sie hatte ihn fast einen Monat nicht gesehen. Was machte sie noch hier? Das war nicht mehr ihre Welt. Alles ging ihr viel zu langsam, doch sie musste eben Geduld haben. Ihre Gedanken schweiften zurück nach Wangen.

Die letzte Woche war wie im Flug vergangen. Nachdem Gabriel abgereist war, war es nicht mehr dasselbe gewesen. Sebastian und sie hatten sich von den anderen ziemlich zurückgezogen, und die Neuankömmlinge hatten sie gar nicht mehr kennenlernen wollen. Daher hatten sie meistens nur zu dritt im *Schatzmann* zusammengesessen. Am Abend vor ihrer Abreise waren sie eine ganze Clique, an die zehn Leute. Alle waren völlig überdreht, fast schon hysterisch gewesen, da sie das Ende einer Zeit feierten, die für jeden von ihnen unvergesslich bleiben würde.

Der nächste Tag, das Abschiednehmen – vor allem von Sebastian –, war schrecklich gewesen.

Nach dem Vortrag in Georgs Firma hatte sie Ryan zum Flughafen gebracht. Als er hinter der Passkontrolle verschwunden war ... Natascha kniff die Augen fest zusammen, bei dem Gedanken wurde ihr schwer ums Herz. Gott, sie vermisste ihn so sehr.

Der Geruch von Paniertem stieg ihr in die Nase. Tellerklappern war zu hören, das quietschende Schaben von Stuhlbeinen über den Fußboden. Natascha war der Appetit vergangen. Am liebsten würde sie sich im Bett unter der Decke vergraben. In der Firma hatte sie niemandem etwas von ihrem Aufenthalt in New York erzählt, sie konnte es nicht. Diese Erinnerungen gehörten nur ihr.

Sie hatte mit Ryan regelmäßig über WhatsApp telefoniert, was wegen der Zeitverschiebung nicht einfach gewesen war. Anfang Januar hatte er sich bei ihr abgemeldet. Er musste auf ein Seminar, ohne Internet, und er hatte sie vorgewarnt, dass er sich wahrscheinlich nicht bei ihr würde melden können. Das machte es nicht leichter.

»Hey, Kleine, was ist denn los mit dir?«

Alex, ihr Teamkollege, war neben sie getreten und sah sie besorgt an. Sie zuckte nur mit den Schultern, ansehen konnte sie ihn nicht, da ihr die Tränen in die Augen stiegen.

»Du sonderst dich richtig ab. Ich mache mir langsam Sorgen.«

»Ich …«, da wurde sie von einer tiefen Stimme unterbrochen, die alles übertönte.

»Hey, Baby!«

Im ganzen Raum verstummten die Gespräche.

Natascha drehte sich um, und da stand er, gleich neben dem Treppenaufgang. Das blonde Haar reichte ihm bis zur Schulter, und auf dem Gesicht lag ein sehnsüchtiges Lächeln. Sie war wie gelähmt. Ihr Herz schlug Purzelbäume. Die mühsam zurückgehaltenen Tränen begannen zu laufen. Sie konnte sich noch immer nicht bewegen. Erst als er die Arme ausbreitete, löste sich ihre Starre und sie rannte los, fiel ihm um den Hals und schlang ihm die Beine um die Hüften. Weinend vergrub sie ihr Gesicht an seiner Schulter. Er presste sie an sich und ließ sich mit ihr auf dem nächstbesten Sessel nieder.

»Ich habe dich so vermisst. Die letzten drei Wochen waren die Hölle. Ich gehe hier nicht mehr ohne dich weg.« Ryan hob ihr Kinn und küsste sie wie ein Ertrinkender.

Als sie sich schweratmend voneinander lösten, fiel ihr die anhaltende Stille auf. Fast fünfzig Augenpaare waren auf sie beide gerichtet.

Ryan raunte ihr ins Ohr: »Sieh mal zur Treppe, ich habe noch eine Überraschung für dich.«

Da erst sah sie die kleine Gruppe, die sich dort versammelt hatte. Joe, gleich dahinter Mike, Tobias, Matt, Jim und Burt. Sie rutschte von Ryans Knien und fiel zuerst Joe um den Hals, der sie im Kreis herumwirbelte. Sie quietschte vor Vergnügen auf. Dann wurde sie von einem zum anderen weitergereicht. Ein Umarmen, Küssen, Geschnattere, auf Deutsch und Englisch – ein völliges Durcheinander. Natascha lachte und weinte gleichzeitig, ihr Herz klopfte wie wild.

»Was macht ihr alle hier? Ich bin so glücklich, euch zu sehen! Ich ...« Sie schluchzte auf.

Ryan war mittlerweile neben sie getreten und hatte ihr einen Arm um die Schulter gelegt. »Wir haben beschlossen, in Schladming eine Woche Skiurlaub zu machen. Ich habe extra ein Doppelzimmer gebucht, weil ich hoffe, dass du entweder frei nehmen oder wenigstens so viel Zeit mit uns wie möglich verbringen kannst.«

Sie strahlte ihn an. »Das werde ich schon irgendwie regeln.«

Sie wollte sich gerade suchend nach ihrem Chef umsehen, da wurde sie hochgehoben und von zwei starken Armen fast erdrückt.

»Ben!« Sie strahlte ihn an.

»New York war nicht mehr dasselbe ohne dich. Du musst unbedingt wieder mit zurückkommen.«

»Ich hoffe, du hast das Geld für deinen Aufenthalt hier nicht von dem Budget genommen, das ich dir für die Ausbildung gegeben habe?« Natascha sah ihn mit gerunzelter Stirn an.

»Nein, nein, keine Sorge, alle hier haben zusammengelegt und mich eingeladen. Das Geld hätte ich nie dafür verwendet, das habe ich dir ja versprochen. Außerdem habe ich die Aufnahmeprüfung an der Juilliard für Modern Dance bestanden.«

Er sah sie mit vorgestreckter Brust, den Kopf hoch erhoben, stolz an und grinste dabei über das ganze Gesicht. »Wenn ich den Highschool-Abschluss bis September schaffe, und das werde ich, dann kann ich gleich anschließend mit der Ausbildung starten.« Sein Grinsen wurde noch breiter. »Und ein Stipendium bekomme ich ebenfalls.«

Sie jubelte auf und umarmte ihn. »Ich bin so stolz auf dich, ich kann dir gar nicht sagen wie sehr.« Sie zog seinen Kopf zu sich und küsste ihn ab.

»Heißt das, du hast Ben das ganze Geld gegeben, das du bei Matt verdient hast?« Mike sah sie mit aufgerissenen Augen an, seine Kinnlade klappte nach unten.

»Sie hat es mir regelrecht aufgezwungen«, erklärte Ben.

»Ich wollte, dass er von der Straße wegkommt und sich seinen Traum erfüllen kann.« Sie konnte fühlen, wie eine leichte Röte ihr Gesicht überzog.

Burt nahm sie in den Arm und küsste sie auf die Stirn. »Mädchen, du schaffst es wirklich, mich immer wieder zu überraschen.«

»Und ich habe dich damals noch so angefahren, als du mir erzählt hast, du hättest das Geld nicht mehr.« Jetzt war es Mike, der rot anlief.

»Natascha«, unterbrach Alex, ihr Kollege, sie da. »Ich glaube, du bist uns allen eine Erklärung schuldig. Und vorstellen könntest du uns deine Männer ebenfalls.« Alex grinste sie an.

Die ganze Belegschaft hatte sich um die kleine Gruppe versammelt und war mit großen Augen der Unterhaltung gefolgt.

Sie lachte auf. »Das wird jetzt ein wenig kompliziert. Eigentlich bin ich ja wegen Joe nach New York.« Sie legte ihm die Hand auf den Arm.

»Ich habe mich ihm im *Hardrock Café* in Wien regelrecht an den Hals geworfen. Ich werde jetzt noch verlegen, wenn ich daran denke.« Sie wedelte mit der Hand vor ihrem Gesicht herum.

»Na, das hätte ich gern gesehen!«, rief Gerhard, ein Arbeitskollege, von weiter hinten.

Kopfschüttelnd sah sie ihn lachend an. »Ich habe Joe und Mike am nächsten Tag zum Flughafen gebracht, und so schnell hast du gar nicht schauen können, habe ich auf einmal selbst mit im Flieger gesessen. Ohne Koffer, nur mit meinem Reisepass.«

»Na, wenn das nicht typisch du ist, dann weiß ich nicht!«, rief da die Sekretärin vom Chef.

»Wegen Joe bin ich nach New York, doch verliebt habe ich mich in Ryan. Er kann übrigens Deutsch.« Sie küsste ihn zärtlich auf den Mund.

»Ohhhhhhh«, riefen alle im Chor.

In ihrer Firma wussten bereits alle, dass sie sich von ihrem Mann getrennt hatte.

»Bei Matt hier, im *Bikers*, hatte ich meinen ersten Auftritt mit einer Band, woraufhin er mich fest engagiert hat. Er kommt übrigens aus Deutschland. Und dort habe ich dann Tobias kennengelernt. Der ist im Gegensatz zu mir ein Vollprofi. Er ist der Leadsänger einer deutschen Hardrockband und sehr bekannt.«

»Seit wann kannst du als Wienerin denn singen?«, fragte jemand von weiter hinten lachend.

»Sie singt fantastisch«, warf Tobias ein.

Natascha sah ihn dankbar an und fuhr fort. »Bei Mike hier«, sie drückte ihn kurz an sich, »durfte ich den ganzen Aufenthalt über wohnen.«

»Kochen kann sie ebenfalls!«, rief Mike lachend und zwinkerte ihr zu.

»Ryan, Joe, Mike und Burt sind übrigens Cops. Jim ist ihr Fitnesstrainer, und er hat mir das Boxen beigebracht. Burt habe ich mitten in der Nacht im Central Park getroffen, der hat mindestens eine so große Klappe wie du, Gerhard.«

Alle brachen in Gelächter aus, während Ryan lachend für Burt übersetzte.

»Du bist ziemlich vorlaut geworden, Mädchen, weißt du das?« Burt drohte ihr mit dem Zeigefinger.

»Klappe, Burt.« Sie boxte ihm grinsend gegen den Oberarm. »Ja, und das ist Ben. Ihn habe ich ebenfalls mitten in der Nacht im Central Park kennengelernt.« Sie wuschelte ihm durchs Haar. »Sie bleiben eine Woche zum Skifahren hier, und zwar in Schladming.«

Dann wandte sie sich an ihren Chef. »Kann ich für die Zeit eventuell Urlaub nehmen?«

»Ja klar, du hast noch genug Überstunden.« Er sprach die Gruppe auf Englisch an. »Und ihr alle seid herzlich eingeladen, euch zu uns zu setzen und mitzufeiern.«

Bier wurde verteilt, und die Amerikaner wurden mit Fragen bombardiert.

Ryan flüsterte ihr ins Ohr: »Zeigst du mir dein Büro?«

Sie ging mit ihm ein paar Meter weiter den Gang hinunter und öffnete eine Tür. Sie traten ein, und Ryan schloss die Tür hinter sich und drehte den Schlüssel im Schloss. Dann kam er auf sie zu, riss sie an sich und küsste sie heißhungrig.

»Habe ich das vermisst.«

Er schob ihren Pullover nach oben, hakte ihren BH auf, umkreiste ihre Brustwarzen mit der Zunge und rieb mit seinem Dreitagebart darüber. Sie zog wie wild an seinem Gürtel, um seine Hose zu öffnen. Es konnte ihr gar nicht schnell genug gehen. Ryan hatte ihr den Rock schon hochgeschoben und den Slip abgestreift.

»Ich steh total auf deine halterlosen Strümpfe.«

Er fuhr aufreizend über die weiche Haut zwischen ihren Schenkeln. Endlich hatte sie seine Jeans offen und streifte sie ihm über die Knie. Ryan hob sie hoch und setzte sie auf dem Schreibtisch ab. Sie ließ sich mit einem erwartungsvollen Seufzen nach hinten auf die Ellbogen fallen, spreizte ihre Beine und streckte ihm auffordernd das Becken entgegen. Ein Vorspiel brauchte sie nicht, sie war mehr als nur bereit für ihn, wollte ihn endlich in sich spüren. Natascha kam sich vor wie eine Drogenabhängige auf Entzug.

Ihr entfuhr ein wollüstiges Stöhnen, als er tief in sie eindrang. Kleine Lustschauer durchströmten ihren Körper. Ryan umklammerte ihre Hüften, seine Stöße waren schnell und heftig, die Augen geschlossen, das Gesicht lustvoll verzerrt. Beide waren sie wie ausgehungert, und Natascha hatte das Gefühl, innerlich zu vibrieren. Ryans Finger krallten sich schmerzhaft in ihre Oberschenkel, der Oberkörper war wie eine Sehne gespannt, als er sich heftig zuckend in ihr entlud.

Schwer atmend sah er sie an und zog sie in die Arme, sein heißer Atem kitzelte an ihrem Ohr. »Sorry, Baby, ich habe mich nicht länger zurückhalten können.«

Als Antwort umfasste sie sein Gesicht und küsste ihn zärtlich, von den Wangen abwärts bis zum Mund, und kostete von seinen Lippen. Sie seufzte auf und verstärkte den Druck. Ryan sah sie aus halbgeöffneten Augen an, hielt jedoch ganz still. Er erschauerte und sah sie aus halb geöffneten Augen an. Natascha wanderte weiter, um sein Kinn zu erkunden, strich über die Bartstoppeln. Als sie sich diese zuerst an ihren Brustwarzen und anschließend zwischen ihren Beinen vorstellte, zogen sich ihre Muskeln vor Erregung fest um Ryans Penis zusammen, der noch immer in ihr steckte. Sie konnte fühlen, wie er anschwoll, und suchte erneut seine Lippen. Ryan erwiderte stöhnend ihren Kuss und drückte sie zurück auf den Schreibtisch.

Als wenn er ihre Gedanken gelesen hätte, löste er sich von ihrem Mund und strich mit den Bartstoppeln über ihre aufgerichteten Spitzen. Ryan begann, sich langsam in ihr zu bewegen, während er mit dem Daumen über ihre Klitoris rieb. Sie keuchte auf, schloss die Augen und überließ sich ihren Empfindungen.

»Ryan!«

Während sich ihr Körper im Orgasmus verkrampfte, versuchte sie, die Muskeln so fest wie möglich zusammenzuziehen, wollte für ihn so eng wie möglich sein.

Er keuchte auf. »Oh mein Gott!«

Ein Zittern durchfuhr seinen Körper, dann sank er auf ihr zusammen. Nach einer Weile glitt er aus ihr heraus, nahm einige Papiertaschentücher aus einer Box auf ihrem Schreibtisch, wischte sie vorsichtig ab und streifte ihr den Tanga wieder über, anschließend schloss er ihr den BH. Nachdem er seine Hose zugemacht hatte, setzte er sich auf ihren Bürosessel und zog sie zu sich auf den Schoß. Er streichelte zärtlich ihre Beine.

»Komm mit nach New York, Natascha, diese Situation ist nicht zum Aushalten. Du kannst Mike fragen, ich war schon wieder unerträglich. Ich glaube, langsam kennt er mich gar nicht mehr anders.« Er lachte leise.

Sie vergrub ihr Gesicht in seinen Haaren und atmete seinen Duft ein, Shampoo vermischt mit Rasierwasser.

»Ryan, das Haus ist noch immer nicht verkauft. Das bedeutet, dass ich kein Geld für einen Neustart habe. Außerdem kann ich das unmöglich alles meinem Ex überlassen. Ja, mittlerweile sind wir geschieden, seit einer Woche, um genau zu sein«, sie grinste ihn an, »aber ich habe hier noch Verpflichtungen.«

»Am besten übergibst du alles einem Anwalt, dann musst du dich um gar nichts mehr kümmern.«

»Sorry, Ryan, doch das kann ich mir nicht leisten. Warum glaubst du wohl, wohnen mein Ex und ich noch zusammen? Wenn ich das Geld hätte, wäre ich schon vor New York in eine eigene Wohnung gezogen.

Leider geht fast alles für den Kredit drauf, und solange das Haus nicht verkauft ist, sind wir beide gleichermaßen für die Rückzahlungen verantwortlich.«

Sie ließ resignierend die Schultern nach vorne fallen.

»Ich kann nicht kündigen, Ryan, noch nicht. Momentan brauche ich mein Gehalt.«

»Hey, Baby, du wohnst in New York sowieso bei mir. Den Hausverkauf übergeben wir einem Anwalt, dann ist dein Ex entlastet. Und deinen Teil der Rückzahlungen übernehme solange ich.« Er hob ihr Kinn und küsste sie zärtlich auf den Mund.

»Nein, Ryan, das kann ich nicht annehmen. Das kann sich noch ein paar Monate hinziehen und kostet dich viel zu viel Geld.« Sie schüttelte entschieden den Kopf.

»Doch, das kannst du. Ich kann es mir erlauben. Meine Familie ist wohlhabend, oder wie glaubst du, könnte ich mir sonst so eine Wohnung leisten.«

»Nein, Ryan, das kann ich nicht.«

»Verdammt, sei nicht so stur!« Er sah sie mit funkelnden Augen an. »Ben hast du doch auch dazu gedrängt, das Geld für die Ausbildung anzunehmen … und nein, das ist nichts anderes.« Er ließ sie erst gar nicht zu Wort kommen. »Oder möchtest du die nächsten paar Monate, bis das Haus verkauft ist, hier in Österreich bleiben, während ich in New York bin? Wir würden uns nur einmal alle vier Wochen sehen, wenn überhaupt. Sag mir, wie du dir das vorstellst! Und da du dir keine eigene Wohnung leisten kannst, wohnst du weiter beim Ex und schläfst am besten auch noch mit ihm im gleichen Bett. Und das alles nur, weil du dir nicht helfen lassen willst und auf deinen

Prinzipien beharrst.« Mittlerweile hatte er sie von seinen Knien geschoben und lief im Büro erregt auf und ab.

»Aber –«

»Was aber? Ja, verdammt, ich bin eifersüchtig. Allein der Gedanke, dass du das Bett mit einem anderen Mann teilst, und sei es noch so platonisch, macht mich ganz verrückt. Und das soll noch ein halbes Jahr so gehen? Sorry, Baby, aber das kannst du von mir nicht verlangen.«

»Ryan, wir schlafen nicht im selben Zimmer. Außerdem will ich nicht, dass du denkst, ich würde dich ausnutzen.«

Er sah sie fassungslos an. »Sag mal, was für eine Meinung hast du eigentlich von mir?« Entsetzt sah er sie an, dann drehte er sich abrupt um und ging zur Tür.

»Nein, du haust jetzt nicht ab!«

»Ich denke nicht, dass es hier noch etwas zu sagen gibt.« Sein Gesichtsausdruck hatte sich wieder einmal in eine starre Maske verwandelt.

»Und ob es noch etwas zu sagen gibt«, fauchte sie ihn an. »Du kannst mich doch nicht mitten im Streit einfach so stehen lassen.«

»Und wie ich das kann.« Er wollte gerade die Tür aufschließen, da packte sie ihn am Arm und riss ihn herum.

»Verdammt noch mal, würdest du dir vielleicht anhören, was ich dazu zu sagen habe? Ich hasse es, einfach so stehengelassen zu werden.« Sie trommelte wütend mit ihren Fäusten auf seine Brust.

Ryan hielt ihre Unterarme fest wie Schraubstöcke. Ihr Brustkorb hob und senkte sich heftig. Die

Stimmung änderte sich schlagartig, es knisterte richtig in der Luft. Das wilde Verlangen, das sie in seinen Augen sah, ließ sie zischend einatmen. Er drängte sie mit dem Körper so unbeherrscht gegen den Schrank, dass sich der Schlüssel in ihren Rücken bohrte und sie vor Schmerzen aufstöhnte. Er packte sie mit einer Hand am Kopf und presste seine Lippen auf ihre. Eine Hitzewelle durchflutete sie. Mit bebenden Fingern öffnete sie Ryans Hose und zog sie ein Stück hinunter. Beinahe schon grob umfasste sie seinen steinharten Penis. Er hob sie keuchend auf die Hüften und presste sie noch fester gegen den Schrank. Dann schob er den Stringtanga auf die Seite und rammte seinen Schwanz richtiggehend in sie hinein.

Sie stöhnte auf. Fest stieß er wieder und wieder in sie hinein. Der anfängliche Schmerz wandelte sich in lustvolle Erregung, so intensiv, dass sie das Gefühl hatte, innerlich zu verbrennen. Sie umklammerte ihn mit den Beinen und krallte sich an seinen Schultern fest.

Obwohl Ryans Arme vor Anstrengung zitterten, wurden die Stöße immer wilder und heftiger, er peitschte sie beide richtig dem Höhepunkt entgegen und kam schließlich mit einem Aufschrei gleichzeitig mit ihr. Schweiß rann ihm von den Schläfen, als er sie langsam wieder zu Boden gleiten ließ. Er stützte sich mit den Armen links und rechts oberhalb ihrer Schultern ab und sah sie an.

»Habe ich dir wehgetan?«

»Am Anfang ja, aber dann ...« Sie schüttelte den Kopf, lehnte ihn gegen den Schrank und schloss die Augen. Wenn sie ehrlich war, hatte sie diese Wildheit genossen. Allein beim Gedanken daran erschauderte sie wohlig. Ryans leckende Zunge an ihrer Ohrmuschel tat ihr Übriges.

»Macht dich der Gedanke daran wieder geil?«, flüsterte er mit rauer Stimme. Sie spürte, wie er seine Finger zwischen ihre Schenkel drängte und aufreizend hin und her rieb, um schließlich tief in sie einzudringen. Die Augen noch immer geschlossen, beschleunigte sich ihr Atem. Er umfasste mit der anderen Hand ihr Gesicht und küsste sie heftig auf den Mund.

»Wenn ich jetzt weitermache, dann weiß ich, was passieren wird – und das ist hier in deinem Büro wohl keine so gute Idee.«

Sie öffnete die Augen und sah ihn an. Sein Blick war bedauernd auf sie gerichtet. Natascha griff frustriert nach seiner Hose, um sie zu schließen, überlegte es sich jedoch anders. Ein kleiner Teufel ritt sie.

Sie strich über seine Hoden, umfasste den Schaft und bewegte die Hand rhythmisch auf und ab. Er wuchs unter ihrer Berührung, was sie zufrieden grinsen ließ. Sie leckte ihren Zeigefinger ab und ließ ihn genüsslich über die pralle Eichel kreisen, während ihre andere Hand weiter mit den Hoden spielte. Ryan war wie erstarrt und sah ihr mit verschleiertem Blick dabei zu, sein Atem ging keuchend. Als sich auf seiner Spitze Lusttropfen bildeten, hörte sie abrupt auf und zog seine Pants darüber. Sie wollte sich gerade bücken, um ihren Slip wieder anzuziehen, da fasste er mit der linken Hand unter ihr rechtes Knie und hob ihr Bein mit einem wilden Knurren hoch.

»Du Hexe!«

Er fuhr aufreizend über ihre gespreizten Schamlippen und rieb über ihre Klitoris. Sie wollte sich ihm entziehen, da sie ahnte, was er vorhatte. Ryan drückte sie mit dem Körper gegen den Schrank. Sie konnte sich nicht dagegen wehren, ihr Atem ging keuchend und ihr Bauch verkrampfte sich. Gleich ...!

Ryan ließ ihr Bein zu Boden sinken und zog ihr den Stringtanga an.

Frustriert schrie sie auf.

Er sah sie mit hochgezogener Augenbraue an, da musste sie lachen.

»Touché! Das habe ich wohl verdient.«

»Und wie du das verdient hast.« Er sah sie grinsend an.

Kurzentschlossen nahm er sie auf die Arme und setzte sich mit ihr wieder auf den Bürosessel. Natascha drückte ihr Gesicht in seine Halsbeuge, um seinen Duft einzuatmen. Himmel, roch dieser Mann gut.

»Ryan, kann ich dir jetzt endlich sagen, was –«

»Nicht schon wieder eine von deinen Erklärungen, warum du nicht sofort mit mir –«

Sie legte ihm einen Finger auf die Lippen und schaute ihm in die Augen. »Bitte, Ryan, lass mich ausreden.«

Er sah sie schweigend an.

»Ich nehme dein Angebot an. Ich habe schon zu viel Zeit im Leben vergeudet und würde es nicht ertragen, so lange von dir getrennt zu sein. Außerdem ist es für mich langsam unerträglich, noch immer im gleichen Haus wie mein Ex zu wohnen.«

»Gott sei Dank!« Er seufzte erleichtert auf und drückte sie an sich.

»Und bitte lauf nicht einfach weg, wenn wir eine Auseinandersetzung haben. Ich fühle mich sonst nicht ernstgenommen. So etwas gehört doch ausdiskutiert. Ich möchte nicht schon wieder in einer Beziehung sprachlos sein, nur weil mein Gegenüber mir nicht zuhört.«

»Okay, ich werde daran arbeiten.« Er knabberte an ihrem Ohr.

»Gegen den geilen Sex im Anschluss habe ich jedoch nichts einzuwenden.« Sie grinste ihn schelmisch an. »Komm, lass uns rausgehen. Ich muss mich dringend waschen.«

Sie sprang auf, lief zur Tür, schloss sie auf und war schon auf dem Weg zur Toilette. Ryan rannte ihr nach, holte sie kurz vor dem WC ein und warf sie sich über die Schulter. Sie kreischte laut auf, als er sich mit ihr im Kreis drehte, dann marschierte er mit ihr in den Waschraum und ließ sie zu Boden gleiten. Als er Anstalten machte, sie zu waschen, klopfte sie ihm lachend auf die Finger.

»Das mach ich heute definitiv allein, sonst kommen wir hier ja überhaupt nicht mehr weg.«

Als sie zu ihren feiernden Kollegen zurückkehrten, räusperte Natascha sich vernehmlich, bis die Gespräche verstummten und sich alle Augen auf sie legten.

»Chef, ich kündige. Ich gehe nach New York!«

Ihre Ankündigung löst einen Tumult aus, ein komplettes Durcheinander an Zurufen, Johlen und blöden Sprüchen. Man verstand sein eigenes Wort nicht mehr.

»Meinst du das ernst?«, konnte sich ihr Chef endlich verständlich machen.

»Ja, ich gehe mit Ryan zurück nach New York. Es ist zwar noch nicht alles geregelt, aber irgendwie werde ich das schon hinbekommen.«

Februar, New York

Natascha stand am Fenster von Ryans Apartment, das jetzt auch ihr Zuhause war, und sah auf die Skyline, die vor ihr lag. Die letzten Tage hatte sie damit verbracht, ihre Sachen in der Wohnung zu verstauen. So viel war es gar nicht gewesen – ihre Kleidung und ein paar persönliche Dinge, auf die sie nicht verzichten wollte.

Der gemeinsame Skiurlaub in Schladming war herrlich gewesen. Mit einem warmen Gefühl des Glücks dachte sie an die Zeit zurück: Die dicke Schneedecke, die alles unter sich bedeckt hatte, glitzerte im Licht der Mittagssonne und trotz der wärmenden Strahlen war die Luft kalt und der Atem hinterließ kleine Dunstwolken. Die Äste der Bäume hingen tief unter der schweren Last. Verschieden lange Eiszapfen reichten vom Dach fast bis zu den Fenstern herunter, von denen der in der Sonne schmelzende Schnee tropfte. Der Geruch von Germknödel und zerlassener Butter hing in der Luft.

Vanessa hatte sich innerhalb kürzester Zeit mit Ben angefreundet, und Steve jagte mit Tobias ein ums andere Mal die Pisten hinunter. Tagsüber fuhr sie mit Ryan und den anderen Ski oder genoss die Sonne auf einem der Liegestühle auf der Skihütte, abends saßen sie in lustiger Runde zusammen, bis die Männer vor Bier, Schnaps und Jagertee kaum noch stehen, geschweige denn die Piste hinabfahren konnten.

An einem Donnerstagmorgen, an dem Natascha mit einem heißen Tee in Händen auf der Terrasse ihrer Unterkunft stand und die Sonne dabei beobachtete, wie sie über die Gipfel stieg, war Vanessa neben sie getreten.

»Nats«, hatte sie gesagt, »es gibt da etwas, das ich dir schon so lange sagen will. Ich habe die letzten Jahre sehr wohl bemerkt, dass etwas bei dir nicht in Ordnung war, aber ich habe mich nicht getraut, dich darauf anzusprechen. Du hattest eine unsichtbare Mauer um dich aufgebaut und damit alle auf Abstand gehalten. Ich bin so froh, dass es dir jetzt wieder besser geht.«

Sie hatte sie dabei so liebevoll angesehen, dass Natascha die Tränen in die Augen geschossen waren.

»Ich würde mir nur wünschen, dass du das nächste Mal mit mir oder Steve oder unseren Eltern sprichst, wenn es dir nicht gut geht. Es gibt immer einen Weg, immer eine helfende Hand, und ich werde immer für dich da sein. Bitte versprich mir das, Nats.«

Natascha konnte nur nicken, sie brachte vor Rührung keinen Ton heraus. Dann zog sie Vanessa in die Arme und drückte sie ganz fest an sich.

Die schneebedeckten Berge Österreichs verwandelten sich vor ihren Augen in die Wolkenkratzer der New Yorker Skyline, als sie mit ihren Gedanken ins Hier und Jetzt zurückkehrte. Niemals hätte sie gedacht, dass sich ihr Leben auf diese Weise entwickeln würde. Sie freute sich schon auf das Zusammenleben mit Ryan, das für beide eine Herausforderung darstellte. Sie beide hatten Erfahrungen hinter sich, die sie geprägt und zu den Menschen gemacht hatten, die sie heute waren. Doch davon ließ sie sich nicht abschrecken. Sie würden schon den richtigen Weg finden. Am Ende, da war sie sich sicher, würde ihre Liebe ihnen dabei helfen.

Ryan stellte sich hinter sie und umfing sie mit seinen Armen. Sie ließ sich seufzend gegen ihn sinken. Sie war einfach nur glücklich.

Ende